*Lord of Dunkeathe*

*by Margaret Moore*



*Published by Harlequin K.K., Tokyo, 2006*

Margaret
Moore

# 領主の花嫁

マーガレット・ムーア　江田さだえ 訳

遥かなる愛の伝説

Lord of Dunkeathe

## 主要登場人物

リオナ・マゴードン……スコットランド人貴族の娘。
ファーガス・マゴードン・マクダーバッド……リオナのおじ。グレンクリース氏族長。
サー・ニコラス……ノルマン人の領主。ダンキース城主。
ヘンリー……サー・ニコラスの弟。
メアリアン……サー・ニコラスの妹。
アデア・マクタラン……メアリアンの夫。ロクバー氏族長。
ロバート・マートルビー……サー・ニコラスの執事。
ポリー……サー・ニコラスの召使い。
レディ・ジョスリンド……サー・ニコラスの花嫁候補。
チェスリー卿……レディ・ジョスリンドの父。
レディ・エレナ……サー・ニコラスの花嫁候補。
サー・パーシヴァル・ド・シュルルポン……レディ・エレナのいとこ。
フレデラ……レディ・エレナの召使い。
レディ・ラヴィニア……サー・ニコラスの花嫁候補。
アングルヴォワ公爵……レディ・ラヴィニアのまたいとこ。
レディ・プリシラ……サー・ニコラスの花嫁候補。
オードリック……レディ・プリシラの兄。

# 1

一二四〇年スコットランド、グレンクリース

「どうか父さんに話してみてくれないかな」グレンクリースの小さな中庭で、年上のいとこと並んで歩きながら、十八歳のケネス・マゴードンは懇願した。「ぼくの話は聞こうとしないけれど、ねえさんの話だったら聞いてくれるかもしれない。領主であってもわが家は貧しいんだ。城門に現れる者ならだれにでも食べ物と寝場所を与えるのをやめないと、本当にやっていけなくなってしまう」

「そうね、いいわ」リオナ・マゴードンはしぶしぶうなずいた。「でも会堂に人を泊められなくなったら、おじさんは心を痛めるわ」

　赤毛のケネスはこぶしに握った手をもう片方のてのひらに打ちつけた。「父さんは現実を直視すべきだよ。うちはどんどん貧しくなっている。食事と寝場所を求めてくるよそ者をだれもかれも受け入れるのはやめるべきなんだ」

「とにかく話をしてみるわ。もっと気をつけてもらえるかどうか確かめるから」門までやってきたところでリオナは言った。厩《うまや》のそばで鶏が固い地面をつついている。外側の城壁となっている木の柵《さく》は何箇所か崩れているし、城門は入ろうと思えば子供でも入れる。「あなたが相続するものが岩だらけの土地と朽ちた砦《とりで》以外なにもないと言えば、耳を傾けてもらえるかもしれないわ」

「ねえさんが嫁ぐときの持参金がなにもないことも言わなきゃだめだよ」

「わたしの持参金などどうでもいいわ。ちっちゃな

子供だったわたしを引き取って、自分の娘のように育ててもらっただけで充分よ。それにわたしはもう結婚を考えるには年を取りすぎているわ。若く華やかな時期はとっくに過ぎたし、受けてもいいと思える求婚がひとつもなかったんですもの」

「年を取りすぎてなどいるものか。あのアーリーの男は年など気にかけていなかった」

「それは向こうが少なくとも五十歳にはなっていて、おまけに歯がほとんどなかったからよ。そういう相手しかいないのなら、喜んで生娘のまま死んでいくわ」

「その前に病の床から起き上がって、なにもかもうまくいっていることを確かめてもらいたいね」

「あなたとおじさんはだれかに面倒をみてもらわなければね」

「うん。それにグレンクリースのほかのみんなも。この二週間にねえさんはいくつの家を訪ねてまわった？　父さんには知らせずに、何人の人から不平を聞いてひとりで解決した？」

リオナは微笑《ほほえ》んだ。「そんなの、数えていないわ。それに女の人たちはわたしに悩みを話すと気分が少しはすっきりするのよ」

「いずれにしても、ねえさんは父さんの心労をとてもうまく肩代わりしているよ。ただ、父さんも少しは気にかけなければならないことを知ったほうがいいかもしれない。ぼくの金がなくなる、ねえさんの持参金もないと話せば、父さんもわかってくれるだろう」

　リオナはため息をつき、柵にもたれた。柵がぎいと危なっかしい音をたて、リオナはあわてて柵から体を離した。「おじさんにたくさんのお金と肥えた土地があって、なんの心配もなく好きなように生きていけるなら、どんなにいいかしら。おじさんはそれくらい恵まれていてもいいはずだわ。あれほど親切で気前のいい人はこの世にいないんですもの。おじさんならノルマン人領主たちに歓待の精神について教えられるでしょうに」

「うん、そうだな」ケネスは目にかかった巻き毛を払い、足元の小石を蹴飛《けと》ばした。「いつかいまよりよくなるよ。ぼくが約束する」

「少なくとも、あなたがおじさんに負けないくらいすばらしい領主になると知っているわたしたちは幸せかもしれないわ。たぶん、あなたはおじさんより少しだけ現実的なのね」

これを聞いて、まだおとなというより少年っぽさの多く残る、そばかすだらけのケネスの顔に笑みが浮かんだ。「そうありたいよ。ねえ、マクドゥーガンのご老体は本当に自分で言っているように病気だと思う？　覚えていないくらい昔から、いまにも死にそうなことを言っているけれど」

「ええ、そう思うわ。あんなに顔色が悪いんですもの、具合がよくないことはたしかよ。あんな隙間《すきま》風のひどい家は早く出たほうがいいと言っているのだけれど、聞こうとしないの」

「持っていった食料と燃料を受け取るだけ？」

「ええ。あんな家にひとりでいるから心配だわ。なんとか説き伏せて――」

「おお、キラマグルーの別嬪《べっぴん》よ！」門の向こうから男性の高らかな歌声が聞こえてきた。

においを嗅《か》ぎつけた猟犬のように、リオナもケネスもはっとした。

「父さんだ」ケネスが言うまでもないことを言った。グレンクリースでこれほど大声で陽気に歌う男は彼の父親しかいない。「上機嫌だな。えらく上機嫌だ」

ファーガスおじはいつも上機嫌だが、リオナはそれは言わずにおいた。おじが悲しげな声をあげたら、みんなびっくり仰天するにちがいない。

「羊毛がいい値段で売れたのならいいんだけれど」

リオナは城門を開けた。

「途中で出会った物《もの》乞《ご》いや浮浪者を連れて帰らなかったのならいいんだけどね」ケネスは急いでリオナに手を貸しに行った。「ぼくもついていくべきだった。ぼくが狩りから帰るまで父さんが待っていてくれれば、そうしたのに。父さんはわざとぼくを待たなかったんじゃないかな」

家族内の平和を考えて、リオナはそのとおりだとは答えなかった。ケネスが帰るまで待つよう言ったのだが、ファーガスおじは少しも聞こうとせず、わたしはおまえの生まれる前から羊毛を売ってきたのだよと言うばかりだった。それは本当だが、リオナは自分が生まれる前からファーガスおじは値段をごまかされつづけているのではないかとも思っている。

「父さんの機嫌がいいとすれば」ケネスが言った。「いま話すのがいちばんかもしれないな。もう少し――」

「いますぐそうするわ」リオナはそう答えた。話すのを先送りにしても、話しやすくなるわけではない。

門番のいない城門を通って、老いぼれ馬の引くぽんこつ荷車が入ってきた。羊毛の束が両《りよう》脇《わき》から垂れ下がっている。ファーガスおじは座席に陣取り、ぽっこりと突き出たおなかの下で締めたベルトが、格子柄《フィラ》の布を押さえている。亜麻のシャツはベルトから半分はみ出しているし、肩まである灰色の髪は、ひとつにまとめて結んだ革ひもからこぼれていた。だらしのないその格好に、リオナは酒を飲んできたのではないかしらと思った。ただしファーガスおじが飲みすぎることはめったにないし、村のなかでは絶対に飲まない。

「キラマグルーから連れてきた！」派手に歌い終わると、ファーガスおじは長く苦しい戦闘から帰還した将軍のように息子と姪《めい》ににこにこと笑いかけた。

「やあ、ふたりともここにいたか！」ファーガスおじは手綱を脇に投げ出して立ち上がった。そして小さな砦、尖《とが》り杭《くい》の柵、石造りの建物などすべてを抱きしめたいとでもいうように、両腕を広げた。「リオナ、わが別嬪さん、朗報があるんだ！」

　おじに言わなければならないことがあるし、また羊毛の値をごまかされたのではないかと心配でもあったが、リオナは思わず微笑んでしまった。自分のことを別嬪さんと呼んでくれるのはおじくらいのものだが、おじのような言い方をされると、いつもたいして美人ではないという気にさせられる。

「いい知らせだよ。待っていたら、聞き逃すところだった」ファーガスおじは息子に向かって顔をしかめてみせた。それから荷車を降りようとして、フィラを座席の角に引っかけそうになった。

　罵《ののし》りことばを小さく口にすると、おじはフィラを引っ張って、むき出しになった膝を隠した。

「背中が痛むの？」リオナはファーガスおじに手を貸そうと、ケネスとともに急いで荷車に近寄った。「羊毛を降ろすのを手伝ったんじゃないでしょうね」

「手伝っていないよ、別嬪さん。全部マクヒースの若い者にやらせた」

　ケネスがリオナに不満そうな視線を投げた。マクヒースは誠実な取り引きをするので知られているわけではない。ケネスが同行していれば、マクヒースには羊毛を売るどころか、話しかけもしなかったはずだ。

「なぜマクヒースに？」ケネスが尋ねた。

「いちばんいい値段をつけたからだよ」

　リオナとケネスはまたもや目と目を見交わした。今度はファーガスおじもそれに気づいた。

「これこれ、ふたりともそんな顔をするんじゃない」相変わらず愉快そうにファーガスがたしなめた。「ケネス、おまえに言われたとおり、いくら払ってくれるか、何人かにきいた。マクヒースがいちばん高かったんだ」

　それはマクヒースの秤《はかり》がかさ上げしてあるからだろうとリオナは見当をつけた。ところがそれについてなにも言えないうちに、ファーガスおじはリオナとケネスの肩に腕を投げかけると、またもやにこにこと笑いかけながら、ふたりを会堂へと促した。

「さあ、仕入れてきた話を披露しよう。すばらしい話なんだ。おまえの世界ががらりと変わるんだよ、リオナ」おじはリオナにこっくりうなずいてみせた。

　リオナにはなんのことなのか、さっぱりわからなかった。ファーガスおじさんはひと家族をただで食べさせる方法でも仕入れてきたのかしら。

　会堂に着くと、ファーガスおじはふたりの肩から腕を下ろした。会堂は石造りの低い建物で、間口三メートル、奥行き六メートルの矩形《くけい》をしている。

「ふたりともダンキースのサー・ニコラスは知っているね？　アレグザンダー王からここより南にあるあの広大な土地を奉仕の褒美として授かったノルマン人だ」ファーガスおじは藺草《いぐさ》を敷きつめた床を進み、中央にある炉へと向かった。この六月の比較的穏やかな日とはいえ、炉には泥炭を燃やしてある。

「ええ、耳にしたことがあるわ」リオナは慎重に答え、ノルマン人の傭兵《ようへい》がいったいわたしとどんな関係があるのかしらと考えた。

「ぼくもある」ケネスが言った。「えらく尊大だという噂《うわさ》だ。ノルマン人だからね」

「噂が本当なら、尊大になるのももっともだよ」ファーガスおじが答えた。「ほとんど無一文で始まってあそこまで出世するのは、だれにでもできるものじゃない。彼は顔もいいうえに金持ちで、おまけに王の友人だ」

「それがねえさんとどんな関係があるの？」ケネスが尋ねた。リオナ同様彼も面食らった顔をしている。

「これからが大いに関係のある話なんだよ」ファー

ガスおじは会堂内部に優雅な趣を与えているたった一脚しかない椅子にどっかと腰を下ろした。「サー・ニコラスが妻になる女性を探しているというんだ。条件にかなう者はだれでも城に行っていいそうだ。そのなかから花嫁が選ばれる。洗礼者ヨハネの祝日の正午までに城に到着せよとのことだ。サー・ニコラスは収穫祭までに花嫁を選びたいらしい」

「六月二十三日から八月一日までなら、あまり長くはないな」ケネスが言った。「サー・ニコラスはなぜそんなに急いでいるんだろう」

「きっと城を切り盛りしていくのに妻の手がほしいんだろう。うちのリオナほど花嫁になるのにぴったりの女性がいるかね？」

　リオナはあきれておじを見つめた。わたしにノルマン人と結婚しろと勧めるなんて。ノルマン人貴族がわたしみたいな女と結婚すると思っているの？　ファーガスおじさんはやはり飲んできたんだわ。

　ケネスも同じようにびっくりしたらしい。「ねえさんをノルマン人に嫁がせるというの？」

「そうだよ、サー・ニコラスにだ。いい話じゃないか」

　リオナは信じられない思いだった。それはケネスも同じだったらしい。「たとえねえさんがそう望んだとしても」ケネスは、そんなことはありえないだろうという表情をリオナに向けた。「さっき父さんの言っていた条件とは、どんなもの？」

「ああ、それはたいしたことない」ファーガスおじはこともなげに手で払いのけるしぐさをした。「大事なのは、金持ちの男が妻を求めていること、リオナは立派な夫を持つべきだということなんだ」

「わたしが選ばれるとは思えないわ」リオナは反論した。

　ファーガスおじはまるで神を冒涜《ぼうとく》することばを吐いたかのようにリオナを見た。「なぜだね？」

リオナはなるべくおじを傷つけず、自分も心が痛まない理由を選び出した。「サー・ニコラスはきっとノルマン人の花嫁を選ぶわ」

「たしかにサー・ニコラスはノルマン人に生まれた。それはそうだ」ファーガスおじはひげの生えたあごを撫《な》でて考えをめぐらした。「しかし、いまはスコットランドの領主なんだ。ダンキースを授けたアレグザンダーはスコットランドの王であって、イングランドの王じゃない。アレグザンダー王自身ふたりのノルマン人女性と結婚しているのだから、ノルマン人がスコットランド人を娶《めと》ってどこが悪い。それにサー・ニコラスは自分の領土をボーヴィルだかボーヴューだかという変なノルマン名からもとのダンキースに戻したんじゃなかったかな」

「でも雇われて無慈悲に人を殺す傭兵だったのよ」

「そうだ、戦士だった。それに貧しかった」ファーガスおじが言った。「そういう人間は尊敬できるな。出世したんだからね」

「きっとお金持ちの花嫁を求めているわ」

「そうだよ。それなのにうちには持参金にする金がなにもない」ケネスが言い添えた。

自分たちが金貨や銀貨にほとんど縁がないのは本当だが、おじの青い目に唖然《あぜん》とした表情が浮かぶと、リオナはひるんだ。「なんだって？　なにもないのかね？」

「まあ、あまり」ケネスは決意が揺らいだのか、ことばを濁した。「前から父さんにそう言おうとしていたのに――」

「うんうん、おまえはそう言っていたな」ファーガスおじは眉根を寄せた。「そこまでひどいとは思わなかったよ」

これほど心配そうなおじは見たことがない。リオナは自分のことでおじを困らせたくはなかった。

「それはどうでもいいわ。わたしは――」

「そうだよ。金がなくても、はたしてそれが問題になるかね?」ファーガスおじはにっこり笑いながら、リオナのことばをさえぎった。「ほかの女ならそうかもしれんが、おまえの場合はおまえ自身が貴重な存在なんだ。金のつまった袋じゃなくてね」

　リオナはべつの理由を口にしてみた。「わたしはノルマン人の所帯をどうやって切り盛りするのか、少しも知らないわ」

「知らないもなにも、おまえは十二のときからわが家の切り盛りをしてきたじゃないか。それにわたしが耳にしたところでは、ノルマン人女性というのはかわいそうな存在らしい。刺繍《ししゅう》と噂話以外することがないんだそうだ」

　マゴードン一族の輝かしい栄光がこの百年のあいだに色褪《あ》せてしまったことをおじに思い出させたくはない。リオナはスコットランドの下級領主の小さな所帯を切り盛りするのと、広大な土地と城を持つノルマン人領主の所帯を切り盛りするのはまったくちがうと言うのは控えた。「ノルマン人女性の大半はもっと勤勉なはずよ。領主の屋敷内を動かしていくには時間も労力もうんとかかるはずですもの」

「おまえより上手なはずがないよ」ファーガスおじは自信たっぷりに答えた。「おまえはグレンクリースでいちばん頭のいい娘だ。ノルマン人のことばをどれだけ早く覚えたかを考えてごらん」

「わたしがいなくなったら、ここの仕事はだれがやるの?」

　これにはファーガスおじも黙り込んだ。だが、ほんの一瞬のことだった。「鍛冶《かじ》屋の娘のアグネスにしばらくまかせよう。ケネスが妻を迎えるまでだ。アグネスはよく気がつく娘だよ」ファーガスおじは息子に目配せをした。「かまわないだろう、ケネス?」

　ケネスが顔を赤らめた。

ファーガスおじはリオナに言った。「われわれが少し我慢を強いられるのはたしかだな。おまえはすっかりわたしたちを甘やかしてしまったよ、リオナ。でもそれくらいの犠牲は払わなくちゃならない。そろそろわたしたちも自分ではなくおまえの幸せを考えなければ。ほかのみんなも前々からおまえがどれだけみんなに尽くしてくれているか、よくわかっている」

ファーガスおじがやさしく褒めてくれたにもかかわらず、リオナにはおじの勧めに乗りたくない理由がもうひとつあった。「サー・ニコラスは若い花嫁を求めているにちがいないわ。わたしでは年を取りすぎよ」

「たしかにおまえはくすくす笑ってばかりいる浮ついた娘ではないが、それはおまえの長所なんだよ」

ファーガスおじはよいしょと立ち上がり、情けなさそうに微笑むと、リオナの肩をやさしくつかんだ。「リオナ、わたしは身勝手にもおまえを離さないでいた。とっくに嫁にやらなければならなかったんだ。おまえがいまより若いときに、おまえに気のあった若者を選んでけしかけるべきだったかもしれん。だが、これぞと思うのはひとりもいなかった。おまえもおまえを愛してくれる夫と慕ってくれる子供のいる自分の家庭を持つべきだ」

リオナが異議を唱えようとすると、ファーガスおじはそれをさえぎった。

「おまえのためにどうかなと思う相手はなかなかいないが、今度のはわたしもその気だよ。サー・ニコラスは一日馬を乗りまわす程度の難行しかやったことのない軟弱な紳士じゃない。一生懸命働いて、いまあるものを勝ちえたんだ。おまえのやさしさと知恵がふたりのあいだをなごやかにしてくれるだろう。持参金などなくとも、なんの支障もない。大事なのは金ではなく愛情だ。ひとたびおまえに会えば、彼はおまえが好きになる。わが一族は貧しくとも、古くから尊敬されてきた家柄なんだよ。サー・ニコラスに会いに行っても罰は当たらんのではないかな。会って向こうが気に入らなければ、そのまま帰ってくればいいんだから」

　ファーガスおじはとてもやさしく話し、愛情あふれる目で自分を見つめている。リオナはダンキースのサー・ニコラスと結婚することはもとより、おじから頼まれたことはなんでも即座に承諾しなければ、自分が人でなしになってしまいそうな気がした。

　おじがケネスをちらりと横目で見た。「リオナとわたしがダンキースに行っているあいだ、おまえはグレンクリースを守るんだぞ、ケネス。少し実地訓練をしていい時期だ」

　ケネスが顔を輝かせた。リオナはアグネスが来ることと父親の代理を務めることで、ケネスのこれまでの反対意見がすべてどこかへ行ってしまったのに気づいた。

　だからといってケネスを責めるわけにはいかない。ケネスは若く、彼なりのやり方を模索している。今度のことはいい経験となるだろう。アグネスについてだが、お互いに対する思いの深さはリオナにはよくわからない。ふたりにとっては、それぞれの気持ちがどれくらい深いものかを知るいい機会になるかもしれない。

　ファーガスおじが息子にちょっぴり顔をしかめてみせた。「アグネスは父親のところで寝起きして、昼間会堂に来るだけだぞ」

　ケネスは真っ赤になり、父から目をそらしてつぶやいた。「もちろんだよ」

「よろしい。それと食事の際にうまく言いくるめて塩をもらうようなこともやってはいかん。おまえの塩の振りかけ方といったら、まるでわが家が王家なみに裕福みたいだ」

ケネスは顔を曇らせたが、リオナはべつのことを考えていた。自分がファーガスおじとダンキースに行けば、ふたりともそのあいだグレンクリースで食事をしない。おじは気前のよすぎる接待主ではなく、他人の客となるのだ。

「いいわ、おじさん。少なくともそのノルマン人の鑑《かがみ》を見に行くべきなのね」

ファーガスおじは晴れ晴れとした笑みを浮かべてリオナを抱きしめた。「それでこそわたしの別嬪さんだ！　おまえを選ばなかったら、サー・ニコラスは愚か者だよ。おまえにふさわしくない」

リオナにはそう言いきれる自信などとうていなかった。それにほかの女性と比べられれば、きっと自分が劣っているのを知る結果となり、きまりの悪い思いをするだろう。でも自分がダンキースに行くことでファーガスおじとケネスが喜ぶなら、しかもなにがしかの食費が倹約できるなら、少しばかりのきまりの悪さくらい充分我慢できそうに思えた。

「わたしはなんと言ったかな、リオナ？」数日後ふたりを乗せた荷車が丘の尾根に差しかかったとき、ファーガスおじが声を張り上げた。

向こうには川沿いの平地が広がり、川の東側にダンキースの城が立っている。目にした者に必ず威圧感を与えるように設計された石造りのどっしりした城塞《じょうさい》だ。

そのまわりには小さな建物が集まって、かなり大きい村を形作っていた。村に通じる道に沿って農場が点在している。大麦と燕麦《えんばく》の畑もあるし、牧草地もあって羊と乳牛が草を食《は》んでいた。平地を取り囲む丘陵は森に覆われ、領主が友人たちと猟犬や鷹《たか》を使って狩りをするものと思われる。

スコットランドでもっとも貧弱な、大半が岩だらけの土地が少しばかりあるグレンクリースとはまさに対照的な眺めだった。

「みごとな城塞だと言わなかったっけ？」

「ええ、言ったわ。本当にそのとおりね」リオナはそう答え、何年もかけて築かれた巨大な城塞をじっくり眺めた。

ふたつの厚い石の城壁と一本の空堀が外側の防御手段となっている。道路と川、そしてその向こうの丘陵を監視するために、城壁には何箇所かに見張り塔が築かれている。見張り塔はそれ自体が小さな城塞を思わせた。木製の落とし格子の下を通る荷馬車がとても小さく見える。

これを建てるのにどれだけの石材やモルタルや人手を要したか、あるいはどれだけの費用がかかったか、リオナには推測することすらできない。サー・ニコラスはこの城塞が立っている土地以外に、よほどの大金をアレグザンダー王から授かったにちがいない。

サー・ニコラスには兵士や射手のほかにおおぜいの召使いも仕えているはずだ。おじの小さな地所でも毎日を円滑に運んでいくのはむずかしいときがあり、ダンキースの領主がぶつかる問題のなかにはリオナにもある程度想像できるものもある。でもよく考えれば、サー・ニコラスには補佐してくれる執事や使用人がきっといるだろう。

もしかしたら、サー・ニコラスが戦いや競技に秀でているという噂はやはり誇張ではないのかもしれない。富と城塞の規模だけで出世のほどを推し量るなら、ファーガスおじの言うように無一文から身を起こしたのだとすると、おそらく彼はたいへんな偉業を成し遂げたのだ。

「花嫁探しの知らせを聞いてやってきたのは、われわれだけではないらしい」ファーガスおじがあごをしゃくって道の先を行く荷車や馬車のほうを指した。

なかには豪華に飾りつけをして護衛に守られた馬

車も何台かある。護衛以外にもマントを着て、色あざやかな装具をつけた美しい馬に乗った男たちが馬車に付き添っている。これはきっと貴族の馬車なのだろう。ほかにもワインやエールらしい大樽《おおだる》や、食料を入れたかごや袋を積んだ荷馬車もあり、積み荷の量は大人数の食事をまかなえそうだ。

サー・ニコラスは何人くらいの女性が集まると考えているのだろう。

リオナはそのことについて考えたり、ファーガスおじのぽんこつ荷車や灰色の老いぼれ馬と豪華な馬車や立派な身なりの人々とを比べたりはしないように努めた。自分のドレスやおじのスコットランド式の服装についても気にはかけないことにした。

「アレグザンダー王はサー・ニコラスの貢献がよほどうれしかったにちがいないわ」荷車が巨大な門楼へと向かううちに、リオナは言った。

「そうだな。最近の謀反を鎮めるのに大きな働きをしたそうだ。それにサー・ニコラスはとてもりりしいという噂だよ」ファーガスおじはリオナに目配せをした。「りりしくて金持ちで美男――三拍子そろった男はめったにいない」

門楼でふたりの武装した兵士が歩み出て、道をふさいだ。どちらも黒いシャツの上に鎖帷子《かたびら》を着て、槍《やり》を持ち、鞘《さや》におさめた剣を腰に下げている。まるでサー・ニコラスはつねに包囲攻撃に備えているとでもいうように、何人かの兵士が城壁上の歩道を巡回していた。

それでもいまはまずまず平和であるし、この城塞を攻略するには大軍の兵力と大きな決意と奮闘が必要にちがいない。リオナには、そんな力が駆使できて、いまアレグザンダー王に反旗をひるがえそうというスコットランド人はひとりも思い浮かばない。サー・ニコラスの城を攻めるということは、彼に褒美を与えたアレグザンダー王にも謀反を起こすことになる。おそらくこの力の誇示はダンキース領主の力と権勢をみんなにはっきりとわからせるためのものなのだろう。

「おい、つぎ。これはなんだ？」兵士のひとりが尋ねた。訛《なまり》からサクソン系だとわかる。兵士はファーガスおじとリオナをうさんくさそうに見た。「荷車にはなにを積んでいる？」

リオナはこの兵士の横柄な態度が気に入らなかった。こちらがどんな服装であろうと、荷車や馬がどんな状態であろうと、もっと敬意をもって話しかけるべきだ。

「わたしたちの旅の荷物よ」リオナはあっさりと答えた。「そこをどいて、わたしたちを通していただけ――」

「おまえのような者から指図は受けるものか」兵士が言い返した。兵士はもう一度ばかにしたようにふたりを眺め、砂色の眉を寄せた。「おどけたことを言って、おれたちをなんだと思ってるんだ？」彼は仲間の兵士のほうを向いた。「おい、レイフ。おれたちは田舎者に思われているぞ」

ファーガスおじがベルトに差した短剣に手をやった。「この田舎者たちはなんと言っているんだね、リオナ？」

ファーガスおじはノルマンフランス語は学んだが、イングランド人のことばは少しも覚えようとしない。南から来た商人とのやり取りはいつもリオナにまかせている。

リオナは、よく訓練され、しかも残忍そうな兵士たちとファーガスおじをなんとしても対決させたくなかった。ファーガスおじも若いころはすばらしい戦士だったが、それはずっと昔の話なのだ。

「ここはわたしにまかせて、おじさん」リオナは荷車から降りた。「話をして、こちらが何者かをわからせるわ」

やせた衛兵が槍で荷車を示した。「どうせごまかすつもりでなにかを売りに来たんだろう。なにを売りに来たか知らんが、サー・ニコラスはお買いにならんぞ」相変わらず長く伸びた手のように槍を使い、衛兵はふたりがいま来た道路を指した。「回れ右して、とっととすみかの肥溜《こえだ》めに帰るんだな」

堪忍袋の緒が切れそうなところを我慢しながら、リオナは兵士のほうへ進み出た。「こちらはグレンクリース氏族長ファーガス・マゴードン・マクダーバッドよ」衛兵の前まで行くと、リオナは槍を横へ押しやってそう名乗った。

「へえ、そのスカートをはいた男は氏族長なのか？」衛兵がなれなれしい笑みを浮かべて答えた。「肥溜めの肥氏族長か。で、おまえはなんだ？　彼の娘か？　それとも……ほかのなにかか？」

リオナは不快感に唇をゆがめ、背筋をぴんと伸ばした。「彼はわたしのおじで、わたしはグレンクリースのレディ・リオナよ。道を空けてくれなければ、あなたがたの領主に衛兵が横柄だと知らせるわ」

ずんぐりしたほうの兵士が目を丸くした。「レディだって？」

突然わかったぞというようにビーズのような黒い目を輝かせ、兵士はにたにた笑いながら仲間を肘でつついた。「おい、ハリー、レディだってよ。きっとサー・ニコラスの花嫁になりに来たんだ」兵士は頭をのけぞらせ、城壁の上にいる兵士に呼びかけた。「いまの聞いたか？　この女、サー・ニコラスの花嫁になれると思っているらしいぞ！」

兵士たちがどっと笑い出し、リオナは後ろを向いた。ファーガスおじがぴったり背後についていた。

「そこまでだ」ファーガスおじは短剣に手を伸ばした。「あいつらがなにを言っているのかはわからんが、無礼だということだけはわかる。あいつらに礼儀というものを教えてやろう」

リオナはおじの腕を押さえ、剣を抜くのを止めた。

「やめましょう、おじさん。そんなことをする価値もない連中よ。さあ、この連中のご主人に会いに行きましょう」

ファーガスおじが束《つか》の間《ま》ためらった。リオナはおじが自分より厳重に武装し、しかも若い兵士と本気で戦うつもりなのかと肝を冷やした。だが、ほっとしたことに、おじはうなずいて、しぶしぶ言った。

「わかった。こんなつまらん無礼者たちよりサー・ニコラスのほうが大事だ」

どうやって城のなかに入ろうかと考えながら、リオナは荷車に戻り、座席に腰を下ろした。ファーガスおじが乗り込むあいだに、リオナはまだ門の前で笑い声をあげている兵士たちを見て、名案を思いついた。

リオナは手綱を構え、痛くはないものの馬が驚く程度の強さで馬のお尻をぴしゃりと叩《たた》いた。馬は憤慨していななき、駆け出した。同じように不意をつかれたファーガスおじがうわっと声をあげて座席にしがみついた。

「そこをどいて！」リオナは兵士たちに大声で言った。

兵士の片方がもう片方を空堀に突き飛ばし、自分もそのあとから飛び込んだ。ふたりの兵士は鎖帷子をじゃらじゃらいわせながら、空堀の底まで転がっていった。

いい気味だわ。リオナがそう思っているあいだにも、馬は門楼を通り抜けていく。城内の前庭に出ると、不安そうに速度をゆるめた。リオナは門衛や城壁上の見まわり兵が追いかけてくるのではないかと思い、後ろを振り返った。そのふたりは放《ほう》っておけ、サー・ニコラスに処遇をまかせろとだれかがどなっているのが聞こえる。

たいして慰めとなる展開ではないが、それでも兵士たちから歓迎されざる物乞いみたいに追い出されるのはまぬがれたのだ。

「ああ、わが別嬪さんや。あの連中はおまえのことを忘れんぞ！」ファーガスおじが笑い出した。

それがいいことなのかどうか、リオナにはわからなかった。「癇癪《かんしゃく》を起こすべきじゃなかったわ。戦闘好きの女王みたいに突撃するなんて、レディらしからぬことですもの」

ファーガスおじがリオナの膝をぽんぽんと叩いた。「あの兵士たちは無礼で横柄だった。それに負傷させたわけじゃあるまいし。サー・ニコラスの花嫁になったら、あいつらを追放してやればいい」

あんな連中をダンキースの城主が指揮しているのだとすれば、そんな城主の妻にはなりたくないわ。それどころか、いまのリオナはすぐさま家に帰りましょうとおじにせがみたいのをこらえるので精いっぱいだった。この城塞はあまりに巨大で、あまりに威圧的で、あまりにノルマン的すぎる。

ふたりの荷車は二番目の大きな門まで来た。門の向こうには中庭が見える。それに何台もの荷馬車や召使いや馬や兵士も。そういった人や物の発する声や音は、寄せては返す海辺の波のようで、ときおりそこに馬のいななきや、ぶっきらぼうな命令のことばが入る。

リオナはまた横柄な番兵と対決するものと覚悟したが、今度は入り口のそばに男がひとり立っているだけだった。その男は中年と思われる年のころで、ノルマン風の服装をして、明るい茶色の髪をまるで頭にボウルをかぶったみたいなノルマン人好みの変な形に刈っているので、スコットランド人でないとはっきりわかる。男は蝋《ろう》引きの書板と鉄筆を持っていた。どうやら書記かなにからしい。

「厨房《ちゅうぼう》は大広間の左だ」ファーガスおじが馬を止めると、男が言った。

とても流暢《りゅうちょう》にゲール語を話すところを見ると、もしかしたらこの男はノルマン人ではないのかもしれない。

「腹が減っていれば、そう言われて喜ぶところだがな」ファーガスおじは明らかに癇癪を抑えようとしている。「わたしはグレンクリースの氏族長ファーガス・マゴードン・マクダーバッド。こちらにいるのは姪のレディ・リオナだ。サー・ニコラスが花嫁をお探しと聞いた」

男は一瞬目に驚きを浮かべながらも、すぐに立ち直った。「なるほど。肩書きを証明するものはお持ちですか?」

これはリオナの予測しなかったことだった。リオナがあのサクソン人番兵の守る門楼をすごすご帰っていく自分たちを想像したところへ、ファーガスおじが言った。「王の勅許状でよければ、持っている。王の印章を押した正式の書類なら充分ではないかな」

リオナはびっくりしておじを見つめた。勅許状を持ってきたことなどなにも聞いていない。とはいえもうばつの悪さを味わわなくてすむと思うと、リオナはほっとした。

「充分です」男が答え、ファーガスおじが荷車から降りた。

おじは着替えの入っているくたびれた革の袋のなかを探った。「ああ、あった」羊皮紙を取り出すと、おじはそれを広げた。「アレグザンダー王みずからが署名し、印章を押したものだ」

男が勅許状をざっと調べるのを見つめながら、リオナは自分が息をひそめているのに気づいた。

「なにもかもきちんとしているようです」ファーガスおじが返された勅許状を巻き直した。男は蝋板におじとリオナの名を記した。「ダンキース城にようこそ。わたしはサー・ニコラスの執事ロバート・マートルビーです」

「よろしく頼むよ、マートルビー」ファーガスおじはいつもの陽気な口調で言った。

「こちらこそどうぞよろしく。このまま中庭に入っていただければ、馬丁頭が馬のつなぎ場所と、その……乗り物の置き場所にご案内します」

「宿舎はどうなっている？」ファーガスおじが尋ねた。

「中庭にいる者がご案内します」マートルビーが答えた。

「よろしい！」ファーガスおじは荷車に戻った。

　おじが手綱を持って舌を鳴らすと、荷車は丸石を敷いた地面を中庭に向かってごとごとと動き出した。中庭に入ると、人の話し声と騒音のすさまじさたるやたいへんなもので、五月祭のにぎやかさに市場の喧騒《けんそう》を足したよりもまだ騒々しい。人は百人ほど入るにちがいない。まだ馬車や馬に乗ったままの人もいるが、すでに乗り物を降りた人数のほうが多い。従僕たちが人々と乗り物のあいだを駆けずりまわり、さまざまな兵士がいくつもの小さな集団になり、動きまわっている。人間ばかりでなく、かなりの量の荷物も積んだ馬車を操りながら、御者同士がどなり合っている。

　これだけの人々をまとめるのがわたしの仕事でなくてよかった、とリオナは思った。一度くらい、だれになにをしてもらうかを考えるのではなく、こうしなさいああしなさいと言われるのを黙って待っているのも悪くない。

　ところがそれはもどかしいことでもあった。列を作って係りの人間と話すようにすれば、少しは混乱が解決できるのに。そして従僕が御者を厩のほうへ誘導させるようにするべきだ。それぞれの客に召使いをひとりずつつけて荷物の運搬や宿泊場所への案内をさせれば、もっと整然とするだろう。

ようやくファーガスおじが馬と荷車を中庭中央の人込みから離れた脇まで寄せた。いちばん近い建物から漂ってくるにおいから判断すると、この場所は厨房の横手に当たるらしい。

「さて、リオナ、あそこにいる立派な紳士たちのどれがサー・ニコラスだと思う？」ファーガスおじがあごひげを撫でながら、中庭を眺めて言った。

「見当もつかないわ」リオナは豪華な衣装を着けた男性たちをひとりずつ見つめた。冷酷な傭兵と思える人はひとりもいない。

ファーガスおじがあごをしゃくって灰色の馬に乗っている熟年の高慢そうな男を指した。「あれはどうだ？」

「サー・ニコラスは何歳なの？」

「なるほどそうだな。あの男では年を取りすぎだ。あそこにいるあの男かもしれないぞ」ファーガスおじはもっと若い男を身ぶりで示した。あざやかな黄色の繻子《しゅす》の服を着て、白馬にまたがっている。白馬の装具はご主人の拍車と同じ銀で、とても凝っていた。

「兵士だったようには見えないわ」リオナは注意深く答えた。

ファーガスおじは眉をひそめて思念を凝らし、うなずいた。「そうだな。あの男は服を汚したり破いたりするのをいやがりそうだ。戦いは血まみれ汗まみれになる汚い仕事だからな。あっちのあの男はどうだ？」

ファーガスおじの指が示した先をリオナが目でたどると、中庭の真ん中に身なりのいい数人の男たちと何人かの兵士に囲まれている男性がいた。身なりのいい男たちと兵士は口々になにか尋ねているらしい。中央の男性は濃い色の髪で、必ずしも若いとは言えない。急いでいるようで、尋ねられたことに答えるように、厩のほうを手で示した。「あれは馬丁頭だと思うわ」

「どうやらそのようだな」ファーガスおじはうなずいて荷車から降りはじめた。「馬丁頭なら、この馬をどこにつなげばいいかはあの男にきけばわかるはずだ。ついでに寝泊まりする場所もきいてくるとしよう。わたしが戻るまでここにいるんだよ、リオナ。サー・ニコラスらしき人を探すのも忘れないように。この中庭のどこかにいて、客に挨拶《あいさつ》をしているはずだから」

サー・ニコラスが客を迎えに出ていなければ、礼儀に反することになるが、リオナには彼が中庭にいるという確信はさほど持てなかった。でもほかになにもすることがないので、うなずいて手を振り、人込みを縫って遠ざかっていくファーガスおじを見送った。

ファーガスおじさんが戻ってくるまでどれくらいかかるかしら。それにサー・ニコラスは本当のところどんな人なのかしら。ファーガスおじさんの説明ではあまり好きになれそうな人じゃないわ。そう思いながら、リオナは中庭にいる人々に注意を戻した。

従僕が何人か馬車の荷物を降ろし、中庭の向こう側にある大きな建物へ櫃《ひつ》や包みを運び入れている。その建物は細いアーチ形の窓を除けば、兵舎のように見える。もしかしたら、サー・ニコラスの家族の住居と召使いの部屋があるのかもしれない。

そのそばにはもうひと棟長い建物があり、どうやらそこが大広間のある館《やかた》らしい。

厨房に加えて、厩と倉庫、武器庫と思われる建物もある。そのほかにもリオナのいる位置からは見えないが、城塞の守備隊の寝起きする建物がどこかにあるはずだった。

もしかしたら、サー・ニコラスは居住棟の上の階にある窓から中庭を眺め、悦に入っているのかもしれない。大喜びで家族のひとりを花嫁候補として差し出そうとしている人々がこんなに集まったのだから。

それとも自分の部屋で、これほど多くの人々に供する食事の費用をどうやってまかなおうか、どこに泊めようかと頭を痛めているのかもしれない。たくましくてさほど知的ではない元兵士が食事のことで頭をかきながら思案したり、首をひねったりしているところを想像するのは愉快だが、その想像はあまり当たっていない気がする。この城塞を見ればわかるとおり、サー・ニコラスは明らかに裕福なのだから、そんな俗事で悩むことはないはずだ。

ひょっとしたら、彼はがやがやとうるさい城を離れ、狩りに出かけているのかも。そしてすべてが落ち着いたころ、武器や鷹を携えてマントをはためかせ、蹄《ひづめ》の音を轟《とどろ》かせながら戻ってくるのかもしれない。偉大な英雄が帰館するように。

そうね、そのときダンキースの城には、歓声もあげなければ恐れおののきもしない者が少なくともひとりはいるわ。花嫁選びというだけでこれだけの混乱と騒ぎを引き起こす男性とはどんな人物か、ある程度好奇心をかき立てられるのは認めるけれど。ここに集まった人の数を考えれば、彼はひょっとすると本当にすてきな男性なのかもしれない。

どの女性が彼を射止めるのかしら。青い馬車からちょうどいま降りようとしているあの女性かしら。いいえ、あの人はどう見てもわたしより年上だわ。大広間のある館に歩いて入っていこうとしているあの茶色の髪の女性は？　青い馬車の女性と同じように立派な衣装をまとっているものの、あれではとても優美とは言えないわ。それにくすくす笑う声がここまで聞こえてくる。

たぶん、あの若くてとてもきれいな濃い茶色の髪の娘では？　赤い狐《きつね》の毛皮で縁取りをした青いベルベットのマントを着て、小型の乗用馬に乗っている。高価そうな服装に身を包み、とても立派な馬に乗ってはいるのに、どこか寂しそうで、いくぶんおびえているように見える。それにせいぜい十六歳くらいにしか見えない。

かわいそうに、あの娘もここにいたくないんだわ。リオナは同情を覚え、娘がこちらのほうを見たときに、にっこりと微笑みかけた。

娘は驚いて目を丸くした。リオナは微笑を浮かべ、わたしもここでなにをしていいかわからないのという意味をこめて肩をすくめてみせた。

娘が微笑み返した。だが、そこへ黄色の繻子の服を着た若い男がやってきて、娘に呼びかけた。男が手を貸して娘を馬から降ろし、ふたりは大広間のある館に入っていった。

ふたりが行ってしまうと、リオナは中庭に残っている馬車と人々をぼんやり眺めた。そしてさっきまでいなかった男がいるのに気づいた。男は厩の外壁にもたれ、リオナと同じように中庭のざわめきを眺めている。

シャツを着けずに襟も袖《そで》もない革製の胴着だけを着て、たくましい胸や腕がむき出しになっているところをみると、貴族ではないらしい。胴着以外の服装も、茶色の毛織りズボンにブロンズのバックルのついた幅広のベルト、履き込んだ革のブーツというように、簡素でなんの特徴もない。ズボンが太腿にぴったりしていることから、筋骨たくましいのは腕だけではないのがわかるし、日に焼けて引き締まった顔立ちは強靭《きようじん》さの盛りにある円熟期の男だと語っている。

きっと命令か上官を待っている非番の兵士にちがいない。もしかするとスコットランド人である可能性もある。なぜなら南部の服装をしているとはいえ、濃い茶色の髪は肩にかかり、ノルマン人の好む髪形とはまるで異なっているのだから。

中庭をそっと見つめるその姿はリオナに猫を連想させた。リオナは鼠《ねずみ》の穴のそばでじっと待つ猫を見たことがある。鼠が出てくるまで午前中いっぱいをかけて身じろぎひとつせず、じっと待つのだ。この男も獲物を見つけたら、同じ粘り強さで待つことができるにちがいない。このような兵士は安くは雇えないはずだから、サー・ニコラスは兵士に充分な賃金を与えていると思われる。

小間使いのひとり――胸にほくろのあるきれいな女が急ぎ足でそばを通りすぎていった。外壁にもたれた男がその小間使いに目をやったが、これはべつに意外ではない。意外なのは、そのきれいな小間使いの示した反応だった。ほかの男性には、相手が貴族でも召使いでも、にこやかに微笑みかけていたのに、この男に対してだけは緊張し、怖がっているようにすら見えた。急ぎ足をさらに速め、小間使いはリオナのそばを通り過ぎていった。

小間使いを目で追っていた男とリオナの目が合った。

リオナはまるでその場にピンで刺され、しげしげと見つめられているような心地を味わった。いままでだれからもこれほどじっと見つめられたことはない。それに男性から見つめられて、これほどうろたえ、まごついたことも。

リオナは即座に目をそらした。それなのに一瞬あとには狼狽《ろうばい》したことを後悔し、ばかな真似《まね》はやめなさいと自分に命じた。どうして真っ向から見つめ返さないの？　まるで彼に雇われている召使いみたいじゃないの。

そこでリオナは思いきって目を上げ、じっとこちらを見つめる男を見つめ返した。向こうが目をそらすまで見つめつづける覚悟だった。目と目が合い、どちらも視線をそらさなかった。

彼が濃い茶色の眉を片方、ゆっくりと吊《つ》り上げた。

あんなふうに表情だけで問いかけて、わたしが目をそらすとでも思っているのかしら。こんな変わった駆け引きでわたしが相手に勝ちを譲ると思っているの？　そうはさせないわ！

リオナも片方の眉をゆっくり吊り上げた。

彼のもう片方の眉が上がった。

ふたたびリオナは彼の行為を真似た。

彼がゆっくり笑みを浮かべはじめた。

リオナもそうした。

相変わらずリオナを見つめたまま、男が腕を下ろした。そして厩の外壁から体を離し、ぶらぶらとリオナのほうへやってきた。

## 2

あの兵士が向かっているのはわたしのところ？　いったいなにをするつもりなの？　礼儀にはずれたことをしようと言い出すのではないでしょうね？

彼にはわたしが節操のある女性だとわかるはずよ。リオナは息をはずませながら、自分にそう言い聞かせた。わたしは彼が無礼な申し出のできる召使いなんかじゃないわ。

それに頭の空っぽな女の子みたいに顔を赤らめるのはやめなさい。リオナがそう自分に命じるあいだにも、男はゆったりとではあるが迷いのない足取りでこちらに向かってくる。

こちらが見つめるのをやめれば、きっと彼は満足してわたしを放《ほう》っておいてくれるのでは？

「そこの者！」高飛車に呼びかける女性の声がした。

兵士が立ち止まり、彼もリオナも声のした馬車のほうを向いた。

馬車には着色したキャンバス地の派手な覆いがついて、後ろに垂れ幕のような開口部がある。いまその垂れ幕は開かれ、焦茶色のドレスを着て髪を白いスカーフで覆った、頬の赤い中年の女の召使いが支えている。そのそばに青白い顔をした金髪の若い女性が座っていた。女性は白い絹の薄いベールをかぶり、その上から細い金の輪飾りをはめている。首がほっそりとして長く、直線的な裁ち方で仕立てられた濃い緑の絹のドレスは、身ごろに金糸で刺繍《ししゅう》が施してあった。ルビーのように赤い唇を尊大な嘲《ちょう》笑《しょう》にゆがめてさえいなければ、とても美しい顔立ちのはずなのだが。

「そう、おまえよ」その裕福な美女は高慢な口調で兵士に言った。「こちらにいらっしゃい」

兵士は言われたとおりにした。

美女は宝石で飾った手を上げた。「あれを降ろして」指し示したのはそばに止まっている馬車で、馬車には木製の櫃《ひつ》や箱が積まれている。「どこへ運べばいいかは、わたしの父のチェスリー卿《きょう》にききなさい。なにひとつ壊さないように。壊したら、鞭《むち》で打つわよ」

「わかりました」兵士が答えた。その低い声は深い響きを帯び、彼の体つきと同じように力強かった。訛《なまり》から判断すると、彼は農民ではないし、これまで農民だったこともない。

もしかすると彼は守備隊の一員なのかもしれない。そうだとしたら彼がなぜもっと位の低い力仕事をしようとしているのかはさっぱりわからないけれど。

リオナが見つめていると、兵士は馬車の後ろに渡してある荷物の落下を防ぐ綱を解き、箱や櫃をひとつずつ降ろして地面にきちんと積み上げはじめた。その動作に伴って筋肉が盛り上がり、胴着の背中がぴんと伸びる。荷物を全部降ろしても、彼の体には汗粒ひとつ浮かんでいない。

ファーガスおじが、あれがサー・ニコラスではないかと言っていた年配の貴族が、馬車にいる若い女性のそばに現れた。

「気をつけて運ぶんだぞ」貴族はよけいな命令を兵士に与えてから若い女性に言った。「サー・ニコラスにはがっかりさせられるな。ここにいてわれわれを迎えるべきなのに」

「いなくて幸いよ、お父さま。サー・ニコラスに会う前に衣装を替えたいわ」

「われわれに割り当てられたのは小さな部屋がふたつだけだ」貴族が不満げに言った。

「こちらからどんな部屋がほしいかを言えば、きっといそいそと用意してくれるわ。なんといっても、お父さまはチェスリーの領主なんですもの」

そう言うと若い女性は金の指輪をきらりと陽光に輝かせながら、支えを求めてほっそりした手を父親に差し出した。威厳をもって腰を上げたが、キャンバス地の覆いのせいで中腰の姿勢をとらなければならず、召使いが急いで置いた踏み台に足をのせるには、身をかがめなければならなかった。

美しさを公正に評価すれば、この女性はそんな動作にも優美さと威厳がある。女性が体を起こすと、ドレスのほっそりしたウエストから下に、流れるようなひだが現れ、金糸の刺繍が日差しを受けてきらめいた。それに、ほっそりした腰のあたりの飾り帯もきらきらと輝いている。女性は片手でドレスを持ち上げ、優美な革の上靴を裾《すそ》からのぞかせると、地面に降り立った。

丸石を敷いたふつうの地面を歩かせるのがもったいないような感じすら受ける。

チェスリー卿が兵士にちらりと目をやった。「マートルビーにチェスリー卿とその娘の荷物はどこへ運ぶかきいて、そのとおりにやってくれ」

「わかりました」

チェスリー卿は尊大そうに兵士をじろりと眺めた。

「さっさとやるんだぞ」

ノルマン人貴族は、一メートル以内に近づけば自分の服が汚れるとばかりに兵士のそばをさっと通り過ぎた。娘のほうはそれより上品な足取りで父親のあとに従った。

ところが兵士は荷物を運ぶでも手助けを呼ぶでもなく、こちらを向いてリオナのほうへやってきた。

リオナは当惑したものの、それが顔に出ないよう注意した。それに心がうきうきしていることも。はしゃいでいる場合じゃないわ。毅然《きぜん》とした態度をとって、自分が召使いでもなければ、ものを売りに来た商人でもないことを言わなければ。

男はリオナの馬車まであと一歩のところで足を止め、少しもためらいのない謎《なぞ》めいたまなざしでリオナを見つめた。今度もリオナは彼の視線とその存在にとらわれたような心地を覚えた。不愉快な感覚のはずなのに、そうではない。むしろぞくぞくする。

「そちらの荷物もわたしが運んだほうがいいかな」

ややかすれた深く響く声で彼が尋ねた。その声はそれ自体が誘惑を秘め、荷物のこと以外も問いかけているような気にさせる。

一体全体、わたしはどうしてしまったの?

その答えがなにも出せないうちに、城壁の歩道で動きがあり、リオナも男もそこにいる衛兵を見上げた。衛兵は中庭にいる男のほうへ、恐怖に近い表情を浮かべた顔を向け、すぐさま気をつけの姿勢をとった。リオナはいま自分と向かい合っている男が単なる歩兵などではないと悟った。

武器や武術の訓練を受けているように見受けられ、

ここで雇われている人々から恐れられている、比較的若くてハンサムな男性……。

といえば、もちろん……。

「いいえ、ありがたいことですが、それには及びません、サー・ニコラス」リオナはあっけに取られていることも興味津々であることもいっさい顔には出さずに答えた。「ほかにしなければならないことがいっぱいおありでしょうから」

彼が眉をひそめた。「実を言うとそうなんだ」

「それなら、どうかここでわたしと立ち話などなさらないで。荷物はおじとわたしで充分運べますから」

いまではリオナがダンキース城主のサー・ニコラスだと確信している男性は、堅苦しくお辞儀をすると背を向け、遠ざかっていった。残ったリオナは考え込んでしまった。どうしてノルマン人貴族がそうではないふりをしているのかしら。

しばらくのち、ダンキースの城主は自室の細いアーチ形の窓から下の中庭を見ていた。中庭には馬車も馬も人ももうほとんどいない。

彼の部屋は主《あるじ》と同じように禁欲的だった。なめらかな石の壁にはタペストリーが一枚もかかっていない。革の蝶番《ちょうつがい》とブロンズの錠のついた白木の櫃が壁際に置いてあるが、これには十分の一税の納入状と地所の帳簿がしまってある。そのほかの家具もすべて簡素さにおいては似たりよったりで、床にはなにも敷いていない。この部屋で豪華な品物といえば、扉のそばのテーブルに置いてある銀製の水差しと、みごとな細工を施した同じく銀製の酒杯くらいのものだ。

ニコラスは背中で両手を組み、自分が何者かを言い当てた中庭の若い女性を見つめた。いや、こちらが何者かはほかの方法で突きとめたのかもしれない。

ニコラスが中庭を去ってから、女性はおんぼろの荷車から降りたものの、そのそばを離れようとはしていない。雇い主からどこへ行くべきか、指図があるのをまだ待っているにちがいない。

「これまでに到着したのは、身分の高い親族に伴われたレディが十名、召使いが二十六名、兵士が百十名です」ニコラスの後ろで執事が言った。「予想よりレディと同行者がふた組多い勘定になります」

あの茶色の髪に明るい目をした女はそのうちどの貴族の召使いなのだろうとニコラスは考えた。不満をこぼしていたチェスリー卿とその美しい娘の召使いではない。もしもそうであれば、知らない男に話しかけたことを厳しく叱《しか》られたはずだ。

あの女は驚くほど大胆にもわたしに対して堂々とした態度をとった。これまであのような態度をとった女性は召使いには皆無だし、召使い以外にもごくわずかしかいない。実のところ、大胆で興味をそそられるあまり、ベッドに誘いたい衝動に強く駆られたくらいだ。あの明るく輝く瞳は情熱と渇望と興奮を約束してくれているようだった。

もちろん誘いなどはしなかった。生まれてこのかた召使いを誘惑したことはない。それに妻を求めているはずのいまは、当然そんなことをすべきでない。

執事のロバート・マートルビーがそっと咳《せき》払いをして、自分がまだいることを知らせた。

ニコラスは当面の問題に無理やり意識を戻し、執事に向き直った。「予想外の数になったにもかかわらず、すべての客と召使いに部屋を割り当てられたのか？」

「はい。兵士の一部は外庭に天幕を張って、そこを宿舎にしました。ダンキースの兵士も数名そこに寝泊まりさせますから、待遇が不充分だという文句は出ないでしょう。それに監視もできます」

ニコラスはうなずいて同意を示した。「チェスリー卿とその令嬢にはもっと広い部屋をあてがってくれ。チェスリー卿は割り当てられた部屋が不満なようだ。狭すぎるらしい」

ロバートは眉を寄せ、手に持った一覧表を眺めた。

「それでは支障が出るか？」

「たぶんサー・パーシヴァル・ド・シュルルポンの部屋と替えられるでしょう」

「するとサー・パーシヴァルはわたしの部屋の隣になるのか？」

「ええ、そうです」

「それはいい。ではそうしてくれ。こちらに手ちがいがあったので、それを正すというようにやってもらいたい。支障が出たとか、苦情があったので変更するのではなく、パーシヴァルをもっと丁重にもてなすためだと思われるように」

「わかりました」

「パーシヴァルはだれを連れてきた？」

ロバートは書板に目を戻した。「いとこのレディ・エレナです」執事は目を上げ、ニコラスを見た。「サー・パーシヴァルがいちばん近い身内のようです」

「どんな娘だ？」

「きれいで控えめです」

ニコラスは中庭にいた若い女性たちを思い返してみた。だが、これといった娘はひとりも思い出せない。いくらかでも覚えているのはふたり――あの大胆な小間使いとチェスリー卿の高慢ちきな娘だけだ。

「レディ・エレナはいくつだ？」

「十七歳です」

少女など妻にしたくはない。妻として求めているのは家政を取り仕切り、その責任を担ってくれる有能な女性だ。それに内気でおどおどした花嫁と初夜を迎えたい気持ちはまったくない。

編んだ髪を背中に垂らし、聡明《そうめい》そうな額に後れ毛の遊ぶあの茶色の目の無作法な小間使いなら、内気ではないはずだ。この腕に抱きしめ、唇を奪ったら、どんな反応が返ってくるかを想像すると、ニコラスは血潮が熱くたぎるのを覚えた。

「サー・パーシヴァルは相当額の持参金を用意するとのことです」

ふたたびニコラスはあの小間使いのことを考えるのはやめろと自分に命じた。「実に裕福な一族だと聞いている」

「はい、そのとおりです。かなりの持参金が入れば、どんな問題が起きてもその解決に大きな助け……」

ロバートはニコラスの不機嫌な表情を見て顔を赤らめ、ことばを濁した。

「収穫祭を祝って婚礼を挙げるまでの資金は充分にあるだろう？　羊毛がかなりの額になったはずだ」

「はい、そのとおりです。しかし今回の……今回の……」

「客は彼らの期待にそってもてなさなければならない」ニコラスはロバートが今回の花嫁探しを適切に言い表すことばを探しているあいだに言った。「こちらが必死であると思われたくはない。当然必死などではないが」いずれにしても、いまのところはまだちがう。「だれにもわたしが資金不足だと悟られないようにするのはおまえの役目だぞ」

「まだそのような窮境には陥られていませんよ」ロバートが請け合った。

「よろしい。収穫祭までにわたしは花嫁を得るか、少なくとも婚約をして持参金の約束を取りつけなければならない。ほかにはだれが来た？」

「エグリンバーグ伯爵の娘レディ・メアリー、アンズリー公爵の妹レディ・エリザベス、オルトリュー伯爵の娘レディ・キャサリン、ケジックのサー・ジエイムズを後見人とするレディ・イザベル、サー・ジョージ・ド・シルリーの娘レディ・エロイーズ、アングルヴォワ公爵のまたいとこレディ・ラヴィニア、兄オードリックに伴われてきたセント・スイジンズ・バイ・ザ・シー大修道院長の姪《めい》レディ・プリシラ、ケントのチェスリー卿の娘レディ・ジョスリンド。以上です」

　なるほど、あの高慢な美女はレディ・ジョスリンドというわけか。父親も同じように高慢で横柄な男だ。まるで従僕のように荷物を運べと命令した相手がこの城の主だと知ったら、あの父娘《おやこ》はどんな顔をするだろう。これはおもしろい。ただしふたりの性格を考えれば、こちらがダンキース城主だと名乗らなかったことに腹を立てる可能性はある。もっともらしい釈明ができるようにしておかなければ。

　ニコラスは窓辺に戻り、例の小間使いがいまもまだ荷車のそばに立っているのを見た。小間使いは我慢もそろそろ限界に近くなっているというように、体重をかける足を替えている。「九人でしかないな」

ニコラスはちらりと執事を振り返った。「十番目はだれだ？」

「取るに足りない無名の娘です。実のところ中庭に入れるのを断ろうとも思ったのですが、娘のおじが勅許状を携えていました。それに高貴な生まれのすべての女性を考慮に入れるとのことでしたので。娘には資格があります」

　ニコラスは問いかけるように片方の眉を上げた。中庭でそうしたのと同じしぐさだ。あのときは小間使いの田舎娘がこちらを真似《まね》たように眉を上げて驚かせ、内心愉快にさせてくれた。あれほどおかしかったのは、そう……実に久しぶりだった。「入れるのを断ろうと思ったが、勅許状を持っていたというその貴族はだれだ？」

「スコットランド人で、グレンクリースの氏族長です。守備隊のスコットランド人にきいてみたところ、北部にある小さな地所の持ち主のようです。政略上ではまったく重要ではありませんし、きわめて貧しい氏族長と理解しています」

「スコットランド人貴族はひとりしか来ていないのか？」

「そうです」

たったひとり。そしてそのたったひとりはこの国の貴族なのだ。ニコラスがこの土地の名前を本来のゲール語の名前に戻したことや、ニコラスの妹がスコットランドの氏族に嫁いだことは、スコットランド人にとって重要でないのははっきりしている。彼らにとってニコラスはいまだに、なにはさておきノルマン人の典型であり、スコットランドに歓迎されざる侵入をしたノルマン人の行為の見本なのだ。

それでもなお、彼らがどう考えようとも、ニコラスはダンキースを手に入れた。スコットランド人が扱いにくかろうと扱いやすかろうと、彼はダンキースを維持していくつもりだった。そのために結婚という手段で金と勢力を得なければならないなら、そうするまでだ。

扉を叩《たた》く音がして、ニコラスはくるりと振り向いた。扉が開き、例のスカート式の服を着たスコットランド人が勢いよく部屋に入ってきた。身の丈は低いが屈強な体つきで、おなかが突き出し、灰色の髪をしてあごひげを生やしている。

ニコラスが用件をきく暇もなく、スコットランド人は足を止め、腰に両手を当ててニコラスと執事に笑いかけた。「ようやく見つけた！」強い訛のあるノルマンフランス語で彼は言った。「お近づきになれて大いに喜んでいますぞ。中庭で客人を迎えていらっしゃるかと思ったが、なるほどノルマン人にはノルマン人の礼儀作法があるらしい」

彼は室内を見まわしてから、視線をニコラスに戻した。

「すばらしい城塞《じょうさい》ですな。この部屋はややがらんとしているが、結婚なされば、奥方が模様替えをするでしょう」

ニコラスはまずこの男は頭がかなりどうかしていると思った。そしてロバートはいまにも気絶しそうな表情をしている。

「サー・ニコラス、わたしは……わたしは……」ロバートは明らかに度を失い、なにが起きたのかをどうにも説明しかねている。

このスコットランド人はずうずうしくはあっても、悪意はないようだ。「ダンキースへようこそ」ニコラスはそう応じ、ロバートをちらりと見て、自分は怒っていないと伝えて安心させた。

ロバートがことばを発する程度に立ち直った。

「こちらはグレンクリースの氏族長ファーガス・マゴードン・マクダーバッドです」

貧しくて政略上は取るに足りないスコットランド人貴族だ。このスコットランド人に直接会ってどう思おうと、またこのスコットランド人がいかに貧しくてどうでもいいような人物に見えようと、ここはやはり如才のない応対をすべきだとニコラスは思っていた。スコットランドに住んで十年になるが、いまだに氏族間の入り組んだ関係がさっぱりのみ込めずにいる。この男が当人よりずっと政治的に有力な人物と親戚《しんせき》関係にある可能性がないとは言いきれない。

そこでニコラスは微笑を浮かべ、穏やかに尋ねた。

「なにかわたしでお役に立てることはありますか？」

「そちらからなにかをしていただくより」スコットランド人は陽気に答えた。「こちらがお役に立ちたいのですよ。申し分のない花嫁を連れてきました」

彼は率直で満足げな笑みを満面にたたえた。「姪のリオナです。すばらしい娘でしてね、結婚相手としてこれ以上望むべくもない。やさしい娘で、二歳のときに両親を亡くして引き取って以来、わたしの人生の喜びとなってくれました。それに十二のときからわたしの家の切り盛りをしてくれています」ニコラスとロバートがひとこともはさめないうちに、彼は先を続けた。「リオナの命令には召使いたちも問題なく従うし、彼らを上手にまとめて、みんなから愛されています。うちのリオナほど召使いから愛されているレディはノルマン人のなかにもそう多くはないのではありませんかな。それに姪は頭もいいんです。あらゆる帳簿をつけていて、なにに何ペニー遣ったかをすべて知っている。わたしのために多額の節約をしてくれているんです。こんなことを話したところで、ふくらんだ財布をお持ちのそちらにはあまり意味はないかもしれませんがな。しかしそれでも、だれだって妻は浪費家でないほうがいい。リオナにはたいした持参金はないが、あなたのように裕福な人にはそれは問題とはならんでしょう。財布の中身が少々増えても、妻のせいで不幸な人生を送ることになったのでは、なんにもならない。リオナなら、そういうことには絶対なりませんぞ。どんな男でも自慢できる花嫁になるでしょうが、わたしとしては、そこらへんの男にリオナを差し出す気は毛頭ありませんな」

それだけ言うと、スコットランド人は胸で腕を組み、死よりひどい悲運からニコラスを救ったとでもいうように、にこにこした。

あいにくファーガス・マゴードンにとって自分の姪は最高にすばらしい娘であろうと、貧しいとなれば、ニコラスの花嫁になれる可能性はない。

ニコラスにとって妻個人の性格より持参金のほうがはるかに重要なのだ。

とはいえ、ファーガス・マゴードンはどのスコットランド人を見てもそうであるように、おそらく自尊心が高く、初めからあなたの姪ごさんは考慮に入れませんよなどと答えては、侮辱されたと考えそうだ。ここは即座に彼の姪をはねつけるようなことを言ってはいけない。

「姪ごさんをダンキースにお連れくださったことに感謝します」ニコラスは折り目正しく言った。「さぞかしすばらしい娘さんでしょう。どの女性に対してもすべての点を考慮して、決断を下します。さて、失礼でなければ、わたしはほかの用件で執事と話があるのですが」

「ごもっとも！」ニコラスがほっとしたことに、丁重に退室を促されてもこのスコットランド人は少しも当惑したようすを見せず、扉に向かった。「これだけ立派な城塞を構えていれば、とてもお忙しいでしょうからな。城ばかりでなく、兵士もだ。大軍をお持ちだが、ここを攻めようと思う者などいますかな？　そんなことを考える者は頭がどうかしている」

そして現れたときと同様、いきなり彼は去っていった。

あとには嵐《あらし》のあとの静けさが残った。いや、嵐の前の静けさと言うべきだろうか。

「どうかお許しください」たったいま起きたばかりのできごとに仰天しながら、ロバートが言った。「あんなふうに現れてあんなことを言うとは、思いもしませんでした。これっぽちも！」

真っ赤になって憤慨しているロバートの顔を見ると、ニコラスは横を向いて窓の外を眺めざるを得なかった。めずらしく笑いが込み上げてきたからだ。

彼は例の小間使いがまだ荷車のそばにいるのに目をとめた。「つまり、おまえが彼をこの部屋に招き入れたわけではないということかな？」

「そうです。断じてそんなことはしません！」

「それならおまえのせいじゃない」

「いますぐこの城を出ていけと告げてきます」

「わたしはそうしろとは言っていない。あの男は今回現れたたったひとりのスコットランド貴族だ。わたしが最終的な決断を下す前に追い出すようなことをするのは賢明とは思えないな。この国では血脈や家族の絆《きずな》がとても強い。あの男自身はほとんど重要な人物ではないとしても、親戚は有力者かもしれない。彼が侮辱されたと考えれば、親戚が結束してわたしに向かってこないとも限らない」

「あの男にわれわれの障害になりそうな親戚があるとは耳にしたことがありません」

「氏族間のつながりは複雑だ。わたしには妹の嫁いだ氏族と親戚関係にある氏族がいまでは半分も思い出せない。ここはうかつな真似はしないほうがいいだろうから、少なくともあの男の姪を花嫁候補に入れているふりをすべきだ」

　突然あのずんぐりしたスコットランド人が中庭に飛び出してきて、例の小間使いのほうへまっすぐに向かった。

「リオナ！」スコットランド人は手を振って叫んだ。相手が手を振り返し、急いで彼のほうへ駆け寄った。

　これはこれは。あの娘が氏族長の姪なのか？　わたしがベッドのなかにいるところを想像するのをやめろと自分に言い聞かせている娘が？

「やっぱりここにいたのか。花嫁になろうとやってきた美女の群れと話を交わすより、ここにこもっているほうが兄上らしい」

　ニコラスは一瞬目を閉じ、短気を起こしませんようにと祈ってから、扉のほうを向いた。

　弟のヘンリーは部屋に入ってくると、無造作にニコラスの椅子に腰を下ろし、両足をテーブルにのせた。兄と同じくヘンリーも筋肉質のたくましい体をしている。現役真っ盛りの戦士だが、いまは世の中には悩みの種などひとつもないといったようすで澄ました笑みを浮かべている。

　ヘンリーに悩みなどひとつもないのはおそらく本

当だ。

「下がってくれないか、ロバート」ニコラスは自分が経てきたような苦労をいっさい知らずにきた弟への羨望《せんぼう》を抑え込んだ。

「兄上に別れの挨拶《あいさつ》をしに来たんだよ、ロバート」ヘンリーはひらりと手を振って言った。「とはいえ、もう二、三日滞在していたい気がするのは認めざるを得ないけれど。まさかこれだけ美女が集まるとは思いもしなかったな。あのくすくす笑う癖のある娘……」彼は肩をすくめて首を振った。「毎朝目覚めるたびにあの顔を見るのはいやだな」

「おまえはその前の夜に楽しい思いさえできれば、翌朝ベッドで隣にだれがいようと気にしないんじゃなかったのか」

ヘンリーが笑い声をあげた。「そりゃ妻となれば、気にするさ。だからこそぼくは自分が花嫁を求めていると公言して、候補者を集めて競わせるようなことはしないんだ。実際、兄上のやり方ではまるで兄上が種馬のように思えてくるよ」

ニコラスはわずか二歩で弟のところまで行くと、テーブルから弟の足を払った。「泥だらけのブーツを床から離すんじゃない」

ヘンリーはむっとした表情で兄を見つめた。「兄上が年を取って気むずかしくなったのに気づかなくて申し訳ない」

「そのテーブルはわたしがオブレー公爵のもとで仕えた最初の半年間に得た給金より高いんだ。おまえはうちが貧しかったときを忘れられるだろうが、わたしはちがう」

「ちゃんと覚えているよ」

「それはよかった」

ヘンリーは立ち上がった。「だから兄上が有力な縁者のいる家柄から裕福な妻を迎えようとするのはなぜか、よくわかるよ」すぐかっとなるヘンリーはようやく機嫌を直しつつあった。いつものことだ。

「それはぼくも同じだ。問題なのは方法なんだよ」

ニコラスは銀の水差しから自分のためにワインを少しついだ。「花嫁を探して国じゅうを走りまわるより、候補者に来てもらうことのどこが悪いのかわたしにはわからないね」

「そのほうが簡単にすむだろうけれど、こちらから出向いていくほうが安くつくんじゃないのかな」

たしかに安く上がるだろう。しかしニコラスはだれにも自分の財政的な問題を悟られたくなかった。弟にすら。「費用が問題なんじゃない」彼はもうひとつの酒杯にワインをつぎ、ヘンリーに手渡した。

「自分の住まいから遠くには行きたくないんだ」

ヘンリーはワインをひと口飲み、酒杯の縁越しにニコラスを見つめた。「ここがぼくの住まいなら、できるだけ頻繁に出かけるね。気候ひとつを取ってみても――」

「わたしは雨など気にもかけない。城のなかにいて濡《ぬ》れないとなれば、なおさらだ」ニコラスは椅子に腰を下ろした。

「それはたしかにそうだな」ヘンリーがテーブルに寄りかかった。「でもスコットランド人の相手をしなければならない。頑固で粗暴な連中だ」

「メアリアンもスコットランド人と結婚する前はそう言っていた。それがいまでは実に幸せそうだ」

ヘンリーはふんと鼻で笑い、ニコラスの上質なワインをもうひと口飲んだ。「メアリアンは女だし、女が心の奴隷であることは兄上もぼくも知っているじゃないか。兄上はスコットランド人と結婚しようと思う?」

「多額の持参金があって有力な家柄の娘なら、考える」

「兄上なら平気でそうするだろうな」

ニコラスはかっとした。「わたしはスコットランド人の国に住んでいる。それにこの土地をわたしにくれたのはスコットランド人だ」

ヘンリーが酒杯を大きなテーブルに置いた。「気をつけたほうがいいよ。でないとメアリアンみたいにノルマン人というよりスコットランド人みたいになってしまう。すでに兄上は髪をスコットランド人みたいに伸ばしているじゃないか」

「このほうが時間が節約できるんだ。とはいえ、だれと結婚しても、わたしがスコットランド人とまちがえられることはないだろう。メアリアンについては、満足しているようだ。わたしもメアリアンの夫という盟友が得られて喜んでいる。この国では得られるかぎりの同盟関係がほしい」

ノルマン式の髪形をしているヘンリーはワインをたっぷり口に含んでから唇をぬぐった。「妻自身も頼りにできる存在でないとだめだな」

「当然だ」ニコラスは酒杯をテーブルに置いた。「出費や召使い同士のいざこざのことなどでわたしの頭を悩ませずに所帯の切り盛りができなければならない」

「美人でないとだめなんだろうね？　それとも昼間は妻の顔を絶対に見ないことにする？　蝋燭《ろうそく》や松明《たいまつ》の燃えているところでも」

「もちろん老いた醜女《しこめ》とは結婚したくないが、よほど醜くはないかぎり、わたしには妻の容姿は問題ではない」

ヘンリーは兄のことばを信じていないことを隠さなかった。「以前の兄上は美女を見る目があったのに。それどころか、その方面では実に好みがうるさかった。子をなすまで何度か愛を交わさなければならない相手であることを考えれば、美人のほうがいいと兄上が言ってもぼくは驚かないね」

「娼婦《しょうふ》に求めたのは、肉欲を満たすことだけだ。妻となれば、そうはいかない」

「もっともだ」ヘンリーが得意げに声をあげた。「思うに、その妻は兄上の子供たちの母親になるわけだから。そろいもそろって醜い子供ばかりというのはいやだろう？」

「わたしは息子たちには勇気のある高潔な男であってもらいたい。娘たちには高潔で慎み深い女になってほしい。母親がそうであるのと同じように。外見はそこまで重要じゃない」

「兄上が未来の妻の容姿についてどこまで本気かは、花嫁を選んだときにわかるな」ヘンリーはテーブルから体を離した。「さて、行くかな。日暮れまでにダンバーディーに着くには、もう出発していなければならない」

ニコラスは立ち上がり、弟の腕をつかんだ。「旅の無事を祈っているぞ、ヘンリー」

「宮廷でこれはという情報を耳にしたら、知らせるよ。兄上にどれだけ世話になったかはわかっているし、忘れない。兄上の力になれるなら、どんなことでもやるよ」

ニコラスは驚いて弟を見つめた。そして弟の顔に浮かんだ感謝の表情が心からのものであるのを知り、虚をつかれた。

ヘンリーが扉に向かった。「それでは、兄上」彼は戸口で足を止め、ニコラスにからかうような笑みを投げた。「なにをするにしても、自分を安売りしてはだめだよ」

ついさっきのヘンリーの感謝のことばが生んだ温《ぬく》もりは消えてしまった。

「わたしは自分を売ってなどいない」

ヘンリーは癪《しゃく》に障るほどもったいぶって答えた。

「もちろん売っているさ。ちょうど女たちがそうするように。でも腹を立てることはないよ、兄上。世の中とはそんなものだからね。それでは、幸運を祈っている」

ヘンリーが出ていったあと、ニコラスはもう一度窓辺に行き、背後で手を組んだ。太陽の高さは真昼を過ぎている。ヘンリーがダンバーディーまで行くには馬を速く駆らなければならないだろう。そして喜んでそうするはずだ。ヘンリーはまだ若いし、昔から無鉄砲だった――そうであってもかまわなかったから。ヘンリーは修道院にいる妹の学費や生活費を払う必要がなかった。自分に必要なものはあとまわしにし、弟に戦士として最良の訓練を受けさせ、最良の武器を買い与えなくともよかった。ヘンリーは宿屋に泊まる費用を節約して厩《うまや》に寝ることもなければ、食事を抜かなければならないこともなかった。

死の床にある母に、弟と妹の面倒は必ずみると誓い、強制されたわけでもないのにその誓いをなんとしても守ってきたのはヘンリーではないのだ。

苦闘の年月が過ぎたとき、ニコラスが全力を尽くして出世しようと心に誓ったことをヘンリーは知らない。ニコラスは富もあって敬意を払われるだけでなく、だれからもなにも奪われず、自分や家族が脅かされない安全を確保した地位にまで自分を高めるつもりだった。

その誓いを胸に、自分の戦士としての力量のみを頼りに腕を磨いて戦い抜き、この土地を得たのだ。貴族の後ろ盾も縁故もなく。

それでもなお、いまのこの時勢では安心することも満足することもできない。この城と土地を守っていくためには、有力な家柄から裕福な妻をもらわなければならない。

なんとしてもそうするぞ。

# 3

　リオナはダンキース滞在中に自室として割り当てられた部屋を出た。これからファーガスおじに会い、ふたりで大広間に行って洗礼者ヨハネの日を祝う特別な宴《うたげ》を楽しむことになっている。ファーガスおじによれば、この宴は洗練されたノルマン式の流儀で客のすべてを歓迎するために催されるとのことだった。

　ふたりの部屋は大広間からいちばん離れているので、部屋のある建物を出るには、衛兵のいる外側の扉を通るより階上にある回廊を経由したほうが近道だった。ふたりに当てられた部屋は本来は領主の家族や客の従者用で、あまりにおおぜいの客がダンキースに押し寄せたため急遽《きゅうきょ》使うことになったのではないかとリオナは考えている。

　広さや位置はべつに問題ではない。どちらの部屋もリオナやファーガスおじには充分すぎるほどの広さだし、それぞれをひとりで使えるのはありがたい。グレンクリースではリオナはほかの女性数人といっしょに住まい《ティヤハ》で暮らしている。それがここでは、小間使いを連れていないリオナには部屋がまるまるひとりのものなのだ。今夜はメイヴのいびきも聞こえてこないし、エイリーンがおまるを使う音も聞かなくてすむ。寝る前にえんえんと続くシェイスとシーラのひそひそ話に悩まされることもないのだ。今夜はうれしい静けさのなかでゆっくりひとりで眠れる。

「どんな料理が出るのかな」中庭を歩きながらファーガスおじが言った。「ノルマン人はなんでもかんでも香料を入れたソースにつけると聞いているぞ」

「きっとわたしたちの好みに合うものがあるわ」リ

オナはおじの腕に自分の腕をからませた。村で洗礼者ヨハネの日を祝うために焚《た》かれた大きな篝火《かがりび》の煙のにおいを風が運んでくる。

「そうだな」ファーガスおじは横目でリオナをちらりと見た。「おまえはサー・ニコラスをどう思うだろうね」

リオナはどんな気持ちも表情に出すまいとしたが、頬が赤くなるのをどうすることもできなかった。

「きっととても立派な兵士だろうと思うわ」

「たしかに彼は堂々としている。立派な人物だよ」

ファーガスおじはなにかすばらしい秘密を持っているかのように、ひどくうれしそうだ。リオナはこれは怪しいと思い、即座に尋ねた。「サー・ニコラスに会ったの？」

もしも会ったのなら、サー・ニコラスはおじさんになんと言ったの？

ファーガスおじはそれには答えず、深緑色をしたリオナの地味な毛織りのドレスをしげしげと眺めた。

「新しいドレスを買ってやるべきだったな」

「これでも充分すぎるくらいよ」リオナはドレスを撫《な》で下ろした。「絹や繻子《しゅす》や錦《にしき》織りのドレスでは、きっと落ち着かないわ。サー・ニコラスに会ったの？」

「うまそうなにおいがするぞ」ファーガスおじは大広間の扉を開け、問いには答えないままリオナをなかへ促した。

人でいっぱいの豪華な大広間に入ったリオナは、おじが答えてくれないことを束《つか》の間《ま》忘れた。間口が十メートル、奥行きが二十メートル近くはある大広間で、奥には一段高い壇があり、両脇《りょうわき》には柱が並んで高い屋根を支えている。太い梁《はり》を支える持ち送り部分にはさまざまな獣の頭らしきものが彫刻してある。壇には白い麻布をかけた長テーブルと彫刻を施した椅子が置かれ、その向こうには華やかなタペストリーがかかっている。タペストリーはほかの壁にも装飾として用いられていた。足元に敷いてある藺草《いぐさ》はローズマリーと蚤《のみ》よけ草のにおいを放っていた。

大広間にいるおおぜいの貴族たちは立派すぎるほどの衣装を着て、その話し声がざわめきとなっていた。ここでも中庭と同じように、召使いの群れが動きまわり、テーブルに麻布をかけている者、食器を並べている者もいれば、松明《たいまつ》に点火している者もいる。猟犬がうろうろと歩きまわり、藺草のにおいをくんくんと嗅《か》いだり、なにか期待するようにあたりを——とくにおいしそうなにおいの漂ってくる厨《ちゅう》房《ぼう》に通じる扉のあたりを見まわしたりしている。

一度ならず召使い同士がぶつかり、文句を言ったり、苛立《いらだ》った表情でにらみ合ったりしていた。若い召使いのなかにはひどくまごついている者が何人かいて、ああしろこうしろときつい口調でたしなめられている。

ここではちょっとした命令ができる地位にいる女性はひとりもいないらしく、指示はすべて門のところで会った執事が出していた。執事は壇の隅に立ち、あわてているようにも、途方に暮れているようにも見える。明らかにこのような立場にいるのは荷が重すぎるらしい。それとも客の数に圧倒されているのだろうか。

テーブルはもっと前から用意をしておいて、麻布は料理を出すちょっと前にかけたほうがいいと執事に助言できればよかったのだけれど。もっと細かく指示を与えれば、召使いたちも整然と動けるだろう。それに、年若い召使いには初歩的な仕事だけをまかせるべきだ。

リオナは厨房の召使いたちはそれぞれ持ち場を決めて働いているのだろうかと考え、そのあとで、わたしの心配することではないと気づいた。わたしはここではほかの貴族と同じくお客なのよ。

突然だれもが話すのをやめて、リオナとファーガスおじのほうを見た。どの顔にもがっかりした表情が浮かび、次いでそれは侮蔑《ぶべつ》とばかにした笑いに変わった。

「みんなサー・ニコラスが現れたと思ったようだな」ファーガスおじが言った。おじはまるで泥をはね散らかしているように見られているのには気づいていないらしい。いや、泥というより肥やしだろうか。「サー・ニコラスの姿は見えないが、フレデラがいるよ」

ファーガスおじは紺色の毛織りの地味なドレスを着た女性に笑いかけた。女性はでっぷりしたウエストに簡素な革の飾り帯を巻き、頭には四角い麻布をかぶっている。その服装と親しみやすい顔立ちから判断するに、フレデラは貴婦人ではなく、貴婦人の召使いのようだ。もし貴婦人なら、ダンキースまでやってきた貧しい貴族はリオナたちだけではないことになる。

フレデラが何者であれ、金持ちであろうと貧乏人であろうと、また農民であろうと貴族であろうと、だれとでも親しくなってしまうのはとてもファーガスおじらしい。これはリオナがファーガスおじを愛している理由のひとつでもある。

「フレデラはレディ・エレナに仕えているんだよ。レディ・エレナはサー・パーシヴァル・ド・シュルルポンのいとこだ」ファーガスおじはそう説明しながらあごをしゃくり、大広間の反対側にいる男性を示した。「中庭で見たあの着飾りすぎの青二才だよ。その隣にいるのがレディ・エレナだ」

リオナには黄色の繻子の服を着ていた若い男性がそれだとすぐにわかった。レディ・エレナはとても悲しそうにしていたあの美しい少女だ。金糸で縁取った薄絹の深紅のドレスをまとい、濃い茶色の髪に金の輪を飾ったレディ・エレナは、大広間でいとこのそばに立っているいまも、少しも楽しそうではない。サー・パーシヴァルはあざやかな緑の縁取りのある孔雀《くじやく》の羽根のような青緑色のチュニックに着替え、首には太い金鎖を巻いている。緋《ひ》色に染めた、金と銀の模様が浮き出たブーツひとつを取ってみても、ファーガスおじの飲むワイン一年分の金額になりそうだ。

　どの貴族も同じように、あざやかな彩りのすてきな糸で刺《し》繍《しゆう》した贅沢《ぜいたく》で美しくて高価な衣装を身に着けている。その材料の質と種類の数は気が遠くなりそうなほどで、その値段については、金や銀に高価な宝石を使った指輪や首飾りは言うに及ばず、レディたちのまとっているドレス一着だけでファーガスおじ一家の生活費がおそらく半年分はまかなえるにちがいない。

「リオナ、ちょっとフレデラに挨拶《あいさつ》してきたいんだが、いいかな。住居棟の管理係を探しているときに、とても親切にしてもらったんだ」

　ファーガスおじはリオナの返事を待たずにその年配の召使いのほうへさっさと向かった。おじを呼び戻せば、よけいな注目を浴びることになるので、リオナは大広間の端に移動し、集まっている貴族たちを観察した。

　向こうのほうで、黒の長いチュニックを着たチェスリー卿《きよう》が貴族の小さな集団を相手にワインの値上がりについて長々と話している。その小さな集団のひとりはとてもふくらんだ赤い鼻に体をぐらぐら揺らしているところをみると、すでにかなりの量のワインを飲んでいるらしい。あまり派手ではない服装の若い男性がべつの集団のそばを行ったり来たりしている。仲間に加わりたいのに内気でそれができず、かといってその場を去りたくもないといったようすだ。その小さな人群れにいるレディがひとり、行くのか行かないのかはっきりしてよというように、彼のほうをちらちらと見ている。

「あの太って小柄なスコットランド人を追い返さないなんて、サー・ニコラスはなにを考えているのかしら」近くから高慢な、それもあいにく聞き覚えのある女性の声が聞こえた。その声高で横柄な言い方に、リオナも知らないふりをすることはできなかった。「執事から本当にここにいると聞かなかったら、嘘《うそ》だとばかり思っていたところだわ」

金襴《きんらん》のドレスをまとい、きらきらと光るベールで金髪を覆ったレディ・ジョスリンドがリオナのいる場所より少し壇に近いところで、こちらに背を向けた格好で数人の若い女性と話している。例のくすくす笑う癖のある女性もそのなかにいて、かなり病弱そうな女性と、さらにあまりすらりとしているとは言いがたい女性がいた。最後のひとりはさほど魅力的ではないが、ほかの女性たちほど美しいレディ・ジョスリンドに感服していないように見える。

「あれがスコットランドの貴族なら、ノルマン人が国を支配したほうがスコットランド農民のためになるわ」チェスリー卿の娘が先を続け、けだるげなのに優美なしぐさで、ほっそりした手を上げてから下ろした。「それに、だれがこんなところにいたがるかしら。人々ときたら粗野だし、おまけにこのお天気！　父の話では、二十日のうち十九日は雨が降るんですって」

このうぬぼれの強いレディはファーガスおじさんを軽んじただけでもひどいのに、今度はスコットランドという国をおとしめようというの？

レディ・ジョスリンドをにらみつけると、リオナはレディたちの小さな輪に向かっていった。

「でもサー・ニコラスがあなたを選んだら、あなたはこのスコットランドに住まなければならないのよ」病弱そうなレディがにやにや笑いながら言った。

近づきつつあるリオナが見えないらしい。

だが、ほかのレディたちは気がついた。相変わらず意気込んで自分の意見を披露しようとしているところをみると、レディ・ジョスリンドはまずいことが起きているのを少しも察していないようだ。

「一年のうちしばらくのあいだだけね」レディ・ジョスリンドはなにも知らずに気取って答えた。「大部分は宮廷で過ごすのよ」

「勝手にイングランドで暮らしなさいよ」リオナはレディ・ジョスリンドの後ろで足を止め、鋭く言った。「スコットランドはあなたなどいらないわ」

「なんと無礼な！」レディ・ジョスリンドはドレスを炎のようにひるがえし、強い香水のにおいの風を起こしながらくるりと後ろを振り向いた。そしてリオナとにらみ合うと、追い払うように手を振った。

「よくもわたしたちの話を邪魔したわね。小間使いは仕事にお戻り。お仕置きはなしにしてあげるから、感謝することね」

「あら、そう？」リオナはびっくり仰天したり警戒したりしながら目と目を見交わすほかのレディたちを無視し、胸の前で両腕を組むと、眉を片方吊《つ》り上げた。「そんな力をわたしに振るえると思っているの？」

「生意気な召使いはわたしでなくとも、ここにいるだれかが叱《しか》らなければならないわ」

「わたしはここではグレンクリース氏族長ファーガス・マゴードン・マクダーバッド以外のだれの命令も聞かないわ」

レディ・ジョスリンドがふんと笑った。「するとあの滑稽《こっけい》な人の召使いというわけね。それならご主人のところに行きなさいよ」

「わたしが何者かをご存じないようね」リオナの声は低く、きっぱりとして、軽蔑に満ちていた。

レディ・ジョスリンドは苛立ち、その白い額にしわを寄せた。「知りもしないし、知らなくてかまわないわ」

「知るべきよ」レディ・ジョスリンドの頬がピンク色に染まった。だが、高慢な態度は少しも変わらない。「うるさい小間使いね。おまえがだれであれ、わたしはチェスリー卿の娘レディ・ジョスリンドなの。覚えておくといいわ」

「わたしはグレンクリースのレディ・リオナよ」

「レディ・リオナですって？」レディ・ジョスリンドは嘲《あざけ》るように言い、ばかにした視線をリオナのドレスに投げかけた。「信じられないわね。召使いに決まっているわ」

召使いであることに疑いを持ったのか、レディ・ジョスリンドが探るように目を細めた。それでもその口調はまだリオナを見下し、はねつけている。

「いま名乗ったとおりのレディなら、ここにはサー・ニコラスに会うために来たわけね。それで彼に気に入られるとでも思っているの？」

「実のところ、わたしはすでにサー・ニコラスに会ったわ。あなたもよ。少しも気づいていないようだけれど」リオナは冷ややかな笑みを浮かべた。「あなたが好ましい印象を残したとは思えないわね」

レディ・ジョスリンドはぽかんと口を開けたが、次いでむっとしたようにその口を閉じた。「サー・ニコラスに紹介されたのなら、ちゃんと覚えているはずよ」

「紹介されたとは言っていないわ。あなたもサー・ニコラスに会っていると言ったのよ」

リオナはフレデラを伴ってこちらに来るファーガスおじを目にとめた。

「これで失礼して、おじのところに行くわ。おじの家系は、ノルマン人が存在する前から代々この国で王の家臣であり、氏族長を務めてきたの」

その場を離れかけて、リオナは振り向いた。

「ああ、そうだわ。念のため言っておくけれど、サー・ニコラスはスコットランドのアレグザンダー王からこの土地を下賜されたのよ。イングランドのヘンリー王からじゃないわ。つまりサー・ニコラス夫妻が参内するとすれば、それはスコットランドの宮廷ね。もちろんそれはサー・ニコラスがあなたを選んだとしての話だけれど」その可能性はあまり高くなさそうねという意味をこめて、リオナはもう一度微笑を浮かべた。

それからリオナは、いつどこでダンキースの城主に出会ったのかしらと頭をひねっているレディ・ジョスリンドをはじめ、ノルマン人レディたちのいる場所をさっさと離れた。

こんなところに来なければよかったとリオナは思った。サー・ニコラスが花嫁を探しているという話をファーガスおじさんが聞かなければよかったのに。なによりも――たとえ反乱や敵による玉座の争奪がこの国の歴史の本質だったとしても、国王がノルマン人をスコットランドに招いたり、傭兵《ようへい》として雇ったりしなければよかったのに。

リオナがファーガスおじのところまで行くと、おじはリオナとレディ・ジョスリンドとのあいだにあったことはまったく知らないようすで、フレデラを紹介した。「わが別嬪《べっぴん》さんや、こちらがフレデラだ」

フレデラの笑みはファーガスおじに負けないくらい陽気だった。「お会いできて喜んでいますよ、お嬢さま。レディ・エレナもきっと大喜びなさるでしょう。内気なんですが、紹介してほしいとお思いになりますよ」

「ぜひともお会いしたいものだ。そうだね、リオナ？」ファーガスおじがリオナの代わりに答えた。

中庭で交わした微笑《ほほえ》みを思い返すと、レディ・エレナはレディ・ジョスリンドのような娘ではないと期待できる。「ええ、お会いできたら、うれしいわ」

「でもいまはだめです」フレデラが心配顔でささやき、リオナとファーガスおじを大広間の端から離れたところへと連れていった。

「なぜだね？　どちらもここにいるのに」ファーガスおじが声を低めもせずに言った。

「サー・パーシヴァルがごいっしょだからですよ。残念ながら、あの方はスコットランド人のことをよくお思いではないんです」フレデラはふっくらした頬を赤らめて答えた。

ファーガスおじがサー・パーシヴァルをにらみつけた。「スコットランド人が好きではないと？　われわれが髪形にあれこれ注文をつけたり、貧しい一家の一年分の収入より多い大金をチュニックにかけたりしないからかね？」

「レディ・エレナもわたしもサー・パーシヴァルのように偏見は持っていません」フレデラはあわてて言った。「わたしの母親はスコットランド人でしたからね」

ファーガスおじはサー・パーシヴァルをにらむのをやめ、フレデラに笑いかけた。「いまも？」

「ええ。ロクバーの出身です」

「すばらしいところだ」ファーガスおじが怒りをやわらげて言った。「それにマクタラン家はすばらしい氏族だ」おじは意味ありげな表情をリオナに向けた。「サー・ニコラスの妹が嫁いだ氏族なんだよ」

「あら、マクタラン一族についてお聞きになったことがあるんですか？」フレデラが尋ねた。

「マクタラン一族の評判を耳にしたことのないスコットランド人はそう多くないんじゃないかな」ファーガスおじが答えた。「優秀な戦士の一団はいつもロクバー出身だ」

「レディ・エレナは、ロクバーに行ってわたしの話に出てくるものを見たいとしょっちゅうおっしゃるんですよ」フレデラが言った。「でもサー・パーシヴァルが行かせてくださらなくて。レディ・エレナは人にもめったに会うことができないんです。清純なままにしておくとサー・パーシヴァルがおっしゃって。まるでレディ・エレナには貞操観念や慎みがなにもないみたいに。亡くなられた立派なお母さまとわたしが育てたんですから、そんなことは絶対にないのに」

「レディ・エレナは孤児なの？」リオナは尋ねた。

「十歳のときから。サー・パーシヴァルが引き取ったのもそのときでした。言わせていただければ、あの人にはいとこよりもあのばかばかしいブーツのほうが大事なんですよ。レディ・エレナを引き渡せるお金持ちが現れるのをただ待っているだけなんです。もう唾《つば》を吐きかけてやりたいわ！」

「かわいそうな娘だな」ファーガスおじがつぶやいた。

リオナもおじと同じ思いだった。ファーガスおじが引き取ってくれなかったら、自分はどうなったかがリオナには想像できる。それでもなお、少なくとも母親を知っていたレディ・エレナがうらやましくもあった。リオナには自分を産むと同時に亡くなった母の記憶も、そのあとまもなく熱病で亡くなった父の記憶もないのだ。

大広間から住居区域に通じる階段のあたりで急に動きがあり、リオナはそちらを向いた。ダンキースの偉大な城主が壇に向かっていくところだった。いまの彼は太腿まで丈のある黒いチュニックとズボンにつやを放つブーツという立派な服装をしている。とはいえ髪は前と同じで、スコットランド人のように長く波打って肩に落ちていた。それに無駄な肉づきのないハンサムな顔も前と同じで、その目は人間というより鷹《たか》を思わせる。それでいながら、いまのような衣装をまとい、大広間じゅうの人々から注目されていると、彼は兵士ではなく王子に見えた。どうして中庭で会った彼を身分の高い領主以外のなにものでもないと思い込んでしまったのかしら。共通するのはベルトに装着した鞘《さや》から突き出ている剣の柄《つか》しかないのに。それもことのほか簡素で、どんな歩兵でも持っているようなブロンズ製の鞘を革で包んだだけのものなのだ。

　リオナはチェスリー卿とその娘を見た。ふたりともサー・ニコラスといつ出会ったかがわかったらしい。チェスリー卿はまるで亡霊でも現れたようにサー・ニコラスを見つめ、その娘は顔を真っ赤にしている。レディ・ジョスリンドはうなだれているものの、赤くなっているのは恥ずかしさからではなく、腹立ちからだとリオナにはわかった。

　このようすでは、チェスリー卿とレディ・ジョスリンドがサー・ニコラスには中庭でのできごとに目をつぶるだけの価値があると考えないかぎり、彼女とサー・ニコラスのあいだに縁談は成立しそうにない。

　サー・ニコラスが壇上中央、テーブルの正面で足を止めた。「お集まりのみなさん、ダンキースへようこそ。これほど多くの方々にお越しいただくとは思いがけないことで喜んでいます」サー・ニコラスはここで微笑らしきものを浮かべた。「若い女性の方々はとくに歓迎します。もっとも気品があり、たしなみ豊かな美女がこれだけ多くいらっしゃると、わたしは圧倒されるばかりです」

　リオナは一瞬もそのことばを信じなかった。

　サー・ニコラスが壇の左端に蝋《ろう》板を持って立っている執事のほうを向いた。

「始めてくれないか、ロバート」

　執事は一覧表らしきものに目をやった。「アンズリー公爵とその妹レディ・エリザベスをご紹介します」

青色の長服を着て大きなおなかをした中年の男性が、あまり似合わないワイン色のドレスをまとった肉づきのいいレディを伴って前へと急いだ。ニコラスがお辞儀をすると、公爵とその妹がお辞儀を返した。

笑みが交わされることはなかった。レディ・エリザベスは明らかに緊張している。

執事がすべてのレディとその親族をひと組ずつ紹介していった。レディ・ジョスリンドにあまり好印象を持っていなかった女性は、アングルヴォワ公爵のまたいとこレディ・ラヴィニアだとわかった。アングルヴォワ公爵はリオナがこれまで見たことがないほど長くて弓形の鼻をしている。それにややむっとしたようすで執事とニコラスに苛立った視線をちらちらと向けた。どうやら自分たちがいちばん先に紹介されるべきだと思っているようだ。

つぎに紹介されたレディ・プリシラは丸い目をした女性で、ニコラスの前に立っているあいだじゅうくすくす笑っていた。紹介が終わると、その隣にいる若い男性は口をふさいでやりたいとでもいうような面持ちで、レディ・プリシラを連れて下がっていった。ほかの貴族と同じようにでっぷり太ったエグリンバーグ伯爵はあまりに急いで前に進んだので、娘のレディ・メアリーは走らなければならなかった。伯爵は長身なのに、娘は小柄なのだ。

千鳥足で歩いていたふくらんだ赤い鼻のサー・ジョージはろれつの回らない舌で挨拶を述べ、お辞儀をしたときはそのまま倒れそうになった。娘のレディ・エロイーズは可もなく不可もない容貌《ようぼう》で、当然のことながら、父親の失態にひどく誇りを傷つけられたようだった。しかしサー・ニコラスはそのあいだ少しも表情を変えなかった。

レディ・イザベルは紹介されると真っ赤になった。これはきっとニコラスが表情の読めない顔をしているからばかりでなく、後見人のサー・ジェイムズが前へ進み出るときにレディ・イザベルのドレスの裾《すそ》につまずいたからにちがいない。そのつぎに紹介されたオルトリュー伯爵はここにいる人々全員を自分よりずっと目下だとみなしているような態度だったが、娘のレディ・キャサリンはそのドレスと同じく蒼白《そうはく》な顔をして、いまにも卒倒しそうだった。

　このうちのだれひとりとして、サー・ニコラスが中庭にいた人物だと気づいた者はいなかった。

　そのあと執事のロバート・マートルビーがチェスリー卿とその娘の名を読み上げた。チェスリー卿はレディ・ジョスリンドを伴い、尊大な表情を浮かべて前に進み出た。一瞬リオナはチェスリー卿がサー・ニコラスを激しく非難するのではと思った。しかしそうはならず、チェスリー卿はお辞儀をすると、かすかにとがめるような響きを帯びた愛想のいい声で言った。「お会いできたのはたいへんな喜びですが、中庭で名を名乗られるべきでしたな」

　ほかの客のあいだにやや動揺が起きた。

「サー・ニコラスは中庭にいたのかね？」ファーガスおじが大きな声でささやいた。「中庭のどこだ？　気づかなかったよ」

　もしかしたら、おじは結局サー・ニコラスには会っていないのかもしれない。「厩《うまや》の横よ。いまと服装がちがったわ」

　ファーガスおじがくすりと笑った。「頭のいい男だな。自分がだれだか知られないうちにレディたちを観察して、その正体を見きわめようとするとは」

　リオナは壇上のサー・ニコラスにさっと視線を戻した。だから彼はそうしたのだろうか。

「名乗るべきでしたが、貴族の客人を迎えるにふさわしい服装をしていませんでしたから」サー・ニコラスが答えた。「それにこれほど気品があって美しいレディの頼みは断れない」

ダンキースの城主があの深く響くすてきな声でレディ・ジョスリンドに話しかけたとき、リオナはレディ・ジョスリンドが父親の腕をつかんで体を支えようとしないことになぜか驚いた。

サー・ニコラスの釈明については、ファーガスおじの解釈のほうがまだ納得できる。サー・ニコラスのような人を狼狽《ろうばい》させるものはそう多くないような気がする。そして服装がそのひとつでないことはたしかだ。

不愉快の種があったとしても、いまやそれは水に流され、チェスリー卿は明るく微笑んで言った。「それにしても、もしも感情を害されたなら、悪気があってのことではないのでどうかお許しを」

サー・ニコラスが少しも申し訳ないとは思っていない口調で詫《わ》び、リオナは彼の行動にはやはりべつの動機があると確信した。「こちらこそ名を名乗らなかったことをお許しいただきたい」

チェスリー卿は晴れ晴れとした笑みを浮かべ、娘の手を取って前に出させた。「娘のジョスリンドです」

レディ・ジョスリンドは膝を深く折ってお辞儀をしてから体を起こし、魅惑的なうろたえた表情を浮かべてみせた。「わたしもどうかお許しを」

「どうかそのことは忘れていただきたい。ここにいるあいだはダンキースを自宅と思ってください」

声だけで女性を失神しそうな気持ちにさせられる男性がいるとは……。

「実にすばらしい城塞《じょうさい》ですな」チェスリー卿が言った。「立派なものです」

サー・ニコラスはふたたびうっすらと笑みを浮かべ、小さくお辞儀をした。「それはどうも」そして彼は執事に目をやった。

チェスリー卿とレディ・ジョスリンドはその意味を察し、後ろに下がった。

大広間をざっと見まわし、紹介されるのを待っているレディがほかにいないのを確かめてから、ファーガスおじが前へ進んだ。「おいで、リオナ。つぎはわれわれの番だ」

　これだけおおぜいの人々の目の前を通り、皿にのせた魚のようにノルマン人領主に紹介されたくなどない。リオナがそう思っても、あいにくファーガスおじはすでに歩き出している。早くおいでと大声で急《せ》かされたくなければ、おじのあとについていくしかなかった。そうしながらも、リオナは富や豪華な衣装や美貌はなくとも、わたしにはまだ誇れるものがたくさんあるわと自分に言い聞かせた。おじもいとこもわたしを愛してくれているし、身分はここにいるだれにも劣らない。それに、わたしにはほかのレディたちにはない際立った強みがあるのよ。

　わたしはスコットランド人ですもの。

「グレンクリース氏族長ファーガス・マゴードンと」執事が告げた。「その姪《めい》レディ・リオナです」

「そう、われわれはすでに会っておりますぞ！」ファーガスおじが声を張り上げ、まるで特別な仲間同士だというようにダンキース城主ににこにこと笑いかけた。

　すでに会った？　いつ？　どこで？　どうしてわたしに教えてくれなかったの？

　おじがリオナを見て目配せし、リオナは答えを得た。おじはリオナの力になるつもりでサー・ニコラスに会い、うれしい驚きで喜ばせようと黙っていたのだ。

　おじのやさしい心づかいにもかかわらず、リオナは落胆のあまりうめきたいくらいだった。サー・ニコラスの表情はちらりとも変わらないし、ほかの貴族の忍び笑いやあきれ声が耳に届くのではなおさらだ。

「あんな娘と結婚したい男がいるのかね」チェスリ

ー卿がリオナの後ろで言った。

そのばかにしたことばはリオナの自尊心を燃え立たせ、怒りをかき立てた。こんな傲慢《ごうまん》なことを言うとは、チェスリー卿はなにさまのつもりなの？　ここにいる貴族たちと黙ったままの身内たちは、みんなサー・ニコラスの気まぐれな思いつきで物乞《ものご》いのように集まってきたんじゃないの。

スコットランド人がどんなものかをみんなに見せてあげるわ。この城の主《あるじ》も含めて、ここにいる人人はだれもかれもが対等だということを。こんな人たちからどう思われようとかまわない。サー・ニコラスからでさえも。どうせ彼はにこりとも笑わず、傲慢な方法で花嫁を探そうとする人なのだから。

そこでリオナはニコラスににっこり微笑みかけ、大広間の反対側まで届くよう声を張り上げてゲール語で言った。「ごきげんよう、サー・ニコラス。立派な衣装をお召しだと別人のようですのね。髪形がちがっていたら、わたしにもあなただとわからなかったのではないかしら」

ニコラスの濃い茶色の目に驚きが浮かび、リオナの背後ではさらにけげんそうなささやきが起きた。きっとみんな、この娘はなんと言っているのかと首をかしげているにちがいない。

首をかしげさせておけばいいわ。

「わたしのおじはあなたに会ったと教えてはくれなかったけれど、会うことは充分予測できたはずでした。おじはとても愛想のいい人ですもの」

「そう、たしかにそうだ」ニコラスが答えた。明らかに驚きから立ち直ったらしい。しかも意外なことにゲール語で答えてきた。

リオナはたじろいだが、それを顔に出さないよう努めた。不意打ちを食らうべきは彼のほうなのだ。

「ゲール語をこれほど流暢《りゅうちょう》に話されるとは知りませんでした」それは嘘だった。そもそもゲール語がまったく話せないものと思っていたのだから。「おみごとだわ」

「わたしにはきみの知らないことがまだいっぱいあるんじゃないかな」

ああ、どうしよう。彼の声はまるで誘惑の化身だわ。それにこんなにもじっと見つめられると、真実を求めて魂のなかを見つめられているような気がしてしまう。

とはいえ、リオナはここでおじけづくつもりはなかった。中庭で彼を単なる兵士だと思い込んでいたときは、少しもおびえてなどいなかったのだ。「きっとそうでしょうね。今朝到着したお客を迎えずに中庭にこっそり隠れていらしたのも、その理由を推測することしかできませんもの」

ニコラスの目がかすかに鋭さを帯びた。「わたしは隠れていたわけじゃない」

「なにをなさっていたにしても、それなりの理由がおありだったのでしょう」リオナはそう答え、口調とまなざしで理由はそれだけではないはずだとにおわせた。

執事が咳《せき》払いをした。

リオナは執事が話をさえぎろうとしているのを察した。それに自分が先祖から受け継いできたものと自分を育ててくれたこの国を誇りに思っていることは、これですべて言い終えている。「ファーガスおじさん」リオナはおじの腕に自分の腕をからめた。「行きましょう。サー・ニコラスはほかのお客さまとお話しになりたいでしょうから」

ぼそぼそと不満そうにささやき合うノルマン人のあいだを縫って足を運びながら、ファーガスおじがそっと笑い声をあげた。「サー・ニコラスはほかの者はだませても、わたしの利口な別嬪さんだけはだませなかったな。それにおまえは彼にスコットランド人魂も少しばかり見せた。きっと好印象を持たれたはずだよ」

　サー・ニコラスに好印象を持たれようと持たれまいと、リオナにはどうでもよかった。彼にどう思われようとかまわない。こんな城でノルマン人やサクソン人兵士に囲まれて暮らすところなど――サー・ニコラスとともに生活するところなど、まるで想像できないわ。

## 4

　召使いが焼きりんごの残りを片づけると、ニコラスはテーブルの左隣にいるロバートのほうを向いた。ニコラスの右隣には礼拝堂が完成して以来この城に住んでいる年配の司祭が座っている。デイモン神父はサー・ニコラス並びに召使いと守備隊に対し、聖職者としての務めを果たしているが、その気楽な職務を大いにありがたがっていた。ダンキースの城主は、宗教的なことに関してはたしかに少しもうるさくない。

　美しいレディ・ジョスリンドがほかの客人数名と座っているテーブルから、ロバートは視線を引きはがした。ニコラスにはついついそちらばかり見てしまう執事を責められなかった。中庭でレディ・ジョスリンドに出会わなければ、おそらく自分もそうしていたかもしれない。

「守備隊長に今夜の誰何《すいか》の合い言葉を伝えてくる」

ニコラスはそう言って立ち上がった。「客からワインや食べ物や音楽を追加するよう希望があったら、そうしてくれ」

「わかりました。それで合い言葉は……？」

ニコラスは小さく微笑《ほほえ》んだ。「〝慎み〟だ」

ロバートは顔を赤らめた。「注意力散漫になって申し訳ありません。これだけおおぜいの貴族に囲まれるのに慣れていなくて。それに若いレディたちのなかには――」

「たいへんな美女がいる」ニコラスは無表情に答えた。「注意力散漫になったのでなければ、目が悪くなったのかと心配しなければならないところだった。すぐに戻る」


彼はデイモン神父に失礼と言い残し、壇を離れた。実のところ、ほんのしばらくでも客から離れられるのがうれしかった。これだけの数の貴族に囲まれるのには自分も慣れていない。しかも、この貴族たちは戦闘や競技の出番を待っている熟練した戦士ではないのだ。ここにいる身分の高い男たちはこの城《じょう》塞《さい》を手に入れる前の自分を見下し、さげすんだ連中と同じ種類の男たちだ。もの静かで控えめな若いオードリックだけはひょっとすると例外かもしれないが。

テーブルとうんざりする香水のにおいのあいだを通りながら、ニコラスは客たちがかける声に会釈を返した。彼がこの客たちのことを内心どう思おうと、どの客もそれぞれが有力で重要な地位にある。できるかぎり彼らの機嫌を損ねないほうがいい。今日はチェスリー卿《きょう》をあやうく怒らせてしまうところだった。厩《うまや》のそばにいたとき、つい気を抜くべきではなかったのだ。がたがたの荷車に座っていた明るい目の女性にうっかり関心を抱いたのがまちがいだった。

例の陽気なスコットランド人は大広間の壇とはずっと離れた席にいた。このスコットランド人にいくらかでものごとを察する力があれば、あなたの姪《めい》はわたしの好みの対象とはなりそうにないと伝わるはずの席だ。

その姪はどこにいるのだ？

もしかしたら、旅の疲れが出たのかもしれない。それとも客の面前でわたしを非難した疲れが出たか。

そのことでは腹を立ててはならない。最初彼女が話しだしたとき、たしかに自分は腹を立てたが、炎の燃えさかるあの挑みかけるような瞳を向けられては、怒っているのもむずかしい。媚《こび》も、いや、敬意すらなく、なにはさておき自尊心にかけてはあなたとわたしは対等だとでもいうように、毅然《きぜん》と頭を上げた態度は女王にふさわしく、簡素なドレスを着たその姿は、豪華な衣装や高価な宝石で飾ったほかのレディのだれよりも気品にあふれて見えた。

レディ・リオナの家が貧しく、有力でないのは残念だ。本人は求婚するに値するという答えが出そうなのだから。

外に出るとニコラスは、洗礼者ヨハネの日を祝う篝火《かがりび》の煙のにおいがかすかに漂うさわやかな空気を深く吸い込んだ。中庭は村から遠く、祝祭の音はここまで届いてこない。だが、この城の大広間に集っている人々よりもはるかに愉快な気分と喜びのなかで、さまざまな楽しい催しがおこなわれ、村人たちは陽気に浮かれ騒いでいるにちがいない。とはいえ、大広間の客たちは友人同士でも知己同士でもないのだ。陽気な浮かれ騒ぎなどどうして期待できるだろう。

彼は厨房《ちゅうぼう》のそばを通り過ぎ、垣根越しに菜園をのぞいた。この菜園はかなり広く、ふだん城主とその召使いの食べる野菜や果物が充分にまかなえる。ちょうどニコラスがこの地所とそこに住む人々の守護者であるように、いまは開花期の終わった大きなりんごの木が守護者然として真ん中にそびえ、ニコラスが弟と妹を見守ってきたように、頭上からこの土地の人々を見守っている。

　りんごの木の下にだれかいる——。ひっくり返した桶《おけ》らしきものに女性が腰かけている。

　それはレディ・リオナだった。天に現れるなにかの兆しを読み取ろうとでもいうように、枝葉の向こうの夜空を見上げている。いや、もしかすると気分がすぐれないのかもしれない。

　なぜ菜園にひとりでいるのかを突きとめようと、ニコラスは木戸を開けてなかに入った。レディ・リオナがすぐさま振り向いて彼を見たと思うと、あわてて立ち上がり、気をつけてと声を張り上げた。

　ニコラスははっとし、とっさに剣を抜くと身を沈めて防御の姿勢をとり、攻撃に構えた。

　前後左右を見て、彼はかかってくる者などいないのに気づいた。

　怒りが込み上げ、ニコラスはレディ・リオナをにらみつつ剣を下ろして尋ねた。「なぜ気をつけてと叫んだ？」

　レディ・リオナは彼の視線を真っ向から受けとめた。「あなたがローズマリーを踏みそうだったからよ」

　ローズマリー？

　ニコラスは足元に植えられている香草の列に目をやったあと、厳しい視線をレディ・リオナに戻した。

「わたしは戦闘や競技の最中に気をつけろと言われるのに慣れているが、それは怪我《けが》を負ったり殺されたりしないためだ。香草を踏みつぶさないためではない。これからは城壁の上に刺客がいるような叫び声ではなく、声を張り上げずに注意したほうがいい」

「刺客がいたら、もっと大きな声をあげたでしょうね。ぎょっとさせてしまってごめんなさい」

まるでわたしが鼠《ねずみ》を見た怖がりの少女みたいな言い方だ。「わたしは訓練されたとおりに行動した」

ニコラスは剣を鞘《さや》にしまいながら言った。

「それはわたしも同じよ」レディ・リオナは落ち着き払い、ニコラスにだれかが襲ってくると思わせたことをまるで恥じてもいなければ、困ってもいないらしい。「グレンクリースでは、菜園はわたしが責任をもって管理しているの」

「気をもむ雌鶏《めんどり》みたいに見張りに立つのかな？　ぱちんこは得意？」

「そういう意味で言ったんじゃないわ。わたしはおじの家の切り盛りをまかされているから、なにに関してもできるだけ無駄を省かなければならないの」

　ニコラスが腹を立てているのははっきりしているのに、リオナはいまも平然としている。ニコラスは突然自分がこちらを恐れてもいなければ味方でもない木偶《でく》に攻撃を仕掛けているような気分を味わった。

「家の切り盛りをしていることはきみのおじ上から聞いた」ニコラスはリオナのほうへ足を運んだ。今度は植えてあるものを踏まないよう気をつけた。

「十二歳のときからそうしているとも聞いている」

「ええ、そのとおりです」

「わたしの執事の話では、きみのところは裕福な暮らし向きではない。つまり監督する召使いもそう多くないとわたしは見ているが？」

「ええ、多くはないわ」リオナはむっとしたり、とまどったりするようすもなく答えた。「それでいろいろな仕事を自分でするので、のんびりできる暇がほとんどないわ。この菜園に座っていたのは、なにもしないでいる時間を楽しんでいたの」

　ニコラスは雇われ兵士として過ごした自分の若いころを思い出した。穏やかな時間、好きなように過ごせる時間ができるたびに、それをどれほど喜んだだろう。次いで彼はそのわずかな暇の一部を売春宿や居酒屋で浪費したことを思い返した。いやけの差す思い出だ。「きみは気分が悪くなって外の空気を吸いたくなったのかと心配した。もっとも夜気に当たるとかえって気分が悪くなるかもしれないが」

「わたしはこれだけの人が集まった場や騒音に慣れていないの。少し静かな時間がほしかった。それだけのことよ」

　兵舎のある方向から食事を終えた兵士たちが大声でみだらな民謡を歌いはじめるのが聞こえた。苛立《いらだ》った料理人が焼き串《ぐし》係の少年をひどい剣幕で叱《しか》りつける声、流し場の小間使いや仕事の下手な召使いたちのしゃべる声があたりに満ちた。そのとき大広間の入り口の扉が開き、サー・ジェイムズとサー・ジョージがよろめきながら出てきた。ふたりとも酔っ払い、なにか冗談でも言い合っていたのか、げらげら笑っている。

　ニコラスは片方の眉を上げた。今朝あの大胆にこちらを見つめている小間使い――結局小間使いではなかったが――がどうするかを知りたくて、やってみせたのと同じ顔つきだ。「これがきみの考える静かな時間なのか?」

　リオナがそっと笑った。おかしそうなその穏やかな笑い声を、ニコラスはとても快く感じた。「さっきまでここは大広間より静かだったわ」

　サー・ジェイムズとサー・ジョージがふらつきながら厨房のそばの井戸へと向かっていく。ニコラスはふたりと話を交わしたくなくて、大広間に戻るか、部屋に引き取ってくれますようにと願いながら、りんごの木陰とそこにいるリオナのほうへさらに近寄った。「衛兵たちに今夜の合い言葉を伝えに行かなければならない」

「なるほど。衛兵の数がとても多いのね」

どういう意味なのだろう。「わたしは何年も懸命に働き、苦労していま持っているものを得た。そしてそれを守りつづけるつもりだ」

「そのようね」

ニコラスはリオナの口調が気に入らなかった。

「スコットランドの国王がみずからこの地所をわたしに授けられたんだ。それがいやなら、不満は国王に言ってもらいたい」

「なぜかグレンクリースのリオナがそんなことを言っても、国王はあまり気にとめられないように思えるわ」

ニコラスが木の下に行っても、リオナはその場を動かなかった。木の葉がそよぎ、彼女の顔に月の光が躍っている。

もっとはっきりとリオナを見たくて、ニコラスはさらに近づいた。「きみの一族は国王に影響力を全然持っていないのか？」

「わたしの一族はだれに対してもなんの影響力も持っていないわ」リオナはすんなり認めた。

これほど率直で正直な女性は妹しかいないとニコラスは思った。しかしリオナに対して感じている思いは兄妹《きょうだい》間のものとはほど遠い。

「今朝わたしがだれであるかはどこでわかった？」ニコラスはもはや好奇心を抑えきれずに尋ねた。「それともここに到着したとき、だれかに聞いたのかな？」

ニコラスにも予測がつくようになったが、ここでもまたリオナは大胆に、ためらいもなく答えた。

「召使いのすべき仕事がいっぱいあったのに、あなたはなにもしていなかったわ。わたしはほかの召使いや兵士があなたを見たときにどんな反応を示すかを見たの。それでなんらかの権限か統率力を持つ地位にある人にちがいないとわかったわ。それにわたしは、おじがあなたについて言ったことを覚えていたの」

どんなことだろう。ニコラスはそう思い、貧乏なスコットランド人氏族長の見解などまったく取るに足りないものだと自分に言い聞かせた。

「おじ上はきみがとても聡明《そうめい》だと言っておられた。今朝わたしが何者かに気づいたのはきみだけだったことを考えると、わたしもその考えに傾いている」

リオナの顔に笑みが浮かんだ。

リオナはレディ・ジョスリンドのような美女ではなく、彼が器量よしと呼ぶ容貌《ようぼう》でもなかったが、その顔は溌剌《はつらつ》としていた。いきいきした元気のよさがニコラスの興味をそそった。微笑んだときは、とくにそうだ。リオナの大胆な返答はレディ・ジョスリンドやその類《たぐい》のレディたちが返してくるどんな媚を含んだことばよりもはるかにおもしろい。

「みんなあなたがまさか兵士の格好をして馬車から荷物を降ろすとは思っていなかったわ。わたしもそうでした。どうして荷物の運搬をなさったの？」

ふいにニコラスは自分の行動やそんな行動をとった理由を誇らしいと思えなくなった。「わたしがレディ・ジョスリンドにその理由を言ったのを聞いたはずだが？　わたしは客を迎えるのにふさわしい服装をしていなかった」

答えたとたん、リオナからそんな理由では信じられないわという表情であからさまに見つめられ、ニコラスは赤くなった。

こんなふうに顔が熱くなるのは実に久しぶりだ。夜とはいえ木陰にいるのがありがたい。「形勢をうかがっていたと言ってもいいかな」彼はそう認めた。

リオナが探るように目を細めた。「決闘をするのではなく、花嫁を探していらっしゃるのではなかったかしら」

「試合が始まる前に出場者の力量を測っていたんだ」

　リオナは納得できないとばかりにさらに顔をしかめた。「あなたにとっては試合かなにかの余興でも、集まった貴族や女性たちにとってはそうではないわ」

　そのことばにニコラスはぎくりとした。自分の計画について候補となる女性たちがどう考えるかは、これまでちらりとでも頭に浮かばなかった。とはいえ、このスコットランド娘にそう白状するつもりはない。その娘がどのようにこちらを見つめても。

「わたしは自分が楽しむためにこうしているわけじゃない。わたしには妻が必要だ。条件にかなった女性にダンキースまで来てもらって、そのなかからいちばんいい相手を選ぶのが悪いことだとは思えない」

「〝いちばんいい相手〟はあなたが決めるのね？」

「わたしのほかにだれが決める？　なんといってもその女性はわたしの花嫁になるんだ」

「ええ、そうなんでしょうね」

　リオナがそれを価値ある目標だと思っているのかどうかうかがわせるものは、その目からも声からも感じられない。それでもなお、中庭でのできごとを考えると、彼にはリオナから魅力的だと思われているという確信があった。

　少なくとも自分にそれを証明してみようと、彼はさらにリオナに近寄り、声をもっと低く親しげな調子に落とした。「で、きみのおじ上はわたしのことをどう言った？」

「あなただとはっきりわかるだけのことを言ったわ」

「ことばを濁すつもりだな？」ニコラスはもっと近寄り、わたしに惹《ひ》かれろ、いま自分のなかで高まっている欲望と同じものを感じろとリオナに向かって念じた。「これまで大胆な態度をとってきたのに、がっかりだな」

リオナが肩をいからせ、その目にはあの挑戦的な炎がふたたび燃えはじめた。「わかったわ。おじはあなたが若くて、武器の扱いに長《た》けていて、顔がいいと言ったの」

レディ・リオナのおじ上に感謝すべきだな。「それできみは？　わたしに会ったいま、きみはわたしのことをどう思う？」

「わたしがこれまで出会ったなかでもっとも傲慢《ごうまん》な男性だと思うわ」

まるで凍えるほど冷たい川に落ちたようだった。

ニコラスの頭になにか気のきいた返答が浮かぶよりも早く、厨房の扉が音をたてて開き、そこからもれてくる明かりがふたりを照らしそうになった。リオナがはっとして菜園のもっと奥に駆け込んだ。そこは内側の帳壁のそばで、陰になっていた。

非難されたままでいまのやり取りを終わりにしたくはなくて、ニコラスはリオナのあとについていくと、彼女の視界をさえぎるように前に立ちふさがった。リオナの息づかいは浅く、胸が大きく上下していた。

リオナの髪は春の花のにおいがして、自然で健やかだ。

ニコラスの腹立ちはやや静まった。

召使いのひとりが急ぎ足で通り過ぎていった。こちらのほうは見なかったが、召使いが行ってしまったあとも、ふたりとも動かなかった。

「きみは少しもわたしのことを魅力的だと思ったり、関心をそそられたりしないんだね？」ニコラスはささやいた。

「ええ」

「わたしはその反対だと思う」

リオナが左右に目をやってから首をかしげ、少しも揺らがないまなざしでニコラスを見つめた。「あなたに関心はまったくないの。ここに来たのはおじがそうすべきだと考えていて、わたしにはそれに反対する勇気がなかったからよ」

「本当だとは思えないね」

「となると、あなたが傲慢だという証拠がまたひとつ増えたことになるわ」

「それならなぜ菜園から逃げ出さなかった？」

「逃げ出す理由がないからよ。わたしはあなたを怖がらなければならないのかしら？」

　これはまた癪《しゃく》に障る方法でこちらのせいにするものだ。「もちろん怖がることなどない。わたしは女性を守ることを誓った騎士だ。危害は加えない」

「同胞のノルマン人にその誓いをもう一度思い起こさせてはいかがかしら」

　ノルマン人騎士の誓いについて議論する気はない。レディ・リオナはあんなことを言っているが、わたしはこの腕にレディ・リオナを抱きしめ、彼女がめまいを感じるまで、あるいはあなたのベッドに連れていってとせがむまでキスしたい。

「あなたの花嫁の候補者たちはどうなるかしら」リオナがさらに言った。「わたしといっしょに菜園にいるところをもしも見られたら。わたしはあなたのノルマン人の友だちがどう考えようとかまわないけれど、あなたはそういうわけにはいかないでしょう？　あの貴族たちはあなたがおじとわたしを追い返さなかったことを、たぶんおかしいと思っているわ。あなたとわたしがいっしょにいた、それもふたりきりでいたと聞いたら、どんな結論を出すでしょうね。それにレディたちはどう思うかしら。花嫁になるのを考え直すかもしれないわ」

　ニコラスの苛立ちは怒りへと変わった。「ここはわたしの城だ。わたしは自分の思うとおりのことをする」

「望みの花嫁を得たいのなら、それではだめだわ」

リオナはニコラスの口調にまったく動じていないようだ。「いまからあの人たちが言っているのが聞こえるようよ」リオナはレディ・ジョスリンドの口ぶりを驚くほど正確に真似《まね》して、高慢な、もったいぶった口調で続けた。「〝それにあの人ときたら、あの貧乏ったらしいスコットランド人とその姪に本当に話しかけたのよ。しかも、その姪とふたりきりでいたの。節操がないわ。破廉恥よ。本当に趣味が悪いわ。あんなとんでもない野蛮人たちと親しくするなんて、いったいなにを考えているのかしら〟」

「わたしの客人たちはダンキースにいるときはスコットランドにいるのだということを充分承知している」ニコラスは言い返した。

「あの人たちはあなたの城に滞在するのは我慢できるとしても、スコットランド人に対する敬意などまったく持っていないわ」

「わたしは持っている」ほかのノルマン人貴族といっしょくたにされるのはごめんだ。「わたしの妹はスコットランド人と結婚した」

「妹さんの結婚を認めなかったと聞いているわ」

ニコラスは口をぎゅっと引き結んでから答えた。

「最初はそうだった。しかし義弟と彼の同胞を高く評価し、尊敬するようになった。わたしはこの地所をわたしに授けてくれたこの国の王にも感謝している。わたしの妻となる女性もスコットランド人に敬意を抱くようになるはずだ」彼はきっぱりと締めくくった。

リオナはまだ感銘など受けていないようだった。

「それでもなお、わたしはこう言わずにいられないわ。あなたはスコットランド人に対して敬意を抱いているとおっしゃるけれど、おじとわたしが大広間にいたとき、あなたはノルマン人の客に向かってその敬意をことばで表すことも行為で示すこともなかったのよ」

「それはその必要がなかったからだ。きみは実にうまくふるまっていた。きみのおじ上はといえば、わたしが自室で執事と仕事の話をしているときに突然入り込んできたが、わたしは敬意を欠くような応対はしなかった」

ついにリオナの視線が揺らいだ。「おじにはすぐ熱くなってしまう癖があるの。どうかお許しを。悪気はまったくなくて――」

「わたしは思ったとおりのことを言おうとしているんだ」ニコラスはレディ・リオナのことばをさえぎった。「スコットランド人は立派な人々だと思う――大半は。わたしは妹の義弟が妹夫婦を裏切ったこと、その裏切り者の味方をした者が同じ氏族のなかに数多くいたことを忘れない。また貧しかったわたしが今夜の客たちのようなノルマン人から、きみと同じような扱いを受けた長い年月のことも忘れない。なにも言わないからわたしにはなにもわかっていないのだとは思わないでほしい。それはわたしは自分の客を非難せず、黙認しているからなんだ。しかし悲しいかな、リオナ、あまりに長く兵士として仕え、戦ってきたせいで、わたしは醜聞などこれっぽちも気にしない。月夜に菜園にとどまりたいと思えば、そうする」

ニコラスはリオナの肩をそっとつかみ、自分のほうへ引き寄せた。

「きみとふたりきりで話をしたいと思えば、そうする。そして、きみにキスをしたいと思えば……」

ニコラスはリオナの唇をふさいだ。抑えようとしていた欲望が解き放たれるにつれ、彼の唇は燃えるような熱いリオナの唇をむさぼった。

一瞬リオナが身をこわばらせ、抵抗する気配を見せた。

その一瞬が過ぎ、リオナは同じように熱くキスを返しはじめた。リオナの腕はニコラスの腰にまわって彼を引き寄せ、彼の情熱をさらに燃え立たせる。想像していたとおり、リオナは大胆だった。大胆で、これまでニコラスがキスを交わしたどの女性よりも刺激的だ。リオナの唇と体は、その目に表れたのと同じ炎が燃えている。ニコラスにはリオナの体じゅうを欲望が駆けめぐっているのが手に取るようにわかった。彼自身、同じ状態だった。

ニコラスは舌でリオナの唇を押し開けると、なかへ舌をすべり込ませた。彼を抱きしめるリオナの腕に力がこもった。

欲望にわれを忘れたニコラスは、リオナの温《ぬく》もりに包まれたいという欲求と、どきどきと脈打つ達成感のみを意識し、手を伸ばしてリオナの胸を探った。

そこに触れたとたん、リオナがキスをやめてニコラスを押しやった。その目は当惑で大きく見開かれ、情熱の結果、唇は腫《は》れていた。リオナはまるでひどくいやなものでも見るように彼を見つめた。

ひとことも発さず、非難のことばすら言わず、リオナは彼を押しのけるように脇《わき》を通り抜けると、菜園を出ていった。

そのあいだニコラスは荒い息をし、満たされない欲求を抱えたまま、その場に突っ立っていた。くそっ、いまいましい。菜園になど入るんじゃなかった。大事なのは〝慎み〟だろう。まったく！

朝の最初の光がリオナの部屋を照らしたころ、扉をそっと叩《たた》く音が聞こえた。

「リオナ、まだ眠っているのかね？」ファーガスおじが小声で呼びかけ、リオナは夢のなごりを追い払うように頭を振った。

ダンキース城主と彼のキスから逃げ出したあと、ほとんど眠れなかったのだが、わずかな眠りは浅く、不穏なものだった。まず小さな丸い目の大きな黒い烏《からす》の鋭い爪にとらわれ、運ばれる夢を見た。それからダンキースの大広間や回廊や居住区域を歩いていると、しなやかな黒い猫がひそかにあとをつけてきた。そして最後に長身で日に焼け、表情からは気持ちのうかがい知れないサー・ニコラスが現れた。彼はリオナを抱き上げると、黒くて厚い毛皮に覆われた彼のベッドに運び……。

「起きているわ」リオナは部屋の扉を開けた。夜明けに目覚め、着替えもすっかりすませていた。

おじは元気な子犬のように勢いよく入ってくると、文字どおりぴょんぴょん飛びはねるように窓まで行き、木の鎧戸《よろいど》を開けて下に見える中庭をのぞいた。

「すばらしい天気の朝だな」ファーガスおじは窓の外を示した。「いい兆しじゃないかね。三日間雨が降らず、おまけに暖かい！」

もうグレンクリースに帰ろうという話をどう切り出せばいいだろう。なぜこんなにも急に帰りたくなったのかを正直に打ち明けるわけにはいかない。屈辱的すぎる。わたしはもっと慎みを持たなければ。もっと自分を抑え、もっと誇り高くならなければ。

いいえ、わたしは誇りが高すぎたのかもしれない。そうでなければ、自分はサー・ニコラスに屈しないと考えて、いつまでも菜園にいるようなことはしなかっただろうから。彼のノルマン人的な尊大さを侮《ぶ》蔑《べっ》する気持ちがあれば、ほかにどんな感情を呼び起こされても、それに負けるはずはないなどと思い込まなかっただろう。

わたしは自分の感情に負けてしまった。

それに菜園でのできごとをファーガスおじに話せば、おじの信頼を失うばかりではない。ファーガスおじが恥ずべきふるまいをしたとサー・ニコラスを非難し、決闘を申し込む恐れがある。

もしもサー・ニコラスが決闘に応じれば、ファーガスおじはおそらく死んでしまう。

「旅をするのにぴったりのお天気でもあるわ」リオナは言った。

「旅？　ああ、そうだね」ファーガスおじは窓の外を眺めながら、うわの空で答えた。「しかしサー・ニコラスの花嫁になりたいと思っている女性は、全員洗礼者ヨハネの祝日までここにいなければならん」

「考えたのだけれど、家に帰るにはいい日じゃないかしら」

おじから返事はなかった。リオナはおじがなにか外の出来事に気を取られて、こちらの言ったことを聞いていないのに気づいた。なにを見ているのかしらと思って窓辺まで行き、おじの視線をたどった。フレデラが桶を持って居住棟へと急いでいた。

そわそわと両手をもみ合わせながら、リオナはもう一度言ってみた。「ファーガスおじさん、わたしたちの受けた扱いを考えると、ダンキースにいるべきじゃないと思うの」

おじが窓の外を眺めるのをやめ、驚いてリオナを見つめた。「サー・ニコラスはわれわれを丁重に扱っているじゃないか」おじはあごをしゃくってふたりのいる部屋全体を示した。たしかに部屋はとても快適で、ベッドも寝心地がいい。

あの悩ましいひとときが何度も何度も脳裏によみがえりさえしなければ――。あのキスを思い出すたびに、わくわくするくせにとても恥ずかしいほてりが体じゅうを駆けめぐりさえしなければ、あんな悩ましい夢さえ見なければ、やわらかな羽布団を敷いたベッドでぐっすりと眠れたことだろう。

「サー・ニコラスのことを言っているのではないのよ。お客たちはみんなわたしたちに対してとても失礼だわ」

ファーガスおじはリオナの肩をやさしくつかみ、にっこり笑いかけた。「みんな嫉妬《しっと》しているんだよ」

リオナはかぶりを振っておじから離れた。「あの人たちはわたしたちにも、わたしたちの国にも敬意を抱いていないわ。わたし、軽蔑の的になってまでここにいたくはないの」

ファーガスおじはリオナのあとからついてきて、信じられないという表情を見せた。「あんな無作法なノルマン人たちがどう思おうと、かまうものか。われわれのほうが礼儀をわきまえているし、サー・ニコラスもそうだ。サー・ニコラスは丁重だし、マクタラン一族の親戚《しんせき》なんだよ」

おじはベッドに腰を下ろすと、自分の隣の場所をぽんぽんと叩いて重々しく言った。「まあ、ここに座ってわたしの話をお聞き」

リオナが言われたとおり座ると、おじはリオナを片手で抱き寄せた。リオナはこれまで悩んだり動揺したりしたとき何度もそうしてきたように、おじの肩に頭を預けた。

「リオナ、ノルマン人というのはだいたいが悲しむべき連中なんだよ。うぬぼれが強くて、傲慢で、無作法だ。しかしそれがわれわれの気に入ろうと入るまいと、わが国王と国王が対処しなければならない謀反のために、ノルマン人はここにいなければならないんだ。だからといって、もちろんわれわれがノルマン人に好意を持たなければならないというわけではないし、好意が持てるものでもない。とはいえ、つき合うに値するノルマン人もわずかながらいる。尊敬するに値するノルマン人、スコットランドを助けてくれるノルマン人だ。サー・ニコラスはそんなノルマン人のひとりなんだよ。ほかの連中は……」

ファーガスおじは蝋燭《ろうそく》を吹き消すように息を吐き、片手を振った。「無視することだ、わたしのように。おまえより偉いんだと思わせて満足させておけば、どうだね」

「すると、おじさんはあの人たちのしたことに気づいたのね？」

ファーガスおじは笑い声をあげた。「気づかないはずはないじゃないか。わたしにはちゃんと目も耳もあるんだよ」

「それでグレンクリースに帰りたくならないの？」

「全然。むしろその反対だ。ノルマン人に、嘲《あざけ》ればわたしを追い出せるなどと思わせるつもりはない。そんなことをしてもあの連中が愚かで、さもしく見えるだけだ。それにサー・ニコラスのような人がそういうばかげた行為を評価するものか」

「ええ。彼は――」リオナは言いかけて黙った。人を見下すノルマン人貴族のことをサー・ニコラスがどんなふうに思っているかを話せば、どうやってそれを知ったのかを話さなければならなくなってしまう。

「さあ、元気をお出し、リオナ」ファーガスおじはにこにこ笑ってそう言い、リオナにまわしていた腕を下ろして立ち上がった。「ノルマン人のことやノルマン人の高慢な態度のことで文句を言ってもしかたがない。どんなスコットランド人でもノルマン人百人分よりましだ。サー・ニコラスにもそれはわかっているはずだよ。サー・ニコラスは自分がスコットランド人に生まれなかったことを悔やんでいるにちがいない」

なににしてもサー・ニコラスが悔やむことなどあるのかしら。リオナはそう思った。

「さて、行こうか、別嬪《べっぴん》さん。ミサに遅れてはいけないからね。そのあとはノルマン人が朝の食事にどんなものをとるのか、見るとしよう」

あの日焼けしていやになるほどハンサムで性的魅力に富んだサー・ニコラスのそばに行くのはできるだけ避けたいが、リオナはミサに欠席する口実は仮病を使うことくらいしか考えつかなかった。それに仮病を使うのも、もう間に合わなかった。

それとほぼ同じころ、チェスリー卿の娘レディ・ジョスリンドは化粧台の前に座り、騒然とした気持ちで化粧を終えようとしていた。

「どうしてこんなところまでやってきたのか、わからないわ」レディ・ジョスリンドは歯切れのいい甲高い声で父親に言った。

チェスリー卿は櫃《ひつ》をいくつも置いた広い寝室のなかへと足を運びながら、顔をしかめた。床にはふたを開けたままの箱やその中身が散乱している。「今度はなにがあったんだね？」

「わからない？　わたしたち、ばかな真似をしてしまったのよ！」

「わたしがばかな真似などしたことがあったかな」

「ここに着いたときよ！」レディ・ジョスリンドは叫ぶように言い、化粧台にてのひらを打ちつけた。高価な香水の瓶やクリームの壺《つぼ》や、頬と唇につやを添えてくれる秘薬を入れた小さな瓶がかたかた音をたてた。「サー・ニコラスがわたしたちをだまして召使いだと思わせようとしたとき――すぐに自分が何者かを名乗らずに、あとで詫《わ》びたときよ」

チェスリー卿は冷ややかに娘を見つめた。「そんなに癇癪《かんしゃく》を起こすことはないよ、ジョスリンド。わたしに向かって腹を立ててもしかたがないだろう。サー・ニコラスはわれわれが何者かをよく心得ているし、ばかでないこともご存じだ。そうでなくて、おまえから言われたとおりに荷物を運ぶと思うかね？　そうでなくて、詫びると思うかね？　当然われわれは今後もここに滞在して、おまえはサー・ニコラスと結婚するんだよ」

「彼はスコットランドでは取るに足りない騎士よ」ジョスリンドは立ち上がって父と向かい合った。「前々からお父さまはわたしを廷臣に嫁がせると言っていたのに」

「天から授かった頭を使うんだよ、ジョスリンド」

長いモスグリーンのチュニックを着て首から金鎖を下げたチェスリー卿は胸で腕を組み、ややむっとして言った。「サー・ニコラスはいずれ、なんにしても取るに足りない存在ではなくなる。傭兵《ようへい》時代の彼は取るに足りないどころの騒ぎじゃなかった。おまえにはこの城塞と彼の指揮する兵隊が見えないのかね。あれだけの戦いの経験と富があれば、サー・ニコラスはどこで暮らそうと重要な存在になる」

「サー・ニコラスではなく、きっとロンドンにわたしの結婚できる相手がいるはずだわ。ヘンリー王の宮廷に」

「おまえがなぜ不満を言うのか、わたしにはわからないね。サー・ニコラスは若くてハンサムじゃないか。おまえが彼を見てうっとりしているのをわたしは見たぞ」

「でもあのスコットランド人はどうなの?」ジョスリンドはスコットランド人ということばを呪《のろ》いのように口にした。「サー・ニコラスは現にわたしよりあの女のほうが気に入っているわ。このわたしより!」ジョスリンドは華奢《きゃしゃ》な足を踏み鳴らした。「恥をかかされてまでここにはいたくないわ!」

チェスリー卿は肩をすくめた。「あのふたりがいっしょにベッドにいるところを見つけたとしても、おかしくはないな。しかしそれはサー・ニコラスが男で、あのスコットランド娘が娼婦《しょうふ》だということにしかならないんだよ。あの娘が娼婦だとしても、出自を考えれば、わたしは少しも驚かないね」

ジョスリンドがあごをそびやかした。「あんな娘がサー・ニコラスの好みなら、わたしはサー・ニコラスなどごめんだわ。わたしには自尊心というものがあるのよ、お父さま」

チェスリー卿は怒りもあらわに二歩足を運んで娘との距離を縮めると、娘の腕をつかみ、万力のように力をこめた。「わたしの言うことを聞くんだ。おまえはここに滞在する。そしてあらゆる手を使い、あの男と結婚するんだ。おまえに最高の教師を雇ってやり、これだけの衣装や装飾品を買ってやったのは、なにもおまえを喜ばせるためじゃない。おまえはわたしの選んだ男と結婚するよう育てられたんだ。だから、なにがなんでもそうさせるぞ！」

痛さのあまりジョスリンドの目には涙があふれた。

「わたしの夫はお父さまが好きに利用していいわ」ジョスリンドが泣き声で言い、チェスリー卿が手を放した。「でもこんな原野に暮らしている彼をどうやって利用できるの？」

「スコットランドから軍隊を繰り出せる男は、いつかイングランドを手に入れる可能性があるからだよ。ヘンリー王はフランス人である自分の妻の身内ばかり重用してイングランド人貴族の怒りを買っている。いつかそれも度を越すだろう。そうすれば、反乱が起きる」

ジョスリンドは希望と欲と畏敬《いけい》の入りまじった表情で父親を見つめた。「サー・ニコラスがイングランドの王になるかもしれないというの？」

「サー・ニコラスではない」チェスリー卿はもどかしそうに言った。「このわたしだ。サー・ニコラスは兵隊と武器を提供できるうえ、兵隊を戦わせるすべを心得ている。つまり、とても有用な味方になるんだよ。彼がわたしの義理の息子なら、ますますけっこうだ。向こうが望もうと望むまいと、彼とわたしは運命共同体になる。彼はわたしが国を支配できるよう全力を尽くさなければならなくなるんだ。いくら彼があのスコットランド女と遊ぼうとしていても、肝心なのは彼がだれとベッドをともにするかではない。彼がだれと結婚するかだ。おまえさえ努力をして、彼の前でじゃじゃ馬みたいなふるまいをしなければ、彼はおまえと結婚するよ、ジョスリンド。

ここに集まった娘たちのなかで、おまえは一番の美女だ。しかもわたしは多額の持参金を用意する。それにサー・ニコラスはわたしの宮廷に及ぼす力を知っているはずだ」

「でも、もしも彼の好きなのがレディ・リオナだとすれば――」

「わたしの計画を邪魔するやつは、ちゃんとわたしが追い払う。おまえはできるかぎりの手を使って彼を射止めればいい。さもなければ、どこかの裕福な年寄りに嫁がせて、おまえとは縁切りだ」

ジョスリンドはまばたきをして涙をこらえ、小さな声で答えた。「わかったわ、お父さま。言われたとおりにするわ」

## 5

リオナは小さな礼拝堂の裏手におじと並んで立っていた。礼拝堂は大きな建物ではないが、羽を生やし剣を携えた戦士の神、聖ミカエルを描いたとても美しくて高価そうなステンドグラスの窓がある。右側の壁龕《へきがん》には聖なる赤子を抱いた聖母のすばらしい彫像があり、祭壇を覆う布には絹が、燭台《しょくだい》には銀が用いられている。

客のなかには、欠席すればサー・ニコラスに悪い印象を持たれるからと考えて礼拝に参加している人もいるようだ。サー・ジョージはさっさと外に出たいとでもいうように、できるだけ扉に近いところに立っているし、サー・パーシヴァルはミサのあいだじゅう何度も大あくびをしていた。

レディたちのうち何人かは、やはり神に祈ったにちがいない。そしてサー・ニコラスの花嫁として選ばれたいという祈りに耳を傾けてくれた聖人がいたかもしれない。しかし、リオナはサー・ニコラスが自分のなかに呼び起こした欲望が消えますようにと祈った。昨夜そうすべきだったように、彼によそよそしくできる力をくださいと。

リオナの視線はニコラスのほうへとさまよっていった。彼は昨夜より織り目の粗い、黒い毛織りのチュニックを着て最前列の正面に陣取り、その隣にはレディ・ジョスリンドとその父親がいる。

リオナが黒い猫の夢を見たのも無理はない。なぜなら今朝も彼は年配の司祭がミサを執りおこなうあいだ、ほとんど身じろぎもせず、油断も隙《すき》も見せないのだから。

ファーガスおじがリオナを肘でつついてささやいた。「フレデラがいるよ」

びっくりしたものの、気まぐれな雑念が中断されたのをうれしく思いながら、リオナはおじの視線をたどった。フレデラはレディ・エレナの左に立っていた。レディ・エレナはあざやかな青の絹のドレスをまとい、春の花のようにみずみずしく見える。いとこのサー・パーシヴァルもふたりといっしょにいた。

フレデラが肩越しにこちらを振り返り、ファーガスおじを見ると顔を赤らめて微笑《ほほえ》んだ。ファーガスおじが片手を上げ、おずおずと振った。ふたりは熟年の男女というより、まるで少年と少女のようだ。

リオナがうつむいて微笑を隠しているうちに礼拝は終わった。ファーガスおじは妻のムールイエルを亡くして十年以上になる。やさしくて親切な彼女を知っている者はみんなそうだったように、おじもその死を長く悲しんだ。おじが幸せになる機会をもう一度つかもうとしても、リオナは少しもいやだとは思わない。きっとケネスも同じだろう。ケネスは新しく妻を娶《めと》れば、父の気前のよすぎるもてなしの精神に歯止めがかかるだろうと考え、かえって歓迎するにちがいない。

「ありがたい。やっと終わったぞ」サー・ジョージがまわりにも聞こえるほどの声でつぶやいた。「喉がからからだ」

その隣にいたレディ・エロイーズがたしなめるように父親をにらんだ。

「昨日の夜、フレデラから今朝のミサが終わったら待っているようにと言われたんだよ」ファーガスおじがリオナに小声で言った。「エレナを連れてきてわれわれに会わせるつもりなんだ。例のパーシヴァルに見つからなければね。そこの柱の陰に行こう。あそこなら、うぬぼれ屋の子犬から見えない」

ふたりが柱のほうへと移動するあいだに、ダンキース城主が通路を扉に向かいはじめた。片方の腕にアンズリー公爵の妹レディ・エリザベス、もう片方の腕にレディ・ジョスリンドを伴っている。そのあとにはふたりのレディの男性親族とサー・ニコラスの執事が続いた。レディ・エリザベスもレディ・ジョスリンドもこの配置をあまり喜んでいないのは明白だったが、ふたりとも表向きには礼儀作法を重んじながらも本心ではニコラスに気に入られたいためか、不満は少しも外に表さなかった。

そのときふいにニコラスがリオナを見た。

まるで昨日の夜から少しも時間がたっていないように感じられる。いまもなおふたりきりで菜園にいて、彼からあの声と目と信じられないほど情熱的なキスで誘惑されているような気がする。

困ったことに、彼はレディふたりを伴いながらもリオナのほうへ近づいてきた。「おはよう、レディ・リオナ。よく眠れたのならいいのだが」

彼はわたしが頬を染めて口ごもり、目をそらせてしまうと思っているのかしら。

顔が熱くなるのをリオナはどうするすべもなかった。しかし、それは狼狽《ろうばい》からではなく怒りからだった。リオナは昨夜菜園で自分にキスをした男と向かい合った。「ぐっすり眠れました」これは嘘《うそ》だ。「あなたはいかがでした？」

「あまりよく眠れなかった。近ごろダンキースには気を散らすものがあまりに多くてね」

彼は両脇《りょうわき》のレディふたりに微笑みかけてから、リオナに目を戻した。

「薬師《くすし》に薬を調合しておもらいになるとよろしいのでは？」リオナはそう答えた。

「そうだ、それがいい！」ファーガスおじが声を張り上げた。「わたしもいい薬を知っていますぞ」おじはあごひげを撫《な》でて思いをめぐらすしぐさをした。「昔よく飲んだものだ」そう言ってにやりと笑い、肩をすくめた。「しかしいま考えると、古ぼけたブーツのような味がしたな」

ニコラスが微笑んだ。しかし彼の目には温かみも楽しそうな色もなかった。「それでは薬はなしということにしよう」

彼の両側にいるレディたちがじれったそうに身じろぎした。

ニコラスは会釈をすると、レディふたりとともに礼拝堂を出ていった。

「やっぱりいいやつじゃないか」ニコラスたちが遠ざかっていくのを見つめながら、ファーガスおじが陽気に言った。「態度もすばらしい。それに彼はおまえが好きだよ、リオナ。はっきりわかる」

なぜ？　リオナは不愉快な思いで考えた。なぜサー・ニコラスはわたしに好意を示すの？　ベッドに誘うためだけだとしたら、敬意の表れだとはとうてい言えない。

「サー・パーシヴァルが来たわ」リオナはあごを上げて、オルトリュー伯爵と話し込みながら通路をゆっくり歩いてくるサー・パーシヴァルのほうを指示した。レディ・エレナとフレデラが聖母像のほうへ足を進める。

サー・パーシヴァルがリオナに目をとめた。リオナがその場を動く暇のないうちに、彼は立ち止まってリオナに微笑みかけた。気取って満足げなその笑みに、リオナはむっとした表情を浮かべないでいるのが精いっぱいだった。「おはよう、レディ・リオナ。今日のあなたはすてきじゃありませんか」

明らかに彼は自分のお世辞にリオナが喜ぶと思っているらしい。自分が注目すれば、どんな女性もうれしがると思い込んでいる類《たぐい》の男性であるのはまちがいない。

「それはどうも」リオナは熱意のまったくない声で答えた。

サー・パーシヴァルは期待をこめてしばらく待っていたが、リオナがそれ以上なにも言うつもりはないことをようやく理解したらしい。

かすかに顔をしかめ、彼はリオナから視線をはずすと、また扉に向かって歩きはじめた。「いずれにしても、オルトリュー、さっきから話しているように、ぼくはその靴屋にこんないい加減な仕事をしているようでは、金は払わないと言ってやったんだ。訴えないからありがたく思えと」

「いやはや、なんというばか《ゴメラル》だ」パーシヴァルと伯爵が扉を出ていくと、ファーガスおじがつぶやいた。「あいつを見ていると、ノルマン人がイングランドを征服したとは信じがたいよ」おじは頭を振ってからリオナににやりと笑いかけた。「さて、あいつは行ってしまった。レディ・エレナに会うとしよう」

リオナはうれしく思いながら、おじとともにレディ・エレナとフレデラのいるところへ向かった。

　リオナはレディ・エレナが恥ずかしそうに微笑んで頬を染め、自分とは目を合わさないものと思っていた。昨日中庭と大広間で見かけたときは内気な少女に思えたのだ。ところが今日のレディ・エレナは人なつっこい笑みを浮かべてリオナとファーガスおじと向かい合い、フレデラがふたりを紹介するあいだ、その明るい緑色の目をうれしそうに輝かせて耳を傾けていた。

「お会いできてとても喜んでいます」エレナはふたりに言ったあとリオナのほうを向いた。「中庭でお見かけしたときからお会いしたかったの。わたしと同じように場ちがいな思いをしていらっしゃるように思えたんですもの」

「場ちがい？　とんでもない！」ファーガスおじがフレデラと腕をからませた。「ふたりともこの城にぴったりだよ。もっともそのうちひとりしかサー・ニコラスを得ることはできんが。彼をめぐってふたりでけんかするようなことがなければいいのだがね。というのも、サー・ニコラスに分別というものがあれば、選ぶのはわたしの姪《めい》に決まっているんだ。しかし、元気を出して、エレナ。サー・ニコラスには弟があるんだよ。兄ほど裕福でないとしても、兄に負けないくらいハンサムだそうだ。たしか名前はヘンリーだった」

　エレナが頬を染めて自分の足元をみたので、リオナは張り切っているおじの相手をフレデラにまかせて、エレナとふたりきりで話したほうがよさそうだと判断した。

「わたし、ステンドグラスを見たのは初めてなの」リオナは窓のほうへ顔を向けた。「ぜひもっと近くで見てみたいわ」

「わたしもよ」エレナがすぐさまうなずいた。「フレデラ、あなたはどう？」

「わたしはもうじっくり眺めましたからね」フレデ

ラは媚《こび》を含んだ目でファーガスおじをちらりと見た。

ファーガスおじがフレデラの顔を見つめたまま言った。「ふたりで好きなだけ見ておいで。わたしたちはここで待っているよ」

リオナはためらわずに祭壇とその背後にあるステンドグラスの窓へと向かった。

「あなたのおじさまはとても親しみやすい人ね」流れるような青い衣をまとった聖ミカエルの像を見つめながら、エレナが言った。「フレデラはおじさまについていいことしか言わないの。白状すると、フレデラが誇張しているのだと思っていたわ。でも本当のことを言っていたのね。いまはそれがわかるわ」

「おじはときおり、ややにぎやかすぎることがあるのよ。でもあれほど親切で人がよくて惜しみない人はいないわ」

「そうだろうと思うわ。フレデラと似ているの。フレデラは母が亡くなって以来ずっとわたしにとっては母親のような存在なのよ」エレナは恥ずかしそうに微笑んだ。「とはいえ本当を言うと、フレデラがわたしのことをまるで六歳の子供のように扱うのをやめてくれたらいいのだけれど。きっとあなたにもわたしが恥ずかしがりで自分から近づいてはいけないと言ったのでしょうね？」

「ええ」

エレナは顔をしかめて首を振った。「小さいころ、わたしはとても内気だったの。お客さまがあるたびに隠れていたわ。いまでもフレデラはわたしが知らない人やなじみのない人を見ると戸棚に隠れたがると思っているの」

「自分を育ててくれた人のとっぴな思い込みを受け入れなければならないのはわたしも同じよ。ファーガスおじはわたしが世界一すばらしい娘だと思っていて、だれもがそう考えているわけではないということがわからないの」

「わたしの後見人もあなたのおじさまのようだったらいいのに」エレナがもの悲しそうに言った。「パーシヴァルはわたしがお金持ちか宮廷で人気のある人――自分と親戚《しんせき》だと自慢できる人と結婚することしか気にかけていないの。それも早ければ早いほどいいのよ」

「サー・ニコラスと親戚になれば、たしかに自慢しそうね」

「自慢するわ。サー・ニコラスがいくつの馬上槍《やり》試合で勝ってどんな褒美をもらったか、わたしは忘れてしまったけれど、パーシヴァルにきけばたちまちわかるわ。ここに来るまでの旅で彼が話したことをあなたに聞かせたかったくらいよ。わたし、気が変になりそうで金切り声をあげてしまうかと思ったわ」エレナは頬を染め、横を向いた。「しゃべりすぎてしまったわね。パーシヴァルには感謝しなければならないはずなのに」

「彼があなたを厄介払いしたくて、しかもそのついでに自分の評判をよくしたいと思っているのなら、感謝しなければならないのかどうかはわからないわ」リオナは自分の身内の情け深さを改めてありがたく思い、心のなかで感謝の念を捧《ささ》げた。

エレナが安堵《あんど》のため息をついた。「あなたならわかってもらえるだろうと思ったわ。知り合ったばかりの人にここまで率直に話してはいけないのでしょうけれど」

「わたしも昨日の夜、大広間でサー・ニコラスにあんなふうに話してはいけなかったのだと思うわ」リオナはそう打ち明けた。

「あら、わたしはすばらしいと思ったわ！」エレナが感嘆の声をあげた。「あれだけ人がいたら、わたしは口を開くこともできそうにないわ。しかもサー・ニコラスに見つめられているのではなおさらよ」

「ほかの人々はあなたのようには思ってくれないわ」

「フレデラもわたしと同じ考えよ」

「するとこれでふたり――おじも入れれば三人ね」

「四人よ。サー・ニコラスは気分を害したようには見えなかったんですもの」

もしかすると、彼はそのときすでにわたしを誘惑しようと考えていたのかもしれないわ。

「まさかサー・ニコラスがノルマンフランス語以外のことばを話すとは思ってもいなかったわ。これもパーシヴァルが教えてくれなかったことのひとつね」

「たぶん彼は知らなかったのではないかしら」サー・ニコラスのことはあまり話したくない。リオナはファーガスおじとフレデラに目をやった。ふたりは顔と顔をほとんどくっつけるようにしてささやき合ったり笑い合ったりしている。「あのふたりを引き離したくはないけれど、そろそろ大広間に行かないと、サー・パーシヴァルがあなたはどこに行ったのだろうと思いはじめるわ」

「そのとおりね。パーシヴァルはあんな人だけれど、わたし、またあなたと話ができるよう願っているわ」

「わたしもよ」リオナは思ったとおりに答えた。ダンキースで友だちができるとは思ってもいなかったのに、エレナには好意を抱いている。

そしてたぶん友だちができたことで、サー・ニコラスとは距離が保てるだろう。

「ジョスリンドの祖母はミルボロ伯爵の娘でね」数日後ニコラスと並んで馬に乗りながら、チェスリー卿《きょう》は自分の家系について事細かに話した。

ふたりはほかの貴族とともに狩猟に出かけたとこ

ろで、ダンキースの最北端の丘にある牧草地を通っていた。ニコラスとチェスリー卿の後ろにはサー・パーシヴァルとまだ素面《しらふ》に見えるサー・ジョージが続いている。すでにふたりの貴族紳士が女性の親族とお供を連れて、ダンキースを去ってしまったが、彼らを除いた貴族紳士たちは、獲物を運ぶ召使いとともにそのあとに続いている。前方には雉《きじ》か雷鳥、運がよければ雄鹿《おじか》といった獲物を茂みから追い出す勢子《せこ》を送ってあった。

あいにく鳥も獣も狩猟隊がやってくるのを事前に察知して逃げてしまったようだった。

たぶんこの集団の後ろのほうが騒がしいからだ。ダンキースの牝馬《ひんば》にまたがったファーガス・マゴードンが犬と短剣と長靴が被害に遭った狩猟中の災難の話を召使いたちを相手に披露している。陽気でにぎやかなスコットランド人について人がなんと言おうと、彼は城を出発して以来ずっとこの集団の後方にいる者たちを楽しませてきているのだ。

「ジョスリンドの母方の祖母はブリッジウォーター公爵の娘でね」チェスリー卿がだらだらとまだ話している。「ということは、つまり国王ご自身と血縁続きなんだ」

「庶子としてだな」サー・パーシヴァルが横から口をはさんだ。ニコラス同様チェスリー卿の話にうんざりしているらしい。

ニコラスも客たちもこの三日間、雨と霧のせいで城のなかに閉じ込められてしまった。今朝目覚めて雨も霧も晴れたのを知ると、ニコラスは即座に狩りに出かけてはどうかと提案した。狩りはニコラスの好きな気晴らしではない。狩りを楽しむような時間がほとんどないまま若いころを過ごしてきたため、いまだにほかにもっと重要なことをすべきではないかという思いがぬぐえないのだ。それでも提案にすぐさま応じた男の客人たち同様、城を出て馬で野山を駆けまわるのは大歓迎だった。レディ・ジョスリンドを始めとする女性客たちは、地面がぬかるんでいるからということで誘いを断ってきた。

ニコラスはそれを残念に思わなかった。自分は彼の好みに合わないのだと、どのレディにも思われないよう全員に愛想よくするのはくたびれる。

ニコラスが狩りを提案したとき、レディ・リオナはすでに大広間を出たあとだった。なぜかはわかる。自分の近くにいたくなかったからだ。それはこちらにしても同じで、自分もレディ・リオナのそばに寄るわけにはいかない。いくらそうしたくてたまらなくとも、結婚の約束もせずに氏族長の姪とベッドをともにすれば、スコットランド人のあいだに大きな敵意を生んでしまう。ゆえに自分としてはレディ・リオナをできるかぎり避けるつもりだった。あの忘れえぬキスを交わした翌日にレディ・リオナを家に帰せばよかったのだが、そうしたとすれば、これまたスコットランド人のあいだに不満の声があがったかもしれない。

「チェスリー卿、レディ・ジョスリンドの祖母というのは公爵のところで乳しぼりをやっていた娘では？」サー・パーシヴァルが尋ねた。

チェスリー卿は顔をしかめ、鞍《くら》の上で後ろを向くと、怒りのこもった冷たい目でサー・パーシヴァルを見つめた。「征服王ウィリアムは庶子だった。つまり血というものはおのずと表れるんだ」

「なるほど」パーシヴァルはひやかすような笑みを浮かべた。「幸い、うちの家系にはそういう汚点はひとつもない」

「わが一族を侮辱する気か？」チェスリー卿が言った。

「一族全体をじゃなくて」落ち着かなげに飛びはねる馬の上でパーシヴァルが答えた。「あなたの奥方の母親だけだ」

ニコラスは決闘が申し込まれないうちにふたりのあいだに自分の馬を割り込ませた。「そこまでにしてもらえないか。選びづらくなりそうだが、わたしはレディ自身の美点に基づいて花嫁を決める」

「いいぞ、いいぞ！」持参の酒袋からまたひと口ワインを飲んだサー・ジョージが手袋をはめた手の甲で唇をぬぐい、甲高い声で言った。「お望みの美点なら、エロイーズ以上のレディはありませんぞ。エロイーズはいい娘だ。活発というわけにはいかないが、しかし活発な妻などだれがほしがるかな。妻が活発では厄介なことになる」サー・ジョージは焦点のあやふやな目配せをした。「わたしがいい例だ。威勢のいい女は夜は楽しいが、昼間はけんか、けんか、けんかだ」

ニコラスは大胆で威勢のいいひとりの女性を頭に浮かべ、夜は昼間の埋め合わせをしてもまだ余りあるのではないかと考えた。あのキスは——。

彼はあのキスのことは考えるなと自分に命じた。

「そう、蛙《かえる》の子は蛙だ」チェスリー卿がサー・ジョージに聞こえないよう小声で言った。「サー・ジョージと奥方の夫婦げんかはさぞかし有名なんだろうね」

「理屈っぽい妻というのは困りますね」ニコラスは言った。「家庭には平和がほしい」

「もちろんそうでしょうな」チェスリー卿が言った。「何年も戦場で暮らしてきたからには、自力で勝ちえた繁栄を楽しみたいでしょうし、家庭内の不和に悩まされたくはないでしょうな。ジョスリンドは所帯の切り盛りが上手ですぞ。召使いに対しては手綱をゆるめず、財布のひもも固く締める」

「なんだか妻に第二の執事を求めているような言い方だな」ふたりの後ろでパーシヴァルが言った。「サー・ニコラスが奥方に、こづかいをねだっているところが見えないかな」彼はふざけた甲高い声音に変えた。「〝仲間と一杯飲むのに少し金をもらえないかな。頼むよ〟」

「サー・ニコラスはまだ乳くさい娘も妻にしたくないだろう」チェスリー卿が腹立たしそうに言った。「なにからなにまで、いちいちきかずに家政をこなせる妻を求めているだろうからね」

「なるほど年かさの女性と結婚すると、そういう利点があるわけか」パーシヴァルがたっぷりいやみをこめた口ぶりでことばを返した。仮にレディ・ジョスリンドが適齢期をほんのわずか超えているとしても、まるで老女であるかのような言い方だ。

レディ・リオナはレディ・ジョスリンドより年長ということもありうるとニコラスは思った。しかしレディ・リオナを〝年かさの女性〟とは見なせない。有能かどうかについては、レディ・リオナがダンキースに到着して以来ニコラスが目にしたあらゆる点から、彼女は有能だと考えられる。召使いたちはレディ・リオナに対していつも愛想よく、それでいながら丁重に接し、頼まれたことをいそいそとする。名前は思い出せないが、胸にほくろのある小間使いがレディ・リオナからリネン類の片づけ方について助言されたとべつの小間使いに話しているのを耳にした。どちらの小間使いも明らかにその助言をありがたがっていた。ふだんあまり礼儀をわきまえているとは言えないサクソン人衛兵のなかにすら、レディ・リオナが通り過ぎるときはお辞儀をして槍を兜《かぶと》に触れ合わせ、敬意を表す者がいる。

「男として言うと、ぼくは若くてきれいな花嫁がいいな」サー・パーシヴァルが言った。「知恵はそのあとすぐについてくる」

「そうはならない娘もいるぞ」チェスリー卿がまっすぐ前方を見つめながら、うなるように言った。

「いまのことばはぼくに向けたものなのかな？」

狩りを提案したのはまちがいだったかもしれない。

大広間にいれば、男性はチェスやゲームに興じられるし、レディたちがいる以上行儀よくしていたはずだ。

狩猟用のらっぱが鳴り響いた。

二度。

「雄鹿だ！」パーシヴァルが叫び、拍車をつけた靴のかかとを馬の脇腹に押しつけた。

狩りを楽しんでいようといまいと、獲物を追いかけると思うと、ニコラスは全身の血潮が熱く駆けめぐるのを感じ、パーシヴァルの馬が全速力で駆け出すのと同時に自分も馬に拍車をかけた。

勢子のところまで行くと、勢子は興奮したようすで羊歯《しだ》に覆われた草地にあるくぼみのほうを指さし、そちらに突進していく猟犬の吠《ほ》え声やうなり声に負けじと声を張り上げた。「あちらです！　溝にいます！　大きなやつです！」

雄鹿が視界に躍り出てきた。雄鹿は木立のない岩だらけの地面を飛ぶように駆け、猟犬の集団は黒と茶色のかたまりになって岩山の谷へと追いつめていく。

谷間は狭まり、奥は切り立った岩壁でふさがれていて、そこには小さな滝が泉に落ちている。追いつめられた雄鹿はこちらを向いて猟犬と相対し、そこへニコラスとパーシヴァルを先頭に人間たちがやってきた。

よく訓練された猟犬は攻撃せず、猟犬係の鳴らす合図の笛を待ちながら、止まった場所から動かずに、うなったり座ったりしている。なかには期待と興奮から腹這《ば》いでじりじりと進んでいるのもいた。

行き場のなくなった、たくましくて威厳のある雄鹿は脇腹を震わせる以外は身じろぎひとつせずに立っている。ニコラスには雄鹿が堂々たる角を武器に死に物狂いで抵抗するとわかっていたが、それでも結局は死ぬのだ。猟犬と人間の数は多く、雄鹿には逃げ場がない。

この狩りになんの楽しさがあるのだろう。昔から自分はだれから命令されようとも丸腰の人間を惨殺することだけは拒んできたが、これはそれと同じだ。

ここにいる貴族たちは、追いつめられ、逃げ場を失って抵抗しなければ死ぬだけという状態がどんなものかを知っているのだろうか。真の恐怖というものをせめてひとりでも知っている者はあるのだろうか。戦場にいる兵士の鼻孔に広がる恐怖の悪臭を嗅《か》いだことのある者はいるのだろうか。

ここにいる貴族たちのせめてひとりでも、飢えや渇きや略奪を知っている者はいるのだろうか。おそらくだれも知らないだろう。この貴族たちも、その親族であるレディたちも。

女性を苦しませたいというわけではさらさらないが、このようなレディたちにどうしてわたしのことが理解できるだろう。真夜中に戦の夢をみて目覚めたとき、そのあとにもつきまとい、眠りを奪ってしまう恐怖が。このようなレディたちに、苦労して得たものが奪われるのではないかという不安がわかるだろうか。得たものを奪うのはなにも自分の死ばかりではない。国王が羊皮紙に羽根ペンをさっと走らせて署名すれば、それでもう自分のものではなくなってしまうのだ。そうなれば、自分は以前と同じ自分に戻るしかない。持っているものといえば父の形見の剣と貴族としての名前のみの文なし兵士に。

狩猟係が攻撃の合図を猟犬の群れに送るなか、ニコラスは馬の向きを変えた。ダンキースに戻ろう。狩りの獲物はほかの連中が好きにすればいい。

興奮状態にある人々のあいだを縫って馬を駆りながら、ニコラスはファーガス・マゴードンの姿がないのに気づいた。

おそらくダンキースへ戻ることにしたのだ。たぶんすでに無事到着し、大広間でワインを飲んだり、パーシヴァルならまちがいなく花嫁にするには年を取りすぎだと評するはずの茶色の髪の姪を大声で褒めたりしていることだろう。

　あのスコットランド人は借りた馬を御すのがあまり巧みには見えなかった。ひょっとすると、らっぱが鳴り響き、猟が開始されたとき、ほかのみんなに追いつけなかったのでは？

　いや、もっとひどいことがあったのかもしれない。馬から落ちて怪我《けが》をしたまま地面に倒れていることも考えられる。

　あるいは息絶えて草地に転がっているのかも。

## 6

ニコラスはすぐさま馬の速度を速足に変え、ダンキースに引き返しはじめた。脚を痛め、手綱をぶら下げた馬にでくわすのではないか、そのそばには血まみれの死体が倒れているのではないかと思うと、不安でたまらなかった。

　城まで半分くらいのところへ来たときだった。自分を呼ぶ聞き覚えのある声が耳に入った。「サー・ニコラス！」

　ほっとしてニコラスは馬を止めた。ファーガス・マゴードンがまったく無傷で農家の前庭にある石垣の近くに立ち、手を振っている。そのそばでは落ち着かないようすの農夫がいた。マゴードンがダンキースから乗ってきた牝馬《ひんば》は、石造りの家のそばの立ち木につながれ、しばらく前からそこにいたようにのんびり草を食《は》んでいる。

ニコラスはマゴードンと農夫のほうへ馬を進めた。前庭に入っていくと、雌鶏《めんどり》の群れと一羽のひどく怒った鵞鳥《がちょう》が羽ばたきをして鳴きながら四方へ逃げた。

「この子羊を見てごらん！」馬から降りるニコラスに、マゴードンが声を張り上げた。「こんなみごとな羊毛は見たことがありませんぞ！」

そのときになって初めて、ニコラスはマゴードンが子羊をまるで子供のように抱いているのに気づいた。近くの囲いから雌羊がこちらをじっと見つめながら、めえと鳴いた。

もしゃもしゃの茶色の髪に質素な手織り布の服を着た若い農夫は、ニコラスがふたりのほうへ近づくと、あわてて前髪を引っ張って挨拶《あいさつ》し、脇《わき》にどいた。

「さわってごらんなさい」マゴードンが子羊を差し出した。小さくて白いその獣はここにいれば安全だとでもいうように、少しもあがっていない。

ニコラスはしかたなく子羊の背中を撫《な》でた。

「いや、そんなふうにではなく」マゴードンが笑いながらたしなめた。彼は空いたほうの手で、子羊になんら痛みを与えない程度にそっと毛をひと房つまみ取った。「これをつかんでみるといい」

ニコラスは言われたとおりにした。毛はやわらかいが、これはべつに予期しなかったことではない。それ以外には、とくになにも彼が気にとめたことはなかった。

マゴードンが彼ににこにこと笑いかけ、まるで子犬を相手にしたように子羊の頭を撫でた。「これほど感触のいいものがほかにありますかな？」

なぜマゴードンがこんなにうれしそうにしているのか、ニコラスには依然としてわからなかった。しかし自分は羊についてなにを知っているだろう。羊毛が売れれば収入になること、羊肉は自分と城内にいる人間の食料となること以外、べつに気にかけてもいない。「羊毛は羊毛だ」彼は肩をすくめた。

「とんでもない！」マゴードンは嘆かわしそうな声をあげ、子羊を囲いに戻した。白い小さな羊は母羊のほうへとことこと駆け寄り、すぐに乳を飲みはじめた。「あの子羊の毛はこれまでわたしが触れたどの原毛より厚くて、剛毛をまるで含んでいないんですぞ」マゴードンがそう言ってから、農夫に笑いかけた。「領主さまにわからなくとも、ここにいるトーマスが自分の持っているものの価値を知っています。その毛が上質の羊毛になることを。しかも羊毛だけじゃない。あの子羊の尻をごらんあれ！　あれこそ正真正銘の羊肉ですぞ！」

　マゴードンはまるで親友同士のように農夫の肩をぽんと叩《たた》いた。

「こんな羊は偶然に生まれるものじゃない。この頭のいい男が品種の改良をやったんです。そうだろう、トーマス？」

　トーマスが顔を赤らめた。ニコラスがいつも歩兵に対して使う口調で話しかけると、その顔はますます赤くなった。「本当なのか、トーマス？」

「ほうら、自分の天分を認めてしまえよ！」マゴードンが声を張り上げた。「天分であることはまちがいないんだから」

「はい、前から改良に努めていました」トーマスがニコラスの目を見ようとはしないまま静かに言った。「羊を丘に放すのはいつも同じなんですが、よい毛をして肉づきのいい雌と雄は気をつけて残すようにしていたんです」

「話はこれで終わらないんですよ」ファーガス・マゴードンが言った。「羊を改良できれば、金や銀より価値のあるものを手に入れたことになる。金属は地中から掘り出してしまえば、それで終わりだが、このような羊は何年にもわたって富をもたらしてくれるんですからな」

　ニコラスはもう一度子羊に目をやった。あの子羊が本当にそこまで重要なのだろうか。そんなことがありうるのだろうか。もしもそうなら、わたしの財政的な問題はそれで解消されるのだろうか。

　ひょっとすれば、いつかは。しかし、それは今年のことではない。子羊は毛を刈り取られていない。

「わたしの雌羊を何頭かここに持ち込んで掛け合わせてはいかがでしょうな」マゴードンが尋ねた。

　ニコラスはほぼ空になっている自分の金庫のことを思った。「そうするには金を支払ってもらわなければならない」

　ほかから頼まれた場合も同じにしよう。これは思いもかけなかった収入源だ。

　マゴードンがあっけに取られた表情を浮かべた。

「いくらです？」

「それについては執事と相談しなければ」ニコラスは、落ち着かなげに足を踏み替えているトーマスに目をやった。「トーマスがそれを徴収し、十分の一を税としてわたしにおさめることにしよう」

　トーマスが競技に勝ったばかりのような表情を見せた。

「きっとトーマスは無理な値段は言わないと思う」ニコラスは言い添えた。

「はい、そうです。はい！」トーマスが意気込んで言った。「無理な値段など言いません」

　マゴードンが顔を輝かせた。「では話は決まりですな。家に帰ったら、息子に話すとしよう。ここの羊のことを聞いたら、息子は来たがるだろうなあ。羊毛を見る目があるんですよ。父親と同じでね」マゴードンはそう締めくくって笑い声をあげた。

「ダンキースまで帰るあいだ、羊の話をするのもいいな」ニコラスは微笑《ほほえ》んでいるマゴードンに言った。

「ぜひとも。羊毛について知りたいことなら――」マゴードンは自分の胸を叩いた。「なんでもわたしにおまかせあれ」

「明らかに、わたしよりはるかに知識が深いようだ」ニコラスはそう認めた。

「それではわたしは城塞《じょうさい》の守り方について二、三教えてもらいましょうかな」ふたりしてそれぞれの馬へと戻りながら、マゴードンが応《こた》えた。

ニコラスはうなずき、農家の庭のまわりを眺めた。なにもかもきちんとして、手入れがとても行き届いている。このトーマスという農夫は頭がいいばかりでなく、誠実で律儀なのも明らかだ。しかし家の戸口には女性や子供はまだひとりも現れていないし、家族のいるような形跡がなにもない。

ニコラスは鞍《くら》にまたがったあと、垣根のそばに立っているトーマスに近寄った。「ひとり暮らしなのか、トーマス？」

「はい。一月に父が亡くなってからは」

ニコラスは執事のロバートが羊飼いから雄羊を一匹相続上納物として受け取ったという話をしていたのをぼんやり思い出した。「相続上納物は雄羊だったか？」

「はい。そこにいる子羊たちの父親でした」

「掛け合わせて上等の羊がもっと得られるよう、その雄羊をおまえに戻すことにしよう」

「ありがとうございます」トーマスがお辞儀をした。

「二、三日中に執事のロバート・マートルビーをこちらに寄こす」

「わかりました」

「わたしの領地にあるほかの農家をすべて回って、とくにすばらしいと思える羊を選んでかまわない。選んだ羊はおまえが所有する家畜に加える。さらにおまえをダンキースの羊飼い頭にしよう」

トーマスはうれしさのあまり、いまにも気絶しそうなようすだった。「あ、ありがとうございます。本当にありがとうございます！」

「わたしは自分によく仕えてくれる者には報いることを信条としているんだ、トーマス。それを忘れないように」ニコラスは馬を門に向けた。

ファーガス・マゴードンは鞍にまたがったところだった。このスコットランド人がめったに馬には乗らないか、あるいはしばらく乗っていないのは明白だ。あえて言うなら、これも彼が貧しい印だろう。

「それでは、トーマス」

農夫が地面に額がつきそうなほど低くお辞儀をした。「さようなら、サー・ニコラス」

マゴードンがどうにか馬を制御して、ニコラスと並んだ。

「それで」マゴードンは笑顔で言った。「羊についてほかに知りたいことは？」

「まあ、あれがすてきじゃない？」露店に生地をいくつか見つけたエレナが歓声をあげた。

リオナは微笑んだ。雨と霧のせいで大広間と自分の部屋でしか過ごせなかったのだから、いいお天気の日に外出ができてうれしいのはリオナも同じだった。しかも城に閉じ込められていると、サー・ニコラスと顔を合わせるのではないかという不安がつねにある。もしも顔を合わせれば、彼がどんな態度を示すかはまったく予想がつかず、また知りたくもなかった。

幸い、彼は礼拝堂で会ってからはずっと距離を保っている。さらに幸いなことに、エレナはサー・ニコラスのことを話したがらない。それはたぶんふたりとも、いちおうは彼の花嫁となるためにここに来ているからだろう。

リオナはエレナといっしょに、あざやかな赤を織り交ぜた深緑色の美しくてやわらかな毛織り地を吟味した。グレンクリースではこんなふうに過ごす暇がめったにない。物売りとやり取りをするのは食料や飲み物といった実用的な必需品を買うためがほとんどだ。「スコットランド人ほど織物の上手な人種はいないわ」リオナは誇らしげに言った。

「これがスコットランドの工芸の一例だとすれば、たしかにそうね」エレナが答えた。「パーシヴァルが買わせてくれるといいのだけれど」

「あんたのご主人は今日はなにか買いなさる予定なのかね？」商人がゲール語でリオナに尋ねた。微笑んではいるが、いぶかっているようだ。

リオナとエレナはノルマンフランス語で話しているので商人がまちがえるのも無理はないが、商人からエレナの召使いだと思われたとしても、服装にこれだけ差があれば、そうとられてもしかたがない。

リオナはゲール語で愛想よく答えた。「わたししたち、あなたの生地はすばらしいと思うわ。このレディはいいとこが買ってくれたらいいのにって言っているの」

商人はややがっかりした表情を見せながらも、相変わらず微笑んでいる。「へえ、そうなのかい。で、そのいとことというのはどなたなんだね？」

「サー・パーシヴァル・ド・シュルルポンよ。とても立派な服装をした若い貴族がこの格子柄の布を買いに来たら、それがサー・パーシヴァル」

「今朝、明るい緑の綾《あや》織りの服を着て狩りに出かけた美男かね？」

「そう。それがサー・パーシヴァルよ」

「まあ、リオナ、これも見て！」エレナが言った。「こんなにすてきな濃い青は見たことがないわ。どうやってこんな色にできるのかしら」

リオナはもう一度商人のほうを向いた。「このレディは青い生地も気に入ったんですって。どうすればこんなすばらしい色が出るのか知りたいそうよ」

　商人は本物の笑みを浮かべ、職人としての誇りに目を輝かせた。「秘訣《ひけつ》を教えろというのかね？」

「差し支えなかったらでいいわ」

「あんたのすてきな目とそのレディの美しさに負けたよ」商人はリオナに片目をつぶってみせた。「ウエールズ産の黒苺《くろいちご》さ」

「あら、ウェールズ産の黒苺？」

　商人がうなずいた。「濃い青に染めるには、いちばんだね」

「覚えておくわ」

　そこへ子供たちの集団が通りかかった。子供たちは罪人さらし台のそばで足を止めた。さらし台にはひとりの男が首と手首を木の枷《かせ》でぴったりと固定されて座っていた。茶色の髪をしてそばかすのある十歳くらいの男の子が大声を張り上げた。「人殺し！」そしてりんごの芯《しん》を男に投げつけた。ほかの子供もそれに続き、泥を投げた。

　罪人が頭を起こし、子供たちにわめくと、子供たちは逃げていった。

「あの人は本当に人殺しなの？」リオナは商人に尋ねた。人殺しなら、なぜさらし台でさらされる程度ですむのだろう。

「二週間ほど前にさっきの坊主の犬を殺したんだよ。吠《ほ》えた犬を酔っ払ったあいつが叩き殺したんだ。サー・ニコラスは二カ月間さらし台でさらしたあとダンキースからの追放を命じたんだよ」

　リオナはサー・ニコラスや彼の裁きに対して関心を持ったのが顔に表れないよう心した。「それはまた厳しいわね」

「サー・ニコラスは厳しい人だけれど、平和を守ってくれるんだ」商人は賛意をこめた表情で答えた。

　サー・ニコラスと彼の兵隊は秩序を維持する能力があるにちがいない。商人が賛意を示しているのはたぶんそれで説明がつく。

「大半の貴族は農民の子供の飼い犬など少しも気にかけたりしないよ」商人が先を続けた。「さっきの子供が城の大広間であった集会でありのままを話したら、サー・ニコラスはその子供をちゃんとしたおとなのように扱ってまじめに話を聞いたんだ。それでもまさかサー・ニコラスがそのことで自分の家臣を罰するとは、だれも思ってはいなかった」

さっきの思いとは裏腹に、リオナは感銘を受けずにいられなかった。「罰せられたのは家臣なの？」

「そうだよ。城の射手だ」

リオナは兵隊とともにいるときのサー・ニコラスを思い返した。彼はいつも険しい顔をして、笑みを浮かべることもなく、どこから見ても指揮官そのものだ。召使いといるときも同じで、これまでリオナは彼を単なる無慈悲でかたくなな暴君と片づけていた。しかし彼には自分の家臣や召使いに対する思いやりが少しはあるらしい。

そういった面をもっと頻繁に見せればいいのに、そうしないのは残念だわ。思いやりを示したところで敬意が薄れることはまずないだろう。なぜなら、サー・ニコラスに会ってその権力と業績に畏敬《いけい》の念を持たない人間はひとりもいないのではないかしら。実際、わたし自身――。

リオナは自分と商人とのやり取りをエレナが理解できず、説明を待っているのに気づいた。そこで商人から聞いた話をかいつまんで語った。

「自分の兵士を？　犬のことで？」エレナが目を丸くした。

「わたしも驚いたわ」リオナはそう白状した。

サー・ニコラスのことをどう思っているか、ここでエレナも話してくれるかしらとリオナは思ったが、エレナはそうはせず、深い青の毛織り地をうっとりと眺めてため息をついた。「そろそろ城に戻ったほうがいいのではないかしら。もう狩りは終わっているかもしれないわ。わたしが村に出かけていたと知ったら、パーシヴァルはいい顔をしないだろうと思うの」

「ファーガスおじさんとフレデラはわたしたちがどこに行ったか知りたがるわね」城に向かって歩き出しながら、リオナは言った。「もっとも、ふたりがわたしたちの出かけたのに気づいていたらの話だけれど」

エレナが微笑んだ。ふたりは罪人さらし台をずっと迂回《うかい》して草地を歩いた。「お互いのこと以外はほとんどなにも気づいていないのではないかしら」

「ファーガスおじさんはフレデラにぞっこんのようだわ」

「フレデラもあなたのおじさまに同じ状態のようよ。フレデラが幸せな結婚をしたら、わたしにとってそれ以上の喜びはないわ」エレナは真っ赤になり、おそるおそるリオナをちらりと見た。「ただ、あなたのおじさまは貴族だし、フレデラは召使いにすぎないけれど」

リオナはその点に関するエレナの心配をただちに取り除いた。「おじはまじめな気持ちでいると思うわ。ファーガスおじさんが卑劣でないのは、太陽の昇らない日がない以上に明白なことよ。おじは生まれながらにしてそういう性格なの」

「それでも氏族長と召使いの結婚なのよ。スコットランドでは問題にならないの？」

「おじは肝心なのは愛情だと言っているわ。おばが亡くなっておじは深く悲しんだけれど、それももう何年も昔のことよ。フレデラがおじを幸せにしてくれるなら、わたしはなにも反対しないわ。おじの息子もそうよ」リオナは正直に言った。

ケネスも自分も反対するどころか不満にも思わない。ふたりともファーガスおじを深く愛しているから、おじの選んだ花嫁が身分の高い女性であろうとなかろうと、金持ちであろうと貧しかろうと、異議は唱えないのだ。「あなたは召使いがいなくなってもかまわない？」

「新しい環境がフレデラの選んだものであり、それでフレデラが幸せになるのなら、かまわないわ」

「パーシヴァルはどうかしら」

「パーシヴァルはたいがいの場合フレデラがいることにすら気づいていないのではないかしら。いなくなってもわかるかどうか怪しいものだわ。でも新しい小間使いを探すのを彼には頼まないでおこうと思うの。わたしが自分で探すわ。彼の判断力は当てにならないから」

それはリオナも同じだ。「ではあなたとわたしのあいだでは、これで話は決まったわね」リオナはエレナに微笑みかけた。「ふたりが結婚しようと考えても、あなたもわたしも反対はしない」

エレナが陽気な笑い声をあげ、リオナも笑った。まさかノルマン人と友だち同士になるとは考えもしなかったのに、エレナは思いやりのあるやさしい娘で、すでに一度も持ったことのない自分の妹のような気がしていた。

「リオナ！」

ふたりが振り返ると、ファーガスおじとサー・ニコラスが馬でこちらにやってくるところだった。ファーガスおじがにこにこ笑って楽しそうでなければ、リオナはおじが馬から落ちて怪我《けが》でもしたのではないかと心配したことだろう。

たとえ簡素な茶色の革のチュニックに暗色の毛織りのズボンと履き古したブーツという服装でも、みごとな黒い去勢馬にまたがり、背中を槍《やり》のようにぴんと伸ばしたダンキース城主はどこから見ても領主そのものだった。その姿を見て、彼が相手に威圧感を与える人であること、脇に携えている剣が何度も使われていることを疑う者はひとりもいないにちがいない。

いまのサー・ニコラスを見て、彼の声がとても甘く誘いかける響きを帯びることがあると考える者はひとりもいないだろう。彼のキスがとても――。

「狩りが終わったんだわ」エレナがややあわてた声で言った。

「たぶんね」リオナは曖昧《あいまい》に答えた。「ほかの人たちはどこにいるのかしら」

「さあ。でもパーシヴァルはきっとそう遠くにはいないはずよ」エレナはスカートをからげた。

たしかにそのはずだ。パーシヴァルはいつもこぶのようにサー・ニコラスにくっついている。それはほかの男性貴族たちも同じで、例外はオードリックしかいない。

「城に戻ったほうがいいわ」エレナが不安そうに言った。「わたしが村に出たと知ったら、パーシヴァルが腹を立てるから」

「先に行って」リオナは言った。「わたしはおじを待つわ」

いま城に戻れば、ファーガスおじはなぜ自分たちを待たないのだろうと不思議に思うにちがいない。

エレナが足早に城に向かい、リオナはできるだけサー・ニコラスを無視しようと内心身構えた。

まもなくファーガスおじとサー・ニコラスの後ろからはだれも来そうにないとわかった。ほかの男性貴族やそのお供の召使いたちはまだ狩りをしているのだろう。

リオナのところまでやってくると、サー・ニコラスは馬からひらりと降りた。きっと彼は鎖帷子《かたびら》や兜《かぶと》を着けていても同じように降りる習慣が身についているのだわ。彼にとってチュニックやズボンは第二の皮膚のようなものにちがいない。チュニックもズボンも肌にぴったり張りついている。

ファーガスおじのほうは鞍から降りるのに少しもたもたした。それでも、じきにふたりとも手綱を持ったまま地面に立った。

「こんにちは、レディ・リオナ」ニコラスが淡々と言った。「日差しがきみを城から誘い出したと見える」

「こんにちは、サー・ニコラス」リオナも同じく淡々と答えた。

「リオナ、別嬪《べっぴん》さん、ここでおまえに会うとは、なんとうれしいことかね！」ファーガスおじが声を張り上げた。サー・ニコラスの前で〝別嬪さん〟と呼ばれ、リオナは身の縮む思いだった。

「こんにちは、ファーガスおじさん。狩りはうまくいかなかったの？　ほかの方々はどこ？」

「狩り？」ファーガスおじは狩りのことなどすっかり忘れてしまったかのようだ。

「うまくいったよ。雄鹿《おじか》を追いつめたところで、わたしは先に帰ってきてしまった」ニコラスが答えた。「途中できみのおじ上がわたしの小作人と話しているのを見つけてね」

それをサー・ニコラスはどう思ったのか、またなぜ彼はほかの男性貴族と狩りを続けずにファーガスおじと戻ってきたのか、リオナは激しく好奇心をそそられたが、彼の言うことにはなにひとつ関心を示していないふりを装おうとした。

「サー・ニコラスの領地にいる子羊をおまえも見てみるべきだよ」フォーガスおじがリオナの肩を抱き寄せ、城門に向かった。「毛はやわらかくて厚いし、いい肉の取れそうな脚をしている。あんな子羊は見たことがないよ！」

「きみのおじ上からわたしはとても貴重なものを持っていると請け合ってもらった」ニコラスがうなずいた。その声にはいくばくかの興味しか表れていない。

「とても貴重？　いやはや、本当の価値がまだ半分もわかっていないらしい！　あの子羊はたいへんな宝物だ。それでうちの雌羊を連れてきて、掛け合わせてもらえることになったんだよ。もちろん料金を払ってだが」

　それはノルマン人らしいけちけちしたやり方に聞こえる。「もちろん、ね」リオナはほんの少し反感をこめて言った。

「金を取るのがなぜ悪い？　羊の持ち主はわたしだ」ニコラスが尋ねた。

「そうだよ、なぜ悪い？」ファーガスおじが言った。「羊はサー・ニコラスの領地にいるし、羊飼いはサー・ニコラスの小作人だ。とても頭の切れる羊飼いでね、あのトーマスは」

「トーマス？」リオナは鸚鵡《おうむ》返しに言った。その名前なら知っている。「きっとポリーが結婚したがっている若者のことだわ」

　ファーガスおじが笑い声をあげた。「すると、そのポリーは幸運な娘だよ。トーマスはとてもすばらしい男だからね」おじはニコラスににやりと笑いかけた。「リオナがその娘についてなんと言うか、聞いてみるべきですよ」

「召使いの噂《うわさ》話は聞きたくない」外側の門楼を通り抜けながら、ニコラスが高飛車に言った。

　リオナのほうとしても彼にはどんな話もしたくはない。

「噂話ではありませんぞ」ファーガスおじが言った。「所帯を円滑に動かしたいなら、リオナのように、召使いのようすに気を配らなければだめだ。わたしはおかげで何度か厄介ごとをまぬがれましたぞ」

「いいのよ、おじさん。きっとサー・ニコラスはわたしに助言など求めていらっしゃらないのよ」

　ニコラスがリオナを見た。なにもかも見透かすようなそのまなざしで見つめられると、リオナの肌は燃えるように熱くなった。「わたしは兵士に命令するのは慣れているが、召使い、とくに女の召使いにはそうでないことを考えると、その点できみの意見を聞かせてもらうべきかもしれない」

「サー・ニコラス、実のところわたしは……」リオナは断る理由を必死で考え出そうとした。

「協力を求められているんだよ、リオナ」ファーガスおじが言った。「いい子だから――」

まるで子供扱いした言い方だわ！

「それとポリーのことも話すんだよ。わたしはすでに全部聞いてしまっているから、先に行ってよろしいかな？」ファーガスおじが頼み込むような光を目に浮かべて尋ねた。どうやらフレデラといろいろ用事があるらしい。

「お引き止めをするつもりはない」ニコラスが言った。

「それではまたのちほど」ファーガスおじが手を振ってにこやかに言い、リオナを置いて向こうへ行ってしまった。

「きみのおじ上はひどく急いでいるようだね」ニコラスが言った。リオナは心のなかで遅れないよう自分に命じ、彼と並んで歩いた。ご主人のあとをついていく犬のように見えては困る。

それに、おじがなぜ急いで城に戻ったか、自分が思いついた理由をサー・ニコラスに話すつもりもない。召使いといっしょにいたがる男性貴族を彼はきっとよくは思わないだろう。「わたしのおじは狩りがさほど好きではないのではないかしら」

「わたしも好きじゃない」

リオナは信じられないわという目でサー・ニコラスをちらりと見た。ふたりは内側の城門まで来た。

「それならなぜ狩りを提案なさったの？」

「いい天気だったし、ほかの紳士たちが喜ぶだろうと思ったからだ」

この話題についてはそれで終わりに思えた。「ポリーのことですけれど――」

「その話はわたしの部屋でしたい」

「ふたりきりにはなりたくないわ」

彼は無表情でリオナを見つめた。「きみがわたしの召使いについての話を大広間か中庭でしたいのなら、もちろんそうしてかまわない。しかしだれの耳にも入りやすい場所で召使いの話をするのは、わたしは賢明だと思わない」

あいにく彼の言うことはもっともだった。馬丁がもの問いたげな表情でニコラスの馬を受け取りに駆け寄ってくると、ますます正しく思えた。

「わかりました」リオナは折れた。

それ以上なにも言わず、ニコラスはきびすを返し、自室へと向かいはじめた。リオナはそのあとについていくしかなかった。

## 7

自分の部屋に入ると、ニコラスは小さなテーブルのほうへと足を運んだ。テーブルには凝った装飾を施した銀製の水差しと精巧な細工の酒杯がのっている。「ワインはいかがかな？」

「いいえ、けっこうです」

ニコラスがひやかすように片方の眉を上げ、芳《ほう》醇《じゅん》そうな赤いワインを酒杯のひとつについだ。「戸口に立ったまま、やり取りを続けるつもりかね？　それではわたしの部屋に来たかいがない」

リオナはさっさと彼のそばを通り過ぎ、部屋の中央に向かった。部屋は城の大きさを考えれば、思ったより小さく、とても簡素だ。装飾らしいものは銀の水差しと酒杯の凝った模様だけで、温《ぬく》もりを与えてくれるタペストリーもなにもない。部屋はその主《あるじ》同様、冷たくて厳しかった。

ニコラスが扉を閉めると、リオナは穏やかにもの問いたげな表情を向けた。威圧できる相手だと彼に思わせるつもりはない。少なくともそうできるかぎりは。

それでもなお彼とふたりきりでいると、体じゅうが熱くなるように感じられ、あのキスの記憶が……。

「どうか座っていただきたい」ニコラスが一脚しかない椅子を指して言った。

リオナは重い架台式のテーブルをまわり、椅子に身を沈めた。力強い手に酒杯を軽く持ったまま、彼もテーブルをまわると、リオナからほんの三十センチも離れていないところでテーブルにもたれた。

どうしてサー・ニコラスはこんなに近くまで来るのかしら。もう一度わたしを誘惑するつもりでいるなら、それは不可能だと悟るべきよ。今度はわたしも彼に対して――彼の声やまなざしに対して身構えていますからね。

「ここはきっととても安全なのでしょうね。こんなにすばらしい銀製品を鍵《かぎ》もかけない部屋に置いたままにしておくなんて」リオナはニコラスの男らしさに負けて会話ができなくなるような自分ではないことを示そうとした。

「泥棒の心配はしていない。わたしの懲罰が厳しいことを泥棒のほうでもよく知っている」

「あなたの射手が村でさらし台に座らされているのを見たわ」

「そのとおりだ」ニコラスはそう答えてからワインをもうひと口飲んだ。

「ノルマン人の騎士がそこまで犬を大事にするとは思わなかったわ」

「あの少年は大事にしていた。それにわたしは自分よりずっと弱い生き物を虐待するような兵士を雇っておきたくはない」

リオナは膝の上で両手を組みながら、片方の眉を上げた。「傭兵《ようへい》にしては興味深い感情ね」

「わたしが戦ってきたのは自分と同じように訓練を受けた兵士だ。歩兵ではない」

「そうして正当な報酬を受け取ってきたのでしょう？」

「そう、金で雇われていた」彼は酒杯を掲げた。「これもそういった報酬のひとつだ。これとそろいで四つあった酒杯も、水差しも。わたしは自分が生活費を稼いできた手段を恥じてはいない。わたしには選択肢がほとんどなかった。戦士になるか、教会に入るかだ。教会に入っても、いい司祭にはなれなかっただろうね」

そう、なれなかったはずだわ。純潔の誓いひとつを取ってみても……。

リオナはほかのことに意識を集中させようとした。

「酒杯は四つあったとおっしゃったわね？　残りのふたつはどうしたの？」

「礼拝堂を建てるために売った」

ニコラスはリオナの表情を見て眉根を寄せた。

「わたしが美しい礼拝堂を建てることで神への感謝を表したいと思うことが、きみには驚きなのかな？　ところが現にわたしは神に感謝している。自分が生きていることと、褒美を賜ったことをね。しかしそれでもなお、わたしは家政には長《た》けていない」彼は酒杯を置き、腕組みをした。「そこで、きみのおじ上の話していた女の子のことだが」

「ポリーです。それにポリーは女の子ではありません。若い女性です」

彼は首を曲げてリオナの訂正を受け入れた。「わたしの小間使いのどれがそのポリーなのだろう」

「ポリーをご存じないの？」リオナは信じられない

思いで尋ねた。気さくで色っぽいポリーは見過ごしにくい。

ニコラスが顔をしかめた。「わたしが召使いの名前を知らないのは罪なことだろうか？」

「あなたがポリーの名をご存じないとは驚きだわ。男の人ならきっと覚えているような、明るくてきれいな若い女性ですもの」

彼の表情が尊大そうなものに変わった。「もしもわたしがベッドをともにしたから女の名を覚えているはずだと考えているのなら、それはまちがいだ。わたしは自分の召使いには手を出さない」

「すると、その点においてはとても珍しいノルマン人領主ということになるわ」

「その判断基準でいえば、わたしは実際にまれなノルマン人領主なんだ」

ニコラスのしっかりした返答と表情は、そのことばが嘘《うそ》ではないことを物語っている。それでもなお、これだけハンサムで姿かたちが美しいのだから、どこへ行ってもおおぜいの女性を手に入れられると聞いても驚かない。もっとも、そのような話はたしかに耳にしたことはないけれど。

「わたしは自分の城にいる女性にはだれに限らず手を出さない」

リオナは鋭くニコラスを見た。

「ふだんは」ニコラスが言い添える。そのまなざしが前より熱を帯び、表情が読み取りがたくなったように思える。

リオナは頬が熱くなるのを止められなかった。とはいえ、内気な生娘の真似《まね》をする気もないし、黙っているつもりもない。

リオナは立ち上がり、ニコラスに正面から向き直った。「でも、いつもというわけではないということね。そうしても罰を受けないと思えるときはその限りでないと」

「相手のレディにその気があるときは、その限りではない。そしてわたしにもその気があるときは。しかし、のちにレディがそれ以上なにも起きないことを望んでいるとはっきりわかれば、わたしはそのレディの意思を尊重する」

ニコラスの視線はしっかりとして揺るがず、口調はとても率直に聞こえる。リオナは彼の言うことを信じた。菜園でキスを交わして以来、リオナはおそらく初めて緊張を解き、ゆっくり息を吐いた。

そして、ふたりのあいだにはまだ話し合わなければならないことがあるのに気づいた。「あなたが好色な悪党ではなくとも、残念ながら、あなたのお客さまのなかにはそう言える人もいるわ」

ニコラスの濃い茶色の眉根が寄せられた。まるで遠くに積乱雲がわき上がるのを見ているかのようだった。「わたしの城のなかにいる女性たちに危険な男がいるというのかね？」

リオナが答える暇もないうちに、彼はもどかしそうなしぐさを見せた。

「いや、言わなくていい。パーシヴァルは女性をベッドに連れ込むためなら、どんなことでも言いそうだ。彼がそんなことをした？」

「いいえ、まだ。でもポリーは愛想のいい女性で、誘惑に負けるのがどれだけ簡単か、気づいていないのではないかしら」

ニコラスがゆっくり片眉を吊《つ》り上げる。リオナは目をそらしたい気持ちをぐっとこらえなければならなかった。

「男性貴族たちがわたしの客人である以上」彼は淡淡と言った。「きみからポリーに話をして……つまり女同士の話で、危険かもしれないから注意をしたほうがいいと言ってもらったほうがいいかもしれない」

リオナは心をしっかりと保って、深く響く彼の誘いかけるような声と、気持ちを読まれそうなまなざしに耐えた。「話はしました。ポリーは〝罠《わな》〟のことはよく心得ているから大丈夫だと言っているわ。あなたの妹さんがポリーにそういう危険について話をされたようね。妹さんが……」サー・ニコラスの妹がアデア・マクタランと駆け落ちしたことに言及するのは、たぶん賢明ではない。「妹さんが結婚なさる前に。それでもなお、わたしはポリーが誘惑に負けるのではないかと心配なの。ポリーのためにも、あなたご自身のためにも、ポリーには結婚を勧めるべきよ。若い羊飼いのトーマスがそのような希望を口にしていて、ポリーもとても乗り気だと聞いているわ。でも残念ながらポリーは自分たちはまだ貧しいから、もっと稼げるようになるまで結婚は待たなければならないと考えているの」

ニコラスがアーチ形の窓まで行き、リオナのほうを見ずに言った。「誘惑されて堕落しそうな女との結婚を勧めるのは、トーマスには少々酷ではないかな。ある日その女が姦通《かんつう》の咎《とが》で、わたしの前に引き出されるかもしれない」

リオナは体を起こし、ニコラスのほうへ足を運んだ。「もしかしたら。でも、わたしはそんなことはないだろうと思うわ。ポリーは善良なようだし、結婚して落ち着けば、とてもすばらしい妻や母にきっとなるはずよ。女の召使いというのは売春宿に属していない娼婦《しょうふ》と同じだと考える口さがないノルマン人のせいで、その可能性がつぶされてしまうのを見るのは耐えられないわ」

ダンキース城主はリオナのほうを向き、たくましい胸で腕を組んだ。「厳しいことばだな」

「厳しい事実なの。でも、あなただって否定できないのではないかしら」

「ポリーが貞操を捨てる気でいるのに、なぜわたしがそれを守ってやらなければならない？」

利己的な理由がほしいのなら、あげるわ。「そういう女性は屋敷内に大きな不和ももたらしかねないからよ。うらやむ者と軽蔑《けいべつ》する者、同じことをしようとする者が出てくるわ。屋敷内に男性貴族の私生児が何人か生まれるかもしれないのよ」

「きみはろくに知りもしない者たちのことをひどく気にかけているようだ」

「グレンクリースでは召使いのあいだで起きていることに気を配るのがわたしの仕事なの。もしかしたら、ポリーの問題に耳を貸したり干渉したりすべきではなかったのかもしれないけれど、ついいつもの癖が出てしまって」

ニコラスがテーブルのほうへ向かった。リオナはあとずさりした。自分のしていることと、それが彼の目にどう映るかに気づいたのだ。

彼が足を止め、椅子の背に軽く片手を置いた。リオナはその手を見つめないよう心した。たくましい手の関節や、日焼けした甲を……。

「きみから聞いたことを熟慮してみることにしよう」ニコラスが言った。「わたしの花嫁を選ぶ方法は思いもかけなかった利点を生んだらしい」

リオナはニコラスの手から、もぎ取るように視線を離し、彼の顔をしっかりと見つめた。「そうかもしれないけれど、わたしはあなたの花嫁を選ぶ方法をいいとは思っていないわ」

「わたしの弟も同じ考えだ」ニコラスの思いがけない告白にリオナは驚いた。「あいにく、わたしには自分にふさわしい妻を探して国じゅうをめぐる時間はない。候補になりたい女性にダンキースまで来てもらったほうが簡単だった」

「羊を市場に送るように」リオナは自分のなかで頭をもたげかけている渇望を懸命に無視しつつ、非難をこめて言った。

ニコラスの眉が吊り上がった。「集まったレディたちが家畜のように扱われるとすれば、それは世の中の流儀だ。わたしにはその責任はない。それに、もしもわたしが花嫁を探していることが世間に知られなかったなら、きみのおじ上はダンキースに来なかっただろう。きみのおじ上は興味深い発想をする実に興味深い人だ」

ダンキースのサー・ニコラスとファーガスおじの話をするつもりはない。そこでリオナは扉に向かいかけた。

「きみのおじ上は本当に羊に詳しいのかな」

ニコラスの懐疑的な口調に苛立《いらだ》ち、リオナは振り向いた。「ええ、とてもよく知っているわ」

「それなのになぜ貧しい？」

リオナは肩をいからせると、最愛のおじを弁護するために身構えた。「おじは心がやさしいからよ。おじは助けを求める人々を助けること、飢えた人々に食べさせることを絶対に拒まないわ」

「すると、きみはおじ上を誇りにしているのだね？　おじ上に欠点があっても」

「わたしはおじを愛しています。欠点があっても――欠点があるからこそ。完璧《かんぺき》な人間などだれもいないわ」

ニコラスが小声でぶっきらぼうに答えたため、リオナは耳を澄まさなければならなかった。「そう、だれも完璧じゃない。わたしは完璧じゃない」彼がリオナに近づいた。

ふいに自分の勇ましい反抗精神がすべてどこかへ行ってしまったように思え、リオナはぱっと後ろに下がった。「あなたがそう認めるとは驚きだわ」どうにか声が震えずにすんだ。

「わたしは自分の欠点を知っている。しかし長所も知っている。それでもレディ・リオナ、きみはこのような欲望をわたしのなかに巻き起こすことができるらしい。そうなるとわたしは子供のように弱くなってしまう」

ニコラスがリオナの真正面で足を止めた。困った表情を浮かべたその顔は暗かった。

「ああ、きみにそんな力がなければいいのにと、どれほど願っていることか！」彼は荒々しくささやき、リオナを引き寄せると迷いなく唇をふさいだ。彼の両腕がリオナの体にまわされ、固く抱き寄せた。

リオナのなかで切実に求める思いと渇望が勢いよく燃え上がった。

自分を抑えきれない。抑えたくない。リオナはしなやかで温かなわが身をニコラスに預けた。

とはいえ、激しい情熱をこめて彼のキスに応《こた》えてはいても、その行為がまちがっているのはわかっている。こんなところにふたりきりでいて、キスを交わしてはいけない。サー・ニコラスを止めなければ。彼にわたしを放してと言わなければ。この部屋を出ていき、もう二度と、二度と彼のそばに近づかないようにしなければ。

しかしリオナのなかでたちまち燃え上がった渇望は、理性の声を圧倒した。抵抗する気持ちは唇と唇が触れ合う感覚と、自分の体にぴったりと押しつけられたニコラスの男らしくたくましい体の感触が消し去ってしまった。

ニコラスは陶酔感をもたらす上質で芳醇なワインの味がした。陽光を浴びたぶどうのようにこくがあり、温かい。

そしてリオナは陽光のように熱かった。彼に触れられて起きる心地よいほてりは、どんなそよ風もさますことなどできはしない。ニコラスの手が背中を上がり、さらにぴったりとふたりの体を寄り添わせる。やわらかな胸を彼の胸に押し当てて抱き合っているいま、どんな冬の突風もこの情熱を静めることなどできはしない。

リオナの両手はニコラスの腰をすべり、素朴な革のベルトを撫《な》でた。こうするのはなんと快いのかしら。なんと正しいことに思えるのかしら。なんとすばらしいのかしら。これまでに経験したどんなことよりもわたしをぞくぞくさせるわ。ニコラスの舌先が唇に押し当てられると、リオナは躊躇《ちゅうちょ》なく唇を開き、喜んで彼を迎え入れた。

　彼の手が背中をゆっくりと下り、てのひらでリオナのお尻を包み込むと、欲望のきざした証《あかし》へとリオナを引きつけた。リオナはわずかに足を開いて身を支え、彼と自分自身の切実な欲求を意識して小さくうめいた。自分の両脚のあいだの潤いも、切迫したかすかな動悸《どうき》も初めて経験するものだった。

　リオナはニコラスをいっそう固く抱きしめ、キスは性急さを増した。さらに熱く、さらに激しく。これこそグレンクリースの家でひとり過ごす長い夜の数々に味わいたいと思っていたことだわ。わたしを情熱的に求めてくれる男性に抱きしめられ、キスを交わし、愛撫《あいぶ》されることをどれだけ夢見たことかしら。

　わたしは美しくもなく若くもないのだから、そんなことはありえない、一生起きるはずがないと思っていた。だれもわたしのことを愛してはくれない、わたしと結婚したがるはずがないと思っていた。

　この人はわたしとの結婚を望んでいない。わたしに欲望を抱いたとしても、わたしと結婚することはない。ふたりのあいだには長く続くもの、純粋なものはなにもなく、あるのは抑えのきかない欲望だけ。

　リオナはニコラスから体を離した。「やめて！」

　ほんの一瞬、彼の顔に衝撃を受けた表情がよぎった。そのあとまるで鎧戸《よろいど》を閉ざしたように、顔全体が表情のない木の仮面の様相を帯びた。「きみがそうしたいなら」

「ええ、そうしたいわ！」

「だから、わたしはやめただろう」ニコラスは穏やかに言い、腕を大きく広げた。

「あなたの肉欲の対象にはなりたくないの。あなたのベッドでともに過ごすだけの女になるのはお断りよ。あなたがほかの女性に妻になってほしいと求愛するあいだ、あなたの欲望を満たす道具になるのは」リオナはさっさと扉に向かった。

　そして肩越しにニコラスを振り返った。

「ご心配なく。ふたりのあいだにあったことをだれかに話すようなことはしないわ」サー・ニコラスは大理石の彫像のように身じろぎひとつせず立っていた。「そんなことをすれば、わたしの恥になるから。あなたにとってもそうなるわけでしょう?」

　それだけ言うと、リオナは扉を開け、部屋を出た。サー・ニコラスからあんなことをされたのでは、これ以上ここにとどまるわけにはいかない。

　あなたも彼の行為に応じたのよ。良心の声がささやく。

　リオナはその声を無視した。炉のそばにいたレディ・ジョスリンドがほかのレディたちと同じようにおしゃべりをやめ、通り過ぎるリオナを見つめた。だが、リオナは同じように取り合わず、ファーガスおじを捜して一刻も早くこの城塞《じょうさい》をあとにしようと心に決めていた。

　レディたちの何人かは縫い物をしていた。レディ・ジョスリンドはけだるげに竪琴《たてごと》をかき鳴らしている。レディ・キャサリンとレディ・エリザベスの姿はもちろんここにはない。すでにダンキース城をあとにしたふたりはみごとな判断力の持ち主だったのだ。サー・ニコラスは残ったレディのひとりを選び、あとはどうとでもなればいい。

　そこへエレナの姿がリオナの目に入った。エレナはレディたちの集団の端にいて、びっくりしたようにリオナを見つめていた。いまは立ち止まってエレナに事情を話すわけにはいかない。いまはまだ。エレナに別れを告げなければならないのは残念でたまらない。彼女のことはきっと恋しく思うだろう。そして、きっとファーガスおじはフレデラに別れを告げるのを悲しむだろう。それでもなお、ここにはもういられないのだ。

中庭まで来たが、ファーガスおじの姿はそこにもなかった。おそらく村に出かけたか、どこかの農家に行ってべつのすばらしい羊を探しているのかもしれない。

リオナは城門まで歩き、ふたりのサクソン人衛兵に話しかけた。最初の日にとても横柄な態度をとった衛兵たちだった。

ずんぐりしたほうが籠手《こて》をつけた手で槍《やり》の柄《つか》を落ち着かなげに撫で、肉づきのいい顔を赤らめた。

「レディ・リオナ、その……洗礼者ヨハネの祝日に城門で無礼を働いてしまったことですが、サー・ニコラスになにも言わないでくださり、ありがとうございます。本当に感謝しています」

もうひとりも熱意をこめて言った。「あなたがどなたかを知っていれば……」

リオナはこの城の主を高潔な騎士とみなす気がないのと同様、その家臣である横柄なサクソン人を許す気分ではまったくなかった。「サー・ニコラスにはまだ話していないだけよ」

ずんぐりしたほうが目を丸くし、やせたほうは青くなった。

「あ、あれはまちがいでした。もう二度とあんなことはしません」ずんぐりしたほうが口ごもりながら言った。

「すると、これからはダンキースを訪れた客にあんな失礼な態度で接する前に考え直すというのね。もう一度あんなふるまいをしたと耳にしたら、今度こそサー・ニコラスに知らせるわ」

もちろんそんなことはしない。なぜならわたしはここからいなくなるのだから。わたしが去ったあとで、このふたりは自分たちをひやひやさせたわたしを罵《ののし》るだろうけれど、知ったことじゃないわ。

「わたしのおじを見なかった？」

「見ました。村へお出かけです」

リオナはうなずいて礼を言い、城内の前庭を通り抜けた。天幕や、集まってチェッカーに興じたり、賭事《かけごと》にふけったりする兵士の小さな群れを通り過ぎた。ほかに甲冑《かっちゅう》や鎖帷子《かたびら》を磨いている兵士や、寝床はひとつなのに女は何人もいるというふざけた歌を歌っている兵士もいる。

兵士たちはサー・ニコラスと同じく、女性をほとんど尊ばず、野卑で動物的な欲望でいっぱいらしい。

リオナはそのまま歩きつづけ、市場のある広場に出た。そして売りに出されているものを眺めながらぶらぶらと歩いている人々のなかに、おじはいないかと目で捜した。

どこにもおじの姿はない。射手がまだいるさらし台のそばに行くのを避け、市場を少し歩いてみた。にぎやかにどんちゃん騒ぎをしている居酒屋や、雑貨商、パン屋、羊毛製品の店や露店をいくつか通り過ぎたあと、城でファーガスおじを待っているほうがよさそうだと判断した。おじを待っているあいだに荷物をまとめれば、明日の夜明けとともに出発できる。

来た道を引き返しながら、リオナは肉屋とパン屋のあいだにある路地に目をやった。人影がふたつぴったりと寄り添い合い、若い恋人たちのようになにかをささやき合ったり、キスを交わしたりしている。

ファーガスおじとフレデラだ。

盗み見しているところを見つかったような気分になり、リオナはあわててその場を離れた。

どうしよう。ファーガスおじさんがフレデラを好いているのは知っていたし、つい今朝もエレナとふたりの結婚のことを話題にもしたけれど、いまのふたりを見てしまったら、どれだけふたりが互いに好意を寄せているか、気づかずにはいられない。おじさんはフレデラと結婚するまでここにいたいと思っているかもしれない。

ファーガスおじはここにとどまって、わたしはグレンクリースに戻るというのはどうだろう。おじは羊を見るのを口実にすればいい。そう、おじはなんとかしてここにとどまれる。そしてわたしはグレンクリースに帰る口実を考えよう。なにか家の切り盛りのことがいいかもしれない。ケネスに伝え忘れたことかなにか……。

居酒屋の扉が開き、その扉にもう少しでリオナはぶつかるところだった。驚いて立ち止まると、リオナの目の前で居酒屋からサー・パーシヴァルがよろめきながら出てきた。

にやにや笑いを浮かべながらも、酔っ払った貴族は体をしゃんとさせた。髪や服装の乱れから考えると、サー・パーシヴァルは酒を飲んでいただけではないらしい。

リオナがふたたび歩き出す暇もないうちに、サー・パーシヴァルが道をふさいだ。「これはこれは。こんなところでなにを？」

リオナは彼をよけて歩きはじめた。「用事があるので失礼」

サー・パーシヴァルがリオナの腕をつかんで引き止めた。「大事な用事なのかい？」

「ええ。その手を放していただけません？ でないと――」

「でないと？」彼はにやけた笑みを浮かべ、リオナを引き寄せた。「金切り声をあげる？」

このひょろひょろで装飾過剰の伊達《だて》男は、こんな程度のことでわたしがおじけづくと思っているのかしら！「でないと、後悔することになるわ」

「きみは運がいいな。ぼくは気の強い女を見るとぞくぞくするんだ。でなければ、腹を立てているところだよ。スコットランド人というのは誇り高くて、けんか早いそうだが、その威勢のよさは見上げたものだ」サー・パーシヴァルはリオナを細い路地へと引っ張りはじめた。路地は居酒屋とその隣の雑貨商とのあいだにあり、糞尿《ふんにょう》の悪臭が漂っていた。

「スコットランド人のすばらしさはそんなものじゃないわ」リオナは、あらがうそぶりをまったく見せずに言った。サー・パーシヴァルが剣と、おそらく短剣を持っているかもしれないのに、リオナは少しも怖くはなかった。自分の身を守るすべは教わっているし、それを使う覚悟はできていた。おまけにサー・パーシヴァルはひどく酔っ払っていて、立っていられるかどうかも怪しいくらいなのだ。

「きみはいやになるほどすてきだな」彼はリオナを居酒屋の外壁に押しつけた。

そして酒くさい息をリオナの顔に吹きかけながら、キスをしようと体を傾けた。

「スコットランド人は、あなたみたいな卑劣漢を痛い目に遭わせるときには躊躇しないのよ」リオナはサー・パーシヴァルの両肩をつかむと、膝頭で思いきり彼を蹴《け》り上げた。

サー・パーシヴァルはうめき声をあげ、股間《こかん》に手を当ててよろめきながら後退した。「おまえのことをサー・ニコラスに言ってやる！　この……」

「どうぞそうなさい」リオナは彼から目を離さずに路地の入り口まで戻った。「なにもかも話すといいわ。狩りの帰りに村でお酒を飲んで娼婦と遊んだこと、そのあとわたしを強引に路地へ引っ張り込んで無理やりキスしようとしたことをね。それともわたしがいきなりあなたを襲ったと言うつもり？」顔を赤くするサー・パーシヴァルに、リオナは言いつのった。「わたしが突然取り乱して、理由もないのにあなたに暴力をふるったとか？　あなたがわたしのことをどんなふうにサー・ニコラスに話すのか、とても興味があるわ。わたしがふしだらなふるまいをしたとほのめかすつもりなら、サー・ニコラスにはわたしのほうから事実をそのまま話すわ。サー・ニコラスはどちらの言い分を信じるかしら」

「彼がスコットランド人嫌いなのは、ぼくと同じだよ。このとんまなあばずれ女め！」パーシヴァルが声を張り上げ、リオナに向かって突進した。

　リオナは素面《しらふ》でパーシヴァルは酔っている。リオナはらくらく彼をよけた。パーシヴァルは泥やなにやかやでぬかるんだ地面に突っ伏した。

「こんな胸の悪くなるできごとについてはなにも話すつもりはないけれど、もしもふたたびわたしに近づこうとしたら、サー・ニコラスになにもかも話しますからね」サー・パーシヴァルから不愉快なふるまいをされたと知ったら、ファーガスおじがなにをするかわからない。リオナの頭のなかにはそれがあった。

　パーシヴァルは愚か者で、酔っていれば簡単に撃退できるが、武器の使い方は知っているはずだ。素面の状態でファーガスおじと決闘すれば、おじが深い傷を負いかねない。

「召使いに手を出すのもやめることね。サー・ニコラスは女の召使いを誘惑する者には、とても厳しいみたいよ」

　パーシヴァルがもがくように立ち上がるあいだにリオナは足を速めた。そして城に戻り、荷物をまとめはじめた。

　明日は喜んでこの城を去ろう。そして、もうあとを振り返らないわ。

　エレナはいとこを警戒しつつ見つめた。配慮の行き届いた自分の寝室のなかを、彼は檻《おり》に入れられた猛獣さながらに、よろめきながら歩きまわっている。片手に持っている酒袋はほぼ空になり、顔には濡《ぬ》れた髪がぺったり張りついていた。エレナはしばらく前にパーシヴァルが脱いだ服は燃やしてしまえと召使いのひとりに酔った声でどなっているのを耳にした。体を洗った彼は、ふたたび高価な衣装に身を包んでいた。香水をたっぷりと体に振りかけているが、あいにくワインと酔った息のにおいのほうがそれをしのいでいる。

「あの女やおじとは口をきくんじゃないぞ。フレデラもだ。聞いてるのか？」パーシヴァルは立ち止まってエレナをにらみつけると、唾《つば》を飛ばしてわめいた。「あのふたりに近づくんじゃない！　ぼくがあいつらを我慢しているのは、ニコラスがあの田舎者ふたりを気に入っていら……いるら……いるらしいからなんだ」

ろれつのまわらないパーシヴァルは口元を手でぬぐい、ワインをまたごくりと飲んだ。

エレナは両手を合わせて訴えた。「なにもひどいことにはならない――」

「おまえは耳が聞こえないのか？」パーシヴァルは赤い顔でわめき、酒袋を振ってみせた。「あのふたりに話しかけてはだめだと言ったんだ。ぼくの言うとおりにしていれば、うまくいくんだよ！」

彼はまた酒袋からワインを飲んだ。エレナの部屋に入ってきてからこれで五度目だ。そしてよろめいて小さなテーブルにぶつかり、テーブルにのっていた陶製の石鹸《せっけん》入れが床に落ちて割れた。エレナは怒り狂いとこが恐ろしくてその場を動けず、陶器のかけらを拾うこともできなかった。

「あの女はたぶんレディですらないぞ。女のおじがサー・ニコラスの執事に見せた勅許状もきっと偽物だ。ロバートはばかだからわからなかったんだよ」

パーシヴァルがエレナのベッドの端にぐったりと

腰を下ろした。頭が前に傾き、肩が落ちる。

「でも、サー・ニコラスがあのふたりを好きなら……」パーシヴァルの長いお説教もこれでおしまいだったらいいのだけれどと願いながら、エレナは思いきって言った。

パーシヴァルが顔を上げ、血走った目でエレナをにらんだ。「それでも、おまえがあのふたりと話をするのは気に入らない。おまえはニコラスと話をして、彼を得るために、できるかぎりのことをすべきなんだ。われわれはそのためにここに来たんじゃないか。スカートをはいた野蛮人や醜いその姪《めい》などと仲よくなりに来たんじゃない」

「でも、パーシヴァル」エレナは訴えた。「サー・ニコラスに無理やりわたしを好きになるようにさせることはできないわ。彼がわたしを求めないときは、わたしにどうしろというの？」

パーシヴァルがふらふらと立ち上がった。「おまえには彼に好かれるようにすることはできる」

「そう心がけているけれど、でも――」

「なにが〝心がけている〟だ！」パーシヴァルはエレナに向かって酒袋を振った。

「パーシヴァル、お願いよ」エレナは両手を広げて懇願した。「わたしはできるかぎりのことをしているわ」

「もっとするんだよ！」パーシヴァルはどなり、酒袋を空にすると、それを脇《わき》に投げやった。

「あのような男の人といっしょにいて幸せになれるとは思えないわ」

「幸せになる？」パーシヴァルが甲高い声をあげた。ひと声うなると、彼はエレナの喉をつかみ、ベッドに押し倒した。「幸せになる？　おまえの後見人になって、ぼくが幸せになれるかどうか、だれかひとりでもきいた者があったかな？」それからもう一度エレナをぐいと押すと、体を離した。「おまえが美人じゃなければ、いまごろは修道院に送り込んでいたよ。たぶんそうすべきだったんだ。これからそうしてやるさ」

エレナは咳《せ》き込みながら、パーシヴァルを見つめた。彼は悪鬼のような表情を浮かべていた。

「ぼくの言うとおりにしなければ、おまえを修道院に送ってやる。うんと遠いところにある修道院だ。修道女たちには、おまえがみだらなあばずれだから、厳しく監視するようにと言ってやる。独居房に閉じ込めて男から遠ざけるようにと。ぼくがそんなことはしないなどと思わないことだな！」

パーシヴァルは本気だわ。彼はいま言ったとおりのことができるし、きっとそうするわ。喉に手を押し当てたまま、エレナは独居房に閉じ込められて残りの人生を過ごす自分を想像し、泣き出した。

「もっとうまくやるよう心がけるわ」エレナは嗚咽《おえつ》に声をつまらせながら言った。いとこの冷酷な顔には目が向けられなかった。「サー・ニコラスに話しかけてみるわ。わたしと結婚するよう彼を説き伏せてみるから。でももしもそれに失敗したら……彼がほかのレディを選んだら……」エレナはベッドから下りてパーシヴァルの足元にひざまずくと、両手を握りしめて彼に懇願した。「どうかわたしをそんなところに送らないで、パーシヴァル。どうかお願いよ！　わたし、死んでしまうわ！」

パーシヴァルはなおもエレナをにらみつけた。

「それなら必ず彼に選んでもらうんだな、役立たずの雌牛め」

彼は床にくずおれて泣いているエレナを残したまま、よろめきながら部屋を出ていき、荒々しく扉を閉めた。

# 8

　召使いたちが夕食の残りを片づけはじめると、チェスリー卿《きょう》が笑みを浮かべてニコラスのほうを向いた。その笑みはニコラスに蝦蟇《がま》を思い出させた。ニコラスは残っている貴族たちを順番にテーブルの上座に着かせるようにしたことを後悔していた。以前は好きなように大広間の客を眺めながら、まずまず平穏に食事を楽しめた。それがいまはおしゃべりで自慢たらたらのチェスリー卿が左の席に、そして少なくともあまりおしゃべりではない彼の娘が、左より名誉のある右の席にいる。

「すばらしい食事のあとは、少しダンスをなさってはいかがかな」チェスリー卿が言った。

　ニコラスはそれに答えるより先に、もう一度大広間を見まわして、レディ・リオナは結局ここに現れたのかどうか確かめたい衝動をこらえた。レディ・リオナが大広間に来なかった理由は見当がつく。おじのファーガス・マゴードンもいないのだから、なおさらだ。おそらくあのふたりは明日の朝ここを出ていくつもりで荷物をまとめている。しばらくたてば、ふたりは知っているスコットランド人に無垢《むく》な娘の純潔を汚そうとした好色で罰当たりなサー・ニコラスについて話すことだろう。

　この国で受け入れられたいという希望も、もはやこれまでだ。漠然とした望みだったが、ずっと忘れずに来たし、妹とアデア・マクタランとの結婚を認めるようになってからはとくにそうだ。

「すばらしい提案ですな」ニコラスはしくじらなければいいがと思いながら、チェスリー卿に答えた。「で、レディ・ジョスリンド、あなたは?」彼は隣の席の美女に折り目正しく尋ねた。「ダンスをお望みですか？」

「ええ、ぜひとも」レディ・ジョスリンドはほとんど聞こえないほど小さな声で答え、慎み深く目を伏せた。

レディ・ジョスリンドは、中庭で荷物を馬車から降ろせと命じたときのあの強引な口調をわたしが忘れたと本気で思っているのだろうか？ ひょっとしたら、自分の美貌《びぼう》と父親の富と権勢をもってすれば、けろりと忘れてもらえるとでも考えているのかもしれない。

たぶんこのような女性を花嫁に選んだ場合の利点を考えれば、あんなふるまいにも目をつぶるべきなのかもしれない。

「その前に少し休憩を取りたいんですの。よろしいかしら」

「もちろん。戻られるのを楽しみに待っていることにしよう」

レディ・ジョスリンドが品よく立ち上がった。そして大広間を見下ろし、お付きの小間使いに自分の世話をするよう無言で合図した。

ニコラスはその視線をたどったあと、もう一度大広間を見渡した。貴族たちは食事に満足し、大半が楽しんでいるようだ。狩りの話でまだ盛り上がっている客も何人かいる。執事のロバートはレディ・プリシラとオードリックのあいだ、そしてサー・ジョージととても苛立《いらだ》ったようすのレディ・エロイーズの向かい側に座っている。

スコットランド人氏族長はいない。それにレディ・エレナはいるのに、その小間使いも姿が見えない。レディ・エレナはかなり顔色が青白い。たぶん虚弱体質なのかもしれない。必要になった場合は、レディ・エレナを選ばない理由のひとつとしてこれをパーシヴァルに示すこともできる。

ニコラスはいちばん近くにいた女の召使いを手招きした。それはポリーで、ポリーはトーマスと結婚することになっている。ふたりが早くいっしょになれるようにとニコラスはささやかな持参金を与えたのだが、そのときのポリーは感謝のあまり卒倒しそうになった。「ロバートに話があると伝えてくれないか。それからテーブルを片づけてほしい」

ポリーはうなずき、言われたとおりにするために急いでその場を離れた。

「とてもきれいな小間使いですな」チェスリー卿が言った。

「あの娘はわたしの羊飼い頭と婚約している」ニコラスは穏やかな警告を口調にこめて答えた。

「そう聞いている。娘がそんなことを言っていた。持参金を与えたというのは本当ですかな?」

ニコラスは問いかけるような表情でチェスリー卿を見つめた。もっとも、これほど早く噂《うわさ》が広がっていることにあまり驚くべきではなかったのかもしれない。レディ・リオナは噂を耳にしただろうか。耳にしているとしたら、それで怒りが少しは治まっただろうか。

「だからといって、あなたを責めているわけではありませんぞ」チェスリー卿が訳知り顔で如才なく微《ほほ》笑《え》んだ。「あの小間使いは実に……楽しませてくれそうですな」

「わたしは自分の召使いとは気晴らしなどしない」

ニコラスがそっけなく言ったことばに、チェスリー卿は赤くなった。「なるほど、そうでしたか。しかし持参金を渡すとは、つまり――」

「持参金は無分別な男どもに貞操を奪われないよう、早く結婚してこの城を出ていくのを促すために与えたものです」

チェスリー卿は眉をひそめた。「いったいなにが言いたいんです?」

ニコラスは奥歯を噛《か》みしめ、この男の富と権勢とを思い起こした。「あの小間使いは簡単に影響を受けやすい、きれいで非力で愚かな娘だということですよ。わたしは問題を起こしそうな小間使いを自分の屋敷内に置いておきたくはない」

チェスリー卿が肩の力を抜いた。「なるほど。実に賢明だ。実に賢明ですぞ」

ニコラスはチェスリー卿が本気でそう言っているとは少しも思わなかった。この男は、女の召使いは当然自分の所有物であり、いつでも好きなように自分を満足させてくれる存在だと思い込んで育ってきた類《たぐい》の貴族なのだ。

ロバートが急いでテーブルにやってきた。「サー・ニコラス」

「ダンスをしたいので、楽士にそう伝えてくれ」

「わかりました。ただちに」

その場を離れようとしたロバートを、ニコラスは呼びとめずにいられなかった。「スコットランド人氏族長の姿が大広間にないようだが?」

「はい。村に行ったまま戻っていないようです」

チェスリー卿が抜け目なくくすりと笑った。「居酒屋で両方の誘惑に溺《おぼ》れたに決まっているよ」

ちょうどそのときサー・ジョージが酔っ払って自分の酒杯を掲げ、大声でワインの追加を求めた。ロバートがかすかに肩をすくめ、収穫祭まで雇ってある楽士を急いで呼びに行った。

「どちらの誘惑にしても、溺れる男は多いようですね」ニコラスは言った。「生まれがどこであろうと、血筋がどうであろうと」

「レディ・エロイーズの哀れな母親は祈りつづけて一生を終えたんでしょうな」チェスリー卿があごをしゃくってサー・ジョージを示した。「あんな飲んだくれに嫁いだら、忍耐やら救いやら助言やら祈って求めることがいっぱいあったにちがいない」

「それはだれもが求めているもののはずですよ」

チェスリー卿は明らかにこのような返事を予期していなかったらしい。「それは……そう、当然ですな。しかし神がそれ以外の褒美をくださることがあるのは明白だ」彼は大広間全体を手ぶりで示して締めくくった。

チェスリー卿の宮廷における地位を考え、ニコラスは言わずにおいたが、自分が褒美を授けるにふさわしいと神から判断されたとするなら、それは自分が祈ったせいばかりではない。自分は必死で働き、犠牲を払い、自分の血と他人の血が流れるなかでこれを得たのだ。

幸いニコラスがうかつなことを言ってしまわないうちに、レディ・ジョスリンドが席に戻ってきた。レディ・ジョスリンドは香水をつけ直し、晩餐《ばんさん》のときに身に着けていた銀の飾り輪と淡い青のスカーフをはずしていた。輝くばかりの金髪は編んでウエストの下まで垂れ、銀の留め具でとめてある。

「ダンスのときは少し涼しい格好のほうがいいと思って」レディ・ジョスリンドはニコラスの無言の問いかけに答えた。そしてほかの貴族たちがダンスに備えて形作る輪へと彼が礼儀正しく導くあいだも、すばらしい微笑を浮かべていた。

サー・ジョージは自分の娘と並んで待ちながら、体がふらふらと揺れるのを止められないようだった。エグリンバーグ伯爵は消化不良を起こしているようなようすで、その娘のレディ・メアリーはケジックのサー・ジェイムズのおかげで小人のように小さく見える。レディ・ラヴィニアは親族であるアングルヴォワ公爵に気づかれずにオードリックになまめかしく微笑みかけた。

これはおもしろい展開だ。小太鼓の奏者が軽快なリズムを刻みはじめるなか、ニコラスは考えた。この分なら、レディ・ラヴィニアとアングルヴォワ公爵には、彼女を花嫁に選ばないと告げる際の言い訳をあれこれ考えなくてすむかもしれない。

「ダンスを踊るのを承知してくださって、とてもうれしいわ」レディ・ジョスリンドがそっと言い、ニコラスの前で左から右へとステップを踏んだ。

その動きを見て、ニコラスはダンスを勧めたチェスリー卿の思惑を大いに評価したくなったくらいだった。レディ・ジョスリンドは優美で洗練されたダンスの名手らしい。

「楽しく過ごしていただくためなら、なんなりと喜んで」彼はそう答えた。

レディ・ジョスリンドは一瞬目を上げたが、すぐにまた伏せた。まるでニコラスを直接見るのは無作法でもあり、あらがいきれない衝動でもあり、自分にはそれが恥ずかしいとでもいうようだ。

それは青くさい少年や若い騎士にはとても効き目があるだろうが、あいにくニコラスはそのどちらでもない。それに彼はこれまでこのように媚《こび》を含んだしぐさをあらゆる種類の女性から何度も見せつけられてきた。したがって、ほとんど効き目はなかった。

人々は音楽に合わせて体の向きを変え、いちばん近いところにいる相手の手を掲げてから、てのひらを重ね合わせると、何歩か足を運び、そのあとまた向きを変えてその場でステップを踏んだ。

レディ・リオナはわざと恥ずかしそうなしぐさもしないし、媚を含んだそぶりもしない。そしてニコラスは昔から勇ましい女性が好きだった。それでも、弟のヘンリーが発《た》つ前に彼に言ったように、今回は事情がちがう。リオナがかき立てる欲望を無視して、自室で話をしようなどと提案すべきではなかった。リオナにキスをしたい衝動に負け、なぜあんな愚かなことをしてしまったのか、いまだに自分でも理解できない。

いや、理解できる。リオナだけが――これまで出会ったあらゆる女性のなかでリオナだけが、いっしょにいるとほかのすべてのことを忘れさせてしまうからだ。あの途方もない情熱を引き出し、キスをしたくてたまらない欲求のとりこにしてしまう女性はリオナしかいない。運の悪いことに、自分の花嫁になるためにここにやって来たすべてのレディたちのなかで、条件がまったくそろわないのはリオナだけだった。

「わたし、なにかお気に障ることをしてしまったかしら」レディ・ジョスリンドが雪花石膏《せっこう》のように白い額にしわを寄せて心配そうに尋ねた。

「いや」

「では、なにか深刻な問題に気を取られていらっしゃるの？」

ニコラスはほかのことを考えているのをこれほど簡単に悟られてしまった自分に内心悪態をついた。彼がもっともダンキースに来てもらいたかったのは、このレディのような女性なのだ。その女性を自分は無視している。「許してもらいたい」ニコラスは音楽に合わせて体の向きを変えながら、小さくお辞儀をして詫《わ》びた。「残念ながら、わたしは兵士とともに長く過ごしすぎたせいで、女性にとってはあまり楽しい相手ではないかもしれない」

「どうでもいいようなことでぺちゃくちゃおしゃべりする男の人もいるけれど、分別のある人はほとんどしゃべる必要がないものだわ」レディ・ジョスリンドが言った。「あなたのことは業績が語ってくれます」

「あなたの場合もそうだ」

レディ・ジョスリンドが頬を染め、またもや目を伏せた。やわらかな頬にまつげが落ちる。レディ・ジョスリンドの唇はルビー色でふっくらして、体は均整がとれているうえに、顔立ちは美しい。なのにニコラスは心が少しも動かされない。

それにもかかわらず、結婚しなければならない状況にあることを強く意識し、ニコラスは踊りながらさまざまな褒めことばを口にした。彼はすらすらとお世辞が言える性格ではないが、女を口説くのが特別うまい騎士を何人か知っているし、これまでの人生で少し学んだこともある。

　レディ・ジョスリンドがこちらを誠実と思ってくれたかどうかはわからないにせよ、誠実でないと思っているような兆候はまったく見られない。しかもダンスが終わると、レディ・ジョスリンドは彼ににっこりと微笑みかけた。そのすばらしい笑みに彼は胸躍らせなければならないはずだった。

　レディ・ジョスリンドが父親のもとに戻るためにいそいそとニコラスに腕を預ける。ニコラスはここでもまた、わたしはこの女性くらいの富と地位を持つ家柄の相手と結婚しなければならないのだと自分に言い聞かせた。

　ふたりがまだ壇まで行かないうちに、サー・パーシヴァルがいとこを連れて急ぎ足でやってきた。レディ・エレナの目には悲愴《ひそう》な決意が浮かんでいる。ニコラスはこれと同じ表情を、戦場で自分より立派な武器を持つ敵に遭遇した兵士の顔に見たことがある。

「ダンスですか?」パーシヴァルがにこやかに言った。「それはすばらしい。エレナはダンスがとても上手なんだ」

　自分をあからさまに無視したパーシヴァルに、チェスリー卿が顔をしかめた。一方ニコラスの腕に置いたレディ・ジョスリンドの手にやや力がこもった。

　チェスリー卿は気に入らないかもしれないが、とニコラスは考えた。花嫁をだれにするか決めるまでは、ほかのレディと踊ってもこちらに非はないはずだ。「つぎのダンスをわたしと踊っていただけるかな」

レディ・ジョスリンドがしぶしぶ手を放したあと、レディ・エレナが震える手をニコラスの手に預けた。ニコラスはエレナとともにつぎの曲に備えてほかの男女が作る矩形《くけい》の列に加わった。

エレナの震え方は、彼が触れたときにリオナに感じた震えとはまったくちがう。これは恐怖の震えだ。情熱ではない。

「わたしは噛みつきなどしないよ」ニコラスはそう言ってエレナを安心させようとした。エレナは赤くなっただけで、まだ視線を合わせようとしなかった。

ダンスが始まり、ニコラスはレディ・エレナの周囲をまわりながら、この娘と結婚したらどうなるだろうと考えた。ロバートによれば、一族の富はチェスリー卿にひけをとらないらしい。しかもあの虚栄心丸出しのパーシヴァル以外にも宮廷で影響力を持つ親族がいるという。

エレナはジョスリンドほどの美女ではないが、きれいでかわいい。それに、おそらくこちらにたてついたり不満を言ったりはしないだろう。ベッドのなかでも自分の務めを果たすのを拒むこともないにちがいない。とても控えめで、本分をよく守る従順な妻になるはずだ。

務めを義務的に果たす従順な妻などいらない。自分が求めているのはこちらを欲してくれる女性、自信をもって自分に話しかける女性だ。その目はいきいきと輝き、炎と情熱をもってキスをして、その場で立ったまま愛を交わそうとでもいうように、こちらに身を寄り添わせてくる女性……。

ダンスの途中、ニコラスはエレナと向かい合った。

「ダンキースでの滞在を楽しんでおられるといいのだが」彼はそう言ってみた。

「ええ」エレナは微笑んだが、それは無理やり明るく装った笑みだった。なぜならその目には不安ばかり浮かび、少しも楽しそうではないからだ。

「来ていただいて光栄です」

「どうもありがとうございます」

ニコラスにとっては、まるで相手からことばを懸命に引っ張り出すような会話だった。「お付きの小間使いが大広間に来ていないようだが」彼はおどおどした堅苦しさを打ち崩せないものかと思い、話題を探してみた。「具合でも悪いのかな?」

エレナがようやく彼の目をまっすぐに見た。「今日の午後はとても元気でした」

「スコットランド人の氏族長はきみの小間使いがとても気に入っているようだね」

これがほかの貴族の男なら、彼はリオナが言っていたような不埒《ふらち》な意図を持っているとニコラスも信じただろう。しかしあの陽気で小柄なスコットランド人にそんなけしからぬ目的があるとはどうしても思えない。それでもなお、ありえないこととは断言できないし、この城の主《あるじ》である以上、ニコラスには客とそのお供が誤った扱いを受けたり不当に利用されたりせずに滞在できるよう万全の注意を払う責任がある。「わたしにはあの氏族長は女性の好意をもてあそぶような男には見えない。しかし――」

エレナがドレスの裾《すそ》を踏み、よろめきそうになった。ニコラスがそれを支えようと手を伸ばしたそのとき、彼女が恐怖に近い表情を浮かべて彼を見上げた。「フレデラから彼はこのうえない敬意をもって接してくださると聞いています」

なぜエレナはこれほどびくびくしているのだろう。わたしは小間使いへの気づかいをほんの少々口にしたにすぎないのに。「気分を害したのなら、許してもらいたい。小間使いになにもないときみが言うなら、わたしも安心だ」ニコラスは彼女のおびえた表情を消せないものかと案じて、もう一度微笑んだ。「わたしの城のなかで女性が身の危険を感じるようなことがあってはならない」

「き、気分を害してなどいません」エレナは口ごもりながら言い、囚人を見張る牢番《ろうばん》のように自分を見つめるパーシヴァルのほうへ落ち着かなげな視線をちらりと投げた。

エレナの恐怖はこのわたしよりパーシヴァルに関係があるのかもしれない。「サー・パーシヴァルには大切にしてもらっていますか？」

エレナはなにも言わず、その沈黙がニコラスに答えを与えた。「わたしからパーシヴァルに意見をしたほうがいいかな」

エレナが恐怖に満ちた目を上げ、口早に言った。「いいえ、その必要はありません。どうかパーシヴァルにはなにも言わないで！」

ダンスの進行上ふたりは相手から数歩ずつ離れ、その間ニコラスはエレナをじっくり観察した。ふたたびそばまで来ると、彼は声をぐっと落とした。

「パーシヴァルがきみに手を上げたのか？」

エレナはニコラスの目を見ない。「一度だけ。酔っ払ったときに」

「一度でも多すぎる」パーシヴァルに対する嫌悪感がふくらみ、ニコラスはうなった。「女に手を上げるような者は男でも腰抜けだけだ。わたしからパーシヴァルに話そう」

「いいえ、どうかそれはしないで」エレナが泣き声で言い、その目に涙が浮かびはじめた。「本当にわたしの力になってくださりたいのなら、わたしを気に入っているように微笑んでください」

あのパーシヴァルのやつめ、なんとしても花嫁に選ばれろとエレナに圧力をかけたのだろう。エレナがいつも不安そうにしているのも当たり前だ。

ニコラスはしぶしぶ微笑んだが、気分は楽しいものとはほど遠かった。「きみのいとこは飲むとつらく当たると受け取っていいんだね？」

同じように偽りの微笑を浮かべてエレナがうなず

いた。「ええ」

「彼が酔ってほかの人に暴力を振るったことは?」

ダンスのせいでふたりはまた離れた。離れながらエレナが実に奇妙な表情を浮かべた。なんとかしてニコラスに話したいことがあるのに、そうするのは怖くてたまらないといったような表情だ。

ニコラスのもどかしさはつのったが、やがてまたふたりは間近で向かい合った。「彼はなにをした?」

エレナがいとこのほうに目をやった。

「彼のことなど気にしなくていい」ニコラスは小声で鋭く言った。「わたしがどうやって知ったか、彼には絶対に悟らせないと約束する」

それでエレナは安心したらしい。「今日、彼は村の居酒屋にいて、城に戻ってくるとき、レディ・リオナと出会ったんです。そして……そして……」

ニコラスはだれかにみぞおちを蹴《け》られたような気分を味わった。

「レディ・リオナは無事です」エレナがあわてて言った。

ダンスが終わった。ニコラスには一瞬も我慢できなかった。

エレナを残し、彼は扉に向かった。リオナを捜さなければ。もしもパーシヴァルがリオナに手をかけるような真似《まね》をしていたら――もしもリオナがどのような形にせよ、危害を受けていたら、あの男を今後ダンキースのサー・ニコラスという名を耳にしただけでも震え上がるような目に遭わせてやる。

いったいファーガスおじさんはどこに行ったのかしら。どうして帰りが遅いのかしら。リオナは首をかしげながら自分の部屋のなかを行ったり来たりしていた。夕食の時間は過ぎているが、たとえファーガスおじが村から戻って直接大広間に行ったとしても、リオナはそこに行く気はない。姪《めい》がいないとわかれば、おじはきっとここへ捜しに来てくれる。そのときおじにグレンクリースに帰りたいと告げよう。

部屋の外の回廊からおじのせかせかした足音が聞こえた。安堵《あんど》と不安の入りまじった気持ちでリオナは扉に急ぎ、そのあと怒りに赤くなったおじの顔を当惑して見つめた。

「ああ、リオナ、ここにいたのか」ファーガスおじは格子柄の布《フィラ》の裾を揺らしながら大股で部屋に入ってきた。「大広間にいるかと思っていたよ。そうでなくてよかった」

「おじさんは行かなかったの？」

「行っていない。わたしはフレデラといたんだ。ひどいことが起きてね」

今朝ふたりはとても幸せそうだったのに。「フレデラとけんかをしたの？」

「まさか。あのパーシヴァルの野郎のせいだ。あのくそったれのろくでなしめ。剣であいつの首をはねてやらなきゃいかん。きれいな巻き毛がめちゃくちゃになるぞ。あのめかし屋め、きっとはさみを使っているんだな」

おじさんは村でわたしになにがあったかを知ったんだわ。

「どうか、もう気にしないで」リオナはファーガスおじを落ち着かせようとした。「わたしはこのとおり無事よ。なんの危害も受けていないわ」

せかせかと部屋のなかを歩きまわっていたおじが足を止めると、額にしわを寄せ、けげんな顔でリオナを見た。「あいつはおまえも脅したのかね？」

リオナもファーガスおじに負けず困惑していた。

「いいえ、脅してはいないわ」リオナは慎重に答えた。パーシヴァルからは脅す以上のことをされたが、おじをパーシヴァルと戦わせたくない。

ファーガスおじが頭をかき、髪をくしゃくしゃにした。「フレデラと村から戻ったあと、わたしはフレデラをエレナの部屋まで送っていった。するとかわいそうに、エレナがほとんど話もできないほど取り乱していたんだよ。あのろくでなしのパーシヴァルから、おまえやわたしと口をきいてはならんと言われたというんだ。あのばか《ゴメラル》は、おまえにもエレナと話をするなと言ったのかね？」

「いいえ、そんなことはなにも言わなかったわ」

「あのくそったれはエレナに、サー・ニコラスと結婚できなければ、どこか遠いところにある修道院に送り込んでやるとも言ったそうだ。あのいまいましい大ばか者なら本当にやりかねん。エレナが花嫁に選ばれるはずもないことが、わからないんだろうか。そんな脅しをかけたところで、なんにもならないというのに」

　エレナが花嫁に選ばれるかどうかについて、リオナはおじとは意見を異にしていた。それどころか、いまダンキースにいる候補者のなかでサー・ニコラスと結婚する可能性のまったくない女性は、いまおじの目の前にいる自分だけなのだ。それにノルマン人騎士と結婚することにより、エレナがいとこから解放されるなら、事情はいまよりよくなるかもしれない。「おじさん、サー・ニコラスがわたしを選ぶとは思えないけれど、エレナには見込みがあるわ。わたしがダンキースを去れば――」

　ファーガスおじが信じられないという表情でリオナを見つめた。「エレナはかわいい娘だが、おまえに太刀打ちはできないよ、リオナ。サー・ニコラスはおまえを選ぶに決まっている。彼はばかじゃない。あのパーシヴァルのでくのぼうとは大ちがいだ」おじは頭を振った。「パーシヴァルが考え直すような方法を見つけなければ。エレナが花嫁に選ばれなくとも修道院などへ送ったり、フレデラと引き離したりしないように」

　明らかにファーガスおじはリオナがサー・ニコラ

スの花嫁として選ばれるという見通しにあくまで固執するつもりでいるらしい。グレンクリースに帰りたいという話は、おじが憤慨しているいまはよそう。

「サー・ニコラスにそのことを話してみたら？」リオナはそう提案した。「サー・ニコラスは騎士として女性を守る誓いを立てているわ」

「それはそうだが、わたしがサー・ニコラスのところへ話しに行けば、あの蛇みたいなパーシヴァルがそれを嗅《か》ぎつけて、きっとダンキースを離れたあとにエレナに腹いせをするだろう。あいつは後見人だから、エレナになにをしてもとがめられないんだよ。まったくあのふざけた根性なしめ！」

「では、わたしたちどうすればいいの？」

「わたしはこうしたいんだ。あいつがひとりで部屋にいるところを襲う。わたしが大きな剣《クレイモア》を持って」ファーガスおじは目に見えないクレイモアを振った。「あいつの髪を直してやるんだ。それ以外のこともやる。ただちにあの人でなしにかかっていくつもりだったんだが、それでは女たちがよけい泣くばかりだからね。みんなあのろくでなしをわたしが怖がると思っているらしい」ファーガスおじはふんと鼻で笑った。「まともなスコットランド人なら、あの伊《だ》達《て》男を怖がるはずだと言わんばかりだ」

「きっとパーシヴァルは剣や短剣の使い方を心得ているわ」リオナはおじをいさめた。「それに彼は汚い手を使って戦いそうよ」

それを聞いてファーガスおじは口をつぐんだ――ほんのしばらくだけ。「うん、たしかにそうだろう。しかしそれは、わたしがあいつに決闘を挑まない理由にはならない」

リオナは立ち上がっておじに近づき、肩を抱き寄せた。「ファーガスおじさん、もしもおじさんになにかあったら、フレデラやエレナやわたしがどんな気持ちになるかを考えて。それにケネスやグレンクリースのみんながどんな気持ちになるかを」

ファーガスおじは首をかしげて、それはどうかなという表情をしてみせた。「わたしは臆病《おくびょう》者じゃないんだよ、リオナ。あのとんでもないゴメラルは女性を脅すことはできるかもしれんが、わたしを怖がらせられるなどと思っているとしたら――」

「おじさんが勇敢なことはだれも疑っていないわ。騎士道精神の持ち主であることも。おじさんはエレナを助けたいのでしょう？ でも怪我《けが》をしてしまったら、それができなくなるわ。それに万が一パーシヴァルを殺したとしても、ノルマン人には理解できなくて、裁判やなにやかや厄介なことがあるかもしれないわ。エレナを守るには、ほかの方法を考えなければだめよ」

　ということはつまり、リオナはダンキースに今後もとどまらなければならなくなる。ファーガスおじをここに残していくわけにはいかない。おじがパーシヴァルに決闘を挑んで命を落とした、あるいはとらえられたという知らせをグレンクリースで伝令から受け取るようなことになってはいけない。

　ファーガスおじがベッドに座り直し、隣の場所を叩《たた》いた。「すると、わたしの賢明で頭のいい別嬪《べっぴん》さんや、どうすればいいとおまえは思う？」

「エレナはここにいるあいだは安全よ」リオナは考えを口にしながら、おじの隣に腰を下ろした。

「そうだな」

「サー・ニコラスが決定を下すまでは安全だということだわ」

「そうだ」

「つまり問題はサー・ニコラスが決定を下したあと、どうすればいいかということになるでしょう」

　まるでそのことばに呼び出されたのか、突然当のニコラスが室内につかつかと入ってきた。あわてて立ち上がったリオナをニコラスは心を読み取ろうとするようにじっと見つめていた。

「大広間で夕食をとらなかったようだが、なぜなんだ？」

　これがほかの男性なら、リオナは相手が心配してくれていると思ったことだろう。でも、あまりに厳しいその言い方から察するに、ニコラスはリオナが夕食の席にいなかったことを侮辱と受け取ったようだ。彼がうぬぼれた心の持ち主だという証拠がまたひとつ増えたことになる。

　そこでリオナはことさら丁重に答える必要はないと考えた。「わたしはここでおじを待っていたの」

「具合は……具合は悪くないんだね？」彼は口調をいくぶんやわらげ、肩からわずかに力を抜いた。

「もちろん」

　ニコラスは揺るぎない視線をファーガスおじに向けた。「どこもなんともないんですね？」

　リオナは自分が代わりに答えても文句を言われないことを願いつつ、おじの腕に手を置いた。「わたしたち、ほかに用事があったの。個人的な用事が。そうよね、おじさん？」

　ファーガスおじは無理に自分を抑えているような表情だった。「そう、そのとおりだ」

　ニコラスがおもむろに胸の前で腕を組み、威厳たっぷりに眉を片方吊《つ》り上げた。「わたしにはあなたがたが夕食の席にいなかったのには、それ以上のわけがあると信じる理由がある」

　いったいどんなことが彼の耳に入ったのだろう。

「すると、あのとんでもないくず野郎の本性がわかったんだね？」ファーガスおじが尋ねた。「あいつをどうするおつもりかな」

「彼がなにをしたかを正確に知る必要がある」

　ファーガスおじがニコラスからリオナにすばやく視線を移した。それから目を輝かせ、扉に向かった。

「リオナから詳しい話をお聞きなさい。あとはふたりでどうすべきかを相談すればいい」

ふたりきりで話せというの？　それは絶対に避けたい。「おじさん、わたしはそうは思わない――」

リオナはあわてておじを追った。

ところがファーガスおじはすでに部屋を出て扉を閉めたあとで、リオナはニコラスとふたりきりになってしまった。

またしても。

# 9

リオナがゆっくり振り向くと、ニコラスは眉根を寄せてこちらを見つめていた。

「パーシヴァルはなにをした？」彼が尋ねた。「きみが大広間に来なかったのは、彼のせいなのか？」

わたしがパーシヴァルと顔を合わせるのを怖がるとでも思っているのかしら。「この城でわたしが会うのを避けたい男の人はたったひとりで、その人はいまわたしの目の前にいるわ」リオナはニコラスの顔に浮かんだむっとした表情を無視した。「サー・パーシヴァルはレディ・エレナにわたしたちと口をきくのを禁じたの。レディ・エレナの小間使いにも。わたしのおじはこれに腹を立てているわ。おじが今夜、大広間に行かなかったのはそのせいよ」

「きみが行かなかったのも同じ理由かな？」

「ええ」

ニコラスが探るように目を細めた。「レディ・エレナからは、きみとサー・パーシヴァルのあいだに不都合なことがあったと聞いている」

リオナは赤くなった。どう考えても、パーシヴァルがエレナにあのできごとを話したのははっきりしている。

サー・ニコラスが知っている以上、完全に否定することはできない。とはいえ、ここでパーシヴァルにエレナを連れて帰ってしまわれては困るから、パーシヴァルの行為を事実より軽く言うことにしよう。

「彼の誘いは歓迎すべきものではなかったわ。それにわたしにキスしようとした彼のお粗末な行為はあっさり阻止されたの」

ニコラスが扉に向かいかけた。「彼に後悔させてやる。わたしの城のなかでそのようなふるまいに及ぶ者はだれでもだ。朝のうちにダンキースから追放だ」

リオナはあわててニコラスを追い、彼を止めようと腕をつかんだ。パーシヴァルがさらし台に送られようとリオナとしてはかまわないが、ダンキースから追放されれば、エレナがどんな仕打ちを受けるかわからない。「それはやめて！」

ニコラスが驚いてリオナを見つめた。次いで彼の顔には感心しないという表情が浮かんだ。「あの無作法者を罰したくないのか？」

「彼はもうあんなことはしないわ」

「なぜそう断言できる？」

「わたしが痛めつけたから」

ニコラスの目がきらりと輝いた。「きみが痛めつけた？　どうやって？」

「膝で股間《こかん》を」

ニコラスはほんのかすかに気持ちをやわらげたようだ。「きみが撃退法を知っていたのは幸いだが、パーシヴァルは今後もきみのような心得のない女性に言い寄るかもしれない」

「そのときはもちろん彼を懲らしめればいいわ。でもどうか、彼とエレナをダンキースから追い出さないで」

ニコラスが無表情でリオナを見つめた。「あのふたりがここに残るかどうかがなぜそんなに気にかかるのか?」

「エレナはわたしの友だちですもの」

「エレナとは前からの知り合いなのかな?」

「いいえ。それでもエレナはわたしの友だちなの」まだ彼の腕をつかんでいるのに気づき、リオナは手を放して後ろに下がった。「出会ってすぐに友だち同士になってしまった経験はないかしら?」

ニコラスが表情をなごませた。ほんの少しだけではあるが。「ある。執事の兄弟のチャールズがそうだ。若いころに出会って、一日とたたないうちに友人同士になった。しかしチャールズは熱病で突然死んでしまった」彼はしばし考えたあと、うなずいた。「わかった、レディ・リオナ。あのふたりは追い出さないでおこう。しかしパーシヴァルにはダンキースに滞在中は、相手に喜ばれようと、喜ばれまいと、決して女性を口説くべきではないのをわからせるつもりだ」

「ありがとうございます」リオナはこれで彼が部屋を出ていくものと思った。そう期待した。

ところがニコラスはがらんとした室内を見まわした。小さな木製の櫃《ひつ》、麻のシーツと毛布をかけたベッド以外、ここにはなにもない。「ダンキースを去るつもりなのかね?」

「いいえ、まだ」

ニコラスが問いかけるように眉を上げた。リオナはすぐさま答えたのを後悔した。これでは花嫁に選ばれるかもしれない、あるいは選ばれたいという法外な望みから滞在していると思われてしまう。「お気づきになったかどうかはわからないけれど、わたしのおじはレディ・エレナの小間使いがとても気に入って――」

「気づいている」ニコラスはリオナのことばをさえぎって近寄った。

もしも彼がまたキスしようとしたら、どうするつもり？

頬をひっぱたいてやるわ。必要なら、それ以上のことも。

「だから、きみのおじ上がパーシヴァルの命令に腹を立てた理由もよくわかる」ニコラスが続けた。「パーシヴァルには、レディ・エレナが花嫁に選ばれてほしいと思うなら、レディ・エレナと小間使いに与えた命令を考え直したほうがいいと言ってやるつもりだ」

「本当に？」リオナはエレナがいまも候補者のひとりとして考えられているとわかって、ほっとすべきだと自分に言い聞かせた。

「前にも言ったように、わたしはスコットランド人に対して大きな敬意を抱いている。それにわたしが結婚する相手の一族もそうでなければならない」ニコラスは一瞬ためらったあと、先を続けた。「わたしはきみに対しても大きな敬意を抱いているんだよ。それに、きみの知恵に対しても。きみから助言されたとおり、わたしは例の小間使いが早く結婚できるよう、ささやかな持参金を与えた」

「本当に？」リオナは驚きながらも、彼が自分の助言を取り入れてくれたことをうれしく思った。

「本当だ」

ニコラスがリオナに近寄った。彼の目に浮かんだ表情に、リオナの心臓が一瞬鼓動を止め、改めて打ちはじめた。胸がときめいたにもかかわらず、リオナはあとずさりしながら自分に命じた。このぞくぞくする期待に負けてはだめよ。いま自分のなかにみなぎる思いに屈してはだめ。動かずに待ち、彼に抱き寄せられたいなんて願ってはいけないわ。

「パーシヴァルはきみが自分の身を守れたことを神に感謝すべきだな」ニコラスが言った。その声は低く、親しみがこもっている。「もしも彼がきみを傷つけていたら、リオナ……」

彼のことばは途中で消え、そのあとに続く沈黙は約束と期待に満ちているように思えた。

リオナは必死に自分の心をかき乱すさまざまな感情にあらがった。サー・ニコラスを求めてはいけない。彼といっしょにいたいと思ってはいけない。わたしはファーガスおじさんを助けるために滞在しているのよ。エレナを救おうとしているおじさんを手助けするために。そしてエレナはいとこのパーシヴァルから解放されなければならないわ。エレナには守ってくれる夫が必要よ。エレナはニコラスを必要としているわ。「パーシヴァルのふるまいのせいでエレナを悪く思わないでくださるといいのだけれど。どんな男性でもエレナなら妻にしてうれしいのではないかしら」

「きみは……嫉妬《しっと》していないのか？」

「少しも」本当はそうではないけれど。嫉妬してはいけない。「エレナはとてもすばらしい女性だわ。きれいでやさしくて」

「若すぎるし、やさしすぎる。わたしは困難や苦労をよく知っている火のような女、威勢のいい女が好きなんだ」

まあ、どうしよう！

リオナは壁に当たった。「それはおみごとだわ」リオナがそう答えるあいだにもニコラスは容赦なく距離をつめてくる。「わたしはわたしを放《ほう》っておいてくれる男性が好きなの」

「キスをしたとき、どうしてわたしにあらがわなかった、リオナ？」

リオナはぐっと唾《つば》をのみ込んだ。「不意をつかれたからよ」

嘘《うそ》つき、嘘つき！

「いまわたしのしたいことがわかるかな？」リオナの目の前、わずか数十センチのところでニコラスがささやいた。「わたしはなにをするつもりだろう？」

回廊から大きく咳《せき》払いをする声が聞こえた。ただちにニコラスが後ろに下がった。

残念に思ってはいけないわ。喜ぶべきよ。ほっとすべきよ。うれしく思うべきよ。リオナはニコラスの向こうに目をやった。戸口からファーガスおじが興味津々の顔をのぞかせている。「姪《めい》はなにもかも話しましたかな？」

「ええ」ニコラスがなにごともなかった表情でそっけなく答え、そのあいだにリオナは失いつつある自制心を取り戻そうと努めた。

「よかった、よかった！」ファーガスおじが飛びはねるように部屋に入ってきた。「で、どうすることになった？」

「明日の朝パーシヴァルと話をする」ニコラスが答えた。「夕食抜きなのだから、厨房《ちゆうぼう》でなにか召し上がっていただきたい」彼はリオナに目をやった。「きみもだ。そうしたいなら」

それから彼は部屋を出ていった。

ニコラスが行ってしまったとたん、ファーガスおじはひやかすような笑顔をリオナに向けた。「戻ってきたのがちょっと早すぎたかな」

リオナはうなりたいのをこらえるしかなかった。

大広間に戻ったニコラスは突然席をはずしたことについてなにも釈明しなかったが、楽しいどころの気分ではまったくないにもかかわらず、愛想のいい接待主の役を務めた。怒りを感じるのはパーシヴァルに対してばかりではない。彼は自分自身にも腹を立てていた。リオナといて、自分をさらけ出しすぎてしまった。しゃべりすぎたし、やりすぎた。

リオナへの渇望を抑えることを覚えなければならない。ふたりのあいだには結婚を考えられる将来などなにもない。しかも自分はリオナに敬意を抱いているので、結婚する見通しもないのにベッドをともにしようと誘うことができない。

ニコラスは、チェスリー卿《きょう》が自分でやってみたことはまずないだろうが、彼の披瀝《ひれき》する馬を調教する正しい方法についての知識を我慢して聞きながら、エレナが大広間にいないのに気づいた。

しかしパーシヴァルはいる。そこでニコラスは彼のところまで足を運んだ。パーシヴァルはすでに相当飲んでいた。「話があるのだが、パーシヴァル」

ニコラスはにこやかなふりをして、比較的静かな隅へ彼を誘い出した。

パーシヴァルは取り入るような笑みを浮かべた。

「エレナが気に障ることをしたのではないでしょうな?」

「そんなことはまったくない」ニコラスは嫌悪感をかろうじてこらえた。「ふたりきりで話がしたい。明日の朝、礼拝のあと、わたしの部屋に来てもらえないかな」

パーシヴァルの目に欲の満たされるうれしそうな光が表れた。明らかにこの誘いをよい兆しと受け取っているようだ。「喜んで」

うかつに口を開けば、なにを言ってしまうかわからない。ニコラスは微笑《ほほえ》んでうなずいただけでその場を離れ、オードリックと話を交わすことにした。オードリックは半分酔っ払ったパーシヴァルとうぬぼれたチェスリー卿から解放されてほっとしたようだ。

　翌朝ニコラスはアーチ形になった自室の窓のそばに立ち、背後で両手を握り合わせて中庭を眺めていた。兵士は見張りに立ったり、見まわりに出る準備をしたりしている。それに召使いが客の馬車に荷物を積み込むのを手伝っている。

「レディ・イザベルは帰ることにしたんだな？」彼はテーブルで一覧表を点検している執事のロバートに尋ねた。

「はい、そうです。後見人がこれ以上ここにいる必要はないと判断したようです」

「理由はなんだと言っていた？　サー・ジェイムズは下級の騎士だが、わたしは彼が本気で感情を害するようなことはなにもしなかったはずだが」

「レディ・イザベルは欠点がなんであるにせよ、自分は選ばれないと判断するだけの聡明《そうめい》さがあったのではないかと思います」

　事実ニコラスは、女性だということ以外レディ・イザベルにはこれといった印象をなにも受けていない。「たしかに選ばれないな。しかしサー・ジェイムズが発《た》つときには丁重に挨拶《あいさつ》しておこう。ほかに打ち合わせておかなければならないことは？」

「礼拝中にレディ・メアリアンから差し向けられた伝令が着きました」ロバートが答えた。「ご招待を心からありがたく思います、家族とともに一週間後に到着しますとのことです」

　ニコラスは執事と向かい合った。花嫁候補を見て自分が聞きたいのはメアリアンの意見であって、その夫や四歳の息子や赤子の意見ではない。「家族全員を招待したわけじゃないぞ」

　ロバートが困惑してニコラスを見た。「もう一度伝言を送りましょうか？」

「いや。赤ん坊は連れてこなければならないだろうし、シェイマスや夫とは離れたくないんだろう」

「とても幸せで満ち足りたご一家ですからね」

わざわざ念を押してそう言ってもらう必要はない。

「ほかには？」

「干し草が運び込まれるまで、厩《うまや》の飼料が少々足りなくなりそうです」

「近隣の地所から必要な分を買ってくれ」

ロバートがかすかに咳払いをした。「恐れながら、多額の資金不足にあることをお忘れになってはいけません。ほかの出費を少し抑えれば、捻出《ねんしゅつ》できますが。食料費か飲料費あたりにしましょうか？」

「客に資金不足だと思われては困る。もてなし方がけちだと思われるのもだめだ」

「それはもちろんです。しかしながらこれだけの費用をかけるのは一か八《ばち》かの賭《かけ》で、いまや――」

「賭《か》けたのはわたしだ、ロバート。おまえじゃない」

「はい」

「ほかには？」

ロバートは軸足を替え、手に持っている巻いた羊皮紙の縁をもてあそんだ。「あいにく、料理やワインで不平を言う客人はひとりもいませんが、貴族のあいだでいささか不満をもらす声がありまして」

「なんの不満だ？」ニコラスは貴族たちを泊め、食べさせ、楽しませるために費やしている金銭の額を思った。「天気のことなら、わたしにどうにかしろと期待しても無駄だ」

「いや、天気のことではありません」ロバートはふたたび咳払いをして、冷静なニコラスと目を合わせようとしない。「例のスコットランド人とその姪についての疑問があるのです」

「どんな疑問だ？」わたしがリオナに対して特別な感情を抱いていることを見抜いている者がいるのだろうか。ニコラスはそう思いながら尋ねた。

「なぜあのふたりがまだここにいるのかというのです。裕福でもなければ、有力者でもないことがはっきりしているのに、と」

「わたしが言ったとおりのことを伝えろ。あのふたりはここに来た唯一のスコットランド人だ。たとえほかにスコットランド人がひとりもいなくても、彼らの国の女性と結婚しようと考えないのはわたしの自尊心が許さないからだなどと、ほかのスコットランド人に言わせるつもりはない。わたしはスコットランド人の怒りを買うつもりがないし、わたしの客はそれを理解しなければならない。客たちは全員が、いつかサクソン人かウェールズ人が謀反を起こすのではないかという不安をいつも抱えている。それからノルマン人の貴族たちにはこう伝えてくれてもいい。ファーガス・マゴードンは家畜に関してきわめて興味深い考えを持っていて、わたしはそれを聞きたいと思っている」

「わかりました」

「ほかにはなにか？」

「なにもありません」

ニコラスはふたたび窓から外を眺めた。サー・ジョージが大広間のある館《やかた》から千鳥足で出てくるところだった。サー・ジョージは城壁のそばで立ち止まり、空を仰ぎながら放尿を始めた。

「ワインだな」ニコラスはつぶやいた。

ロバートが戸口で立ち止まり、ためらいがちに振り向いた。「なにかおっしゃいましたか？」

「ワインを極力倹約しよう。極上品を出すのは食事のときだけにする。ほかのときはもっと安いのでいい。とくにサー・ジョージが飲む場合は安物でけっこう。彼は気づきもしないだろう」

ロバートが微笑んだ。「はい、気づきもしないでしょう」

人の目をくらませ、びっくり仰天させるために作られたような不快な緑と明るい青を組み合わせたチュニックを着て、サー・パーシヴァルがニコラスの部屋の戸口に現れた。執事が入れちがいに会釈をして出ていき、パーシヴァルはまるで自室に入るような態度でぶらぶらと部屋のなかに進んだ。

　ニコラスはその場で彼を殴り倒したい心境だった。その衝動をこらえたのは、ひとえにこの男のいとこと結婚する可能性は皆無とは言えないとわかっているからだ。

「ぼくに話があるとのことですが？　エレナのことだとよろしいが」

「そう、話がある」

　パーシヴァルの表情が変わった。屈託なく見えるよう心がけているのだろうが、何年にもわたり勇敢な兵士、虚勢だけの兵士の両方を見てきたニコラスにはわかった。その上等な衣装の下でパーシヴァルは汗をかいているにちがいない。よし。彼には椅子もワインも勧めないでおこう。

「パーシヴァル」ニコラスは着飾り、香水のにおいを漂わせている男の周囲をゆっくりとまわった。「きみは女性に言い寄って無礼を働いたそうだな」

　パーシヴァルは赤くなったが、それでもなにか滑《こっ》稽《けい》な冗談話でもあるかのように笑みを浮かべた。

「残念ながら、ひどく誤解されているようですな」

「誤解をしているのはきみのほうだ」

「いったいあの女はなんと——」パーシヴァルはそう言いかけて思いとどまり、またもや笑みを浮かべようとした。「どんな話がお耳に入ったんです？」

「信じるに足る話だ」

　パーシヴァルの顔色が赤から蒼白《そうはく》に変わった。彼は口ごもりながらなにか言いかけたが、ニコラスはそれをさえぎった。

「きみは女たちから自分のした行為を誤解されやすいようだな、パーシヴァル。わたしにはそう解釈できる」ニコラスは嘘をついたが、男のよく使うこのばかげた言い訳が死ぬほど嫌いだった。「きみのようにハンサムな男は女性に話しかけただけでも単なる礼儀以上の意図があると誤解されて、苦労が多いにちがいない。多くの貴族の家で、きみが現れたというだけで、きみにはそのつもりもないのに騒ぎを引き起こしてしまったという話も充分信じられる」

「そうそう。よくそうなってしまって」パーシヴァルが勢い込んで認めた。「女たちはぼくが愛想よくしているだけだということを理解しない」

愛想よく？　場合が場合でなければ、愛想よくということにしてやるのだが。「きみがこのように愛想のいい男であるので、いまダンキースにいるほかの男性貴族たちといい関係を保つためにも、わたしを訪ねてきているレディたちと話を交わすときにはもっと気をつけてもらいたい。いまもそうだし、今後われわれが――」

ニコラスはよけいなことまで言ってしまったとでもいうように口をつぐみ、無理やり微笑んだ。

「もしもわたしがきみのいとこを選んだ場合もそうだ」

これを聞いたパーシヴァルは蛇のような顔に得意げで、きざな笑みを思いきり浮かべた。それを見たニコラスは前よりいっそう彼を殴りたくなった。

「当然ながら、喜んでそうします」

「ありがたい」ニコラスにとって礼を述べるのがこれほどむずかしかったことはない。「それから女の召使いと過度に親しくするのも慎んでもらいたい」

パーシヴァルが笑い声をあげた。馬があえぐようなえらく耳障りな笑い声だ。「これはまた、サー・ニコラス。修道僧のようにふるまえとおっしゃるのかな」

ふたたびニコラスは笑みを浮かべ、あたかも彼とは戦友同士であるかのように言った。「快楽なら居酒屋で手に入る」

「ああ、なるほど」パーシヴァルは大いに譲歩をしたというように答えた。

「話しておきたいことがもうひとつあるんだ、パーシヴァル。きみがスコットランド人嫌いだという点なんだが」

パーシヴァルがこらえ性のない子供のように顔をしかめた。

「きみがどう考えようと――その理由がどうであろうと、わたしの地所はここスコットランドにあること、わたしの義弟はスコットランド人であることを忘れないでもらいたい。わたしの妻はこの国でスコットランド人に交じって暮らすすべを学ばねばならない。もしもきみが親切にも依然レディ・エレナをわたしに嫁がせたいと考えているなら、彼女はレディ・リオナやそのおじ上とよく話を交わしたほうがスコットランド人をいくらかでも理解できるのではないかな。レディ・エレナがそうしてくれれば、わたしも最終決定がずっと下しやすくなる」

パーシヴァルの目に強欲そうな光が表れた。「収穫祭までにその決定を下されるのだろうかと首をかしげていたんです」

ニコラスはこれは内緒だぞというように微笑んだ。「慎重に決めなければならないんだ。チェスリー卿は有力者だから、彼の娘を選ばない場合は、少なくとも選択がむずかしいふりをしなければならない。つまり決定を発表するには収穫祭まで待つということだ」

パーシヴァルがにやりと笑い、功名心が強くて貪《どん》欲《よく》な本性を見せた。「なにもかもわかります」

「そうだろうと思っていた」ニコラスはそう答えた。

パーシヴァルがすでに親戚《しんせき》同士であると言わんばかりにニコラスのたくましい肩を抱き寄せた。「今日いっしょに居酒屋へ快楽の味見をしに行きませんか？」

　ニコラスはパーシヴァルの腕をつかみ、悲鳴をあげるまでその腕をねじってやりたい衝動をかろうじてこらえた。「それは名案だが、これだけ客が多いと用事も多くてわたしにはその時間はないな」

　パーシヴァルが腕を下ろし、細い肩をすくめた。

「それは残念。でも接待主ならそれもしかたがないな」彼はぶらぶらと扉に向かい、軽く手を振った。

「ではのちほど」

「ではのちほど」ニコラスは無理やりそのことばを返し、去っていくパーシヴァルを見つめた。

## *10*

　一週間後、リオナは大広間の窓から差し込む陽光を浴びながら、エレナと座っていた。空気には雨の気配がかすかにあったが、七月の暖かな日だ。エレナはすてきな緋《ひ》色のドレスの裾《すそ》につける布帯に刺《し》繍《しゅう》を施していた。リオナも針は使えるが、縫い物の腕は服を繕ったり裾を上げたりといった実用的なものに限られている。込み入った刺繍のステッチは知らないし、たとえ知っていたとしても、刺繍の材料は買えずにきた。とはいえ、枠ではさんだ布に刺しているエレナのそばに座り、針に糸を通したり、あざやかな色の毛の糸を切ったりして手伝うのはとても楽しい。静かにおしゃべりもできるし、それにエレナがステッチを教えてくれた。

大広間の向こうではジョスリンドとラヴィニアとプリシラが同じように集まって座り、ひそひそ声で話をしたり、ときおり大広間を眺めたりしている。ジョスリンドはリオナになんの関心も示さず、リオナも同じようにジョスリンドをまったく無視していた。あとのふたりのレディたちは美女のジョスリンドと同盟を結んだらしいが、エレナもリオナもそれはまったく気にしていない。壇上にあるテーブルではオードリックとチェスリー卿《きょう》がチェスに興じていた。ファーガスおじとフレデラは城のどこかにいるし、パーシヴァルはアングルヴォワ公爵といっしょにまた村に出かけた。

パーシヴァルは努めてリオナを避けている。サー・ニコラスが彼になんと言ったのかは謎《なぞ》だが、リオナもエレナもファーガスおじもフレデラもあまり深くは追及していない。四人ともいまの状態に満足し、リオナはエレナがサー・ニコラスの花嫁に選ばれる可能性があるといまも思っているが、ファーガスおじはエレナをパーシヴァルから解放させる計画をいろいろと練っている。あいにく法は法で、しかも読み書きのできるエレナがいとこを自分の後見人と定めている書類を見たと言っている。法的には四人ができることはほとんどないらしい。昨日リオナは、エレナを誘拐しても問題が解決するどころか新たな厄介ごとが出てくると、ファーガスおじを納得させるのにかなりの時間を費やした。幸い最後にはおじもやっと折れてくれた。

この計画全体の責任者であるサー・ニコラスについてだが、リオナにはいま彼がどこにいるのかさっぱりわからなかった。夕食後を除けば、彼が大広間に長居をすることはめったにない。昼間は兵士たちの訓練をみずから監督し、ときによっては見まわりの部隊とともに問題を起こしそうな無法者などを捜しに馬で領地内をまわっていた。朝は必ず執事と一定時間を過ごして、帳簿その他の事務の報告を受ける。彼はとても多忙な領主で、怠け者とはとても呼べない。

　エレナが刺繍から目を上げ、あごをしゃくってラヴィニアを示した。「あれではだれにでもわかってしまうわ」エレナは愉快そうに微笑《ほほえ》んだ。「ラヴィニアはオードリックから目を離すことがほとんどないんですもの」

　リオナも微笑んだ。「オードリックは見場も悪くないし、人柄も実によさそうだわ」

　ノルマン人にしては、とリオナは心のなかでつけ加えた。というのも、これまでに出会ったなかで本当に人柄のいいノルマン人はまだエレナしかいないからだ。フレデラはリンカーンシャーで生まれ育ったので、ノルマン人というよりサクソン人だし、リンカーンシャーのあるイングランド東部は何年にもわたりデーン人が支配していたので、サクソン人というよりデーン人だといえる。

「パーシヴァルは、オードリックは教会に入る運命だと考えているの」エレナが言った。

「いまみたいにラヴィニアのほうばかり見ているようでは、オードリックは聖職者になれないわね」リオナはよい司祭にはなれそうにないもうひとりの男性のことは考えないように努めた。

「サー・ニコラスは、あのふたりがお互いに好意を持っているのに気づいていると思う?」

「気づかざるを得ないわね」

「それでもラヴィニアはまだここにいるわ」

「きっとサー・ニコラスにはそうしたほうがいいと思える政策上の理由があるのよ。もしかしたら、もう帰ってほしいと言って候補者の家族や親族を怒らせたくないのかもしれないわね。おじとわたしがまだここに滞在しているのも、結局のところはスコットランド人の不満をかわすためにほかならないんですもの」

「あなたがまだここにいるのは、サー・ニコラスがスコットランド人を怒らせたくないからだけではないと思うわ。サー・ニコラスはあなたが好きなんじゃないかしら」

前からファーガスおじに同じようなことを何度も言われているので、リオナはいまさら頬を赤らめたりはしなかった。「わたしのことが嫌いではないとしても、彼はわたしとは絶対に結婚しないわ。実を言うと、それでもわたしはがっかりしないだろうと思うの。彼はわたしに合わないんですもの」

いっしょにベッドにいるのでないかぎりは。

そんなみだらなことを考えるのはとにかくやめなければ！ そう、やめるわ。なんとしても！

ジョスリンドの言ったことでプリシラがくすくす笑った。プリシラが笑うといつもそうなるように、エレナもリオナも反射的にたじろいだ。

プリシラの笑い声を聞いてそうなるのはふたりだけではない。リオナはエレナにこのことを話してはいないが、ニコラスもあの笑い声を腹立たしく思っているという気がしてならない。夕食時にプリシラがくすくす笑い、ニコラスが口元を引き結ぶのを何度も目にしたことがある。その回数から考えても、あれは偶然とは思えない。プリシラが彼と同じテーブルに着いた夜、リオナは彼はどうやって食事をすませられたのかしらと首をかしげたものだった。

「サー・ニコラスがラヴィニアを選ばなくて、ラヴィニアも彼を求めていないとすれば、候補者の数がひとり減るわ」エレナが刺繍の仕事に戻りながら言った。

「レディ・メアリーがなぜ去ったのかは聞いた？」

エレナは青い糸に手を伸ばした。「フレデラがレディ・メアリーの小間使いが言っているのを聞いたところでは、伯爵が帰りたいとおっしゃったんですって。ここの気候に耐えられないからと」

リオナは眉をひそめた。七月の天候は晴れて穏やかな日が多く、豊作を約束してくれる雨も充分に降って、すばらしかった。それにたとえ天候のことでもダンキースをばかにする人は、どこかスコットランドをばかにしているという気がしてならない。

「とてもいい気候だったわ」

「単なる口実なのではないかとも思うの。レディ・メアリーが自分には勝ち目がないと思ったのではないかしら」

リオナもそれには異議を唱えなかった。

「レディ・エロイーズのことは残念だわ」エレナがそう言って、空色の糸を切って端を結んだ。「わたし、とても好きだったのに」

「ファーガスおじさんの話だと、レディ・エロイーズはサー・ジョージにワインを断たなければ、自分ひとりで帰ると言ったのだけれど、サー・ジョージはよもやレディ・エロイーズが本当にそうするとは思っていなかったらしいの」リオナはきれいなエメラルド色の糸を針に通しながら言った。この糸は模様のなかにある細い蔓《つる》を刺すのに使う。「レディ・エロイーズが出発したと聞いて、サー・ジョージは真っ青になったそうよ」

「わたしも驚いたわ」エレナは短くなった青い糸の針をリオナが差し出したものと替えた。「レディ・エロイーズはあまりに何度も屈辱感を味わったのよ。あのふたりは戻ってくると思う？」

リオナはしばし考えてからかぶりを振り、針をもう一本手に取った。「戻ってこないのではないかしら。サー・ニコラスがサー・ジョージをさほど買っていないのは、かなりはっきりしているんですもの。それにあなたとジョスリンドがいるのに、エロイーズと結婚する根拠はほとんどないわ」

エレナは頬を濃いピンク色に染めると、刺繍に顔を伏せた。リオナはエレナを困らせたのなら申し訳ないと思ったが、いま言ったことは事実なのだ。それは頭のいいエレナにもわかっているはずだった。本当の競争はエレナとジョスリンドのあいだにあるのは、日に日にはっきりしてきている。

またしてもリオナはエレナにニコラスをどう思っているのか、そして選ばれる可能性についてどう思っているのかをきいてみたいと思った。だが、やはり今度もそれを口に出すことはできなかった。

代わりにつぎはどの色の糸がいるのかを尋ねようとしたとき、ポリーが厨房《ちゆうぼう》からひどく心配そうなようすで足早に現れた。

ポリーはリオナとエレナを見ると、急いでこちらにやってきた。「ああ、お嬢さま!」ポリーは悲痛な声で言い、両手をもみ合わせた。

「どうしたの?」リオナはおがくずをつめた針山に針を刺し、その針山をエレナの美しい裁縫箱に戻した。

「料理人のアルフレッドのことなんです。お客さまがいらして以来、ひどく機嫌が悪くて、召使いに当たり散らすんです。どなったり激しい悪態をついたり」

リオナは最初の夜、召使いを叱《しか》り飛ばしている料理人のどなり声を菜園で聞いたのをたちまち思い出した。

「焼き串《ぐし》係の男の子もそれには慣れているでしょうが、今朝、アルフレッドが杓子《しやくし》でその子を叩《たた》いたんです。かわいそうにその子は青黒いあざだらけで。なんとかできないものでしょうか」

「サー・ニコラスには言ったの?」

男の子が叩かれたと思うとリオナは腹が立ったが、それでも自分はこの家の者ではないのだから、干渉しては喜ばれそうにない。とはいえ、ニコラスは犬を一匹殺した射手を二カ月間もさらし台に拘束したくらいだから、自分の召使いが、それも男の子が叩かれたとなると、きっといい顔はしないだろう。

「そんな、とんでもない！」ポリーが答えた。「持参金をいただいた日、部屋まで来るようにと言われて気絶しそうになったくらいなんですよ。もちろんサー・ニコラスはわたしが思っていたような鬼ではありませんが、それでも……ごめんなさい」ポリーは赤くなり、詫《わ》びてから口早に先を続けた。「アルフレッドが、文句を言うやつは盗みを働いていると告げ口してやると言うんです。サー・ニコラスの前で盗みを働いたなどと責められたら……ああ、お嬢さま！」

「それなら、ロバートには話せないの？」

「彼は川下にある漁村に出かけているんです。チェスリー卿がうなぎを食べたいとおっしゃったらしくて。それにアルフレッドは仕事の腕はよくて、商人相手にワインやなにやかやを値切るのがとてもうまいんです。ロバートはアルフレッドを失いたくないでしょう」

「召使いに命令を出す人はほかにだれがいるの？」

「料理人だけです。わたしたちのためにアルフレッドに話していただけませんか」ポリーが懇願した。「お嬢さまなら彼も聞こうとするかもしれません。お嬢さまは召使いに接するすべを心得ていらっしゃるとお嬢さまのおじさまから聞いたとフレデラが言っていました。そのうえお嬢さまはレディですから。なにか手を打たないと、厨房で暴動が起きてしまいます！」

サー・ニコラスについてどう思っていようと――この結果どんなことが起きようと、リオナはあざが残るほど焼き串係の少年を叩く獣のような男の好き勝手にさせておくことはできなかった。「料理人と話すわ」リオナは立ち上がった。

もしも料理人がなにか言ったら、サー・ニコラスに相談することにしよう。

「ああ、ありがとうございます、お嬢さま!」ポリーがほっとしたようすで言った。「アルフレッドはすぐに見つかると思います。なにしろ太ったでくのぼうですから! あのかわいそうなトムがきっと喜びますよ」

リオナはエレナを見た。「不愉快なできごとになるかもしれないから、あなたはここに残っていいのよ。その気持ちはわかるから」

エレナが刺繍を脇《わき》に置いて立ち上がった。「わたしもいっしょに行くわ」

その覚悟に感激すると同時に、連れがあるのをうれしく思いながら、リオナはすぐさま厨房に向かった。エレナが無言でそのあとに従った。

とはいえ、ポリーは無言とは正反対だった。「前はすばらしい料理人がいたんです」小走りにリオナとエレナを追いかけてきて、息も継がずにポリーは言った。「でもそのエミールは故郷のノルマンディに帰ってしまって、そのあとに雇われたのがいまの料理人のアルフレッドなんです。アルフレッドは本当にひどい男で、命令したあとで言ったことを忘れるので、わたしたちがなにをしても、しなくても怒るんですよ。だから、わたしたちは彼の心を読まなければなりません。昨日は女の子のうち三人が出ていってしまい、帰ってこないんです。わたしがサー・ニコラスからしていただいたことを話したあとなのにですよ。アルフレッドがいるのでは、そんなことをしてもらっても割りに合わないというんです。でもわたしにはその気持ちがわかります。わたしだって、サー・ニコラスから持参金をいただいていなかったら、出ていっていますよ」

厨房に近づくと、料理人が命令するどなり声やら悪態が扉の向こうから聞こえてきた。

リオナが扉を開けると、そこはグレンクリースの会堂ほどは優にある広々とした空間で、何人もの召使いが立ち働いていた。大きな平炉と作業台がひとつずつあり、ハムやねぎ、香草が天井から吊《つ》り下げてある。

厨房の真ん中では頭がはげて、でっぷり太った中年男が顔を真っ赤にして、たいへんな剣幕で杓子を振りまわしていた。しみだらけのエプロンを着け、暑さからか、それともパイを置いた作業台の前に立っているふたりの女性をがみがみ叱っているせいなのか、汗びっしょりだ。パイの皮は縁が割れ、肉汁があふれてまわりに垂れていた。

「おまえたちは目が見えないのか？　それともうすのろか？」アルフレッドがわめいている。

ほかの召使いたちは集まって身を縮めていたり、自分の仕事をしながらおそるおそるそちらを見ていたりしている。

「皮を切れと何度言ったらわかるんだ？」アルフレッドは杓子で切りつけるしぐさをした。「これじゃパイは台なしだ！　豚に食わせるしかない！」彼はパイをひとつつかみ、炉に向かって投げつけた。パイの中身が炉の後ろの壁に飛び散った。

リオナが炉の焼き串係の少年トムを見たのはそのときだった。トムは炉に近い隅でしゃがみ込み、細い腕で頭をかばった。青黒いあざだらけの細い腕で。

激しい憤りに身を震わせながら、リオナは料理人のところまで行き、太ったその手から杓子をひったくった。「今度あの子や、ここにいる人たちに手を上げたら、承知しないわよ」リオナは杓子を床に投げ捨てると、厳しい口調で言った。「それから人に言うことを聞いてもらいたかったら、どなるのをやめることね。あなたのしゃべり方はまるで駄々っ子か居酒屋の亭主よ。とてもお城の料理人には聞こえないわ」

料理人は太った腕を突き出たおなかの上で組み、見下すようにリオナに目をやった。「おれの厨房に入ってきておれに指図するとは、なにさまのつもりだ？」

リオナは身を乗り出して、料理人の汗ばんだ顔をにらみつけた。彼は牛肉や肉汁のにおいを発散していた。「わたしはグレンクリースのレディ・リオナよ。十二のときからおじの家の切り盛りをしてきているけれど、一度として召使いに対して声を荒らげたり悪態をついたりしたことはないわ」

「どこのレディ・リオナだか知らないが」料理人が言い返した。「おれは二十年間貴族の料理人をやってきたが、一度としてご主人から文句を言われたことはないんだぞ」

「これまではね。わたしはここでなにがあったかをサー・ニコラスに話すつもりよ」

料理人がふんと鼻で笑った。「サー・ニコラスが気になさるもんか。サー・ニコラスはおれの腕を見込んでたっぷり給金を払ってくださる。肝心なのはそこだけさ」

リオナはゆっくり微笑んだ。値段をごまかそうとする商人がそれを見て不安に駆られるような笑みだ。

「そう思う？」

「当たり前だ！」

「じゃあ、本当にそうかどうかを見てみなくてはね」リオナはくるりときびすを返し、エレナに言った。「行きましょう。サー・ニコラスを捜して、正しいのはだれかをきいてみるのよ」

リオナはさっさと厨房をあとにして、中庭に出た。そこで初めてサー・ニコラスの居場所を知らないのに気づいた。兵士たちの訓練を監督している最中だろうか、それとも見まわり中だろうか、あるいは自室にいるのだろうか。リオナが立ち止まると、あとから急いで厨房を出てきたエレナとポリーがリオナに追いついた。

「悪いけれど、リオナ」エレナが心配そうに言った。「サー・ニコラスに料理人の話をするとき、わたしはその場にいないほうがいいように思うの」

リオナは黙ってうなずいた。エレナの覚悟がこんなにも短いもので終わってしまったのは残念だが、結婚するかもしれない相手の所帯で起きた対立にかかわりたくない気持ちもよくわかる。

エレナが自分の部屋のほうに向かうと、ポリーが尻込みしはじめた。「わたしは、その、洗濯場に行かなければなりません。あそこはいつも手が足りなくて」ポリーはそう言うと、走り去ってしまった。

リオナは深く息を吸い込んだ。では、わたしひとりでニコラスに会うことになるのね。それならそうするまでだわ。

城門で見張りをしているサクソン人にリオナは急いで近づいた。「サー・ニコラスを見なかった？」

「見ましたよ」サクソン人のひとりが丁重に答えた。「守備隊といっしょに前庭にいらっしゃいます」

「ありがとう」

城門を出ると、リオナは訓練中の兵士たちの物音に耳を澄ませた。守備隊は前庭の向こう側にいるらしい。貴族たちのお供でやってきた兵士がいる野営地からは離れた場所だ。

リオナは足を速め、やがて角をひとつ曲がったところで、木剣を持ち、それぞれ一対一で交戦中の半裸の兵士たちを見つけた。木剣を揺らしながら前進して攻撃したり、後退して防御したりしている動きを見るのは、まるで風変わりなダンスを眺めているようだった。木剣がぶつかる音は太鼓の音を思わせ、ときおり木剣が腕や脚に当たると悲鳴があがる。すでにかなりの時間訓練が続いているらしく、兵士の大半が汗をかき、とても疲れて見えた。背中にも胸にも汗が流れ、ズボンの腰のあたりがびっしょり濡《ぬ》れている。

いつもの地味な剣を携え、上半身裸で兵士たちのあいだを歩いているのがニコラスだった。彼は大声で命令を出し、その深く響く声は木剣のぶつかり合う音にも消されずによく通る。彼の肌は陽光を受けて、油を塗ったように光っていた。

聖職者たちが注意したとおりに熱く荒々しく強烈な欲望がどこからか入り込み、リオナの内側から炎が燃え上がった。彼の姿が目に入るだけでこれほどの影響を受けるのに、じっと見つめているのはまちがっている。それでもなお、リオナは歩いているニコラスから視線をはずすことができなかった。足を運んでいる彼ばかりでなく、立ち止まって命令や注意を与え、盛り上がる筋肉を見せながら、刃《やいば》をいかに動かすかを実演する彼からも。

上半身裸の男性を見て、こんなにも心をかき乱されたことはない。でも、そもそも彼のような男性にはこれまでひとりも出会ったことがないのだ。ニコラスの上半身には贅肉《ぜいにく》というものがいっさいついていない。そのたくましい筋肉は何時間もの重労働、何年もの鍛錬、何週にもおよぶ戦の経験を物語っている。自分の財産のために働いたことなど一度もない、甘やかされてわがままで怠惰な貴族からはほど遠い。彼は戦士だ——戦士のようにたくましく、戦士のように荒々しい。そして平和の喜びを求めて戦場から帰った戦士のように情熱的なのだ。

すると、そのときニコラスがリオナを見た。

リオナはとっさに視線をそらし、狼狽《ろうばい》で赤くなりながらも逃げ出したい衝動を懸命にこらえた。まるで沐浴《もくよく》中の彼を見てしまったような気持ち——いや、裸でいる自分を見られてしまったような気持ちだった。哀れな焼き串係の少年のことを思い、その場にとどまったが、そうこうするうちにニコラスが兵士たちに訓練を続けるよう命令し、リオナのほうへやってきた。

　せめてシャツかなにかを着てくれないかしら。彼が距離を縮めるあいだ、リオナはそう思った。覚悟は決めたものの窮地に陥った気分だった。「わたしを捜していた？」ニコラスが淡々と尋ねた。「それとも単に訓練中の兵士を見たかった？」

「あなたを捜していたの」答える自分の声が平静なので、リオナはほっとした。「あなたが雇っている料理人アルフレッドのことで話がしたくて」

　ニコラスは眉をひそめ、胸の前で腕を組むと、片足に体重をかけた。「アルフレッドのどんなことで？」

　リオナは首から下に視線を移さないように彼の顔を見つめた。「べつの料理人に替えるべきよ」

　ニコラスが濃い茶色の眉を吊り上げた。「アルフレッドの料理が気に入らない？」

「そういう意味じゃないわ。厨房にいる召使いたちとの接し方が問題なの。彼はどなり散らす暴君で、焼き串係の男の子をあざだらけになるまで殴ったの。あざはわたしがこの目で見たわ」

「なるほど」ニコラスは相変わらず淡々と答え、兵士たちのほうを向くと解散を命じた。彼らはほっとしたようすで城壁際に置いてある水を入れた桶《おけ》のほうへと急ぎ、群がって水を飲みはじめた。

　ニコラスがどう考えているのかがわからず、リオナはべつの方面から攻めてみた。「なにか手を打って状況を変えないと、あなたの召使いたちはやけを起こして騒ぎ出しかねないわ。アルフレッドに自分から出ていかせるか、あなたに彼をくびにさせるか、どちらかを狙《ねら》って。たとえば腐ったお肉を使ってあなたやお客さまに吐き気を催させ、それをアルフレッドのせいにすることだってありうるでしょう？　あるいはもっとべつの行為に走るとか。料理人に仕返しをする方法はいくらだってあるんですもの」

「そんなことをする必要はない。手を上げるのがだれにせよ、わたしは自分の召使いが叩かれたり殴られたりするのは許さない。そのような扱いをすれば怒りや憎悪や激しい恨みを抱かせるのもわかっている。わたしは訓練を受けるために初めて預けられた男に毎日殴られていた」

円熟したおとなでも、城塞《じょうさい》の強い主《あるじ》でもないサー・ニコラスなど想像するのも不可能に思える。それでもなお、かつて彼には虐待される少年だった時期があったのだ。それも、おそらくだれひとり助けてくれる人も救ってくれる人もいなかったのだろう。

ニコラスの表情が厳しくなった。口を開いたとき、その口調は冷たかった。「わたしを哀れに思わなくてけっこうだ。武術ではなく音楽や詩歌を習っていたなら、この領地は手に入れられなかったのだから。それにその男イヴ・サンスーシにはひとつひとつのあざや傷の礼をきっちり返してある」彼は額の小さな傷跡を指さした。「ここをやられた日にわたしは彼の腕を折って、使えなくなる寸前まで痛めつけてやった。そのあと弟とわたしはほかへ移り、もっといい師に鍛えてもらった」

ニコラスはそばの地面に置いてあった袖《そで》なし胴着を拾い上げた。

彼がその胴着を頭からかぶって着るあいだ、リオナはそれが最初の日に彼が着ていたのと同じものであることを考えないよう努めた。

水を飲んだ兵士たちが服を身に着けはじめた。兵士たちはニコラスとリオナのほうをちらりちらりと見ながら、なにやらことばを交わし合い、服を着て城門へと向かっていく。守備隊がいなくなってからも、リオナは城壁の上には見張りの兵士がいて、こちらを見ているのを意識した。

「召使いたちは、わたしのところへ言いに来るべきだ」ニコラスは、兵士たちが興味津々の顔をしているのにまったく気づいていないらしい。

「アルフレッドがあなたに言いつけた者は盗みを働いたと言うと脅したので、そうしたくてもできないのよ」

ニコラスが眉をひそめた。「わたしは証拠がなければ、人を罰しない」

「召使いたちはそのことを知らないのではないかしら」リオナもたったいままで知らなかった。ただし、いまそう聞いて、彼のことばを信じてはいる。「それにあなたは……」

「わたしは？」リオナがためらっていると、ニコラスが尋ねた。

促されたリオナは言った。「あなたはとても威圧的なの。わたしがあなたの召使いなら、どんな不満があったとしても、あなたに話をしに行くのは躊《ちゅう》躇《ちょ》するわ」

「わたしはごらんのとおりのわたしだ。これまでの人生を過ごしてこうなった。変えることはできない」

「そのせいで兵士や召使いを怖がらせていても？それでは尊敬を集めていることにはならないわ。そんなのは圧制で、やはり怒りや恨みを買うことになるでしょう」

「城塞には規律が必要だ。それとも夜は兵士をベッドに入れて子守歌を歌ってやれ、女の召使いには花綱を編んでやれ、一日おきに休みをやれというのか？」

「ときおり褒美を与えるのは叱責《しっせき》と同じ効果があることもあるわ」

ニコラスはかがんで、胴着の下に置いてあった剣帯と鞘《さや》を取り上げた。「きみが城と守備隊の指揮をとっているなら、きみの助言を受け入れるのだが」

リオナは彼を怒らせてしまい、アルフレッドの件でなにもしてもらえないのではと心配になった。そこで、ふたりのあいだの緊張をやわらげようとした。

「あなたの言うとおりね。わたしは守備隊、それもこんなに大規模な守備隊を指揮するなんてできないわ」

「男は自分の所有するものを守らなければならない」

「あなたからダンキースを奪おうとする人はそんなにいないのではないかしら」

「それはわたしがこれだけ大きな守備隊を持っているからだ」

「そしてダンキースは国王があなたに与えたものだからよ」

目にはまだ怒りが燃えていたが、ニコラスの声はさほど怒りを含んでいなかった。「それにもかかわらず、スコットランド人の大半はわたしがいなくなってしまえばいいと思っている」

「わたしのおじはちがうわ」

「では、きみのおじ上は例外だ」ニコラスは剣帯のバックルをとめながら答えたあと、問いかけるように眉を上げた。「きみのおじ上はスコットランド人同士が裏切り合うことはない、人のものを力ずくで奪い合うことがないという考えに固執しておられるのかな？」

「おじはたしかにスコットランド人はこの世でもっとも立派で信頼するに値する人々だと考えているけれど、ラクラン・マクタランの裏切りの話や、そのせいであなたの妹さんが命を落とされかけたことは聞いているわ」

「で、きみ自身は？　きみも同じようにスコットランド人を高く評価しているのか？」

「どこに生まれようと、欲深で野望があって、ほしいものはなんとしても手に入れなければ気がすまない人はいると思うの。幸いわたしのおじの土地はあまりに小さくて岩だらけで、野心的で抜け目ない策士の興味の対象にはならないわ」

「わたしを野心的で抜け目ない策士だと思っているのか？」

リオナはニコラスの目をまっすぐに見た。「あなたは野心家だと思うわ。さもなければ、成功を得るために一生懸命努力することはなかったでしょうから。それにあなたは愚かではないわ。愚かだったら、この土地と城塞は手に入れてないはずよ。策士かどうかについてだけれど、あなたの花嫁探しの計画はとても薄情なものね」

「わたしが富と権力を求めているとすれば」ニコラスが険しい表情で答えた。「それはそのふたつがないということがどんなものかを知っているからだ。わたしの花嫁探しの方法が冷たく打算的に見えるとしたら、それは自分の欲望を満たすだけのために結婚するわけにはいかないからだ」

なぜ彼は欲望の話をするのかしら。


「サー・ニコラス！」ついさっきリオナが聞いたばかりの怒りに苛立《いらだ》つわめき声が耳に入った。

アルフレッドが顔を赤くし、はあはあしながら前庭を突っ切ってこちらへやってくるところだった。

どうするつもりなのだろうとリオナはそっとニコラスを見た。彼の顔は心のうちをめったに表さない。とはいえ、リオナがよほどの誤解をしていないかぎり、無防備な少年を殴る者などサー・ニコラスには無用の存在だとアルフレッドは思い知るにちがいない。

料理人はどこかおかしいと悟ったようだ。ふたりのところまで来る前に、リオナを指さして言った。

「サー・ニコラス、このスコットランド人の言うことは嘘《うそ》とでっち上げばかりです。わたしを脅したんですから！　いったい自分をなにさまだと思っているのやら。厨房の責任者でもないくせに」

「おまえも責任者ではない」ニコラスが尊大な口調

で冷たく答えた。「わたしはダンキースを支配している、アルフレッド。ゆえに厨房はわたしの支配下にある」

「しかし、わたしは厨房を動かすために雇われています」アルフレッドが反論した。その声はいまや挑戦的というより哀れっぽく訴えかけるものだ。「務めはきちんと果たしています。それにわたしの料理の腕は疑う余地がありません」

「おまえの料理の腕が問題なのではない。おまえは焼き串係の少年を殴ったそうだな」

アルフレッドはもう一度リオナを憎々しげににらんでから言った。「肉を焦がしたんです。あの子を許せとおっしゃいますか？　頭を撫《な》でて、気にするなと言えと。二度とあんなことはするなと教えるためには殴らなければなりませんでした。これであの子ももう肉を焦がすことはないでしょう」

「もしもまた焦がしたら？　今度は殺すのか？」

アルフレッドははっと息をのみ、人を殺そうとしていると非難するとは言いがかりもはなはだしいと言わんばかりにリオナを見た。「その女がなにを言ったかは知りませんが――」

「彼女はおまえが男の子を殴ると言った。そのほかの召使いたちもおまえの采配《さいはい》のしかたをよく思っていない、わたしがなにか手を打たないと、深刻な問題が起きかねないと聞いたぞ」

料理人の赤らんだ顔を汗の粒が伝い落ちた。「召使いは仕事さえきちんとやっていれば、それでいいんです。どう思うかなど問題じゃありません。わたしは彼らが仕事をちゃんとやっているかどうかを監督しているんですよ！　深刻な問題って、この女は――このスコットランド人は、なんのことを言っているんです？」

「指揮官が兵隊を率いるのにふさわしくない場合に起きる問題だ。わたしは何度もこの目で見てきた」

「ふさわしくない？」アルフレッドが悲鳴に似た声をあげた。「わたしがふさわしくないのですか？　よろしいか、わたしは貴族の料理人を長年務めてきたんですよ。あなたがまだだれかれかまわず雇ってくれる人に雇われる貧しい兵士でしかなかったころからです。こんな扱いを受けてはたまらない。この女が出ていくか、わたしが出ていくかです！」

リオナが息をひそめていると、ニコラスは眉根を寄せた。「かつてだれかれかまわず雇ってくれる人に雇われる貧しい兵士でしかなかった者のところで働くのはおもしろくないにちがいない。よそに行けば、いまよりは楽しいだろう」

料理人はぐっと喉のつまった声をあげた。まちがった相手に言いすぎてしまったことに突然気づいたらしい。「お許しください。軽率なことを言ってしまいました」彼は口ごもりながら言った。「この女のことでかっとしてしまったものですから。厨房の召使いを選ぶのはいつもわたしの自由にさせてもらっていたのに、この女が突然現れて采配を振るおうと――」

「きみはアルフレッドの厨房で采配を振るおうとしたのかね？」ニコラスがリオナを見て尋ねた。その目に浮かんだけげんそうな表情に、リオナは彼がどちらの言い分を信じているのかを察した。

心が歌い出し、リオナはありのままを正直に答えた。「焼き串係の男の子を殴るのはやめなさい、なにがあったかをサー・ニコラスに話すと言ったの。それが采配を振るうということなら、わたしは采配を振るったわ。もう一度そうしてもかまわないくらいよ」

ニコラスが料理人に目を戻した。「アルフレッド、即刻ダンキースから去れ」

「まさか本気でおっしゃっているのではないでしょうね！」

「いや、本気だ」

「あれだけおおぜいの貴族のお客とお供がいるのに？ 怠けてばかりいる厨房の連中をだれが監督するんです？」

「それはおまえではなくわたしが考えればいいことだ。荷物をまとめて日没までに出ていくことだな。それとも今後一、二週間さらし台でバーンリーといっしょに過ごすほうがいいか？」

アルフレッドは蒼白《そうはく》になってあとずさりをすると、ぶるぶると震えながら言った。「わかった。出ていけばいいんでしょう。こんな領主や、ものぐさな召使いや、いまいましい場所とおさらばできてせいせいするわ！ なにもかも腐っちまえ！」

リオナはゆっくり息を吐きながら、太い脚であたふたと駆けていくアルフレッドの後ろ姿を見つめた。

ニコラスがリオナに近づいた。「ひとつだけアルフレッドも正しいことを言った。これでわたしには厨房を統率してくれる料理人がいなくなった」なにか思案するような表情で彼はリオナのほうを向いた。「きみが焼き串係の少年に同情して行動したのは立派だと思う。それと同時に、わたしはきみのおじ上がきみは所帯の切り盛りがすばらしくうまいと言っていたのを思い出した。当面わが城の厨房の指揮をきみに頼んではあまりに厚かましいだろうか？ もちろん、ロバートにできるだけ早く代わりの料理人を探させる」

それは筋の通った頼みごとをしているという口ぶりで、敬意とお世辞がこめられていた。リオナは一瞬胸にうれしさがふくらむのを覚えたが、すぐに現実的な問題を思い出した。「わたしはノルマン人の好きな料理を知らないわ」

「召使いたちがアルフレッドから習って少しは知っているにちがいない。料理を眺めて、全員が食べられるだけの量がしかるべき時刻に用意できていることを確認してくれる人がいればいいだけだ。とはいうものの、わたしの妹とその家族がここを訪れることを考えると、スコットランド料理の作り方を何品か召使いたちに教えてもらってもかまわない」

　これほど納得のいく申し出をされ、しかもファーガスおじの好きなものを作れる機会もあるとしたら、どうして依頼が断れるだろう。「わかったわ」

　ニコラスの目がふいに輝き、唇には満足そうな笑みが浮かんだ。「きみにはさらに感謝をすべきかもしれない。というのも、残っているレディたちのだれがいちばん家事の切り盛りがうまいかを知る方法を思いついたのでね。ひとりずつ順番にやってもらおう。きみが最初だ」

　リオナは眉をひそめた。「もっとも有能な花嫁を決める競争をなさるとわかっていれば、料理人のことであなたに不満など言わなかったわ」

「それでもやはり思いついてしまったのだから」ニコラスはさほど恥じているようすもなく言った。「きみが競争に加わりたくないなら、レディ・ジョスリンドから始めることにするかな」

「やってみるわ。それでよろしければ、わたしはこれから厨房に行って、今夜の食事になにができるかを見ることにしましょう」

　リオナはニコラスやレディ・ジョスリンドを始め、すべての人々に自分は美しくもなければ若くもなく、有力な家系の出ではなくとも、まったく役に立たないわけではないところを見せようと心を決め、厨房に向かった。一方ニコラスは水桶の置いてある城壁の際まで足を運んだ。そしてまだ空になっていない桶を見つけると、残っていた水を頭からかぶった。

# 11

それからしばらくのち、執事のロバートは自室の椅子に座っているサー・ニコラスを見つめた。

「アルフレッドが出ていったんですか？」ロバートは衝撃と困惑と懸念の入りまじった声で繰り返した。「それでレディ・リオナに厨房《ちゅうぼう》の監督をまかせたんですか？」

「そうだ」ニコラスはこれが奇妙なことだとも異常なことだとも聞こえないような口ぶりで答えた。だが、実際にはたしかに奇妙であり異常なことだ。

とはいえ、アルフレッドがいなくなり、客たちがまだダンキースにいるというのに、ほかにどうできるだろう。厨房を指揮する者が必要で、その役は自分にもロバートにも務められない。ロバートはすでにほかの仕事で手いっぱいなのだ。そこで信頼できる戦友に戦闘中の兵隊の指揮をまかせるように、即座にリオナに頼んだのだが、ひょっとしたら、もう少し考えてからそうすべきだったのかもしれない。しかしリオナに頼んだことを後悔してはいなかった。

「アルフレッドは非常に優秀な料理人なんですよ、サー・ニコラス。料理がすばらしいという褒めことばをお客の方々からたくさんいただいていますし、食費もぐっと抑えてくれています。それがいま彼の方法を認めないとなると——」

「焼き串《ぐし》係の少年を殴るんだぞ」これでは妥協の余地がないということが明白に伝わる口調でニコラスは改めて言った。

ロバートが赤くなり、もぞもぞと足を踏み替えた。

「わたしにわかっていれば、なんらかの——」

「おまえは厨房のことなどなにも知らないじゃない

か」

ロバートはますます赤くなり、ニコラスと目を合わせようとしなかった。「はい、恥ずかしながら。アルフレッドが目下の者にどう接しているか、もっと気をつけて見るべきでした」

　ニコラスはうなずいた。「そう、そうすべきだった。わたしも同じだ。客からアルフレッドが暴力を振るっていることを知らされるとは。これだけははっきりさせておく、ロバート。今後わたしの城のなかでは召使いがこのような虐待を受けるのを見逃すことはできない。いかに身分の低い召使いであろうともだ」

「わかりました」ロバートが咳《せき》払いをした。「あいにくではありますが、今回、その、レディ・リオナが選ばれたことでほかの客が首をかしげられるかもしれません。おそらく、これはサー・ニコラスに気に入られたという印で、サー・ニコラスが妻としてその地位をこれからもずっとレディ・リオナに与えるつもりでいる表れだと考えるでしょう」

「ファーガス・マゴードンからレディ・リオナには何年も家事を采配《さいはい》してきた経験があると聞いて、その腕を披露するいい機会になるだろうと思ったんだ。ほかのレディたちにも、それぞれどれくらい家事を監督できるかを同じように見せてもらうつもりでいる」

　ロバートが目を丸くした。「いわば試験のようなものですか？」

「まさにそのとおり」ニコラスはあごを撫《な》でた。「それにレディ・リオナにはメアリアンの夫が好きそうなものを厨房の召使いたちを指揮して調理してほしいと頼んでおいた。アデアはいつもノルマン料理に文句をつけるのでね」

　ロバートは衝撃を受けたらしい。「わたしには一度もそんなことをおっしゃったことはないのですが」

「気にしなくていい」ニコラスは忘れてしまえというように手を振った。「アデアはわたしを困らせておもしろがっているんだろう。食事でなければ、ほかのものに文句をつける」彼は執事に向かってかすかな笑みを浮かべた。「そこで今回はアデアの好きそうな料理を用意して、わたしの考えたとおりかどうかを見てみるつもりだ」

ほっとしたロバートはにやりと笑ったあと真顔に戻った。「レディ・リオナの腕がその後見人の買いかぶりでなければよろしいのですが」

リオナの召使いや、さらには兵士たちとの接し方を見たところから判断して、ニコラスは買いかぶりではないと考えている。リオナはどこか、自分があの残忍なイヴ・サンスーシのあとに訓練を受けたサー・レナードを思い出させる。サー・レナードは自分の教え子たちといっしょに飲んだり、女を買ったり、ほらを吹き合ったりしていたが、どちらが師でどちらが弟子であるかを教え子のだれひとりとして忘れたことはなかった。

その資質を持つ者が女性にもいるとは夢にも思わなかった。

リオナは守備隊の訓練方法についてちらりと意見を述べていたが、その点に関してはリオナの助言などいらない。

とはいえ、サー・レナードはときどき褒美をくれたものだった。とくによく覚えているのは、ある雨の日、濡《ぬ》れて寒くてみじめな気分で、自分は一生かけても槍《やり》をうまく使いこなせるようにはなれないとひどく落ち込んでいたときのことだ。サー・レナードはニコラスを脇《わき》に連れていき、こう言ったのだ。ほかの者のなかにはおまえには絶対追いつけないほど槍使いのうまいのもいると。これは聞くのもつらいことばだったが、こう言い添えた。おまえはひと突きごとに上達していると。

〝なんでも一番になろうと思ってはいけない〟サー・レナードはそのときに言っていた。〝ひとつの武器の達人になろうと目標を定めることだ。ほかはまずまずでいい。おまえの強みは槍や鎚矛《つちほこ》より剣を使う腕にある。とにかく相手を馬や乗り物から降ろすことだ。地面で相対すれば剣が使える〟そしてめったに見せないせせら笑いをニコラスに向けた。

〝相手より先に殺されてはだめだぞ〟

扉が激しい勢いで開き、ひどく立腹したチェスリー卿《きょう》がずかずかと入ってきた。顔をしかめたサー・パーシヴァルと、同じように渋面のアングルヴォワ公爵がそれに続く。最後にオードリックが入ってきたが、彼はほかの三人ほど怒った表情ではなく、むしろ面食らったようすだった。

「本当ですかな、サー・ニコラス」チェスリー卿は立ち止まると両手を腰に当て、ロバートを完全に無視して尋ねた。「あのフィオナだかリアンだか知らんが、あの女、あのスコットランド人を家事の責任者にしたというのは」

ニコラスは礼儀上立ち上がったが、その所作からレディ・ジョスリンドの父親には、人の部屋にずかずかと入り込んでくるような男を好意的に見ることはできないとすぐさまわかったはずだった。そのあいだにロバートは部屋の隅にそっと引っ込んだ。

「レディ・リオナは一時的に厨房の監督をするだけです」ニコラスはテーブルをまわりながら淡々と答えた。

「なんですと？　するとわれわれはスコットランド人が燕麦《えんばく》で作るあれを食べなきゃならないのですかな？」アングルヴォワ公爵が彼一流の冷ややかでひどく貴族らしい口調で尋ねた。「あれは実に胸が悪くなる」

チェスリー卿が公爵にあきれ顔を向けた。「食べ物の話をしに来たのではありませんぞ。サー・ニコラス、これで花嫁をだれにするか決められたと受け取るべきなのですかな？」

「そうだ、決めたのですか？」パーシヴァルがうれしそうとはおよそ言えない表情で尋ねた。

「いや、まだだ」ニコラスは答えた。「レディ・リオナはわたしの料理人と召使いの監督をめぐって衝突し、その結果料理人がダンキースを去った。厨房の指揮をとってくれる者が必要になり、ここしばらくはレディ・リオナが責任者となる。そのあとはほかのレディたちに順番にお願いするつもりでいる」

いまやオードリックばかりでなく全員が面食らった顔をしていた。

「わたしは平穏にてきぱきと所帯の切り盛りをしてくれる妻を求めています」ニコラスはそう説明した。「こうすれば、その方面での花嫁の力量が確実にわかりますからね」

チェスリー卿が目を輝かせ、反対にパーシヴァルは眉をひそめた。アングルヴォウ公爵はそんなことをさせてはまたいとこの沽券《こけん》にかかわるとでもいうように、自分の鷲鼻《わしばな》を見下ろし、オードリックは実に心配そうな表情を浮かべた。

「異存のある方は？」ニコラスは尋ねた。「ご親族にわたしの厨房を監督させたくないとお考えの方は、もちろん遠慮なくここを去っていただいてかまわない」彼は口元に微笑を浮かべ、腕を広げた。「しかし理解していただければいいのだが。わたしは兵士で、家事についてはほとんどなにも知らない。わが家の切り盛りとそれに必要な費用はなにもかもわたしの妻の管理にまかせるつもりでいます。結婚したあとで、その管理ができない女性を妻にしてしまったということになっては困りますからね」

「ご安心を、サー・ニコラス」チェスリー卿が言った。「ジョスリンドは美しいばかりでなく、貴族の家の切り盛りを非常にうまくこなすところをお見せしますぞ」

「ラヴィニアもご披露します」アングルヴォワ公爵も断言した。

オードリックはなにも言わず、爪を噛《か》みはじめた。妹がダンキース城主に嫁ぐ可能性が突風に流された煙のように消えていくところを想像しているのだろうかとニコラスは思った。

「ぼくはそれが正しいとも当然だとも思わないな」パーシヴァルが腹立たしげに言った。「べつに妻が厨房で料理をするわけじゃない。そうでしょう？　代わりの料理人をまた雇うんでしょう？」

「そのとおり。しかしさっきも言ったように、所帯の切り盛りができる花嫁であることを確認しておきたくてね」

「パーシヴァル、きみのいとこにはその能力がないと思うなら」チェスリー卿が言った。「いとこが失敗してきみを困らせないうちに、さっさと逃げ出すことだな」

「エレナは失敗なんかするものか」パーシヴァルが怒った声で言い返し、部屋を出ていった。

オードリックが相変わらずなにも言わないまま、お辞儀をしてそのあとに続いた。

チェスリー卿がため息をつき、かぶりを振ってからニコラスに同情をこめて微笑《ほほえ》みかけた。「パーシヴァルはまったく短気ですな。それに彼のいとこはまだ子供だ」

「レディ・エレナはきれいな娘だ」アングルヴォワ公爵が言った。「しかし美しさというのは経験に太刀打ちできない。ラヴィニアの母親は非常にすぐれた女主人でした。ラヴィニアもそうなることはまちがいありませんな」

「それが実証されるのを楽しみにしていますよ」ニコラスは作法にのっとって小さくお辞儀をした。

チェスリー卿がアングルヴォワ公爵に優越感のこもった笑みを向けた。「そうですな。どれほど有能か、見せてもらいたいものだ」

またもやニコラスは敵の軍隊を追い払おうとしているような気分にとらわれた。いや、実際に敵軍を追い払うほうがずっと楽だろう。「さて、反対される方がひとりもいないなら、これから執事と相談したい、いくぶん重要なことがありますので」

「そうですな」チェスリー卿が戸口に向かった。

アングルヴォワ公爵が会釈し、チェスリー卿のあとから部屋を出ていった。

ロバートがゆっくり息を吐きながら、部屋の隅から進み出た。「心配していたよりはうまくいきました。競争などというと、チェスリー卿から侮辱されたと取られるのではないかと心配したのですが」

「ジョスリンドが勝ちそうなときは、そうではないんだ」ニコラスは答えた。

「ああ、サー・ニコラス、こちらでしたか！」耳になじんだスコットランド式の抑揚で叫ぶ声がしたかと思うとファーガス・マゴードンが部屋に駆け込んできた。藍《あい》色に緋《ひ》色の入りまじった毛織物の束を両手に抱えている。

「なにかご用事でしょうか？」陽気なスコットランド人がそれ以上部屋に入るのを阻止しようと、ロバートがそちらへ足を運んだ。

「婚礼の構想を練るまできみには用事はないよ」ファーガス・マゴードンが笑いながら答えた。

彼はニコラスの前にあるテーブルに毛織物を置き、それをぽんと叩《たた》いてから後ろに下がって腕組みをし、ニコラスににこにこと笑いかけた。

「ほら、わたしから新郎に結婚の贈り物ですぞ。わたしのをべつにして、グレンクリースでいちばん上等の格子柄の布《フィラ》とシャツです。もっとも、わたしに許可を求められるのが先だろうとは思いますがね。

もちろん儀礼上のこととはいえ、わたしはリオナのおじですからな」

　ファーガス・マゴードンはとびきりの冗談を披露しているかのように片目をつぶった。

「秘密にしておいたところでなんにもならない」

　ニコラスには事実を告げるべきだ、リオナは絶対に選ばれないと打ち明けるべきだとわかっていた。ところがそれなのに、ことばが出てこない。「残念ながら、わたしがすでに心を決めたとお考えなら、それはまちがいだ」

　スコットランド人の顔から笑みが消え、あっけに取られた表情が浮かんだ。狼狽《ろうばい》した目で見つめられ、ニコラスはもう少しでもじもじしそうになった。

「するとリオナが言ったとおりなのですか？　ほんのしばらく手伝うだけですかな？　わたしはリオナが謙遜《けんそん》してそう言ったのだと思っていたのだが」

「レディたちには全員同じようにしてもらいます。家の切り盛りがどれくらいできるかを見るために」

「ああ、なるほど！」ファーガス・マゴードンはふたたびうれしそうな顔に戻り、おいしい料理をこれから平らげようとするように両手をすり合わせた。「試験ですな？　なんと頭のいい人だ！　しかし言っておきますが、勝つのはリオナですぞ。それも僅《きん》差《さ》なんかじゃない。まあ、見ていてごらんなさい。リオナは召使いたちとうまくやるすべを心得ているんです。それに財布のひもとも。やりくりのうまさにわたしが感心していることをあの子は知らないが、例年以上に過酷な冬に食べ物と飲み物を切らさずに乗りきってくれたことが何度かあります」彼はロバートに片目をつぶってみせた。「頭の切れる執事に、聡明《そうめい》な妻とくれば、あなたが裕福で幸せになるのはまちがいない」

　ロバートはマゴードンのくだけた態度にびっくり仰天したとしても、お世辞にかなり気をよくしているようだった。

　これまでロバートの苦労をねぎらったことが一度もないのに気づいて少々やましさを覚えながら、ニコラスは身を乗り出して、毛織物をマゴードンのほうへ押しやった。「なにがあったにせよ、これはわたしが決定を発表するまで、そちらでお持ちいただきたい」

　マゴードンはまるで毛織物が燃えてでもいるかのように両手をぱっと上げ、かぶりを振ると、さらに笑いながら体を引いた。「その必要はありません。まあ、見てらっしゃい。リオナほどのやりくり上手はスコットランドじゅうを探してもいませんよ。あの子ほど頭がよくて、きれいな花嫁もね。だからこのフィラとシャツは、必要となったときのために取っておくといい」

　もう一度片目をつぶると、マゴードンは行ってしまった。

　やれやれ、まるで地の精みたいな男だ。頑固で愉快で陽気な地の精。

「フィラを着てもらえると本気で考えているんでしょうか？」ロバートが首をかしげた。

　ニコラスにもスカートのような衣装を着けた自分の姿を思い描くことはとうていできなかった。フィラ姿のスコットランド人を見るのには慣れているが、膝をむき出しにしてダンキースを歩きまわる自分の姿は想像できない。そこで彼はかぶりを振ると、毛織物に結んであるひもを解いた。なかからは白い麻のシャツと、格子柄に織られたごく上質のやわらかな長い布が現れた。

「たっぷりした分量の布ですね」ロバートが言った。

　ニコラスは中身をまとめて、ひもで結び直した。

「着ることはないだろう」彼は毛織物をすべての羊皮紙や領土の記録がしまってある櫃《ひつ》まで持っていった。そして櫃のふたを開けて羊皮紙を動かすと、毛織物を底に置いた。「マゴードンと姪《めい》が引き上げるときまでここにしまっておこう」

「それではレディ・リオナを花嫁にすることはまったくお考えになっていないのですか？」

「考えていない」

「さっきおっしゃった執事と相談することとはなんでしょう？」櫃のふたを閉めているニコラスにロバートが尋ねた。

「あれはあの連中に出ていってもらうために言ったんだ」ニコラスは少しも悪びれずに白状した。「とくにチェスリー卿には辟易《へきえき》したのでね」

ロバートが微笑んだ。「はい、それはわかりますし、その理由もわかります。さて、レディ・メアリアンとそのご家族の部屋の用意ができたかどうか、見てくることにします」

ニコラスはうなずき、執事が行ってしまうと、室内を行ったり来たりしはじめた。ひょっとしたら、リオナに厨房の采配を頼むべきではなかったのかもしれない。できるかぎりリオナを無視すべきなのだ。あと二週間すれば、自分は花嫁を決め、財政難の問題はそれで決着がつく。領地保有は安泰だし、宮廷の有力者になにがしかの影響力も持てる。

それを逃すような危険を冒すことはできない。結婚してもたらされるものがその身のほかなにもない女性のために、そうすることはできない。どれだけ有能な女性であっても。どれだけ魅力を秘めた女性であっても。

「なんだって？　厨房の召使いを監督することなどなにもできないだって？」パーシヴァルは信じられないという気持ちを露骨に表しつつエレナを見つめた。「おまえはそこまでぼんくらなのか？」

エレナはたじろいだ。「教わる機会が一度もなかったんですもの」

「召使いをどうやって監督するか、母上から一度も教わっていないというのか？」

「母が生きているときは、わたしがまだ幼すぎて教えられなかったし、あなたは一度もそうさせては――」

「おまえの親などくそくらえだ！　ぼくにおまえという首枷《くびかせ》をはめたんだからな」

自分がけなされるのは耐えられるが、親を罵《ののし》られたエレナは、自分の抱いている憎悪をすべてこめてパーシヴァルをにらんだ。「あなたを軽蔑《けいべつ》するわ！」

「かまわないさ。それでおまえがぼくから逃げ出すためにサー・ニコラスと結婚したくてたまらなくなれば。ところがここに来て、一家の女主人としては役立たずだったとは」

パーシヴァルが象牙《ぞうげ》でできたエレナの櫛《くし》をひとつ取り、それをにエレナに投げつけようとしたとき、中庭から人の騒ぐ声と物音が聞こえた。パーシヴァルは櫛を投げつけるのをやめ、窓まで行ってなにがあったのかを見ようとした。「ニコラスの妹とその夫のスコットランド人にちがいない」

彼は邪《よこしま》な笑みで目を輝かせながらエレナを振り返った。

「ニコラスの妹はそのスコットランド人と真夜中に寝室にいっしょにいるところを見つかって、結婚せざるを得なくなったんだ」

エレナは扉に向かいかけた。

パーシヴァルがそれを止めた。「どこへ行くつもりだ？　サー・ニコラスにパーシヴァルは獣のようにひどいやつだと言いつけに行くか？　行ってもかまわないけれど、そんなことをしたら、サー・ニコラスに選んでもらえなくなるぞ。それともぼくから言ってやるかな。それよりこうしよう。サー・ニコラスを誘惑するんだ。うまく彼のベッドにもぐり込んで、関係を持つんだよ。そのあとふたりがいっしょにいるところをぼくが発見して、彼はおまえと結婚せざるを得なくなるという寸法だ」

「なんとさもしいの！」エレナは彼をよけて扉まで行こうとした。

「うまくいったら、どうする？」パーシヴァルはエレナの腕をつかみ、まず顔を、次いで体を眺めた。

「おまえならたいした問題なしに彼を誘惑できるはずだぞ、エレナ」

「わたしは自分を辱しめるようなことはしないわ」

「巧妙に進めないとな」パーシヴァルはエレナの反駁《はんばく》も抵抗も狼狽も無視して、声に出しつつ考えをめぐらせた。「うっとりとあこがれるような顔で彼を見て、なんとか彼と体を触れ合わせるんだよ。ふたりきりになれる機会を見つけて、強引にキスをするんだ」

「いやよ！」

パーシヴァルがエレナの体に腕をまわし、自分のほうへ引き寄せた。彼の細い体はワインとむっとするような香水のにおいがした。彼の目にはこれまでエレナが見たことのない飢えた光があった。「そうだ、最初はゆっくりといったほうがいいな。まずそのやわらかな唇でキスを二、三回。甘いうめき声やため息も合間に入れるんだ。それから体がむずむずしてたまらないと訴えれば、サー・ニコラスは信じるだろう」

「そんなふしだらなことはしないわ！」

パーシヴァルが腕に力をこめたので、エレナは息もできないくらいだった。「いや、するさ。おまえを修道院に送り込むなら、処女のままでは行かせない。処女を奪うのがサー・ニコラスでない場合はぼくが奪ってやる」

パーシヴァルはエレナの唇をふさぎ、胸をつかんだ。動転し、恐怖にとらわれたエレナはありったけの力をこめて彼を突き飛ばした。「わたしにさわらないで！」

　パーシヴァルは薄笑いを浮かべ、チュニックの袖《そで》口《ぐち》で品よく唇をぬぐった。「サー・ニコラスかぼくかだ。いいな」そしてぶらぶらと扉に向かった。「おまえが決めるんだぞ」

　夕食用の魚の入ったかごを持って食料貯蔵室から戻るとき、ポリーがリオナの腕をつかんで、ちょうど中庭に馬で入ってきたばかりの男性を指さした。たくましい肩の背の高い男性で、シャツとフィラを着てブーツを履き、とてもすばらしい馬に乗っている。濃い茶色の髪が肩に垂れ、顔の両側の髪を細く編んでいた。

「あれがアデア・マクタランですよ」彼のいるところまでは何メートルもあるのに、ポリーは聞かれてはたいへんとでもいうように熱のこもったささやき声で言った。「わたしの言ったことは嘘《うそ》ではないでしょう？　あれほどハンサムな人は見たことがないんじゃありません？」

「ええ、とてもハンサムだわ」

　たしかにそのスコットランド人はふつうに言われている意味でとてもハンサムだった。リオナの耳に入る噂《うわさ》では、アデア・マクタランはいつも魅力に富んだ男と形容されていたが、いま顔に浮かべている笑みを見ると、それがよくわかる。だが、なにを考えているのかわからない近寄りがたさや厳しい信念といったものは彼には感じられない。アデア・マクタランは深い孤独感を――女性が抱きしめてあなたのそばを離れないわとささやきたくなるような深い孤独感を漂わせているわけでもない。

　リオナはかぶりを振り、ばかばかしい考えを追い払った。

　そのあいだにアデア・マクタランのあとから馬車

が一台中庭に入ってきた。荷台には帆布の幌《ほろ》がかかり、御しているのは茶色の髪の大柄で屈強そうなスコットランド人だ。やはりフィラを身に着け、背中にスコットランド特有の大きな剣《クレイモア》を吊《つ》っている。馬車にはリオナが見たこともないほど美しい女性が明るい緑の毛布にくるんだ赤ん坊を抱いて座っていた。その顔立ちの美しさといったら、レディ・ジョスリンドですらかすんでしまいそうだ。簡素でありながら体にぴったり合った濃い青の毛織りのドレスに上質のマントをまとい、玉座にいる女王のように馬車の座席に腰を下ろしている。

「もうひとりの男の人はだれ？」リオナはニコラスの妹のそばにいる男性を示して尋ねた。

「同じ氏族のロバンです。上の男の子は馬車の奥にいるにちがいありませんね。これがまたわんぱく坊やで」

「ロバンがクレイモアを携えているとは驚きだわ。平時の訪問には恐ろしい武器ですもの。わたしのおじは家に置いてきたのよ」

「サー・ニコラスが許可を与えられたんです」ポリーが言った。「ロバンはアデアの親友で、アデアの弟が謀反を起こしたときもアデアのそばにいて、彼を守ったんですよ」

アデア・マクタランがひらりと馬から降りた。サー・ニコラスと同じように、彼にも運動能力のすぐれる者に備わった優美さ、ゆったりと流れるような動きの美しさがある。

「こんにちは、義兄上《あにうえ》！」大広間のある館《やかた》から現れたサー・ニコラスにアデアが声をかけた。低く明るい声が中庭に響いた。

「ようこそ、アデア」ニコラスが義弟たちのところへ来て答えた。「馬をつなぐ場所には馬丁が案内する。いつもの厩《うまや》はすでにいっぱいなんだ」

それから彼は妹に微笑みかけた。それはうっすらとした笑みだったが、彼の顔の厳しさをやわらげ、リオナにあの菜園での夜を思い出させた。

「道はさほどひどくなかっただろうね、メアリアン」

　美女が微笑を返した。「お兄さまの家臣は本当に一生懸命作業をしてくれたのね。とてもよくなっていたわ」

「道はよくなったかもしれないが」ロバンが馬車から降りながら言った。「こんな板の座席じゃなくてじかに馬に乗れればよかったのにな」

「ごめんなさい、ロバン。でも馬車は自分が御すと言い張ったのはあなたじゃないの」レディ・メアリアンが答えた。

「赤ん坊を抱いていては御せないからね」

「ケラックはかごに入れるから大丈夫よ」レディ・メアリアンは愛想よく答えたが、リオナはその声にニコラスと同じ断固とした決意をしのばせる響きを聞き取った。

「もしもケラックがむずかったらどうする？」アデアが妻のところまで来て言った。「ロバンがケラックを抱いて馬に乗っているところが想像できるかい？」

　メアリアンが笑い声をあげた。「できないわ。手を貸してもらってありがたいと思っているのよ、ロバン。本当にそう思っているの」

　一件落着し、ロバンが濃い茶色のあごひげから歯をのぞかせて高笑いをした。

「シェイマスはどこだ？」ニコラスが尋ねた。

「眠ってしまったの」彼の妹が答え、あごをしゃくって馬車の奥のほうを示した。

「眠り込んだとたんにね」ロバンがむっつりと言った。「これは縛りつけないとだめだと思ったよ。でないと馬車から落ちてしまう」彼は自分の喉を撫でた。「こんな旅をしたら、喉がからからだ。マーリーの自慢の命の水《ウースカ・ベーハ》はまだあるかな」

「まだあると思う。ただし、なぜあちらのほうを好んで飲むのか、わたしにはさっぱりわからないが」ニコラスが重々しく答えた。まじめな態度で答えてはいるものの、リオナは彼がおもしろがっているのをその声に感じた。

「それではこの辺で失礼して」ロバンが言った。「村まで足を延ばすとするかな。今日はもうおれに用事はないだろうからね」

「そうだな、そうするといい。わたしの分も頼む」アデアが言った。

　ロバンが陽気な歌を口笛で吹きながら城門に向かいかけたとき、亜麻色の髪をくしゃくしゃに乱した四歳くらいの男の子が馬車の荷台を覆っている幌から顔をのぞかせた。

「ニコラスおじちゃん！」男の子は歓声をあげ、座席によじ登って立ち上がると両腕を前に伸ばした。

「ぼくを受けとめて！」そう言い放ってから、男の子はニコラスめがけて飛び降りた。

　リオナははっと息をのみ、思わずそちらへ行きかけた。そのあいだにニコラスは前に突進して男の子を受けとめた。

「シェイマス、もう大きいのだから、それはやらないほうがいいわ」メアリアンが息子を諭した。リオナは足を止め、ばつの悪さを感じながらもとの位置に戻った。「そのうちあなたが落ちるか、おじさまが怪我《けが》をするわ」

　ニコラスとシェイマスがどちらもメアリアンを見た。シェイマスは信じられないという顔をしているし、ニコラスは自分の誇りとたくましさを疑問視するとはなにごとだという表情を浮かべている。

「とはいえ、おまえのお母さんの言うとおりかもしれない」ニコラスが男の子を見下ろしてしぶしぶ認めた。「この調子で大きくなれば」

「おじちゃんが怪我するはずはないよ」男の子は母親から注意されてもまったく気にかけていないようすで、ニコラスに笑いかけた。「ずっと受けとめてくれるんだもん」

そうよ、おじさまはいつまでもあなたを受けとめてくれるわ。リオナはそう思った。ニコラスは愛するものを必ず守る。この城にしても、甥《おい》にしても、妹にしても。あるいはだれがその座を勝ちえるにせよ、妻にしても。

「シェイマスは毎回あれをやるんですよ」ポリーが言った。「わんぱくだと、さっき言いましたよね？　でも神さまに愛されているんです。お父さまやおじさまのように勇敢なおとなになりますよ」

アデア・マクタランが男の子の金髪をかき乱した。

「さて、荒くれ坊主。お母さんやおじさんといっしょに大広間に行くか、わたしといっしょにネスの世話をするか、どっちにする？」

「ネス！」シェイマスが声を張り上げ、ぴょんぴょんと飛びはねた。「乗っていい？　お願い！」

アデアが笑った。シェイマスの歓声をそのまま低くしたような笑い声だった。彼は息子を抱き上げて馬の背に座らせた。「しっかりつかまっているんだぞ、シェイマス。もしもおまえが落ちたら、わが一族の名誉も地に落ちる」

「ぼく、落ちないよ」シェイマスが断言した。その断固としたようすはリオナに彼のおじを思い出させた。なにがあろうともこの男の子は馬の背にとどまっているにちがいない。

メアリアンが兄に向かって赤ん坊を差し出した。

「ケラックをお願い」

「片手を貸して。降りるのを手伝おう」ニコラスが答えた。

「ばかなことを言わないで」メアリアンがたしなめた。ここでもリオナはあの断固とした響きを聞き取った。「ケラックを抱いていてくれれば、わたしはひとりで降りるわ」

　ニコラスは顔をしかめて折れ、小さな赤ん坊をぎこちないしぐさで受け取った。そして妹が馬車から降りるあいだに、自分のたくましい腕のなかにおさまっている小さな姪を、まるでそれが奇跡であるかのように見つめた。

　たしかに威圧的ではあるが――それに人を怖がらせるところもたしかにあるが、ニコラスを見つめていると、リオナは喉がこわばり、彼の子供を宿す女性に焼けつくような激しい羨望《せんぼう》を感じた。

　メアリアンが馬車から降りると、ニコラスは即座に赤ん坊を返そうとした。

「もうしばらく抱いていたらどうかしら。お兄さまはケラックとうまが合うみたいだわ」メアリアンがニコラスの腕に自分の腕をからめた。

　ニコラスは火のなかを歩いたほうがまだましだという表情を浮かべている。「母親が抱かなきゃだめだ」

　メアリアンはそれに取り合わない。「近況をすっかり聞かせて」兄妹《きょうだい》は大広間のある館へと向かった。

　ふいにメアリアンがリオナのほうを見た。一瞬ふたりの目が合った。レディ・メアリアンの好奇心に満ちたまなざしはその兄の視線と同じく鋭い洞察力を感じさせ、リオナは自分の心にあるひそかな欲望を読まれてしまいそうな気がした。

　これだけ用事がいっぱいあるのよ、中庭でぐずぐずしている場合じゃないわ。リオナは内心自分に悪態をつき、ぶっきらぼうに言って歩き出した。「行きましょう、ポリー。時間を無駄にしてしまったわ」

# 12

大広間の壇上にあるテーブルで、ニコラスは右にメアリアン、左にアデアを伴って立ち、司祭が夕食前の祝祷《しゅくとう》を始めるのを待った。ここには貴族全員が集まっているが、リオナとそのおじ、そしてロバンがいない。リオナはおそらく厨房《ちゅうぼう》にいて、食事の用意が万端整っているかどうかを確認しているのだろう。リオナのおじとロバンがどこにいるのかはさっぱりわからないが、エレナの小間使いの姿はある。

　メアリアンとアデアに紹介したときの男性貴族たちは、見ていて実におもしろかった。メアリアンに紹介した際、パーシヴァルはその正体どおり、いかにも虚栄心の強い愚か者という反応を示していた。アングルヴォワ公爵は少々態度を軟化させたようだったし、チェスリー卿《きょう》は丁重そのものだった。

　三人ともアデアに対してはどう接していいのか、若干うろたえているようだった。アデアはやや足を開いてすっくと立ち、腕組みをして、自分をこの世でいちばん立派で勇敢な男だと思ってかまわないと言わんばかりに不敵な笑みを浮かべていた。当然ながら、三人とも好戦的なスコットランド人には感銘を受けていないというような態度は見せなかった。

　ほかのもっと若い貴族たちは予測どおりの反応を示した。ラヴィニアはほんのひとことふたこと挨拶《あいさつ》を交わしただけで下がった。プリシラはくすくす笑った。オードリックは礼儀正しくお辞儀をして、スコットランド人の勇敢さについてなにか言い、彼が賢明であり紳士でもあることがうかがえた。ジョスリンドはアデアには興味を引かれたものの、メアリアンにはさほどではなかった。もっとも、美しい顔にあまりその思いが表れないよう気をつけてはいたが。

蒼白《そうはく》な顔をしたエレナはほとんど口をきかなかった。

ニコラスの視線はエレナとジョスリンドのあいだを行ったり来たりした。そうしようと思えば、どちらを選んでも幸せな結婚ができないはずがない。ジョスリンドは態度や品行にどんな欠点があるとしても、その美しさと一族の富、有力な縁故がある。エレナはジョスリンドより若いものの、やはり同等の長所がある。

司祭が祝祷を始めた。ニコラスは急いで作法どおりに目を閉じ、神の恵みに感謝を捧《ささ》げた。デイモン神父の祝祷が終わると、貴族や兵士や数人いる召使いの話し声ががやがやと大広間に満ちた。そのあとすぐに厨房からもっと多くの召使いがワインを満たした水差しとパンを入れたかごを持って現れた。

「子供たちはどこにいる？」ニコラスはメアリアンに尋ねた。頭にはまわりをよく見もせずに馬車から飛び降りた怖いもの知らずの甥《おい》のことがあった。そういう意味でシェイマスは、ヘンリーとメアリアンによく似ている。

ケラックのほうは、自分は赤ん坊に接した経験がほとんどないが、それでも中庭で抱いたときには、ケラックはまったく安心しきったようにこの腕のなかにおさまった。あれにはニコラスも舞い上がるほどのうれしさを覚え、自分も子供を持ちたいという強烈な願望を抱いてしまった。

「ポリーがついていてくれるの」メアリアンが答えた。「ケラックはぐっすり眠っているわ。シェイマスも早く寝てくれるといいのだけれど、お昼寝をしたからどうかしら。ポリーに寝かせてもらうのを納得させるのに、ニコラスおじさまから戦いのこつを

――シェイマスはそう呼ぶの――いっぱい見せてもらえるわと約束しなければならなかったのよ」

「いったいロバンはどこに行ったんだろう」アデアが大広間を眺めて言った。

「居酒屋で食事することにしたのかもしれないわ」メアリアンが落ち着き払って言った。

アデアが笑い声をあげた。「それなら、わたしがあとで村までとぼとぼと出かけてロバンをつかまえてくることにしよう」彼はニコラスに苦笑いをしてみせた。「わたしも居酒屋でなにか食べてこようかな。これから牛の胃が出てくるなら、なおさらだ。スコットランド人も牛は食べるが、内臓料理にはどうも慣れなくてね」

ニコラスはやったぞとばかりに小さく微笑《ほほえ》み、ここで朗報を伝えることにした。「ロバンが今日の夕食の席にいないのは残念だな。今夜はスコットランド料理を味わうことになっているんだ」

アデアが目を丸くしてニコラスを見つめた。

「アルフレッドがくびになって、いま厨房の監督をしているのはスコットランド人なんだ」ニコラスはそう説明した。

「ありがたい！　そうしていいころだよ。その男の名前は？　もしかしたら、わたしがその男本人か氏族を知っているかもしれない」

「女性で、名前はリオナだ。グレンクリースのレディで、おじの名前はファーガス・マゴードン。知っているかね？」

「知り合いではないが、どこか聞き覚えのある名だな」アデアが考えながら言った。

「これはお兄さまが花嫁を決めたということ？」メアリアンが尋ねた。

アデアがにやりとした。「で、花嫁はスコットランド人？」

「いや、そうじゃない」ニコラスは冷静に答えた。

「アルフレッドをくびにしなければならなくなったあと、残っているレディたちにそれぞれ厨房を監督する手腕を見せてもらおうと決めたんだ。花嫁が所帯を切り盛りしていける女性であることを確認したくてね」

　メアリアンの表情は賛意を示すものではなかった。

「つまり試験をするということ？」

　どうして女性たちはわたしの計画の価値をすんなりと認めようとはしないのだろう。「それより家のなかを治めていく腕があるか確かめると考えてもらいたいね」

　ありがたいことに召使いのひとりが衣のようなもので包んだ魚の料理を運んできたので、話はそこで中断された。べつの小間使いがワインを持ってきて、それぞれの酒杯を満たした。そのあいだにメアリアンが魚を自分の木皿に品よく取り分けた。

「ああ、にしんの燕麦《えんばく》包みだ！」アデアが歓声をあげ、たっぷりした量をいそいそと自分の皿に取った。「これぞ食べ物だな！」彼はニコラスの皿にも無造作に料理をのせた。「うまいよ！」

　ニコラスはそこまで確信がなかったが、味わってみることにした。そしてまずくはないのに驚いた。すばらしい味とは言えないし、これまで食べた魚料理のなかで最高とも言えないが、悪くはない。

　表情から察すると、チェスリー卿とジョスリンド、パーシヴァル、アングルヴォワ公爵は食べないでおくことにしたらしい。空腹を満たせなくとも、そのほうがいいなら、そうすればいい。

「お兄さまがスコットランド人と結婚することも考えるとは思いもしなかったわ」メアリアンが魚料理をおいしそうに味わいながら言った。

「レディ・リオナを花嫁にしようとは本当のところは考えていない」ニコラスはアデアにわからないよう早口のノルマンフランス語で答えた。ニコラスがゲール語を覚えたように、アデアもノルマンフランス語ができる。しかしかなり早口でしゃべれば、アデアには聞き取れないだろう。ニコラスはそこに期待した。「リオナの家は貧しくて、宮廷にも縁故がない。リオナとそのおじを収穫祭までここに滞在させるのは、わたしが彼女と結婚することをまじめに考えていないと、どのスコットランド人からも非難されないためだ」

「するとお兄さまが花嫁を決めるのはお金と影響力の問題なの？」メアリアンが尋ねた。

「生き残れるかどうかの問題だ」ニコラスは魚の一片にフォークを突き刺し、ノルマン人が会話を理解できないようゲール語に切り替えて答えた。

「で、そのスコットランド人がだめだとなると、いま首位にいるのはだれなんだ？」アデアが尋ねた。さっきニコラスが早口で言ったことばをすべて理解しているのは明白だった。

「いまのところレディ・ジョスリンドかレディ・エレナだ。ふたりとも家が裕福だ。レディ・ジョスリンドの父親は宮廷でとても力があるし、パーシヴァルもやはり宮廷に友人が何人かいる」

　メアリアンがニコラスを見つめた。「お兄さまはそのふたりが気に入っているの？　いっしょにいて楽しい相手？」

　魚を食べながら、ニコラスは肩をすくめた。「まずまず楽しい」

「でも、お兄さま――」

　アデアが妻をたしなめた。「きみではなくて義兄上が決めることだよ、メアリアン。よかれ悪《あ》しかれ、横から口出しはしないほうがいい」彼はよくやるように独特のまなざしで妻を見た。愛というものはたしかに存在するのかもしれないとニコラスに思わせるようなまなざしだ。「きみとわたしが結婚した当初、きみは少しも楽しい相手ではなかったじゃないか。それに、あのころのふたりはとても恋に落ちたと言える状態ではなかった。でも結局のところ、そのすぐあとには愛し合うようになったみたいだ」

メアリアンが夫に微笑みかけた。「ええ、そうね、わがいとしき人《メヤジャール》」

大広間入り口の扉が勢いよく開き、ふたりの男がよろけながら入ってきた。ふたりは肩を組み合っている。

「おおおお」ロバンとファーガス・マゴードンは大声を張り上げて歌った。「それがキラマグルーの別嬪《べっぴん》さ！」

歌い終えると、ロバンは空いたほうの手に持っている小さな樽《たる》を壇上のテーブルに向かって掲げた。

「アデア！　メアリアン！　ファーガス・マゴードンを見つけてきたぞ！」

連れのファーガス・マゴードンと同じく、ロバンは自分たちが巻き起こしている波紋にはまったく気づいていない。チェスリー卿はうんざりした顔をしているし、レディ・ジョスリンドは不愉快そうにその優美な鼻にしわを寄せている。サー・パーシヴァルはせせら笑い、アングルヴォワ公爵はこんなものは見たことがないというように、ふたりに視線が釘《くぎ》づけだ。レディ・ラヴィニアとオードリックはぎょっとした顔で目と目を見交わし、レディ・プリシラは落ち着かなげにくすくす笑っている。レディ・エレナはとまどった表情を浮かべ、その小間使いは蒼白な顔になった。

ニコラスとアデアが立ち上がったところへ、ファーガスがよろめきながら前へ進み、お辞儀をしてにやにや笑った。「どうぞよろしく、マクタラン氏族長と美しい奥方！」

「ロバン、酔っ払っているな」アデアがおかしそうに言った。「どこかで眠って酔いをさましてこいよ。おまえの新しい友人もそうしたほうがいいな」

「おれは酔ってなどいない！」大柄なスコットランド人がわめいた。「たっぷり水分を補給したんだ！」

顔を赤らめたリオナが明らかに困ったようすで厨房から走り出てくると、まっすぐにおじのところへ向かった。

「愉快な時間を過ごしたようね、ファーガスおじさん」おじのところまで行くと、リオナはおじに腕をまわした。「もうやすんだほうがいいんじゃないかしら」

「やすむだって？」ファーガスはこんなばかばかしい忠告は久しくされたことがないとでもいうように両手を上げた。「だれがやすむものか。ロバンに猪《いのしし》狩りをしたときの話を聞かせなくちゃならないんだ。あの犬がいて、わたしのブーツが――」

「おじさん、食事はしたの？」リオナがさえぎった。やさしい口調だが、必死さが感じられる。「今夜はにしんの燕麦包みだったのよ。まだ少し残っているはずだわ。ロバンといっしょに厨房へ来てはどうかしら」

ニコラスは立ち上がった。リオナがこんなふうに恥をかかされるのはまちがっている。リオナが狼狽《ろうばい》し、屈辱感を覚えているのは疑いない。

「にしんの燕麦包みだって？」ロバンが声を張り上げ、そのあいだにニコラスはテーブルをまわった。ふたりがリオナといっしょに行こうとしないなら、自分がそうさせるつもりだった。「そんな料理があるなら、どうして先に言ってくれなかった？　牛の胃袋を食べさせられるものと思っていたんだ」ロバンが顔をしかめ、ぶるっと身を震わせてから、はっきり聞こえるささやき声で言った。「ノルマン人の胃袋はどうやってあんな胃袋を消化するんだろう？　おれにはさっぱりわからない」

「食事はあとにするよ、リオナ」ファーガスおじが言った。「ノルマン人は音楽の作り方も知らないな」

ファーガスおじはロバンに笑いかけた。「マクタヴィッシュじいさんと犬の歌をもう一度やろう」

ニコラスは必要とあらばふたりを大広間から引きずり出す覚悟で近づいた。

「ふたりとも食事をしたほうがよさそうだ」リオナたちのところまで行くと、ニコラスはそう言い、ロバンとファーガスの肩に腕をまわしてふたりを厨房へと促した。「にしんはとてもおいしかった。わたしが請け合う」

リオナは真っ赤になったが、ニコラスのほうをちらりとも見ずに、三人より先に厨房へと急いだ。

「おい、もちろんうまいに決まっているさ」ファーガスがわめいた。「リオナが作ったんだからな。リオナは奇跡だ。そうだろう?」

「そう、奇跡だ」ニコラスは人から〝おい〟と呼びかけられたのは実に、実に久しぶりだと思いながら答えた。にしんはリオナがみずから調理したのだろうか。

「言ったかな、ロバン。リオナはすでにサー・ニコラスと婚約したも同然なんだ」

このことばにリオナが反応した。リオナは肩越しに振り返り、おじをにらんだのだ。素面《しらふ》の男ならこのひとにらみで黙りこんだはずだ。

ニコラスは自分がうらやむほどのリオナとおじの関係がこれでひどくなることのないようにと願った。ふたりが酔っ払ったのはおそらくロバンのせいだ。ニコラスも一、二度ロバンと居酒屋に行き、どれだけ簡単に時のたつのを忘れるか、どれだけ大量に飲んでしまうかを知っている。ロバンは武勲や大合戦の話で人を大いに楽しませるのだ――もちろん活躍する戦士はすべてスコットランド人だが。

厨房に入り、酔ったふたりを作業台のそばのベンチに座らせる。召使いたちは警戒心と好奇心の入りまじった表情で遠巻きに眺めていた。

「ありがとう、息子や」ファーガスが声を張り上げた。「とはいっても、あんたはわたしの息子ではないし、今後もそうはならないんだった。義理の甥《おい》ということだな？」彼はそう言って笑い声をあげた。

「姪《めい》ごさんの言うとおり、なにか食べたほうがいい」ニコラスはファーガスのことばには取り合わずに言った。彼はリオナの姿も無視しようと苦心していた。彼女は壁際にもうひとつあるテーブルで、ほっそりした、そしてとても緊張した背中をこちらに向け、料理を皿に盛っている。「それでは、明日の朝また」

「いや、大広間でまたのちほど、だ」ファーガスがロバンの背中を勢いよく叩《たた》き、ロバンがあやうくテーブルに突っ伏しそうになった。「ロバンとふたりで歌の歌い方を教えて進ぜよう」

　ニコラスはなにも答えず、厨房を出ようと体の向きを変えた。そうしながら、最後にもう一度リオナを見ずにはいられなかった。リオナは彼が見つめているのに気づくと、すぐに向こうを向いてしまった。しかしそれより早く、ニコラスはリオナの赤い頬に涙の粒が宿っているのを見て取った。

　たったひと粒のその涙は彼の心の奥深くにあるなにかをかき乱した。それは彼がこれまで一度も感じたことのないやさしさ、慰めたいという強い願望だ。

　これは弱さなのだろうか。

　吟遊詩人がこのような気持ちを歌うのを聞くと、いつも弱さだと思ってきた。

　しかし、なぜ弱いことになるのだろう。ニコラスはそう自問しながら大広間に戻った。生まれてこのかた人を守り、大事にしたいという決意にこれほど激しくとらわれたことはない。わたしはいま自分は弱いのではなく強いと、かつてないほど強いという気がしている。まるでリオナを守り、リオナにもう二度と涙をこぼさせないためなら、軍隊ひとつ分の力を発揮できそうなほどだった。

ようやくファーガスおじとロバンに食事をとらせて酔いを少しさまさせたあと、リオナはこのふたりを部屋に引き取らせようとした。ふたりともが無理なら、せめてファーガスおじだけでも、もうやすむよう説得するつもりだった。

「しかし、リオナ、まだ宵の口じゃないか！」そろそろ夜も遅いからとほのめかしたリオナに、ファーガスおじは反駁《はんばく》した。

召使いたちはこれまで以上に、にやにや笑いと微笑をこらえている。

リオナにはそれがありがたかった。なぜならこれは召使いたちにとっては愉快な気晴らしではあっても、リオナにとってはまったくそうではなかったからだ。今夜ファーガスおじの歌声が聞こえてあわてて大広間に行き、おじが大騒ぎをしているのを知ったときほど恥ずかしい思いをしたことはない。それにそのあとサー・ニコラスがみずからそうせざるを得ないと感じたらしく、ファーガスおじとロバンを大広間から連れ出したとき……。

「フレデラはどこかな」ファーガスおじが尋ね、廊下にでも隠れているのだろうかというようにあたりをきょろきょろ見まわした。

「とっくの昔に寝ているわ」リオナはこれでおじが動き出してくれますようにと願いつつ答えた。

「フリーリネラってだれだ？」ロバンが眠そうににやにや笑いながら尋ねた。

「きれいな女性でね。それは楽しい」ファーガスおじが片目をつぶった。「おまえさんには年上すぎるぞ。フレデラが求めているのはおとなの男だ」

ファーガスおじが自分の冗談に笑い声をあげたとき、ロバンがいくぶんふらつきながら立ち上がった。

「それではアデアがなにをしているか見てくるとす

るかな」彼は座り直した。「ちょっとばかり目を休めてからだ」そうつぶやき、テーブルに両腕を置くと、その上に頭を休めた。そしてつぎの瞬間には、もういびきをかいていた。

ファーガスおじがロバンをつついたが、ロバンは動きもしなければ、いびきをかくのもやめない。

「まったく近ごろの若者ときたら！　体力がないんだな」

「それほど疲れているのだとしたら、もう遅いからでしょう」リオナは説得するように言った。

「おまえの言うとおりかもしれないな」ようやくファーガスおじは折れた。

おじがベンチから腰を上げるのを見て、リオナは急いで感謝の祈りを心のなかで唱え、おじに肩を貸そうと前へ出た。「わたしの肩につかまって」

ありがたいことにおじはあらがわない。

「中庭を通っていきましょう。そのほうが早いわ」

ふたりの部屋は大広間からずっと遠くにあり、中庭を通るほうが近道なのだ。それに近道をすれば、ノルマン人貴族たちのせせら笑いやひそひそとささやく声を聞かなくてすむのだから、ずっといい。

「猪狩りをしたときの話をおまえにしたっけ？」中庭を通りながら、ファーガスおじが尋ねた。

ありがたいことに空は澄み、月の光は明るくて、地面は乾いている。

「犬がえらくはしゃいでね」おじは大きな声で話を続けている。「そしたら、わたしのブーツに穴が開いていたんだ。犬ころがかじったんだよ。そこへ猪がその若いのめがけて突進してきて——」

「ええ、おじさま、その話は聞いたわ。何度も」リオナはいらいらしているのがわからないよう抑えた声で言った。実際この話は、リオナ自身最初から最後までちゃんと語れるくらいなのだ。ファーガスおじがどうやって北部のある氏族を訪ねていったか、いいお天気だったのに、どんなふうに突然嵐《あらし》が巻き起こったか、そしてどうやってファーガスおじと〝その若いの〟が少しも訓練されていない幼い猟犬を狩りに連れていくことになったか。その後、犬がファーガスおじの足に噛《か》みつき、〝ぴかぴかの新品だった〟ブーツに穴を開けた。おじが穴の開いたブーツを脱ごうとしたところへ獰猛《どうもう》な目をした猪が、口から泡を吹きながらまっしぐらに若者に襲いかかってきたのだ。ファーガスおじはブーツを脱ぎ捨て、短剣を抜いて投げ、猪を瞬時に退治した。

　ふたりは住居棟の衛兵所を過ぎ、階段を上がりはじめた。おじの足がふらついているので、歩みはのろかったが、ようやくおじの部屋にたどり着いた。

「ほら、着いたわ、おじさん」リオナは肩で扉を押し開け、おじを部屋のなかに入れた。

「すまないね、わたしの別嬪さんや」おじはベッドにどっかと腰を下ろした。「おまえももうおやすみ」

　そのまま体を横にしたと思うと、おじはすやすやと眠りはじめた。

　リオナは疲れたため息をつき、おじのブーツを脱がせると、おじの肩から下がっている格子柄の布《フィラ》の端で、できるだけおじの体を覆った。それからおやすみなさいのキスをして部屋を出ると、そっと扉を閉めた。ようやくこの長くて混乱して骨の折れた一日も終わろうとしていた。

「おじ上は大丈夫かな？」

　リオナは飛び上がった。よく知っている低いその声が耳に入ったとたん、鼓動が激しく高まった。

　どうしてこんなところにサー・ニコラスが？　そう思いながら、リオナは彼に向き直った。そばの壁の灯火台で燃えている松明《たいまつ》の明かりが細い窓から入ってくる微風に揺れ、彼の顔に光と影を同時に投げかけるので、表情がはっきりとは読めない。

「朝になれば、すっきりしているでしょう」リオナは答えた。「おじはふだん、あまり飲まないの」サー・ジョージのように飲みすぎる悪癖があると思われないよう、リオナは言い添えた。

「ロバンもそうなんだ。ふたりでいっしょだったから飲めるだけ飲んだのではないかな。ロバンのようなやつがいっしょだと、どれだけ飲んだかがすぐにわからなくなってしまう」

「それはわたしにはわからないわ」リオナは階段のほうへにじり寄った。サー・ニコラスとふたりきりにはなりたくない。だれにも見られそうにない廊下でなら、なおさらそうなりたくはなかった。「厨房での作業がなにもかもちゃんと終わっているかどうか確認してこなければ。それがすんだら、わたしもやすむわ。明日も忙しくなるでしょうから」

「今日の夕食はすばらしかった。わたしの妹と義弟もとても喜んでくれた」ニコラスが手を伸ばし、指の関節でリオナの頬を撫《な》でた。そのやさしいしぐさはリオナを驚かせ、ぞくぞくするような歓《よろこ》びの戦慄《せんりつ》が体を駆け抜けた。「ほかの人々がどう思うかは心配しなくていい」彼がそっと言った。「男というのはだれもが一度はあれくらい酔っ払った経験がある。わたしもときおり酩酊《めいてい》することがあるよ」

どうして彼はこんなふうにわたしを見つめるのかしら。どうして彼は高慢で尊大にならないの？　これでは彼が嫌いになれないわ。「ここにいるノルマン人たちがどう思おうと、わたしは気にしてはいないわ」

「いや、気にしている。わたしは大広間に入ってきたときのきみがそういう表情をしているのを見た」

彼の口調にはとても思いやりがこもっているわ。とても穏やかで、とてもやさしい。

ニコラスがリオナの肩に手を置いた。

とても頼もしい。とてもありがたい。

いまわたしのなかで荒れ狂っている激しい思慕の

嵐に身をまかせてはいけないわ。彼から離れ、向こうへ立ち去るべきよ。

ニコラスがリオナの額に軽くキスをした。「なにがあろうと、わたしはきみとおじ上がダンキースを訪ねてきてくれたことをうれしく思っている」

リオナは身をよじってニコラスから離れた。ほかの女性を選ぶつもりなのに、彼がわたしに触れ、わたしにキスするのは、わたしを誘惑しようとしているにすぎないわ。

「もちろんうれしくお思いでしょう。わたしが候補者のひとりであれば、スコットランド人全体をなだめられるもの。それに、わたしのおじはあなたにとっては愉快な存在だわ」

ニコラスは一点の曇りもない誠実さをその目に浮かべて、かぶりを振った。「ちがう、リオナ。それだけのためじゃない。きみのおじ上からは牧畜についてさまざまなことを教わっている。これまでわたしが少しも考えようとはしなかったことを」彼は両手を差し伸べ、リオナを抱き寄せた。「それに、きみはわたしの生活にはどれだけ多くのものが欠けているかを教えてくれる」

彼はリオナの頬にやさしくキスした。それからまぶたにも。そして鼻にも。そのあとようやく唇にも。

温かなお湯にひたるような感覚だった。今回は激しい情熱や熱い抱擁はなかった。穏やかな思慕、けだるい渇望がふたりを包んでいた。まるで愛し合う時間は無限にあるとでもいうように。

こうしていれば、自分は安全で、彼のたくましい腕がいつまでも自分を守ってくれるとでもいうように。自分は欲望の対象として求められているばかりではなく、慈しまれ、愛されているとでもいうように。

どうして彼の抱擁を拒み、彼のかき立てる思いに自分をゆだねずにいることができるだろう。

とはいえ、先にキスをやめたのはニコラスのほうだった。彼はリオナの三つ編みからほどけた髪を耳にかけると、ささやいた。「リオナ、わたしは……」

リオナは息をひそめ、半ば望みをかけつつ、半ば恐れつつ、その先に続くことばを待った。

外の城壁の上で衛兵が仲間に声をかけて挨拶し、相手がそれに応《こた》えた。

ニコラスが抱擁を解いた。「もう夜も遅い」彼は無愛想に言った。「おやすみ」

それから彼はまるでなにかに追いかけられているかのように離れ、階段を駆け下りていった。

## 13

翌朝早く、リオナはファーガスおじが起きているかどうかわからないまま、部屋の扉をそっと開けてみた。

おじはベッドに座り、両手で頭を抱えていた。ファーガスおじが老いてくたびれ、孤独で病身に見えたのは物心がついて以来初めてだったので、リオナはすぐさま駆け寄った。ファーガスおじが体調を崩したかもしれないと思うと、自分自身の悩みは、ことにサー・ニコラスに対する揺れ動く気持ちは、かすんでしまった。

「ファーガスおじさん」おじのそばに座ると、リオナはおじを抱き寄せた。「具合が悪いの？」

　おじがのろのろと頭を上げた。「具合が悪いとしても、命の水《ウースカ・ベーハ》のせいじゃないぞ。それにしてもあのロバンは飲みっぷりからいって酒が強そうだな。だからといって彼を責められん。途中でやめなかったわたしが悪い」

　ファーガスおじはため息をつき、目をこすった。それからふらつきながら立ち上がり、水差しと水盤をのせたテーブルまで行くと、冷たい水で顔を洗った。リオナは辛抱強く待とう、心配する気持ちを抑えようと努めた。

「フレデラがようすを見に来てくれたんだよ」ファーガスおじが麻布で顔を拭《ふ》きながら険しい表情で言った。それからベッドに戻り、ぐったりと腰を下ろした。「どうやらわたしは大恥をさらしたようだな」おじは問いかけるようにリオナをちらりと見た。「本当に、めったにないような恥をさらしてしまったのかね？」

「おじさんもロバンもかなり騒いでいたわ」リオナは正直に言った。「でも、ふだんのおじさんはあんなに飲まないわ」

　ファーガスおじは両手で顔を覆い、小さなうめき声をあげた。「しかし昨日はそれをやってしまった。なんという失態だ。フレデラに本当に恥ずかしかったと言われた。あそこまでひどいとは思わなかった、もっとましな男だと思っていたと。フレデラの死んだ亭主は大酒飲みだったんだ。飲んだくれとはもうつき合いたくないと言われてしまった」

「おじさんは飲んだくれなんかじゃないわ！　これまでわたしがおじさんの飲んでいるところを見たのは片手で数えて足りる回数よ。喜んでフレデラにそう言うわ」

「ありがとう、リオナ。しかし、これはわたしの問題だ。わたしが解決するよ。わたしが自分でフレデラに話をして、いつもこんな失態をやらかしているわけじゃないとわかってもらう」

ファーガスおじは弱々しく笑いかけ、リオナの手をやさしく叩《たた》いた。「手を貸そうとするのはおまえらしいよ。いつも人を助けずにはいられないんだ。さて、サー・ニコラスとはどんな具合か話してくれないか。サー・ニコラスは昨日の夕食を喜んだはずだ」

「ごめんなさい。申し訳ありませんが、入ってかまわないかしら」

ファーガスおじとリオナが振り返ると、明らかに狼狽《ろうばい》したようすのエレナが戸口に立ち、目の縁を赤くして手をもみ絞っていた。「リオナ、聞いてもらいたいことがあるの。少しいいかしら」

「フレデラのことだったら――」ファーガスおじが立ち上がりながら言いかけた。

「いいえ、ちがうんです」エレナが答えた。「フレデラは動揺していて、それはそれで心配なのですが、それより……ほかに……ほかに問題が起きてしまって……」

リオナはエレナに駆け寄った。「わたしの部屋で話しましょうか」

部屋を出る前に、リオナはおじのほうを振り向いた。

「礼拝には出席するの？」

「するよ。なんとか出られそうだ。出席したほうがいいだろうからね。神の助けを仰ぐことになるかもしれない。あんたの助けもだよ、エレナ」

エレナがうわの空でうなずいた。リオナはなにがあったにせよ、いまのエレナの心のなかではファーガスおじを始め、だれの悩みも二の次なのだと気づいた。

リオナの部屋に入ると、リオナがどうしたのときくよりも先にエレナが泣き出した。ずっとこらえていたものが堰《せき》を切ったというように、つらそうな嗚《お》咽《えつ》がひとしきり続いた。

なにがあったのだろうと心配しつつ、リオナはやさしくエレナを抱き寄せ、涙が治まるまで髪を撫《な》でつづけた。

「どうしたの？」エレナが体を離し、豪華なドレスの袖《そで》で目をぬぐったとき、リオナはそっと尋ねた。

「ああ、リオナ。わたし、ほかにどうしていいか、だれに話していいのか、わからなかったの。昨日の夜は一睡もしていないのよ」

エレナの目の下の隈《くま》と青ざめた頬を見れば、それは明らかだ。「なにがあったか、話してもらえない？」リオナはそっと促した。

エレナがまたすすり泣きを始めた。「わたし、自分が恥ずかしくてたまらないわ。本当に……本当にひどい人間なの。フレデラにさえ話すことができなかったのよ。せめてもっと気を強く持っていれば、なんとかして彼を止めることができたはずなのに」

冷たい不安がリオナを貫いた。「エレナ、もしや……？」

リオナは言いよどみ、もしも自分の懸念が当たっていたとしても、エレナがこれ以上屈辱感を覚えなくてすむような尋ね方を探った。「だれかに……だれか男の人に……ひどいことをされたの？」

エレナの目に意味が通じた表情が浮かんだ。エレナがかぶりを振った。「いいえ」そのあとエレナはまたもやすすり泣きを始めた。そして涙にかすれた声で言った。「まだそうなってはいないの」

まだそうなってはいない？

「パーシヴァルなのよ」リオナのベッドに座りながら、エレナは言った。頬を涙で濡《ぬ》らしながら、苦悶《くもん》もあらわに、きれぎれのことばでエレナは事情を話した。「パーシヴァルはサー・ニコラスがわたしを選ばないのではないかと心配しているの。それでわたしに……わたしに……サー・ニコラスを誘惑しろと言うのよ」

リオナはびっくりしてエレナを見つめたが、話はそこで終わりではなかった。

「わたしが彼の……彼の寝室で彼といっしょにいるところを……パーシヴァルが見つけて、サー・ニコラスをわたしと結婚させるというの。わたしはいやだと言ったわ。でも……」エレナは震える息を深く吸い込んだ。「パーシヴァルは自分の言うとおりにしなかったら、わたしを修道院に送ると言うの。そしてその前にわたしを……わたしを……手ごめにすると」

エレナは両手で顔を覆うと、ほっそりした体をよじり、肩を震わせて完全に泣き崩れた。

胸が悪くなるのを覚えながら、リオナはそばに座り、取り乱すエレナを抱きしめて、心のなかでパーシヴァルと彼の卑劣で悪意に満ちた計画を罵《ののし》った。そして、なにかエレナの力になれる方法を考えようとした。

「ああ、リオナ」エレナがしゃくり上げた。「娼婦《しょうふ》に身をおとしめてまで結婚するなんて！　そんなふうに男の人を――相手がだれであっても、だますなんて！　でもパーシヴァルにさわられるのは耐えられないの。そんなことを許すくらいなら死んだほうがましだわ」

「パーシヴァルにそんなことはさせないわ」リオナはきっぱりと言った。リオナ自身の動揺や悩みよりも、いま途方に暮れて自分を頼っている若いエレナを助けなければという決意のほうが強かった。「それにサー・ニコラスに結婚を強要できると考えているとすれば、パーシヴァルはよほどの愚か者だわ。どんな理由があっても、だれが強要しても、それは無理よ」

エレナが体を引き、鼻をぐすんといわせながら悲しげにリオナを見つめた。「では、わたしはどうすればいいの？　逃げ出さなければだめ？　昨日の夜はそう考えたの。でも逃げようとしているところをパーシヴァルに見つかったらと思うと、とても怖くて。もしも追いつかれてつかまって、そして……そして……」

「そんなことはしないほうがいいわ」リオナはそう言って安心させた。若くてきれいで無垢《むく》なエレナがひとりで逃げ出せば、パーシヴァルのようにひどい男の餌食《えじき》になってしまうのは目に見えている。「サー・ニコラスのところに行ってパーシヴァルがとんでもない計画を企《たくら》んでいると話すべきだわ。サー・ニコラスは騎士としてあなたを守らなければならないし、まちがいなくそうするわ」

エレナの声が震え、頬には新たな涙が流れた。

「そうしても、きっとパーシヴァルがわたしが嘘《うそ》をついているとか、自分の言ったことをちゃんと理解していないとか言うわ。わたしの言い分と彼の言い分のどちらが正しいかということになって、たとえとがめられるべきはパーシヴァルのほうでも、彼には有力な友だちがたくさんいて、彼のほうが正しいと証言するでしょう。彼は釈放されて、わたしはおろか、わたしを助けようとした人をすべて探し出すにちがいない。リオナ、あなたはパーシヴァルがどんな人間かを知らないのよ。彼は堕落していて、底意地が悪いの。必ずわたしやわたしに力を貸そうとした人に復讐《ふくしゅう》するわ」

追いつめられた表情を浮かべ、エレナは立ち上がろうとした。

「あなたのところに来るべきではなかったわ。もしもパーシヴァルに見つかったら、あなたにまで危害が及ぶかもしれない。わたしはパーシヴァルに言われたとおりにすべきなのよ。そしてもしもサー・ニコラスに選ばれなかったら……そのときは修道院に行くわ」

リオナは立ち上がり、エレナの肩をしっかりつかんだ。「自分から身をおとしめることなど考えてはいけないわ。たとえわたしがまちがっていたとしても、そしてニコラスがあなたと結婚しようと思ったとしても、策略を使い、彼をだまして結婚したと知っていて、どれだけあなたが幸せになれるというの？」

リオナは深く息を吸った。なにか手を打たなければならない。なんとしても。

「あなたとわたしのふたりでパーシヴァルの計画の裏をかくのよ」

エレナが驚きと希望と恐れの入りまじった顔でリオナを見つめた。「わたしたちふたりで？　どうやって？」

本当にどうやって？

「サー・ニコラスは女性をものにして、それを自慢げに話すような人ではないと思うの。それに力ずくであなたを奪うようなことはしないはずよ」リオナは考えるままを口にした。自分とニコラスのあいだにすでに起きたことが頭をよぎる。あのとき彼は……。

リオナは記憶を無理やり頭から追い払った。

「わたしたちがしなければならないのは、パーシヴァルにあなたが彼から言われたとおりにしていると、実際はそうではないのにサー・ニコラスと肉体関係を持ったと思わせることよ」

「どうすればそれができるの？」

「夜更けにあなたがサー・ニコラスの寝室に忍び込むところをパーシヴァルに見させなければならないわね。ほんのしばらくだけ彼の寝室にいて、またこっそり出ればいいわ」

エレナは見るからに震えはじめ、不安に目を大きく見開いた。「サー・ニコラスはどうするの？」

「彼が寝てしまってから部屋に忍び込むのよ」

「もしも彼が目を覚まして見つかってしまったら？　それにパーシヴァルは彼とわたしがいっしょにいるところを見に来るつもりでいるわ。わたしが部屋にいるのをサー・ニコラスが知っているいないにかかわらず、そうするはずよ。やはり見つかってしまうかもしれないわ」

　残念ながら、それは本当だ。エレナをニコラスの寝室に忍び込ませるのは危険が大きすぎる。「わたしが行くわ」

「あなたが？」エレナが悲鳴のような声をあげた。

「ええ、わたしが行くわ」リオナは念を押した。この案も危険な点はあるにはあるが、リオナにとってそういくつもあるわけではないし、エレナにとってはまったくない。「あなたのドレスを着てスカーフを着ければ、パーシヴァルの目をごまかせるわ。あなたとわたしは背の高さも同じくらいだし、体型もほっそりしているんですもの。それにパーシヴァルはあなたがいるものと思い込んでいるのよ」

「でも、もしもサー・ニコラスに見つかったら？」

　まったく、そのときはどうしよう。ニコラスのような男性は、そういう企みには抵抗するに決まっているので、エレナとの結婚を強要させられるはずはないだろうし、わたしとの結婚を拒むことにもなんら良心の呵責《かしゃく》を感じないにちがいないわ。

　それに、もちろんわたしも彼とは結婚などしたくない。

「万一見つかったとしても、それにサー・ニコラスがなにをしようとも、ファーガスおじさんはわたしがいやだと言うのに結婚させるようなことは絶対にしないわ」

　エレナがリオナをじっと見つめて腕を伸ばし、リオナの両手を自分の両手で包み込んだ。「でも真夜中に彼の寝室にいるところを見つかったら、あなたの評判は一生損なわれるのよ。そんな危険なことをあなたに頼むわけにはいかないわ」

エレナの心配はリオナの心に触れたが、杞憂《きゆう》でもあった。「もっと若いころのわたしは、わたしと結婚したがる求愛者がグレンクリースの城門に列をなすというような娘ではなかったわ。だから、いまだってだれを失うというわけでもないの。わたしのたったひとつの気がかりは、あなたの卑劣ないとこが寝室に入ってきて、そして――」べつの考えが浮かび、リオナはことばを切った。「サー・ニコラスと確実に結婚させたかったら、子供を身ごもらなければならないとパーシヴァルに言うべきよ」

「子供を身ごもる？」

「ええ。だから何度かサー・ニコラスとベッドをともにするまでは彼の寝室に入ってきてはいけないと」

理由をのみこんだエレナが目を大きく見開いた。

「そうね。なるほど」

リオナはエレナが計画を理解したと受けとめた。

「ニコラスが花嫁を決めるまで、パーシヴァルにはあなたが彼の言うとおりに行動していると思わせるの。そして万一あなたが選ばれなかった場合は、ファーガスおじさんとわたしがあらゆる手を使ってあなたを助けるわ。もっともその必要はないだろうと思っているの。幸せな結婚をしたいなら、サー・ニコラスはきっとジョスリンドではなくあなたを選ぶわ」

エレナは自分を見つめるリオナと目を合わせようとしなかった。「わたしを助けてくださること、どれだけ感謝しても、し足りないわ」

「あなたはわたしの友だちなのよ、エレナ」リオナは簡潔に、また率直に答えた。「今夜は大広間を先に出て、自分の部屋でわたしを待っていて」

リオナはもうひとつ問題が起きかねないのに気づいた。

「フレデラには話すの？」

「その勇気はないわ。フレデラはきっとパーシヴァルになにか話すから」

「ファーガスおじさんもそうだわ。パーシヴァルに彼の言うとおりにすると話すことはできる？　嘘だとばれずに」

「修道院に行くくらいなら死んだほうがましだと言えば、きっと信じてくれるわ。それは本当なのだから」

「よかった。ではパーシヴァルからあなたはどこへ行ったのかと怪しまれないうちに礼拝に行ったほうがいいわね」

リオナは自分たちの計画がうまくいくかどうかばかりでなく、ファーガスおじとフレデラの問題についても心配しながら、厨房《ちゅうぼう》の監督をして忙しい一日を過ごした。そのあと夜遅くにエレナの部屋に行くと、エレナは気をもんで待っていた。

「フレデラがいまにも戻ってくるかもしれないわ」そっと部屋に入っていったリオナにエレナは小声で言った。部屋はぱちぱちと音をたてている、天井から吊《つ》り下げたオイルランプひとつだけで照らされている。ランプの近く以外は薄暗いが、それでもこの部屋の調度が豪華であるのは見て取れる。ベッドにはしみひとつないシーツと絹の覆いがかかっていた。驚いたことに床には絨毯《じゅうたん》が敷いてあり、リオナには踏むのもはばかれるほどめずらしくてみごとなものだった。

「フレデラは礼拝堂へお祈りに行ったの。あなたのおじさまのことでだと思うわ」

「おじも動揺しているのよ」リオナは言った。「おじはふだん酔っ払うことはないの。わたしからフレデラに話をしようとしたのだけれど、さっと向こうへ行ってしまったわ」

「わたしがおじさまのことをきこうとするたびに、フレデラは泣き出してしまうの」エレナは握っている飾り帯の結び目を無意識にひねった。「リオナ、考えに考えて心を決めたの。わたしのためにあなたにこんなことをさせるわけにはいかないわ。まちがったことよ」

「まちがっているのはパーシヴァルがあなたにさせようとしていることよ」リオナは自信をもって答えた。「あなたは彼に操られて結婚のために純潔を売り渡すよう強要されてはならないわ。サー・ニコラスの寝室に忍び込むのは、あなたよりわたしのほうが危険は少ないわね。心配しないで、エレナ。なにもかもうまくいくわ。部屋に見に来ないでと告げたら、パーシヴァルはなんと言っていた？」

「それが……その機会がなかったの」

リオナは困惑してエレナを見つめた。この計画を成功させるには、そうしておくことが不可欠なのだ。

エレナがうろたえた目で突然両手を上げた。「だれか来るわ！　隠れて！」

リオナは即座に四つん這《ば》いになり、ベッドの下に身を隠した。石の床は冷たくて固かったが、たとえ相手がフレデラであっても、自分がここにいる理由を説明したくはなかった。

扉が開き、パーシヴァルの金で飾った赤いブーツが部屋に入ってきた。それを見つめ、リオナは必要とあらばいつでもエレナを助けにベッドの下から這い出す構えをとった。

「な、なにか用事なの？」エレナが口ごもりながら尋ねた。

「なぜ大広間を出た？」パーシヴァルが不明瞭《ふめいりょう》に言った。ワインを飲みすぎているのは明らかだった。

リオナはベッドの下から出られるよう少しずつ体をずらし、エレナは後ろに下がってパーシヴァルから離れた。「わ、わたし、疲れているの、パーシヴァル。もう夜も遅いわ。ほかの貴族も大半がいなくなっていたし、わたしも部屋に引き取っていいと思ったのよ」

「ニコラスはまだいた。おまえはニコラスという貴族のことだけ考えていればいい」

　パーシヴァルがベッドに腰を下ろしたので、リオナはとっさに体を引っ込めなければならなかった。

「ぼくに嘘をつくんじゃない。それにふたりで決めたことをやろうとしないのはだめだ。時間がなくなるぞ、エレナ」

「わたしは嘘をついてなどいないわ、パーシヴァル。でもどうか、お願いだから、こんなことをわたしにさせないで。貞操を売るようなことをさせないで」

「おまえの貞操など知るもんか！」パーシヴァルが言い返して立ち上がり、エレナのほうに向かった。

　彼に襲いかかるつもりで、リオナはふたたびベッドの端へとにじり寄った。

　パーシヴァルが立ち止まった。「ニコラスの寝室に行って、彼のベッドに入る。そして彼に処女を奪わせるんだ。それとも修道院でひざまずきながら、ぼくの言うとおりにすればよかったと後悔したいのか？」

「彼の部屋に行くわ、パーシヴァル」エレナがすすり泣いて答えた。「修道院に送らないで。あなたの言うとおりにするわ。今夜サー・ニコラスの寝室に行きます」

「よろしい。ほかになにか着るものはないのか？　もっといい体をしているように見えるもの——ジョスリンドが着ているようなものは」

「緋《ひ》色の繻子《しゅす》のドレスがあるわ」

「シュミーズは着ないように」

「そんな！」

　パーシヴァルのことばには嘲《あざけ》りがたっぷりこもっていた。「おっとり構えている暇はないんだよ」

「わかったわ、パーシヴァル」エレナがしょげ返って答えた。

赤いブーツが扉に向かった。

「パーシヴァル」エレナがすすり泣きながら言った。「もしもわたしに子供ができたら、どうなるの？」

「なんだって？」

「わたしに子供ができたら、どうなるの？」エレナが繰り返した。「いつ身ごもったか、日にちを逆算できるわ。まわりに知れて――」

「逆算などかまうもんか。赤ん坊が生まれたとき、おまえがニコラスの妻におさまってさえいればいいんだ」パーシヴァルが改めてエレナに近づいた。「なるほど、確実に結婚するには赤ん坊というのは最強の手段だな」

そのあとには永遠に続くかと思われる沈黙が流れた。

「計画を変えよう、エレナ。今夜ぼくは邪魔をしないことにするよ。つぎの月の障りまであと何日ある？」

「二週間よ」エレナがみじめな声で答えた。

「それなら、おまえが身ごもるよう祈ろう。もしも子供ができれば、彼がおまえと結婚する理由がいっそう強くなる。できるだけひと晩に二度以上愛させるんだ。きっと彼なら可能だ」パーシヴァルはブーツの爪先をこつこつと鳴らした。「それにはどうするか、具体的な方法をいくつか教えておいたほうがいいかな」

「フレデラが戻ってくるわ」エレナが静かに注意した。リオナはほっとした。パーシヴァルのいう具体的な方法など聞きたくもない。

「あの老いた醜女《しこめ》」パーシヴァルがつぶやき、もう一度扉に向かった。「サー・ニコラスを楽しませたほうがいいぞ。そうすれば、フレデラもここにいられる」パーシヴァルはほんのしばらくことばを切った。「殉教者みたいな顔をする必要はないよ。すべきことをやっても、後悔はしないんじゃないかな。もちろん彼がおまえと結婚するとしての話だが。サー・ニコラスは女を歓《よろこ》ばせるのが実にうまいという噂《うわさ》だ」

「わかったわ、パーシヴァル」

扉が開いた。「ちゃんとおまえを見張っているからな」パーシヴァルはそう締めくくり、部屋を出ていった。

リオナがベッドの下から這い出ると、エレナがまたもや泣きはじめた。

「自分がとても汚れてしまったような気がするの」しゃくり上げながらエレナは言った。「どうしてパーシヴァルにこんなことをされなければならないの？ どうして彼は簡単に捨てられるもののようにわたしの貞操を扱うの？」

「それはパーシヴァルが自分自身を誇りに思っていないからよ」リオナはエレナの肩を抱き寄せた。「あなたはとても頭がいいわ。邪魔しないほうがいいということを彼が自分で考えついたみたいに思わせたんですもの」

エレナが震える微笑を浮かべてからまた真顔に戻り、ベッドの足元にある櫃《ひつ》まで行くとふたを開けた。そして贅《ぜい》を凝らした緋色の繻子のドレスを取り出した。丸い襟開きで、三角形に裁断した布地をたっぷり使ったはぎスカートになっている。月明かりのなかで見るそのドレスは、まるで生きて動いているかのようだった。リオナは生まれてこのかたこれほど美しいドレスをまとったことはおろか、見たこともなかった。

「あなたの体にも合うと思うわ」エレナが言った。

リオナもそう思いつつ簡素な毛織りのドレスを脱いで手を伸ばすと、その緋色のドレスをそっと持った。

「今度のことがすんだら、そのドレスは差し上げるわ」

リオナはかぶりを振った。「わたしには立派すぎるから」

「受け取ってほしいの」エレナがかすかに決意をこめて言い、シュミーズ姿のリオナがそれを頭からかぶって着るのを手伝った。

「あらまあ」エレナがつぶやいた。

「とてもぴったりだわ」ほんの少しきつかったが、リオナは言った。

「シュミーズが見えるわよ。襟ぐりからのぞいているの。パーシヴァルが見たら、シュミーズを着てはだめだと言ったのにと呼びとめるかもしれない。そうしたら、わたしではないとわかってしまうわ」

リオナはためらわなかった。「ではシュミーズを着ないことにするわ」

リオナがドレスを脱いでベッドに置くあいだ、エレナはなにも言わずに品よく横を向いていた。リオナはシュミーズを脱ぎ、すばやくドレスを身にまとった。そして初めて襟ぐりがどれだけ大きいかに気づいた。パーシヴァルがこのドレスなら男性を誘惑するのに向いていると思ったのも不思議はない。エレナがひもを結んでくれると、このドレスはぴったり体に合っているばかりか、背中も完全に覆われていないとわかった。空気が肌にひんやりと感じられる。

「体をかがめられないわ。ひもがちぎれてしまいそう」

「ベールで覆えばいいわ」エレナがべつの櫃から長い白い布と金の飾り輪を取り出した。飾り輪も二本の細い輪をからませた美しいもので、月の光を受けて輝いていた。

エレナがリオナの頭に布をかけ、飾り輪でそれを押さえた。

「これなら本当にパーシヴァルをだませるのではないかしら」エレナは少し離れてリオナの全身を眺めた。「例外はその靴ね。わたしの上靴をはかなければならないわ」

エレナは優美に仕上げてあるやわらかな子牛の革の上靴を持ってきてひざまずいた。「足を出して。わたしがあなたの小間使いになるわ」

リオナは微笑《ほほえ》み、しだいにつのる不安をその笑みで隠した。この計画を提案したときはごく簡単に思え、見つからずにサー・ニコラスの寝室に忍び込めるものと本気で考えていた。

でもいま、いざ実行するとなると、あまり自信がない。もしもニコラスが目を覚ましたら？　もしも彼が部屋にいなくて、わたしが隠れているあいだに入ってきたら？　彼が眠るまでベッドの下に隠れていることはできそうだわ。

「はい、これでいいわ」エレナが立ち上がり、後ろに下がった。

エレナが眉をひそめたのを見て、リオナはほかになにが問題なのかしらと首をかしげた。

「リオナ、行きたくないとしても、あなたのことを悪くは思わないわ」エレナがそっと言った。

リオナは慰めるように微笑みかけ、ファーガスおじの陽気なしぐさを真似《まね》ながら扉まで行った。「心配しないで。わたしは大丈夫よ。それにこんなことでもなければ、これだけ豪華なドレスが着られる機会はないわ」

廊下にだれもいないのを確かめると、リオナはそっと部屋を出て自分に与えられた役を演じる覚悟を決めた。

# 14

リオナは背筋に走る震えを感じながら、パーシヴァルの部屋の前を急いでそっと通り過ぎた。部屋は扉がわずかに開き、その隙間《すきま》からもれる蝋燭《ろうそく》の明かりの筋からパーシヴァルが部屋にいるとわかる。リオナは扉の反対側の壁にできるだけ体を寄せた。そばに松明《たいまつ》が燃えていなかったので顔がわからず、ありがたく思った。

ニコラスの寝室の扉の掛け金をはずして扉を少しずつ開けたときには手が震えた。これまで以上に用心しつつ、リオナは部屋に忍び込むと、扉を閉めた。

だれかの手がリオナの口をふさぎ、鋼鉄のような腕が胴にまわされたかと思うと、リオナはぐいと後ろに引き寄せられた。抵抗したが、背中が人の体にぶつかった。男性の体だ。

ニコラスの声が耳元に轟《とどろ》いた。「わたしを誘惑して花嫁に選ばせようとしてもだめだ、ジョスリンド。きみのような美女でも、その手には乗らない」彼は腕の力をゆるめた。「さあ、自分の部屋に戻るといい」そしてやさしくリオナの背中を押した。

なにがあろうと、この部屋を出るつもりはない。そんなことをすれば、パーシヴァルに彼の計画が失敗に終わったとわかり、エレナに危険が迫るのだ。

「わたしはジョスリンドじゃないわ」リオナはニコラスに向かい合った。

彼は窓から差し込む月の光を浴びて立ち、まるで亡霊に出会ったかのようにリオナに目を凝らした。

一方リオナは揺るぎない決意をもって彼を見つめた。

ニコラスがベッドに入る支度をしていたところにリオナが現れたにちがいない。彼は太腿の途中まで丈のあるシャツを着ただけの姿だった。そのシャツもひもが結んでない。太腿はぴったりした毛織りのズボンで覆われ、足にはあの古ぼけて傷だらけのブーツを履いている。リオナに忍び寄ってきたときに音がしなかったのは、このブーツのせいかもしれない。

「あなたを誘惑するために来たのではないの」リオナは彼に、そして自分に対してもそう宣言した。

ニコラスの視線がぴったりしたドレスを着たリオナの胸へと下り、リオナは意思とは裏腹に自分の体が反応するのを感じた。緊張がやわらぎ、固くなった胸の頂が極上の生地に当たる。

「では、なにをしにきた？」ニコラスがかすれた低い声で尋ねた。「そのドレスは男を誘惑するために作られたとしか思えない」

リオナはこの部屋に忍び込んだ本当の理由に無理やり意識を集中した。見つかってしまった以上はニコラスに事実を話し、エレナを助けてほしいと彼を説得できるよう願うしか道はない。「事情があってこんな姿をしているの。その理由をこれからお話しするわ」

ニコラスが手をひと振りして、たった一脚しかない椅子を勧めるしぐさをした。「ぜひとも座って話してもらおう」

リオナは彼から離れて部屋のなかに足を進めながら、自分のまわりに注意を向けようと努めた。この部屋は城の主《あるじ》の寝室としては思いのほか小さく、まぎれもなく禁欲的だ。貴族というより兵士にふさわしい。一脚しかない椅子は高い背もたれも簡素で、クッションはついていない。燭台《しょくだい》と火鉢が、ただ場所が空いているからそこに置いてあるというように部屋の片隅に並んでいる。そのほかに、とても使い古した傷だらけの櫃《ひつ》と質素な木のテーブルがあり、テーブルには水差しと水盤がのっていた。

実のところ、ここが城主の寝室であることを物語る唯一のものはベッドだった。とても大きなベッドで、厚いカーテンがかかり、月光を浴びた上掛けは絹でできているようなつやを放っている。

「地面や干し草の山や、足のはみ出る簡易寝台で寝るのをいやというほど経験してきた」ニコラスが言った。

リオナは生まれて初めてベッドというものを目にしたように見つめていた、自分を心のなかで罵《ののし》りながら、赤くなって急いで椅子に座った。もっともこれほど豪華なベッドは本当に初めて見たのだが。

ニコラスがベッドの端に腰を下ろし、腕を組んだ。

「それで、なにをしにここに現れた？」

「エレナのためなの」

彼は冷ややかに片眉を上げた。「エレナのためにそのようなドレスを着てわたしの寝室に忍び込むとはどういうことだ？」

「パーシヴァルにエレナがこうしたと思わせなければならないの」

率直に話そうと心を決め、リオナは立ち上がって彼と向かい合った。

「パーシヴァルはなんとしてもエレナをあなたと結婚させるつもりで、エレナにあなたを誘惑しろと命じたの。失敗したら、修道院に送ると言って。エレナは誠実で高潔な女性ですもの、当然その案に仰天したわ。でもどうしていいかわからず――」

「きみに相談したというわけか」ニコラスは尋ねたわけではなく、断定した。

彼はわたしのしたことを賢明だと思っているのだろうか、愚かだと思っているのだろうか。彼の顔には考えていることがなにも表れず、判断ができない。

「ええ」リオナはうなずき、話を続けた。「わたしたち、あなたが決定を下すまでパーシヴァルにエレナが彼の指示どおりに行動していると思わせることにしたの」

「寝室にいるのがきみだとわたしにばれた場合はどうするつもりだった？」

リオナは彼と同じように冷静に話そうとしたが、容易ではなかった。とはいえ、ニコラスがそばにいることで感じるばつの悪さ――あるいはそれ以外のもの――よりもっと重要なのは、エレナの運命なのだ。「そんなことにはならないと思っていたわ」

「兵士は眠りが浅く、すばやく着替える訓練を積んでいることにきみが気がつかなかったのは残念だ」

リオナはニコラスの全身をざっと眺めた。「ええ、そんなふうには思いもしなかったわ」

「それにわたしの部屋に忍び込もうとしているところや、わたしとふたりきりでいるところをだれかに見つかった場合は？　そのときはどうした？」

この質問に答えるのはさっきより楽だ。「その場合は、体面を汚すからという理由で結婚することは――結婚を強制されることはありえないとわかっているもの。わたしのおじはわたしの意思に反して結婚させるようなことは絶対にしないわ」

「なるほど」せいぜい天候の変化かなにかのありふれた話題についてことばを交わしてでもいるように、ニコラスが片方の眉を上げた。「レディ・エレナはきみが自分のために評判を犠牲にする気でいてくれることに、とても感謝しているのだろうね？」

平静でいなければならない、穏やかに話さなければならないと自分に言い聞かせるのも、もうたくさんだわ。これまでの話で彼はエレナが重大な危機にさらされていることを理解してくれた。でもそれは彼に原因があるのだ。「ええ。エレナは感謝してくれているわ。でもそれは、わたしが自分からその危険を冒してでもかまわないと思ったからでもあるの。なぜならパーシヴァルはエレナにあなたとベッドをともにできないなら、自分がエレナとそうするとも言ったから」

ニコラスの平静な態度が変わった。それはリオナの期待したとおりではあったが、彼がすばやく立ち上がったとき、その顔に浮かんだ殺意の感じられる怒りはリオナの予想をはるかに超えたものだった。彼の目は怒りに燃え、全身が憤怒に震えているようだ。ニコラスは櫃に近づき、その上にあった剣と鞘《さや》をつかんだ。「神にかけてあいつを去勢してやる」

本気でそうするつもりだと察し、リオナは駆けていって扉をふさいだ。「パーシヴァルが罰されるのは当然だとわたしも思うけれど、それでも彼はエレナの後見人なのよ。彼に有力な友人が多いことはあなたもご存じでしょうけれど、彼が悪意の人間であることはご存じないでしょう？　彼を痛い目に遭わせれば、彼はあなたではなく、エレナに仕返ししかねないのよ」

「それなら殺してしまえばいい」

「だめよ！」リオナは叫び、分厚い胸に両手を当ててニコラスを押し戻した。それは石の壁を動かそうとするようなものだったが、リオナはあきらめなかった。「怒りを抑えて考えて！　彼を殺したところで、事態はあなたにとってもエレナにとっても、ひどくなるばかりだわ。とても気にかけているあなたの将来はどうなるかしら。パーシヴァルの有力な友人たちはきっとあなたに反感を抱くわ。たとえあなたの釈明が受け入れられて殺人罪には問われなくても、エレナはどうなるかしら。だれがエレナの後見人になるのか、わたしにはわからないわ。あなたはご存じ？　エレナがいまより安全だとわたしに約束してくださる？」

ニコラスが武器を下ろし、リオナは彼が怒りを抑えようとしているのを見て取った。「では、どうすればいい？」

リオナは自分の身勝手な欲求を――ありえないも

のを求める願望を忘れて問いに答えるよう自分に強いた。「エレナと結婚すべきよ。そうすれば、エレナは永久にパーシヴァルから解放されるし、あなたは花嫁に求めるものが得られるわ。エレナはかなりの額の持参金とパーシヴァルの影響力をあなたにもたらすでしょうから」

　ニコラスの顔を奇妙な表情がよぎった。いや、それは光のいたずらにすぎないのかもしれない。「エレナは若くてきれいでもある」

　いまのことばでどれだけ傷ついたかを彼に悟られてはならない。「ええ。それに、ほかのどのレディよりいい選択だわ」

「本当に?」ニコラスが尋ねた。明らかに彼の怒りは静まっている。「ジョスリンドよりも?」

「ええ。エレナのほうがいい妻になるわ」

「たしかにエレナのほうがもの静かな妻になるだろう。しかしそうすれば、チェスリー卿《きょう》を怒らせるだろうな」

「花嫁候補を招待した時点でその危険性は生まれているわ。あなたが選ばなかったレディたちとその身内は感情を害するかもしれないんですもの。その可能性について考えるべきだったのよ」

「それは考えた。わたしはジョスリンド以外のレディを選んでも、チェスリー卿をなだめられると思っている」

　それくらいはわたしにも予測できたはずだわ。彼のすることはなにもかも自分の野心と必要性で決められ、打算的で冷たいのははっきりしているのだから。

「ここに残っているほかのレディたちはだれも考慮しなくていいのかな」彼が尋ねた。

「ほかのレディたちについては、たとえダンキースに残っていても、ひとりも競争には加わっていないのではないかしら」

「ほう？　なにを根拠にそう思うのかな？　きみは人の心が読めるのか？」

「あなたが愚かではないからよ。それともオードリックとラヴィニアのあいだに恋が芽生えているのをご存じないとおっしゃるの？」

「それはたしかに知っている。わたしは愚かではない」

「それにあなたはなにかの理由があって、あのふたりの恋を後押ししているでしょう？」

ニコラスがうなずいた。

「そうすると、残りはくすくす笑ってばかりいるレディ・プリシラね。あなたがプリシラを選ぶとはとうてい思えないわ。わたしはプリシラが笑ったときのあなたを見ていますから」

「なるほど。それは認めよう」彼は剣を櫃の上に戻した。「残りのなかにはきみもいる、リオナ」

彼はわたしを傷つけようとしているのかしら。

「わたしはスコットランド人から文句が出るのを防ぐためにここにいるのだということを忘れていないわ」

「それはきみがそのなまめかしいドレスをまとってわたしの寝室に忍び込むまでのことだ」ニコラスはそう言いながらリオナの目の前までやってきた。

「もしかしたら、きみはわたしをだまして結婚させようと考えたのかもしれない」

「いいえ、考えていないわ」リオナはニコラスのことばに愕然《がくぜん》として体を引いた。「わたしはあなたと結婚したくはないの」

「振られたか」

味もそっけもないその言い方に、リオナの怒りともどかしさはつのった。「そうやってわたしを笑いものにするといいわ」背筋をまっすぐに伸ばし、燃えるようなまなざしでリオナは言った。「ここに集まったレディ全員にそうしたのと同じように、思いやりなどない接し方をすればいいのよ」

ニコラスが眉を吊《つ》り上げた。「わたしはとても気を遣ってきたつもりだが？」

「そして高潔でもあると言いたいのでしょう？」リオナはいやみたっぷりに言い返した。「レディたちをここに招いて、まるで自分が褒美の雄牛だとでもいうように、自分の前に並べて競わせて」

「わたしは妻を求めている、ダンキースまで旅をしようという気のある女性のなかから妻を選ぶと言った以外なにもしていない」

「自分のしたことがわからないほどあなたは目が見えないの？　エレナを危険な状況に追い込んだことや、競い合わせたレディたちの全員に緊張や不安を与えたことがわからない？　レディたちがあなたに気に入られなかったと知ったときにどれだけ傷つくか、少しでも考えたことはおあり？　ジョスリンドやエレナと——いいえ、プリシラとすら張り合えないと知ったときにどれだけつらく思うか」

「女性たちの気持ちを傷つけるつもりは少しもなかった。わたしは妻を求めているだけだ」ニコラスは両手を腰に当てた。そのしぐさでシャツの前が広がり、むき出しの胸がさらにのぞいた。「わたしが気に入らないからといって心を痛めても、それはわたしのせいではない」

「なんと都合のいい弁解かしら」

「ほかにどうしろと言うんだ？」むっとしたらしく、ニコラスの低い声にはかすかな苛《いら》立《だ》ちがあった。

「それはわたしの言うべきことではないわ」

「わたしに対して純情な生娘の真《ま》似《ね》などするのはやめてもらいたい！　わたしはきみをよく知っている」

「そう思っていればいいわ」

「きみのほうこそ、わたしをよく知っていると思っているようだ。きみの考えるわたしとは、大胆にも自分の寝室に現れたというだけで、その女性と愛を交わすような好色で不埒《ふらち》な男らしい」ニコラスはリオナの全身をもう一度眺めた。「たとえその女性がこのようなドレス姿で現れたのであっても」彼の表情が変わった。「たとえわたしが痛いほどそそられたのであっても」

リオナの鼓動は高鳴りはじめた。ニコラスがすぐ近くにいること、彼がシャツ一枚の姿であることをこれまで以上に意識し、リオナは乾いた唇をなめて少しずつ扉ににじり寄った。「あなたがそのようなことをする人だとわたしが思ったとすれば、それには立派な根拠があるからよ」

「わたしがきみにキスをしたからだ」

「ええ。一度ならずキスをしたから……あなたが花嫁にすることをまじめに考えようとはしない相手なのに」

「自分の花嫁にしようと考えるわけにはいかない相手だ」ニコラスは髪に手を走らせ、激しい怒りと強烈な自尊心をこめて言った。「わたしは富を失った貴族の家に生まれ、いま持っているひとつひとつのものを苦労して手に入れた。ここに集まっている、生まれながらに富と特権を持ち、安楽な生活を送っている貴族たちとはちがう。わたしは働いて金を稼いだが、自分の得たほぼすべてのものを弟と妹の面倒をみるために費やさなければならなかった。死の床にある母にふたりの面倒をみると約束し、その誓いを破るくらいなら死んだほうがましだと思ったんだ。雨にぐっしょりと濡《ぬ》れ、パンがなくて餓死しそうになった日々もある。それでも神のお恵みによりわたしは生きながらえて出世し、弟と妹にまずまずの生活をさせて、ついにこの土地を手に入れた。それと城を築くだけの金銭も。わたしは長年夢みてきた、自分が安全で満足していられる城塞《じょうさい》を築いた。その城塞のために自分の持っているもののほぼすべてをつぎ込み、それでもまだ暮らしを維持して数年分の税も払えるだけの余裕はあると思い込んでいた。そして結婚をするなら、自分の好きなときにできると。まさかスコットランドの王が自軍のために、もっと金を必要とするだろうとは思ってもいなかった。アレグザンダー王はわたしの領地への税を三倍に増やし、わたしの手元には金がほとんど残らなかった。その結果、多額の持参金を携えてくる女性と結婚しなければならなくなったのだ。さもなければ、ダンキースを失い、またもや文なしの傭兵《ようへい》に戻ってしまう」

ニコラスの表情が変わった。なにかを探し求めるような……必死とも言える表情だった。

「なぜそうなるわけにはいかないのか、きみにはわかるだろうか、リオナ？　あれだけ懸命に骨を折って得た領地と慰安の場を、いまになって失うわけにはいかないことがきみにはわかるだろうか？　もしもそうなれば、わたしはなにもしなかったことになる。わたしは無だ」

リオナはニコラスの声に苦悩を聞き、その目に苦悩を見た。貴族の生まれであり誇り高い戦士である彼がわたしに本当の自分を見せている。ごく限られた相手にしか見せないはずなのに。彼の不安、もろさ、寂しさと苦しみが、いま少しも偉ぶらずにわたしの前にさらされているのだ。

いまは、彼のなかにある情け深いもの、やさしいものをすべて壊そうとする冷酷な兵士に叩《たた》かれて、おびえる少年として彼を見ることができる。自分の弟や妹を気づかい、亡き母への約束を必死で守ろうとする若き騎士としての彼が想像できる。

ほんの数カ月前、ついに望みのものをすべて手に入れたと思ったときのニコラスが目に浮かぶ。どれほど喜び、満足して、誇らしい気分だったことだろう。ところがそのあと国王から知らせがあり、彼は署名の入った羊皮紙一枚でそのすべてを失いかねないことに気づいたのだ。

　ニコラスは敬意や自尊心を知らない尊大で威張りくさった騎士とはまったくちがう。彼は約束を守り通し、孤独で傷つきやすい不安を抱いた人間なのだ。そう悟るとリオナの胸に、これまであんなに懸命に打ち消そうとしてきた思いが――理屈をつけては追い払おうと努め、抱いていないふりをしてきた思いが、かつてないほどの強さで込み上げてきた。

「わたしにはわかるわ、ニコラス」リオナはそっと答えた。心のままを。そして片手を上げると、うっすらとひげの伸びてざらざらした彼の頬を撫《な》でた。

「この領地、この城塞はあなたの功績と栄誉と希望と褒美が一体となったものなんですもの。わたしは自分に多額の持参金があり、わたしのおじがこの国でいちばん有力な人物だったらいいのにと心の底から思うわ。そうすれば、あなたの花嫁となってあなたが苦労に苦労を重ねて得たものを守れるように、わたしにできるあらゆることをするのに」

　そしてリオナは、そのことばの真意がわからないとでもいうように自分を見つめるニコラスを引き寄せてキスをした。情熱と切望が解き放たれ、一気に押し寄せてきた。リオナはもはやそれを抑えようとはしなかった。わたしが裕福になることはありえない。わたしの家が勢力や権力を持つこともありえない。でも今夜ここで自分のなかにある女としての欲求、女心のすべてをこめて彼を愛することはできる。たとえそれが結婚による正当なものと認められはしなくとも。

　道徳も貞操も名誉も醜聞も恥辱も将来への不安も――ニコラス以外に大事なものはなにもない。彼がすべて。もうわたしは彼の腕のなかにいる歓《よろこ》びを自分に否定しないわ。みずから進んで彼にわたしを捧《ささ》げたい。

低いうめき声をひとつあげ、ニコラスがリオナを固く抱きしめた。彼の情熱はリオナ自身の情熱に熱く強く応《こた》え、キスが深まった。彼の舌が温かなリオナの口のなかに忍び込み、リオナの舌とからみ合う。ニコラスがさらにリオナを自分の力強い体に――力強く高まった体に引きつけた。

彼はわたしを求めているわ。わたしが彼を求めているように。望めば、どんな女でも手に入れられるはずの彼が、わたしを求めている。

リオナの唇は自分の切望する反応を求めて、ニコラスの唇をくまなくさまよった。彼が胸に触れ、なおいっそうリオナの興奮をかき立てる。リオナには全身がもろくなったかのように思えた。

ニコラスが片手をリオナのドレスの身ごろのなかへ忍び込ませようとした。ドレスはきつく、結びひもが耐えられずに切れたが、リオナは意に介さなかった。そして大きく開いた胸元から彼の温かな手がドレスの内側に入ってくると、その感触を歓迎した。彼のてのひらが肌をかすめ、胸の頂に軽く触れる。彼の手はごつくてたこのできたまさに男の手――戦士の手だった。だが、なによりも快く、なによりもうれしく感じられる。リオナは小さくうめき、無言で彼を促した。ニコラスがリオナを抱き上げ、ベッドへと運んだ。リオナはドレスの胸元を押さえて、体を後ろにずらしたが、その目は彼から離れなかった。ニコラスがシャツを脱ぎ、次いでブーツを脱ぎ捨てた。そしてつぎにはズボンを取り去った。

彼はいま一糸まとわぬ姿で月の光を浴び、リオナの目の前にいた。少なくともこのひと夜、リオナと愛を交わすために。

リオナは床に降り立ち、胸元を押さえていた手を離した。ドレスが床に落ち、全身がニコラスのむさぼるようなまなざしにさらされた。

「きみは本当に美しい」つぶやくように言ったニコ

ラスの目は渇望に燃えていた。リオナは彼が自分のことを年を取りすぎだとも、きれいでないとも、しとやかでないとも考えていないのをそのまなざしから改めて知った。彼はありのままのわたしを評価してくれているわ。ありのままのわたしを求めてくれている。

欲望をかき立てられ、リオナは待ちきれずにベッドに上がって身を横たえると、ニコラスを迎えるために両腕を差し出した。彼はじらすようベッドに上がってきた。そのゆっくりした動きと表情が、リオナの胸を高鳴らせる。リオナの両脚のあいだに身を置いたニコラスが、互いの下半身を触れ合わせた。リオナは準備の整った固い彼を感じた。リオナ自身も潤い、切望し、準備ができている。リオナはニコラスを引き寄せると、ふたたび熱く激しく彼の唇をふさいだ。

リオナの情熱は高まり、渇望は増した。脈が重く響き、彼そのものが触れているところは脈打っている。リオナはニコラスを固く抱きしめて彼の胸に唇を寄せた。唇でもてあそぶように触れた肌は塩の味がした。そして彼の胸に小さな頂があるのを見つけると、舌の先でたわむれた。ニコラスが頭をのけぞらせてうなり声をあげた。獅子《しし》の咆哮《ほうこう》のようなその響きがリオナの愛撫《あいぶ》に拍車をかけた。

切迫した欲求に、リオナの両手はニコラスの背中をあわただしくさまよった。波打つ彼の筋肉の動きを感じ、強靭《きょうじん》な肉体の力に感嘆する。ニコラスの手がリオナの脇《わき》をなめらかに撫で上げ、胸を包み込んだ。そのあいだにも彼の唇は脈打つリオナの首をなぞり、鎖骨を過ぎて、温かな肌を下っていく。

やがてニコラスがリオナの胸の頂を口に含んだ。リオナはすすり泣くような声をもらし、彼が呼び起こすまぎれもない歓びに身をよじった。もう片方の頂に同じ愛撫が繰り返されると、リオナはみずからを彼に捧げたくてたまらないとでもいうように弓なりに背をそらした。

　ニコラスが片手をついてリオナの脚を撫で、てのひらをもっとも熱を放っているところへ、もっとも欲求がつのるところへと近づけていった。

　その手が両脚のはざまにある潤った場所に到達すると、リオナはあえぎ、ニコラスの腕をつかんだ。てのひらが押し当てられたときには、歓びと欲求とがさらに高まった。

　ニコラスが身を近づけ、胸と胸を触れ合わせながら、もう一度てのひらにそっと力をこめた。

「もっと」リオナはあえぐように言った。ほかのことばは浮かんでこなかった。

　ニコラスが体を離し、もとの位置に戻った。どうしたのかしら——。

　ニコラスが唇でリオナを愛撫しはじめた。その場所を。

　リオナは目を開け、頭を起こした。とはいえ、それもほんの一瞬だけだった。彼の愛撫は続き、リオナはベッドの上掛けを握りしめた。しなやかな彼の舌によって興奮と渇望の新しい世界へと運ばれていく。やがて全身にみなぎった緊張がはじけ、粉々に飛び散った。

　息を切らしながら横たわったまま、リオナはぼんやりと、つぎはどうなるのかしらと思った。彼のしようとしたことはこれですべてなのかしら。わたしはなにか話したほうがいいのかしら。

　ニコラスが、男らしくたくましいダンキース城主が体を起こした。息を荒くつき、リオナを見下ろしている。乱れた髪が顔と広い肩にかかっていた。

「リオナ、ここでやめたほうがいいなら……」

　リオナはかぶりを振った。

「このまま続ければ、どこに行き着くかはわかっているのか？」ニコラスがかすれた声でささやいた。

「わたしがどうしたいかは」

リオナはうなずいた。この部屋で彼にキスをしたときから覚悟はできている。「どうかわたしと愛を交わして、ニコラス」

それでもニコラスは動かない。「わたしはなんの約束もできないんだよ、リオナ。婚約はできない」

「わかっているわ」

「わたしはあまりに長いあいだ――」

「わかっているわ」リオナは身を起こし、情熱のこもったキスでいま一度彼の唇をふさいだ。

リオナにはわかっていた。いま自分が彼に純潔を捧げようとしていることが。ひとたび彼に捧げてしまえば、もう二度と処女には戻れない。彼がわたしと結婚しないのは承知の上だ。でもそれが彼の腕のなかで一夜過ごすことの代償なら――彼と愛を交わす代価なら、惜しくはない。朝が来て後悔したとしても、それはそのときに対処すればいい。

リオナは自分に押し当てられるニコラスの体を感じた。そして彼がゆっくりとリオナのなかに入ってきた。

鋭い痛みにリオナは悲鳴をあげた。

ニコラスが動きを止めた。「すまない」リオナの首に唇を寄せたままつぶやく。「やめたほうが――」

「やめないで」そう答えるあいだにも、リオナの体は彼に慣れてきつつあった。彼が自分のなかにいる感覚が打ち消しようのない新たな刺激を生み出している。

ニコラスが安堵《あんど》まじりのため息をひとつもらして聞き入れ、ふたたびゆっくりと動いた。今度はもう少し力をこめた動きだ。そのとき緊張が――あの切迫した欲求と、先触れとなるなにかがリオナのなかに生まれた。

さらにもう一度。

あのすばらしい解放感を体験したい。リオナは激しい願望に、切なる願いにとらわれた。リオナがニコラスの肩にしがみつくと、彼はさらに力強くリオナのなかに入った。体がそれに応えるにつれ、痛みは曖昧《あいまい》な記憶へと薄らいでいく。わくわくする興奮が、情熱にまかせれば行き着くところに行き着けるという暗黙の同意以外のすべてを消してくれる。

彼とともに行き着くところに。

ニコラスの動きが速さと深さと激しさを増していく。息は荒く短いあえぎに変わっていた。リオナはニコラスにしがみついた。彼のたくましさ、彼の肉体の持つ力、彼の与えてくれる感覚に歓びを味わいながら、彼の肩と腕をつかんで体を動かした。理性も思惑もなにもない自分の肉体だけに導かれ、えも言われぬ解放の時を迎えると、全身を貫いて押し寄せる歓びの波に、喉の奥からうめき声をあげた。

でもそれで終わりではなかった。首の筋肉を竪琴《たてごと》の弦のようにきつく緊張させ、荒い叫び声とともに、ニコラスが力強い動きを見せたかと思うと、歓びにひたるリオナに追いついた。

息を切らしてぐったりと体を預けてきたニコラスを、リオナは固く抱きしめた。

どれくらいそうして横たわっていたのかはわからない。やがてリオナは満ち足りた喜びと眠たさでぼんやりとした意識の隅で、この部屋で眠ってはいけないと気づいた。「ニコラス？」

「うん？」すでに半ば眠った声でニコラスが答えた。

「もう行かなければ」

ニコラスが目を開け、リオナを見た。

「もう行くわ」

もう少し目を覚ましたニコラスが、リオナの上から体をどけた。

こうなるとはわかっていたものの、込み上げる涙でリオナの目はじんとした。でも彼の前で涙をこぼすわけにはいかない。リオナは乱れたベッドを下りた。これはわたしが覚悟をして決めたことなのだから、その結末をそのまま受け入れなければならない。

リオナは緋《ひ》色のドレスを床から拾い上げた。髪がほどけ、むき出しの体に流れた。

ニコラスが後ろからリオナを抱きしめた。その思いがけない抱擁はリオナを驚かせた。「後悔している？」彼がささやいた。

リオナはどんな迷いも無理やり追い払い、向き直って彼を見つめた。「いいえ、後悔はしていないわ」

ニコラスの微笑《ほほえ》みは、のちにリオナがどれだけ後悔の念と恥辱感を抱くことになろうとも、それを補って余りあるものだった。「ではわたしも後悔しないですむ。また会いに来てくれるかい、リオナ？」

たとえそのためにおじを殺さなければならなくなったとしても、リオナにその誘いを断れるはずがなかった。「ええ」

ニコラスがリオナを抱きしめ、ほどけた長い髪に手を走らせてささやいた。「きみの髪は本当にみごとだ。編んでいなければどんなだろうと何度も考えた」

「服を着なければ」

ニコラスがリオナを離した。「その赤いドレスは好きだな」

「これはエレナのなのよ」

「ああ、そうだったね」

「きっといまごろパーシヴァルはわたしではなくエレナがあなたのベッドに来たと思っているわ」

「わたしが花嫁を決めるまで」

「ええ」リオナはそう答えながら扉に向かった。

そしてニコラスの寝室を出た。

リオナが戻ると、エレナは心配そうに待っていた。ドレスのひもの結び目や、ひもがちぎれているのに気づいたとしても、エレナはそのことには触れなかっただろう。

「サー・ニコラスは眠っていた？」リオナが着替えをしているあいだにエレナが小声で尋ねた。「パーシヴァルに見られなかった？　だれにも見られなかった？」

「なにもかもうまくいったわ」リオナはエレナを安心させた。「これでなにもかも問題なしよ」

　どんな後悔も、どんな良心のとがめも抑え込み、リオナは自分の部屋へそっと戻った。なにか問題が起きたとしても、そのときは真正面からそれに向き合おう。もしも今夜のことが見つかり、醜聞や名誉失墜が起きたとしても、それを受け入れよう。ニコラスの腕に抱かれたのだから、それくらいの犠牲を払ってもいっこうにかまわない。

# 15

　それから数日後、ニコラスは背後で両手を組み、自室の窓のそばに立っていた。外は快晴の天気で、畑は収穫の時季に近づいている。兵士たちは歩《ほ》哨《しょう》に立つか、訓練を受けるかだ。

　ニコラスの頭にあるのは、そのどれでもなかった。彼はリオナを観察していた。リオナは城壁のそばに立ち、エレナやもうすぐ結婚するポリーと話を交わしている。これだけ距離があっても、リオナが微笑《ほほえ》んでいるのがわかった。熱意といきいきした喜びに全身を輝かせている。なにをするときにも、ああなのだ。

　愛を交わすときにも。リオナと過ごす夜は決まって驚嘆と刺激に満ちている。しかも、その驚嘆と刺激は回を重ねるごとに増しているのだ。昨夜リオナは長く豊かな美しいその髪を一糸まとわぬ体に垂らしたままニコラスにまたがり、上体を倒して胸を触れ合わせた。手をニコラスの頭の両脇《りようわき》につき、陶酔を呼ぶほど――いや、ときとして頭がどうにかなりそうなほど、変化をつけて体を起こしたり沈めたりした。しまいにニコラスは快感とじらされたもどかしさから悲鳴をあげそうになったくらいだ。

「サー・ニコラス？」

ニコラスは執事の声でわれに返った。彼が執事のほうを向くと、執事は視線を下げ、手に持っている一覧表を見た。「さっきから申し上げているとおり、レディ・ジョスリンドの要望はかなり高くつきます。夕食には孔雀《くじやく》と鶉《うずら》の卵の二品だけを供したいとのことなのですが」

「われわれにそれが買えるのか？　買えなければ、なにもなしですまさなければならないということか？」

「買うことはできます。しかし――」

「では、買えばいい。わたしが財政難にあることはだれにも知られてはならない」

「それが、もうひとつ小さな問題がありまして。アングルヴォワ公爵がレディ・ラヴィニアと若いオードリックとのあいだになにかあると勘づいたようなのです。公爵はわたしに、レディ・ラヴィニアはサー・ニコラスに気に入られたと思うかと尋ね、その口調からはかなり心配しているようすがうかがえました」

「レディ・ラヴィニアが厨房《ちゆうぼう》の責任者であったとき、スープは冷たいまま食卓に運ばれ、肉は焦げていたのだから、気をもむのも当然だ」

執事のロバートが同意の印にうなずいた。「それにあなたはレディ・ラヴィニアに対して、その、気のある態度をおとりになってはいません」

たしかにそのとおりだ。なぜならほかのことを考えているから。エレナとジョスリンドに対して関心があるふりをするのが精いっぱいなのだ。「公爵はここを去るつもりでいるのかな」

「そのようです」

「それがいいかもしれない。金の減り方が思ったより早い。客が少なくなればなるほど助かる。公爵が自分から帰ることを選択したのなら、そのほうが公爵にとってもレディ・ラヴィニアにとっても屈辱的でないだろう」ニコラスはそう締めくくり、その点に関するリオナの忠告について考えた。

リオナの言ったとおりだ。わたしは自分の行為がダンキースに集まったレディたちにどう影響するかを一度も考えたことがなかった。

ニコラスは宿泊客が少なくなるのをロバートも喜ぶだろうと思っていた。ところがロバートは顔を赤らめ、両親に叱《しか》られた小さな男の子のようにもじもじと足を踏み替えた。「反対なのか？」ニコラスは尋ねた。

ロバートが視線を上げてニコラスを見た。ニコラスは執事の顔に表れた必死ともいえる形相に驚いた。

「レディ・ラヴィニアをお選びにならないだろうとは思っていましたが、おうかがいしたいことがあります。それは……それは……」ロバートは言いよどみ、深く息を吸ってから口早に続けた。「レディ・プリシラにはいくらかでも関心はおありですか？」

そんなことがありうるだろうか。まさか。「いや、ない」ニコラスは答えた。「レディ・プリシラはとてもうまく厨房を監督したが、わたしは彼女と結婚はしない。非常に実務的な女性のようだな」

まったくレディ・プリシラの整えた食事は平凡なうえ、きわめて安価で、まるで軍用食のようだった。

「おまえは、レディ・プリシラがダンキースを去るのが残念なのか？」

　ロバートは窓に目をやり、ついでテーブルを、そして床を見てから、ようやくニコラスに視線を戻した。そして胸を大きく上下させて息を吸い込んだ。「はい！」あたかも人間が神に挑みかけるように、彼は答えた。

　自分にとっては執事でもあり友人でもある男が突然感情をほとばしらせたわけだが、ニコラスはにやりとしたい気持ちをまったく顔に出さなかった。

　ロバートが肩をいからせた。「レディ・プリシラは緊張すると笑ってしまうだけで、わたしといるときはまったくちがいます」

　そう願っているよ。ニコラスはそう思ったが、思ったままロバートに告げるつもりはなかった。「どうやらレディ・プリシラはおまえが好きなようだな」

　ロバートがさらに赤くなった。「はい」

「彼女の兄上はこのことをどう考えている？」

　ロバートの決然とした態度にやや陰りが見えた。

「オードリックにはまだ話していません。プリシラが、ラヴィニアがどうなるかわかるまで待ちたいと言うので。プリシラは兄が大好きなんです。とても愛すべき女性ですよ」

「彼女がおまえの心をつかんでいるのなら、それさえ聞けば、わたしには充分だ。プリシラはオードリックがおまえとの結婚を許してくれないのではないかと心配しているのか？」

「心配しているのはわたしも同様です。わたしは執事にすぎませんから」

　ニコラスはロバートの肩に片手を置いた。「おまえは庶子であるとはいえ、貴族の血筋で、わたしが親友と呼べる栄誉に浴したきわめて立派な人物の兄弟だ。そして、わたしが信頼する数少ない人間のひとりでもある。それでも不足だというなら、たとえば前々からおまえがすばらしいと言っていたあの谷間の土地を自分の地所として持っていると伝えても、オードリックは満足しないかな？」

　ロバートは唖然《あぜん》としてニコラスを見つめた。「くださるのですか？　あの土地をわたしに？」

「喜んで。ただし、わたしに税を払わなければならないし、できれば今後も執事を務めてもらわなければならないが」

　ロバートが家庭を持てば、あのくすくす笑うプリシラがダンキースに来ることになるのは言うまでもない。だが、そうしょっちゅう城を訪れるわけでもないだろう。

「もちろん、これからも執事を務めさせていただきます！」ロバートがうれしそうに声を張り上げた。「お仕えできてたいへん光栄に思っているのですから。いつまでもそうできればと願っています」

　ニコラスはうれしく思い、執事に微笑みかけた。いまではこれもそうめずらしくはないこととなっていた。「プリシラを捜して知らせを伝えてはどうだ？　そのあと、わたしからオードリックに話をしてもかまわないが？」

「いえ、それには及びません」顔には笑みを、目には喜びを浮かべ、ロバートが扉に向かった。「わたしから話します。寛大な処遇を、心の底から感謝しています」

　ロバートが出ていったあと、ニコラスは窓辺に戻った。リオナとエレナとポリーはもう城壁のそばにいなかった。

　あの三人の女性の会話を聞きたかった。このところ三人でよくいっしょにいるが、それはなぜかわかるような気がする。リオナはエレナに家事の切り盛りのしかたを教えているのだ。

　おもしろくない考えだ。リオナではなくエレナが自分のベッドにいるところを想像しても、おもしろくない。それでもそうしなければならない。さもなければ、長年重ねてきた苦労が水泡に帰してしまう。

ニコラスはため息をついた。そしてアングルヴォワ公爵を捜しに行った。自分は好みの女性と結婚できなかろうと、ラヴィニアとオードリックが結ばれない法はない。双方ともに血筋もよく裕福で、釣り合いのとれる地位にある。

ダンキース城主がふたりが結婚できるよう環境を整えて話を推し進めることを当人たちがありがたく思ってくれれば、それもまた喜ばしい。

ニコラスはまず厨房に行った。ノルマン人貴族のいる可能性はほとんどない場所だ。

そしてリオナのいる可能性は非常に高い。うれしいことにリオナはいた。しかしかつてないほど緊張しているようだった。リオナは召使いたちに囲まれ、その召使いたちのそれぞれが一度にリオナに話しかけていた。

「なにがあった?」ニコラスはそちらに近づきながら尋ねた。その声を聞くと、召使いたちは鳥の群れのように散っていった。

「夕食のことで、その、ちょっとした混乱があったようなの」

「夕食を整えるのはレディ・ジョスリンドではなかったのか?」ニコラスはふだんもめごとがあったときに用いる口調で話すように気をつけ、同時にリオナへの気持ちが表れないよう心した。「なぜレディ・ジョスリンドはここにいない?」

召使いのほとんどはどぎまぎしたようすで床を見つめるだけで、なにも答えない。ポリーのほか、ほんの何人かが警戒するようにリオナを横目で見たあと、同じようにニコラスをちらりと見た。

「レディ・ジョスリンドは今夜着るドレスを選びにいらしたと聞いているわ」リオナが言った。

「それなら、だれかがレディ・ジョスリンドを呼んできて、問題を解決してもらわなければならない」

ポリーが一歩前に出た。「申し訳ありませんが」ポリーの声は震えていたが、そのまなざしに迷いはなかった。「わたしたちはレディ・ジョスリンドから指図を受けたくないんです」

ほかの召使いたちがそれに同意を示すことばをぼそぼそとつぶやくなか、ニコラスはリオナが大広間に通じる扉のほうへ少しずつにじり寄るのに気づいた。あとで敵前逃亡だとからかってやろう。きっとリオナはあのすてきな目に憤慨の炎を燃やす。そして、わたしはその怒りをキスで追い払わなければならなくなるだろう。

ニコラスは無理やり召使いたちに注意を戻した。

「おまえたちがどうしたいかは問題じゃない。レディ・ジョスリンドの指示に従えというのがわたしの命令だ」

ポリーは引かなかった。「そうかもしれませんが、レディ・ジョスリンドは一度に六つほどの用事を全員に言いつけるのですが、なかにはわけのわからないものもあるんです。説明してくだされば、そうではないんでしょうけれど、きこうとしても、おまえたちはばかだばかだとおっしゃるばかりなんです」

ほかの召使いたちが即座にうなずき、そうだ、そのとおりだとつぶやいた。

「それで代わりにレディ・リオナに不満や質問を浴びせて困らせることにしたわけだな？」

ポリーが顔を赤らめ、視線を落とした。

リオナが急いで前に出た。「思うに、仕事を割り当てるだけでいいのではないかしら。わたしが喜んでお手伝いするわ。そうすれば、レディ・ジョスリンドをわずらわせなくともすむでしょう」

召使いたちのためにジョスリンドにまで手を貸すとはリオナらしい。しかし、このもめごとの責任がジョスリンドにあるなら、本人に解決できるはずだ。

「寛容で親切な申し出はありがたいが、これはきみには関係のない問題だ」

　ニコラスはポリーのほうを向いた。

「わたしがレディ・ジョスリンドに話をするまで、おまえたち全員のそれぞれができる仕事はあるのか？」

　微笑みが浮かんだかのように、ポリーの口角が持ち上がった。「はい」

「よろしい」ニコラスは焼き串《ぐし》係の少年を手招きした。「レディ・ジョスリンドのところに行って、身支度がすんだら、話があるのでわたしの部屋に来てもらいたいと伝えてくれ。身支度はそろそろすむはずだ」

　少年はうなずき、駆け出していった。

「レディ・リオナ、きみがさっき話した件については、あとで話し合おう。ところでだれかアングルヴォワ公爵を見なかったか？」

「城壁の外側の前庭にいらっしゃいました」女の召使いのひとりが言った。「少なくともレイフはそう言っていました」

　召使いたちの前では、あまりリオナに笑いかけることはできない。それを残念に思いながら、ニコラスは礼を言う代わりにうなずき、きびすを返してアングルヴォワ公爵の兵士たちがいる天幕に向かった。

　その天幕は前庭の東部分にあった。

　ニコラスが野営地まで来ると、兵士たちの動きがあわただしく、話し声もがやがやとうるさいのに気づいた。天幕をたたもうとしているように見える。ロバートの言ったとおりらしい。アングルヴォワ公爵は自分のまたいとこがダンキースのサー・ニコラスと結婚する可能性はないとようやく悟り、出発するつもりでいるようだ。

　ノルマン人兵士に二、三度尋ねなければならなかったが、それでもすぐにニコラスは天幕のひとつに不機嫌そうなアングルヴォワ公爵を見つけた。公爵は困り果てたようすの従僕にどなり声で命令していた。そしてニコラスを見ると顔をしかめ、従僕に出発準備が整ったかどうかを見てこいと命じた。

「ダンキースを発《た》たれるのかな？」ニコラスは公爵の渋面には取り合わず、なにも事情を知らないふりをして尋ねた。

「そちらがラヴィニアにまじめな関心を抱いていないことがはっきりしてきた以上、滞在する理由がなにもない」

　わたしはふまじめな関心も抱いていないぞ。一瞬ニコラスはかっとしたが、自分に言い聞かせた。いまのアングルヴォワ公爵には以前ほど宮廷での影響力はないとはいえ、よけいな敵を作るのは絶対に賢明ではない。

「実を言えば、わたしも同じ結論に達しました」ニコラスはまじめ、ふまじめの件には触れずに言った。「しかしながら、レディ・ラヴィニアのほうもわたしに関心がない。育ちのよいレディ・ラヴィニアにとってわたしはあまりに兵士すぎるようだ」

　アングルヴォワ公爵はその長い鷲鼻《わしばな》越しにニコラスを見下ろした。「ではわれわれは合意を見たわけだ。となると、こんな……こんな辺鄙《へんぴ》なところにこれ以上とどまりたくはありませんな。とにかく、ご歓待くださり感謝していますぞ、サー・ニコラス」公爵がそう言って続けた。〝粗末な歓待ぶりだったが〟とつけ加えたかったが控えておくと言いたげな口調だった。「野蛮人に囲まれて暮らすあなたの幸運を祈る」

　皮肉をこめた挨拶《あいさつ》に対し、ニコラスはうなずいてそれを受け入れた。「あなたがたが去られるのをオードリックは残念がるでしょうな」

　アングルヴォワ公爵が探るように目を細めた。

「オードリックが？　わたしとなにか関係がありま

したかな?」

「関係があるのはあなたではなく、美人のまたいとこのほうかもしれない」

アングルヴォワ公爵が顔をしかめ、眉間《みけん》に深いしわが現れた。「ラヴィニアが?」

ニコラスはほかにだれがいると言いたいのをこらえた。「オードリックはレディ・ラヴィニアに多大な愛情を抱いているようですな。レディ・ラヴィニアによく笑いかけている。レディ・ラヴィニアは慎み深くてレディらしいとてもしとやかな方法でしか応《こた》えていないが、オードリックから好意を寄せられているのを不快には思っていないはずです。わたしなら、この縁組を進めますね。オードリックのおじは教皇と緊密な関係にある非常に有力で尊敬を集めている大修道院長ですから。そのほかの親族も政界でなんらかの影響力を持っている。それについ先日彼から聞いたばかりだが、義兄だか義弟がロンドンの裕福な商人数人と通商協定を結んだらしい。つまり一族はさらに裕福になるはずだ。レディ・ラヴィニアはとくに苦労をしなくても立派な夫が見つかるでしょう。すでにお互いにある程度の好意を抱き合っているなら、なおさらだ」

アングルヴォワ公爵は相変わらずニコラスを見つめている。頭のなかで金貨を数えているらしい。

「ここを発つ前にオードリックと話をしたほうがよさそうですな」

「わたしなら、そうしますね。彼はとても立派な若者のようだ。いまのうちに確保しておかないと、おそらくほかの頭がよくて格の劣る女性に取られてしまうのではありませんかな」

「たとえば、ジョス——」公爵は言いかけてやめた。「なるほど、たしかにラヴィニアとオードリックの結婚を考えるべきですな。いますぐラヴィニアと話してこよう」

「好きなだけ滞在を延ばされるといい。婚約を成立させるには時間がかかることがありますから」

ロバートは滞在が延びるのを喜ばないだろうが、これでアングルヴォワ公爵ばかりでなくオードリックとも友好的な関係を結べるなら、追加費用をかけるに値する。

それを証明するかのように、公爵が心底うれしそうな笑みを浮かべた。公爵のこんな笑顔を見るのはニコラスも初めてだった。「あなたがこれほど賢明で寛容だとは少しも知らなかった」公爵はそう白状した。「もちろん卓越した戦士であることは知っていたが、鋭敏で親切でもあったのですな。姻戚《いんせき》関係を結んでいたら、光栄に思ったはずですぞ」

「それはこちらも同じです。しかし結婚問題となると、女性の意向も聞いたほうがよさそうですね。夫婦間の不和ほどひどいものはない」

「そう、そのとおりだ」公爵がうなずいた。「わたし自身はすばらしい妻に恵まれたが、あまりに早く死んでしまった。もしかしたら、そのせいでどれだけ自分たちが幸せだったかを忘れてしまったのかもしれませんな」公爵はニコラスに微笑みかけた。「われわれに負けないほど幸福な結婚をされるよう祈っていますぞ」

「ありがとうございます」

「供の者とラヴィニアに滞在を延ばすと伝えてきましょう」

「ではわたしは自室に戻ります。家政のことで話を聞かなければ」

ニコラスが自室に戻ると、すでにジョスリンドが待っていた。ジョスリンドはニコラスにはよくわからない、どこか異国産の生地を使った淡いブルーのドレスで美しく装っていた。金色の飾り帯をほっそりした腰で低めに結んであり、装身具が窓から差し込む陽光にきらきらと輝いている。そして金色の髪はごく薄い絹のベールで覆われていた。テーブルのそばで両手を握り合わせ、不安そうな面持ちで立っているその姿は、慎み深くて女らしい美しさをまさしく体現しているように見えた。

　とはいえ、その外見の裏にある姿を何度も見てきたニコラスには、ジョスリンドを花嫁に選ぼうという気は起きない。彼女は高慢で横柄でわがままで人をあざむく。ジョスリンドがもっとみだらな衣装で自分の寝室に現れたとしても、その可能性は充分にあると考えていたニコラスは少しも驚かなかっただろう。ジョスリンドではなくリオナが現れたのには、本当に驚いたが。

　それでも、ジョスリンドの父親がどんな人物であるかを考慮し、ニコラスはジョスリンドに対して彼女がここを去るときが来るまで失礼のないよう接するつもりだった。リオナからは、レディたちの気持ちに対して配慮が足りないと言われたのだ。

「わたしにお話がおありだとか」白くなめらかな額にしわを寄せてジョスリンドが言った。

「そうだ。どうかお座りください」ニコラスは椅子を示した。

　ジョスリンドが椅子に座った。その動きの優美さは意図したもので、リオナの生来備わった気楽な品のよさとはまったく異っている。ジョスリンドの動きはその体型や姿をできるだけ美しく見せるために考え抜かれたように思える。

　ジョスリンドは椅子に腰かけると、膝の上で両手を組み、目を上げてニコラスを悲しげに見つめた。

「わたし、あなたの感情を害したり、不愉快な思いをさせたりしたのではありませんかしら」

「わたしの召使いたちが怒っている」ニコラスは扉のそばに立ったまま、そう認めた。「夕食を準備するためにきみが出した指示のことでなにか混乱があったらしい」

「あら？」鋭く問いかけるように言ったあと、ジョスリンドはすぐにまた不安で悲しげな口調に戻った。「みんな、理解してくれたと思ったのに」

「どうやら理解していないようだ」

「それならそうと言ってくれればいいのに」

「そうしようとしたのではないかな」

　ジョスリンドが苛立《いらだ》ったようすで立ち上がった。癇癪《かんしゃく》をこらえようとしているのがニコラスには手に取るようにわかった。「では、もう一度話をしてきます」

「そうしなければならないだろうね。みんななにをすべきかがはっきりわかっていない」

　このへんでジョスリンドがいまどんな位置にいるかを少し伝えておくべきかもしれない。リオナなら、きっとそうすべきだと言うだろう。

「あいにく、わたしは厨房でいろいろもめごとを起こす妻は求めていない」

　ジョスリンドの目に怒りの炎が燃え上がり、ふだんかぶっている穏やかな仮面がはがれ落ちた。「わたしは父の家を切り盛りしていて問題を起こしたことなど一度もないわ。うちの召使いたちはいつだって命令をされたときに命令をされたとおりのことをするの。だから、ここの厨房でなにか問題があったとすれば——」

　ジョスリンドは自分を黙らせようとするかのように唇を引き結んだ。

　ニコラスはあとを引き取り、ジョスリンドに逃げ道を与えた。「お父上の家の召使いたちはきみのやり方に当然慣れているだろうね。残念ながら、うちの召使いたちはちがう」

「ええ、そういうことよ」ジョスリンドは彼が与えたきっかけをすかさず受け取った。「時間さえかければ、きっと……」そう言ってうなだれてから今度は目を上げ、相手を惑わすのが目的と思われる表情を浮かべた。「お互いにもっと理解し合えることでしょう」

　ニコラスは、きみにはそんな機会はないと言いたいのをこらえた。「そうかもしれない」

　ジョスリンドがあごをつんとそびやかして手を伸ばし、ニコラスの腕に触れた。「そうなるよう、全力を尽くすわ」彼の顔を見つめたまま、ジョスリンドは腕に置いた手を上へとすべらせた。「あなたを喜ばせるために全力を」

　ニコラスはその手を払いのけたかった。だが、必要以上にジョスリンドの感情を傷つけたくはない。そこで彼はやや後ろに下がった。「きみはきっとすばらしい妻になるだろう、ジョスリンド」

　ほかのだれかの。

「自分の夫がいつも幸せで完全に満足していることこそ、わたしにとって最大の喜びなの。それがなによりも大事なことだわ」

　ジョスリンドがにおわせていることをニコラスは正確に察した。彼女なら、夫を喜ばせるためにはあらゆる手管を用いるだろう。とはいえ愛することは権力や支配力を競い合うのではなく、むしろ仲むつまじさや情欲の問題だ。リオナが与えてくれたあのすばらしい、利己的ではない愛を知ったあとでは、ジョスリンドを妻にするのは冷たく人情味のない取り引きのように思える。

　しかし、そもそも自分が求めていたのはその取り引きではなかったのか？　エレナとの結婚は取り引きとどうちがうのだ？

　ジョスリンドがなまめかしく微笑みながらそっと身を乗り出した。「きっとあなたの妻もつねに満ち足りていることでしょうね。どんな女性もこのようにたくましくて精力的な夫を夢見るものだわ」

「レディ・ジョスリンド」ニコラスは冷たくはない

ものの、きっぱりと言った。「早く厨房に行って召使いたちと話をしたほうがいいのではないかな。さもないと夕食の準備ができなくなってしまう」

「まあ。必ずやり遂げるわ」

ニコラスは後ろに体を引いた。「そう願いたい」

ジョスリンドがばつが悪くなるほどニコラスに近づくと、突然立ち止まった。「本当に収穫祭まで待ってからお決めになるの？」

ニコラスはうなずいた。時間は最大限に使う。なぜならひとたび結婚すれば、エレナに対して不誠実な夫でいるつもりはないからだ。結婚の絆《きずな》を尊ぶからにはそんなことはできないし、愛人を作ってエレナを悲しませることはしたくない。

それにリオナは友人の夫の姦通《かんつう》相手となって友人を裏切るようなことは絶対にしないだろうという思いがニコラスの心の奥深くにあった。神の前で結婚の契りをおこない、妻に対して誠実であることを誓う前に愛し合うのと、結婚後も関係を続けるのとは同じではない。

「待つのはとてもつらいことだわ。それに、ほかの女性が選ばれるのではと不安でならないの」

ジョスリンドは自分が選ばれることになんの疑いも抱いていないはずだ。自分より魅力的で花嫁としての価値がある女性がいるなどとは考えてもいないだろう。「わたしが選ばなかった女性も、夫を見つけるのにはなんの苦労もしないのではないかな。それぞれに長所がある」

ジョスリンドの目がきらりと光るのを見て、ニコラスは警戒態勢をとった。「レディ・リオナはちがいます。正直に言って、レディ・リオナがまだここにいるのは謎《なぞ》に思えるわ」

ジョスリンドは怪しんでいるのだろうか。「レディ・リオナとそのおじはスコットランド人だから、いまも滞在している。あまり早く追い払ってこの国の人々に敵意を持たれたくないのでね」

「なるほど」ジョスリンドが微笑んだ。「政治的な理由でまだいるというわけなのね。あの小柄な男の人があなたには愉快だからだと思っていたわ。道化師みたいに」

ニコラスは顔をしかめそうになるのをこらえた。

「彼は愉快な人だ。それにとても気のいい人でもある」

「スコットランド人にしては」

「レディ・ジョスリンド、ひょっとしてきみが気づいていないだけなのかもしれないが、ダンキースはスコットランドにある。わたしと結婚する相手はスコットランド人に対して敬意を抱かなければならない」

ジョスリンドのすべすべしてやわらかそうな頬がピンク色に染まった。「もちろんです。いまのは悪気があって言ったわけではないわ」

ニコラスは無理やり微笑んだ。「べつにそう取ってはいない。われわれノルマン人がスコットランドにいてスコットランド人のことを話すときは、話し方に気をつけなければならないと言いたかっただけなんだ」

「わかりました」ジョスリンドは小さな声で言った。「そろそろ失礼してよろしいかしら。厨房に行きます」

# 16

食料貯蔵室の外に立ったリオナは指を一本曲げてそっとポリーを呼んだ。「ちょっとここに来て、ポリー。話したいことがあるの」

ポリーは好奇心で大きく目を見開き、かごを置くとすぐさまやってきた。「なにがあったんですか?」ポリーは小声で尋ねた。

「明日はレディ・エレナが厨房《ちゅうぼう》を監督する番なの。そのことで話があるのよ」

ポリーが肩をすくめた。「あのレディ・ジョスリンドよりひどいことになるはずがありませんよ。あのレディ・ラヴィニアよりも。レディ・ラヴィニアほど気の散る人は見たことがありません。もっとも

持ち時間の半分をここであのオードリックといっしょに過ごすようなことさえしなければ、もっと上手にできたのでしょうけれど」

リオナは一瞬ポリーになにを言うつもりでいたのかを忘れた。「レディ・ラヴィニアはオードリックと食料貯蔵室にいたの?」

ポリーがにやりとした。「そうですよ。たっぷりと。でもいいんです、お嬢さま。あのふたりは結婚するようですからね。レディ・ラヴィニアの小間使いがわたしにそう言っていました。まるで自分が花嫁になるみたいに舞い上がっていましたよ。オードリックはロンドンに住んでいるし、サリーは前々からロンドンに住みたくて――」

「それはよかったわ」サリーの願望の話が長々と続きそうなので、リオナはポリーをさえぎった。「それはつまり、あなたも気づいたでしょうけれど、レディ・ラヴィニアはサー・ニコラスの花嫁にはなら

ないということね」

「ええ。それにレディ・プリシラも。わたしはそう願ってます。いやはや、あの笑い声といったら！　まるで馬のいななきですよ！」

「すると、あなたはわたしと同じ見方だということだわ。レディ・エレナがサー・ニコラスの花嫁としていちばんいいと」

「いいえ、ちがいます」ポリーはひるまずに言った。「いちばんいいのはお嬢さま、あなたですよ。レディ・エレナはやさしくてかわいいけれど――」

「わたしを持ち上げてくれるのはありがたいけれど、サー・ニコラスがわたしを選ぶことはありえないわ、ポリー。わたしには多額の持参金などないんですもの。レディ・エレナにはあるし、それに彼女はきれいでやさしいわ。サー・ニコラスの心も少しはなごむのではないかしら」

「レディ・エレナのほうがお嬢さまより勝ち目があると本当にお思いなのですか？」ポリーがそのきれいな顔に当惑した表情を浮かべて尋ねた。

「ええ、思っているわ。レディ・エレナがレディ・ジョスリンドより立派な女主人になるというのにはあなたも同感でしょう？」

「レディ・ジョスリンドと比べれば、だれだってそうですよ。レディ・ジョスリンドが女主人になるなら、いっそアルフレッドに戻ってもらったほうがましです。でも、わたしはやはり女主人になるのはお嬢さまだと思いますね。そうでなければ……わたしはこれまで一度もサー・ニコラスを愚か者だと思ったことはないんですよ」

「彼は愚か者ではないわ。一生懸命努力していまの領土や城を得た人よ。彼が結婚するのは……そうね、ほかのどの貴族もそうであるように、将来を考えて結婚しなければならないわ。だから、あなたもレディ・エレナに女主人となってもらいたいなら、明日は精いっぱい彼女の力にならなければならないわ。ほかの召使いたちにもそうするよう伝えてちょうだい。わたしもできるだけのことをレディ・エレナに教えてきたけれど、あなたも知ってのとおり、おいしい食事は本当のところ召使いの協力がなくては整えられないんですもの」

　ポリーが眉をひそめ、しぶしぶうなずいた。「わかりました。お嬢さまのお頼みですもの」

　リオナは心からほっとして微笑《ほほえ》んだ。「よかった。どうもありがとう。エレナもきっと感謝するわ。さて、それでは仕事に戻りましょう」

「今夜のレディ・ジョスリンドの食事は失敗しなくていいのですか？」扉を開けかけたリオナにポリーが尋ねた。「なんだったら、喜んでそうしますよ。レディ・ジョスリンドは失敗して当然ですからね」

　リオナはかぶりを振った。「いいえ、それはなしよ、ポリー。わたしはエレナのために力を貸してと頼んだだけよ」

　リオナは食料貯蔵室をあとにし、中庭に出た。外気は暖かく、そよ風がかすかな潮の香りを運んでくる。はるか頭上には白い雲がゆっくりと空を横切り、地平線近くにあるもっと暗い雲は雨が近づいていることを示している。レディ・メアリアンとその夫は朝のうちにロクバーに向けて出発することになっているが、雨が降れば、もう一日二日ダンキース滞在を延ばすかもしれない。

　なにをしていいのかわからず、リオナは城門へとぶらぶら歩いていった。朝の礼拝のあとファーガスおじには会っていないが、この何日間かはそれもめずらしいことではない。つむじを曲げたフレデラに話しかけようとしているとき以外のファーガスおじは、谷間に馬で出かけ、羊を選ぶトーマスの手助けをしている。

「ちょっと待ってくださらない、レディ・リオナ！」ゲール語で呼びかける声があった。

リオナが振り向くと、レディ・メアリアンが中庭をこちらに向かってくるところだった。

「ここで会えるなんて、幸運だわ！　ロクバーに帰る前に一度あなたと話ができたらと思っていたの。ケラックの世話があるから、時間が少ししかなくて。村までいっしょに来ていただけない？」

断ってはあまりに失礼だ。「ええ、そのほうがよければ」

「よかったわ」

リオナはニコラスの妹と並んで歩きはじめた。レディ・メアリアンの足運びと歩く姿勢は、これまでリオナが出会っただれよりも優美で非の打ちどころがなかった。

「村は相変わらず大きくなっているのね」メアリアンが言った。「わたしが前回ケラックが生まれる前にここに来たときより、少なくとも五世帯増えたわ。それに鍛冶《かじ》屋が一軒増えたし。そのうちニコラスから、居酒屋が一軒増えたと知らせてくるのではないかしら。つぎに来るときはロバンをよく見張っていなければ」メアリアンはリオナに笑いかけた。「ロバンは飲むと楽しい相手らしいの」

「わたしのおじもきっとそうだと言うわ」

メアリアンがそっと笑い声をあげた。「わたしの夫もよ。いつかの騒ぎのことであなたが腹を立てていなければいいのだけれど」

「いいえ」リオナは曖昧《あいまい》に答え、あの騒ぎのことやおじのことでなにか言ったほうがいいのかしらと考えた。そしてなにも言わないでおこうと決めた。

ふたりは城門まで来た。ふたりが通り過ぎるあいだ、サクソン人衛兵が折り目正しく敬意をこめて気をつけの姿勢をとっていた。

「この衛兵たちはまだいるのね」内側の前庭を通って堂々たる門楼にいたる道をたどりながら、メアリアンが言った。「ニコラスは最初、サクソン人兵士は使いものにならないのではと考えていたの。頭の回転が速いほうではないから。でも戦士としては優秀だと言っているわ」

前庭では兵士の一団が回転する円形の台にのせた人形の的を使って訓練中だった。これは人形の腕に当たらないようすばやく動いて敏捷《びんしょう》性を鍛えるためのものだ。

すでに何度も経験したぞくぞくするような戦慄《せんりつ》が全身を貫き、リオナは訓練にはさしたる関心もないふりをしながら、ニコラスが兵士たちといっしょにいるのかどうかを確かめようとした。

「わたしの兄はいまも訓練を信奉しているのね」メアリアンが言った。

「そのようね」なにか返事をしなければと思い、リオナはそう答えた。

「わたし、兄にはこの城が完成できないのではと思っていたわ」メアリアンが城壁を示しながら言った。「五年前にわたしが初めてここに来たときは、まだ半分しか完成していなかったの。あのころのわたしはなんとスコットランドが嫌いだったことかしら！　本当にじめじめした陰気なところだと思ったし、スコットランド人についてほとんどなにも知らなかったの。それにもちろんアデアとはまだ出会っていなかったわ」

リオナはそのころのことについて尋ねてみたい衝動に駆られた。それというのもレディ・メアリアンとその夫の変わった求婚のしかたについて噂《うわさ》を少し聞いたことがあるからだ。とはいえ、それはリオナが立ち入るべき話題ではない。

「白状すると、最初私はアデアがあまり好きではなかったの。とても失礼な人だと思ったわ。それに尊大だし。それまでわたしは兄のニコラスがこの世でいちばん尊大な人間だと思っていたの。兄にはとても尊大なところがあると思わない？」

「ええ、ときどきは。でもこれまでに成し遂げたことを考えれば、お兄さまが誇り高くなられるのは当然だわ」

メアリアンが微笑んだ。「まったくそのとおりよ。兄がどれだけのことを成し遂げたか、わたしはここに来るまでなにも気づいていなかったの。それどころか、婚約のことで兄と言い争いになるまで、両親が亡くなったあとわが家には財産がなにもなかったことを知らなかったわ。ニコラスはわたしの面倒をみると母に約束したの。何年ものあいだ、できるかぎりのお金を切りつめて、わたしをなに不自由なく生活させてくれたのよ。わたしだけではなくヘンリーも。それなのに兄はそれについてはひとこともわたしに言わず、気配にも出さず、感謝も求めなかったわ。そしてわたしが兄の選んだ相手との結婚を拒んだときになって初めて、わたしと口論して激怒に駆られた兄が本当のことを話したの。わたしがアデアと結婚したとき、兄はそれはすさまじい怒りようだったわ。でもアデアとわたしがいちばん兄を必要としているときに、助けに来てくれたの。そのことに対する感謝の気持ちをわたしはいつまでも忘れないわ」

ふたりは二番目の城門を通り抜け、村へと歩きつづけた。まだ離れてはいるが、居酒屋と以前パーシヴァルにからまれた場所が見える。草地の端に射手がさらし台に固定されたままでいる。あきらめとともに自分の運命を受け入れたようだ。リオナ自身もそうしたように。

「ニコラスはヘンリーとわたしのためにいろいろなことをあきらめたわ。それにもかかわらず、ほかの人々にもできないような出世をしたの。城塞《じょうさい》と名声はその証拠よ。でも兄はいまでもまだ充分なことを成し遂げてはいないと思っているのではないかしら」

リオナは彼がそう思っているのを知っている。でもそれはニコラスが自分の口で妹に伝えるべきものであって、リオナが言うべきことではない。

ふたりは最初の石造りの家が数軒立っているところまで来た。メアリアンが川に通じる横の道に入った。「草が濡《ぬ》れていなかったら、土手に座らない？」

リオナは無言でうなずき、レディ・メアリアンのあとにつづいて石ころだらけの土手に向かった。

「濡れているわ」メアリアンが水辺近くの岩を指さした。「岩は乾いているわ。座り心地はよくなさそうだけれど、あまり長くはいないから、あれでいいわね」

メアリアンが岩に腰を下ろし、リオナもそれにならった。

岩の上に落ち着くと、レディ・メアリアンが深いため息をついた。「ああ、ほんのしばらくでも自分の時間が持てるのはすてきだわ」

「その気持ちはわかるわ。わたしがおじといっしょにここへ来た理由のひとつがそれですもの。ほんのしばらくでも自分の仕事から離れたかったの」

ケネスとあのやり取りを交わしたのが、それにファーガスおじが知らせを携えて帰宅したのが、なんと昔に思えることだろう。あれからなんといろいろなできごとがあり、なんと自分の世界が激変したことだろう。

「あなたはグレンクリースでさまざまな責任のある立場にいるのね。おじさまがあなたのことや、あなたがおじさまやいとこや氏族のためにしていることについて話してくださったわ」

リオナは横を向いた。「おじは自慢のしすぎだわ。わたしのしていることは、ほかの女性がすることとなにも変わらないのに」

「もしかしたら、同じではないのかもしれないわ。

わたしはおじさまがおっしゃらなかったことであなたを評価しているの。ここにいるあいだ自分のこの目で確かめたことだから。あなたは同じような立場にいる女性たちと同じように責任を果たしているとしても、愛情をこめて楽しくそうしているわ」

「ファーガスおじはとても愛すべき人なの」

メアリアンが小さな笑い声をあげた。「そうね、たしかにそうだわ。話していてとても楽しいし、おじさまはあなたをとても愛していらっしゃるもの」

「ええ。だからこそ、あなたのお兄さまがわたしを選ぶはずはないとわかっていても、わたしはここに来たの。ファーガスおじから強く勧められて、おじをがっかりさせたくなかったから」

「ニコラスがあなたを選ぶはずはないと考えているの？」

いずれわかることを否定してもしかたがない。

「サー・ニコラスから、わたしと結婚するつもりはないと言われたわ」

メアリアンが眉を曇らせた。「それはとても残念だわ」

そのことばから本当にがっかりしたことが伝わり、リオナには現実がいっそう耐えがたく思えた。

「サー・ニコラスからはわたしの家にはお金も権力もないのに、なぜいまもここに滞在させておくのか、ごく率直な話を聞いたの。あなたのお兄さまはスコットランド人からスコットランド人の花嫁をもらうつもりはないのだろうと思われたくないの。わたしはわたしの国の代表でしかないのよ」

レディ・メアリアンのどぎまぎするほど真剣な視線がさらに真剣みを増したように思えた。「では、あなたはニコラスが好きではないの？」

リオナは人並み程度の関心しか顔に表れないよう努めた。「あれほど業績のある人ですもの、すばらしいと思うし、尊敬もしているわ」

メアリアンの目は茶色ではなく青だが、その射るようなまなざしは、サー・ニコラスのそれに劣らず耐えがたいほどの鋭さだった。「わたしが口をはさむようなことではないと思われるでしょうね。でも、わたしはわたしのためにたいへんな犠牲を払ってくれた兄に、少しでも幸せで満ち足りた人生を送ってもらいたいの。わたしは愛し愛されることがどういうものか、知っているのよ、リオナ。そしてわたしの兄にもそれを知ってもらいたいの。愛がなければ、兄の立派な城も体を休める場所にすぎない。それではお墓と同じだわ」

「そのことをエレナに話すべきだわ」リオナは言った。「サー・ニコラスに選ばれるのはエレナだと思うし、選ばれて当然ですもの。エレナはすばらしい娘なの。とても立派な妻になるわ」

「こんなことを聞くとは夢にも思わなかったわ。競争相手を褒めるなんて」

「エレナとわたしは競争相手ではないの。サー・ニコラスがわたしを選ぶことはないから。エレナとわたしは友だち同士なの」

「あなたが本当にエレナの友だちなら、エレナをニコラスとは結婚させたくないはずだわ」

リオナは耳を疑った。

「あら、兄がひどい男だというのではないのよ」メアリアンがあわてて言った。「それにわたしはレディ・エレナが好きよ。すてきな娘さんだし、もの静かでとても魅力的だわ。それにもちろん立派な縁故もあるし。ただ彼女がニコラスに合うとは思えないだけなの」

リオナにはそれはなぜかがわかるような気がした。

「たしかにエレナはまだ若くて家を切り盛りするうえで知らないことが少しはあるけれど、それはじきに覚えるでしょうし、そのうち上手にできるようになると思うわ」

メアリアンは眉根を寄せてリオナを見つめた。リオナは必死で胸の内を顔に表すまいと努めた。「あなたはレディ・エレナがわたしの兄を幸せにできると思う？」

「ええ」そのうちいつか。そしてそのときには、わたしは忘れられるか、過ぎ去った日の愛人という楽しい思い出にすぎなくなる。

「本気でそう思うの？」

「ええ」

メアリアンが立ち上がった。「それならこれ以上わたしから言うことはないわ。あなたがそんなふうに思っているなんて、残念だわ。これで失礼して子供たちのところに戻るわね」

リオナはメアリアンをがっかりさせたのを申し訳なく思ったが、どうするすべもなかった。メアリアンに本当はニコラスのことをどう思っているか話したところで――彼の妻になれるなら、どんな代償を払ってもかまわないくらいの気持ちだと話したところで、どうなるというのだろう。ニコラスはわたしと結婚できない。愛だけでは税を払えない。愛だけではニコラスが苦しみ闘って得たものを守れない。愛は喜びだけではなく犠牲も意味する。わたしと結婚したために彼がダンキースを失うようなことになってはならない。ふたりの情愛が苦い恨みに、さらには憎しみに変わるようなことはしたくない。いまはただ彼といて得られる幸福感を味わい、それで満足したい。

そして、もしも子供ができたら……。

リオナはふいに立ち上がり、城を背にして川岸を歩きはじめた。

柳や榛《はしばみ》の木の茂みに隠れた川の湾曲したあたりから人の声が聞こえた。小さな男の子がうれしそうにはしゃぐ声だ。それに男性の笑い声も。即座にリオナはその笑い声がだれのものかに気づいた。とはいえめったに聞いたことはなく、それはふたりきりのときだけで、しかももっと抑えられている。

小さな男の子はシェイマスにちがいない。ニコラスに会いたくてたまらなくなり、リオナは川に沿って岸を曲がった。そしてダンキース城主のサー・ニコラスが地面に這《は》いつくばり、小さな木製の剣を得意そうに振りかざしている四歳のスコットランド人の足に踏みつけにされている光景を見つめた。

「勝ったよ、勝ったよ！」シェイマスが声を張り上げた。

「どうか、ご慈悲を」ニコラスが両腕を投げ出して完全に降伏した。「チュニックが濡れてぐしょぐしょにならないうちに立たせてください」

男の子が足をのけた。「よし」もう一度剣を振りかざして男の子は言った。「命だけは助けてやる」

ニコラスがくるりと仰向けに姿勢を変えてから起き上がった。「ありがたい」体から木の小枝や草を払ったあと、彼は目を上げ、リオナを見た。

リオナだと知って彼が浮かべた微笑はリオナの胸を高鳴らせた。自分だけに向けられた彼のまなざしの温《ぬく》もりに喜びで満たされ、リオナは足を速めた。ニコラスが深くお辞儀をし、リオナは自分が女王になったような気がした。

「試合の邪魔をしたのではないかしら」ふたりのところまで行くと、リオナは言った。

シェイマスが、そうだよというような表情を浮かべた。

「試合はこのへんで終わりだ。こてんぱんにやられてしまったからね」ニコラスが答えた。顔をしかめている甥《おい》を見て、ニコラスの笑みは消えた。「騎士どの、行儀はどうした？」

シェイマスがお辞儀をしてつぶやいた。「こんにちは」

それに応《こた》えてリオナもお辞儀をした。「こんにちは。おじさまをやっつけるなんて、立派な剣の使い手ね。もっとも、悲しいことにおじさまはお年を召したのかもしれないけれど」

ニコラスがむっとした顔を向けたので、リオナは笑いをこらえた。

「ニコラスおじちゃんは試合でたった一日のうちに二十人の騎士を打ち負かしたことがあるんだよ」男の子が早速おじの援護にまわって言った。

「そのころはいまよりずっと若かったんだ」ニコラスがしぶしぶ認めた。「それに一日の終わるころには腕がくたびれ果てて、もげ落ちそうな気がしたものだ」

「それでも勝ったんだよ」シェイマスはたとえ本人からでも、ニコラスおじに文句をつけられるのが気に入らないらしい。

「わたしは運がよかったんだ」ニコラスが答え、いたずらっぽい笑みを浮かべてリオナを見た。その笑みはリオナの鼓動をひどく乱した。「すばらしい剣さばきを見物するのはべつとして、どうしてここに、レディ・リオナ？　わたしを捜していた？」

「いいえ。さっきまでレディ・メアリアンと話をしていたの」

ニコラスの顔から笑みが消え、まなざしが少し鋭さを帯びた。「どんな話を？」

妹であるレディ・メアリアンの見解について、ニコラスにどこまで話すべきなのだろう。兄妹《きょうだい》間の関係が必ずしもつねに順調なものではなかったとリオナは耳にしたことがある。いまメアリアンとニコラスとの仲はとてもうまくいっている。それを壊したくはない。

「ぼく、知っているよ」リオナがなにも言えないうちにシェイマスが甲高い声を張り上げた。「母さんはニコラスおじちゃんが花嫁の探し方を知らないと思っているの」

メアリアンとのやり取りであらかじめ警告を受けていたリオナは、シェイマスのことばにニコラスほどは驚かなかった。

「母さんがおまえにそう言ったのか？」ニコラスが尋ねた。

シェイマスが顔を赤らめてつぶやいた。「ちがうよ」シェイマスは靴の爪先で地面の泥をつつき、おじと目を合わせようとしない。「父さんに言ったの。ふたりともぼくがまだ起きてるって知らなかったんだ」

「なるほど」ニコラスの口調は怒っているのではなく、おもしろがっている。「それで母さんはニコラスおじさんがどうすればいいと言っていた？」

「ぼく、そこは聞かなかったの。ふたりともなにか小さな声で言ったり笑ったりしはじめて、ぼく、眠ってしまったから」

「おじさんのやり方のどこがまずいのか、母さんにきいてみなければならないな」

シェイマスがぎくりとした表情でニコラスを見上げた。「ぼくが言ったと言わないでね」

「もちろん言わない。おまえとわたしは永久に忠実であることを誓い合った仲間同士だからね。誓い合ったということは、相手から秘密にしてほしいと頼まれたら、死ぬまでそうするということなんだ」

シェイマスが目を見張った。それも当然で、ニコラスのことばに揺るぎない本心がこめられているのはまちがいなかった。

「さあ、走って城に戻るといい。さもないと、こんなに長くおまえを引き止めたといってわたしが母さんから叱《しか》られる」

シェイマスが言われたとおり、城に向かって駆け出した。

ニコラスが手を伸ばし、リオナの手を取った。そのしぐさには温もりと歓迎とむつまじさと親しみがこめられていた。彼に触れられるのはすばらしい。痛いほど、胸が張り裂けそうなほどすばらしい。

　ふたりはしなやかな枝を長い髪のように垂らしている川岸の大きな柳の木に向かって歩いた。ニコラスがその天然の帳《とばり》を左右に分けてリオナをなかへ促した。「さて、リオナ」枝の下に並んで立つと、ニコラスはそっと言った。「メアリアンとはどんな話をした?」

「あなたのことを」リオナは柳の幹にもたれた。「妹さんはわたしがあなたの過去について知っているかどうか、あなたが幸せになるべきだということを知っているかどうか、確かめたかったのよ」

　リオナは手を伸ばし、しわを寄せたニコラスの額を指先で撫《な》でた。

「サー・ニコラスはわたしと結婚しないと言ったら、レディ・メアリアンはがっかりしていたわ。わたしに話したことがどれもみな、あなたがわたしと結婚できない理由をさらに強めるばかりだと気づいていないのではないかしら」

　ニコラスがとてもいとおしそうにリオナを見つめ、頬を撫でた。大きな城を持つ強い領主だとは信じられないほどのやさしさだった。いまの彼はリオナの愛する人にすぎない。「リオナ、わたしはエレナと結婚すべきではないのかもしれない」

　リオナはそれは言わないでというように彼の唇に指を当て、首を振った。「あれだけ奮闘して手に入れたダンキースをわたしのせいで失うことになったら、あなたはわたしを恨むでしょう。その危険は冒したくないの。いまあるものを楽しみましょう。わたしたちにはもう幾夜も残っていないんですもの」

「わたしが結婚すれば、それで終わりなんだよ、リオナ」ニコラスの声は低く、悲しげだった。「わたしは神の前で誓った契りは守る」

「あなたならそうすると、わたしも思っているわ。

収穫祭にあなたが花嫁をだれに決めたかを発表したら、おじとわたしはここを去るの」

そのあとはもう二度と彼に会うこともない。

それにもかかわらず、いまのリオナは彼と抱擁を交わしながら、彼のたくましさと温もりを誇らしく思い、彼の情愛にひたった。なにが起きようとも、将来への恐れはなにもない。そのうえ……。「ニコラス、もしもグレンクリースに帰ってから子供ができたとわかったら、あなたに知らせたほうがいい？　それともあなたは知らないままのほうがいい？」

ニコラスがリオナの両肩に手を置いたまま、腕の長さの分だけ体を離してリオナを見つめた。リオナはことばを聞くよりも先に彼の表情に返事を見つけ、うれしく思った。「もちろん知らせてもらいたい。男の子であろうと女の子であろうと、ふたりのあいだの子供はすべてわたしの子供であると誇りをもって知らされなければならない」

リオナはニコラスに微笑みかけた。彼を愛し、尊敬し、なにがあろうとも彼の恋人であることを誇りに思った。

「しかしもしもそうなったら、きみはどうだろう」濃い茶色の目に気づかいを浮かべ、ニコラスが尋ねた。「きみは家族からどんな扱いを受ける？」

「ファーガスおじさまはびっくり仰天して、がっかりすると思うわ。ケネスは……」リオナは肩をすくめた。「ケネスも同じね。でもふたりともわたしを見捨てたり、グレンクリースから追い出したりはしないわ。やさしくて寛大なあのふたりにそんなことはできないわ」

「それならわたしもうれしいが、わたしの子供を身ごもる身ごもらないに関係なく、入り用のものができたときは遠慮なくわたしに知らせてほしい」

「そうするわ」リオナは彼の腕を撫でた。彼に寄り添うと体が温もった。「ではもしも子供ができたとしたら、心配はせずに、お互いへの贈り物として受け入れるのね」そうささやいて、リオナは両腕を彼にまわした。「キスして、ニコラス。そしてわたしを愛して。それができるあいだは」

ニコラスがリオナを抱きしめ、ぞくぞくするほどの熱意がその目に燃え上がる。彼はリオナに激しくキスをした。リオナは熱い彼の口のなかに舌を忍び込ませ、秘めやかな愛撫《あいぶ》を求めた。

リオナが肩を柳の幹に預けると、彼の指先がドレスの胸を撫で、ふくらみをてのひらで包んだ。おなかから下がぴったりと触れ合い、初めて彼の寝室に忍び込んだときから毎夜毎夜ふたりで交わしてきた行為をリオナに思い起こさせた。夜ごとの行為を思い出させるのに必要なものはすべてここにある。こちらを見つめる彼のまなざし。ほかの人には見せたことのない彼の微笑み。激しい情熱をこめた彼のキス。そして彼の愛撫。

わたしはどれだけニコラスのたくましさを、彼の力強さを愛していることだろう。彼をここまで生きながらえさせた断固たる意志力、生き残るために彼が身につけた屈強さには賞賛すら覚える。

彼の肌に触れたい。熱い肉体を感じたい。リオナは待ちきれずに手をニコラスのチュニックの下にすべらせ、彼の平たいおなかに触れた。もう一方の手は上へと肌を這い、彼の胸の突起を軽くかすめた。ニコラスがキスを中断して、はっと息をのむ。そのあいだにも、リオナの片手は下へと向かい、固くなっている場所を撫でた。

ニコラスが目を閉じてうめき声をあげ、リオナは彼にこのような歓《よろこ》びを感じさせられることをたまらなくうれしく思った。首を舌でたどり、あごに唇で触れる。そして身じろぎひとつできずに立っている彼の耳たぶをそっと噛《か》んだ。

突然ニコラスがぱっちりと目を開けた。熱望に満ちた目を。そこに表れた生《き》のままの激しい渇望はリオナの息を奪った。「きみがほしい、リオナ」かすれた性急な声で彼が言った。「いま、ここで」

リオナはなにも言わず、彼のズボンの結びひもに手を伸ばして結び目を解いた。

リオナを熱い願望で燃え立たせながら、ニコラスは低いうなり声をひとつあげ、リオナのお尻に手を当てて抱え上げた。リオナは彼の首に両腕を、そして彼の腰に両脚をからめた。めくれたスカートとシュミーズが太腿のあたりでひだを作った。

荒い息をつきながら、ニコラスが上体を前に傾け、リオナは柳の幹にぴったりと背中を押し当てた。

片腕で自分の身を支えつつ、リオナは片手を下げて彼を自分のなかへと導いた。ニコラスが入ってくると、彼の首に顔をうずめ、歓迎のうめきを押し殺した。ニコラスにしがみつき、愛を交わすあいだも、純粋な歓びの叫びを唇を噛んでこらえていた。自分のなかに彼がいて、その動きのひとつごとに自分を新たに満たしてくれる。彼の熱い吐息が頬に感じられる。驚嘆に満ちた甘美な緊張は果てしなく高まりつづけ、やがてリオナは声を抑えられなくなった。

「もっと速く」息を切らしながらリオナは訴えた。「もっと激しく」あのなにもかもが砕け散る狂喜の瞬間を感じたい。もう待ちきれない。「お願い……」

するとそのとき、緊張がはじけ飛んだ。体じゅうが脈打つのを感じながら、喉の奥から込み上げるうめきを、解き放たれた根源的な叫びをもはやリオナは抑えることができなかった。歓びの極みに達したニコラスが柳の幹に顔を寄せて同じ叫びをあげた。

そのあと彼は大きく胸を上下させてじっとしていた。リオナはニコラスの頬にキスをしてから彼の髪を撫でた。

やがて彼が体を引くと、リオナは脚を下ろし、地面に立った。彼がズボンのひもを結び直し、リオナはスカートを直した。

　ニコラスが深く息を吸い込み、濃い茶色の目を上げた。「リオナ、いまのは……」彼は頭を振った。そして、まれにしか見られないあのすばらしい微笑みがふたたび表れた。「きみには驚かされる。生まれてこのかた、きみのような女性には出会ったことがない」

「わたしもあなたのような男の人には出会ったことがないわ」リオナは乱れた髪を直しながら言った。

　彼がリオナの腕をつかみ、鼻の先にキスをした。

「きれいだよ。まるで森の女神のようだ」

「ひどい格好をしているのではないかしら。城へ帰る前に髪を直しておかないと、なにをしていたか、みんなにわかってしまうわ。相手がだれかはわからないとしても」リオナは首を曲げて、彼のみごとな体をざっと眺めた。「いまのあなたを見たら、やはりみんな、あなたも怪しいと思うでしょうね」

「そう思う？」ニコラスが前に踏み出し、リオナを幹に押しつけた。

　リオナの息づかいが速まった。「まちがいないわ」

「たったいま愛を交わし合ったばかりの男に見えるというんだね？」

「快楽を与えて、服や長い髪をくしゃくしゃに乱すことをしたばかりの男の人に見えると思うわ」

「髪を切るべきかな」

　リオナは手を伸ばしてニコラスの髪に指を走らせ、その豊かさに驚いた。「切っては残念だわ」

「すると、いまのようなわたしの髪が好きだということかな？」彼はにやりと笑い、片手で髪を肩の後ろへ払った。「べつに意外ではないな。スコットランド人と同じ髪形だから」

「わたしはスコットランド人ですもの」リオナはこのように話を交わせることをいとおしく思った。彼の声にある、やさしくからかうような、それでいてとてつもなく官能を刺激する響きを、ほかにだれか聞いた人がいるだろうか。

彼の花嫁は聞くのだろうか。

リオナはその思いを払いのけた。「アデア・マクタランがしているように、両側の髪を編むといいわ。とても魅力的に見えるのではないかしら」

ニコラスが低い笑い声をあげた。「魅力的？　いったいなぜわたしが魅力的に見えなければならないんだろう」

「あなたは魅力的だからよ」リオナは気取って答え、彼のほつれた髪を耳の後ろに戻した。「とてもハンサムで、とても魅力的ですもの」

「わたしはほかの女性たちからどう思われようとかまわない」ニコラスがリオナのウエストに腕をまわし、体を引き寄せた。「きみだけはべつだ。わたしのことをどう思う、リオナ？」

「ずうずうしくも褒めことばを求める、とても虚栄心の強い人だと思うわ」

ニコラスはこらえ性のない小さな男の子のように顔をしかめた。「きみから好かれていると思っていたのに」

「ダンキースのサー・ニコラス、あなたのことがとてもとても好きでなければ、あなたとは絶対に愛を交わさなかったわ」リオナはわざと重々しい口調で言った。

ニコラスの顔がしかめっ面からもの悲しげな表情へと変わった。「ほとんどすべてを投げ出しても……」言いかけた彼のことばは途中で消えた。

〝ほとんどすべて〟は、なにもかもではない。リオナはそれを受け入れた。「この木の下でぐずぐずしていてはまずいのではないかしら。さもないと見つかってしまうわ」

ニコラスがうなずき、決然とした厳しい領主の顔に戻った。「きみが先に戻る？　それともわたしが？」

「わたしが先に戻るわ」リオナはもう一度ニコラスの唇にそっとキスをした。「それではまたあとで、わがいとしき人《メヤジャール》」そうささやいてから急いで城へと引き返した。

村まで来ると、リオナは足の運びをゆっくりとした速度に落とした。市場のある日ではなく人通りは少なかったが、なにかから、あるいはだれかから逃げようとしているとは思われたくなかった。

歩いている先にいつか美しい生地を見つけた露店があった。あの濃い青の生地がなくなっているのにリオナは気づいた。

「こんにちは、お嬢さん」商人が会釈をした。

「わたしの友だちのいとこがあの青い生地を買ったの？」リオナは尋ねた。

「いや、べつのレディが買ったよ。とてもきれいな人だったけど……」商人はリオナにそばへ寄るよう手招きした。「いやはや、あんな高慢なノルマン人は見たことがないね」

ジョスリンドにちがいない。

「すてきな青いリボンがあるよ、お嬢さん。きっとお似合いだ」

リオナはかぶりを振った。「今日はやめておくわ」露店に背を向けて歩き出そうとしたとき、さらし台の射手がうなだれているのが目に入った。「罰はあと何日残っているの？」リオナは商人に尋ねた。

商人はしばし考えた。「二週間くらいじゃなかったかな」

「きっといつまでも終わらないように思えるでしょうね」リオナはそう言ってから歩き出した。

リオナにとっては時間は飛ぶように過ぎていく。収穫祭まであと三日しかない。そして収穫祭になれば、ニコラスはだれを花嫁に決めたかを発表し、リオナはグレンクリースに帰る。きっとグレンクリースでは寂しい生活が待っているだろう。いつまでもわたしは喪失感を抱いていることだろう。

「こんにちは、レディ・リオナ。どんな用事でお出かけかな。しかもたったひとりで」

## 17

リオナは足を止めて振り向いた。本能的に全身を緊張させ、神経を研ぎ澄まして、いつでも相手にかかっていけるよう、あるいはすぐに逃げられるよう身構えていた。声の主はパーシヴァルではなくチェスリー卿《きょう》で、居酒屋のある方向からこちらへぶらぶらとやってくるところだった。飲んでいたか、売春婦と遊んでいたか、両方を楽しんでいたか、そのうちのどれかだろう。

「ひとりで村に出かけてどこが悪い、かね?」チェスリー卿は笑みを浮かべてそう言ったが、リオナは警戒を解かなかった。「サー・ニコラスはとてもうまく治安を維持しているな。まったく接待主としてはどこを取ってもそつのない人物だ」

「ええ、そうですね」リオナはうなずき、また体の向きを変えて歩き出そうとした。「それでは失礼して――」

「城へ帰るところなのかね？　わたしもだ」チェスリー卿はリオナと並んで歩きはじめた。

駆け出しでもしないかぎり、チェスリー卿と並んで歩くのを避けられそうはない。とはいえ、なぜチェスリー卿が連れ立って歩きたいのか、リオナにはわからなかった。

ところが、チェスリー卿が話しはじめた。

「きみとふたりきりで話ができたらと思っていたんだよ。警告をしたくてね」

リオナは立ち止まり、いぶかしげにチェスリー卿を見つめた。驚いていることと不審に思っていることを隠しもしなかった。「警告を？　なんのことでしょう？」

「きみのおじさんが危ない」

「だれがわたしのおじを狙《ねら》っているんでしょう？」リオナは目を鋭く細めて尋ねた。「それにどうしてわたしに警告しようとなさるんです？」

「おじさんを愛しているなら、わたしの言うことに耳を傾けるべきだな」ふたりはパン屋の裏にある小さな倉庫へと通じる路地のそばにいた。「ほかにだれもいないところで話そう。こっちだ」

まるで召使いに対するような命令のしかただわ。それにわたしがすんなりとそれに応じるとでも思っているのかしら。「ここでお話をうかがいます」

チェスリー卿の表情が硬化した。「ばかなことを言うもんじゃない。大事な話なんだ。通りがかりの者に聞かれてはまずい。おじさんを助けたければ、わたしの言うとおりにしなさい」

わたしは自分で身を守れるわ。前にもパーシヴァルに対してそうしている。チェスリー卿にも念を押しておくことにしよう。「わかりました。言っておきますが、わたしは護身術を心得ていますよ。もしも変なことを――」

「わたしはきみのような女にはなんの魅力も感じないのでね」チェスリー卿は鼻で笑った。

それは本当なのだろう。彼がスコットランド人の女とかかわりを持つなどとんでもないと考えているのはまちがいない。

「よかったわ」

リオナは鋭く答え、路地に入って倉庫のあたりまで進んだ。片隅に薪《まき》が積んであり、薪には太い枝がついたのもある。なにかあったら、あれを武器にしよう。

「さあ、お話をうかがいますわ」あとからやってきたチェスリー卿にリオナは厳しい口調で言った。「わたしのおじを脅しているのはだれですか？　それにどうしてそのことをご存じなの？」

「きみとおじさんが怖がらなければならない相手はわたし自身だからだ」

リオナは両手をこぶしに握りしめた。熱く激しく血が上った。

「まあ、まあ、腹を立てることはない。とはいえ、ニコラスは冷静な自分とは対照的なそういう種類の女が好きかもしれんがな」

「サー・ニコラスがこの件とどう関係があるの？」

「大ありなんだよ」チェスリー卿が幅広のベルトに両手の親指をかけた。そこで初めてリオナはベルトに短剣が差してあるのに気づいた。「われわれのどちらにとっても運の悪いことに、ニコラスがきみに並々ならぬ好意を抱いているのをわたしは見逃してはいない」

「それはありえないわ」リオナはチェスリー卿が自分のことばを信じてくれるよう念じた。夜ニコラスの部屋に忍び込むところをだれかに見られ、わたしだと気づかれてしまったのかしら。

チェスリー卿がかぶりを振った。「ほかの者の目はごまかせても、わたしの目はそうはいかない。わたしは勘の鋭い男でね」

「いいえ、想像力が旺盛《おうせい》といったほうが正しいわ。いまのとんでもない言いがかりを裏付ける証拠はお持ちなの？」

チェスリー卿は相変わらず独特のいやみな笑みを浮かべたままだった。「なにも怒ることはないだろう。きみがニコラスと寝ていようといまいと、そんなことはかまわない。きみが好きなだけその体を彼に捧《ささ》げようと、彼が何度きみを味見しようと、わたしにはなんの関係もない」そしてリオナの全身をざっと眺める。「腹を立てたときのきみに魅力があることはわたしにもわかりかけてきたよ」

リオナがなにも言えないうちに、チェスリー卿の表情が氷のかたまりのように冷たく硬くなった。

「わたしが気にかけているのは、だれがニコラスと結婚するかだ。彼と結婚するのはわたしの娘であるべきで、それを阻む者はだれであろうと排除してやる。つまり、きみはニコラスの情婦になれても、妻にはなれないということなんだよ。ニコラスと結婚したら、きみの愛するおじさんがひどく不幸な最期を迎えることになるぞ」

ああ、どうしよう。彼は本気だわ。表情からも口調からもそう読み取れる。この人は冷酷で慈悲の心などない。

「いまおっしゃったことが本当なら、あなたの計画に邪魔になるのは、おじではなくわたしのはずよ。なぜわたしの命を狙わないの？」

「それはきみが今日ここでわたしから聞いたことをニコラスに訴えて自分の命を守ろうとしかねないからだよ。しかし、おじさんの命を狙われるようなことは絶対にしないだろう」

「もしもおじの身になにかあったら、あなたを殺人の罪で訴えるわ」

「おや、だれが殺人罪の話などしたかな？」チェスリー卿の目がぎらぎらと悪意に輝いた。「反逆罪のほうがずっとおもしろそうじゃないか。何年間か牢《ろう》獄《ごく》に幽閉されたあと、はらわたを引き出されて体を四つ裂きにされる……。わたしの頭にあったのはそちらのほうだ」

ファーガスおじがそんな残酷な刑を受けるところを想像し、リオナは込み上げる吐き気をこらえた。そして勇気をかき集めた。「わたしのおじは反逆者などではまったくないわ。反逆者だと証明することなど絶対にできないわ」

「わたしを見くびるんじゃない。わたしはその気にさえなれば、なんでも証明できる。法廷であろうとどこであろうとだ。きみにとっては悲しいことに、ヘンリー王は君主の例にもれず反逆を極度に恐れている。王の耳に一言二言ひそひそとささやけば、簡単にきみのおじさんを有罪にできる」

チェスリー卿があることを忘れているようだとリオナは気づいた。「おじとわたしはヘンリー王の臣民じゃないわ。わたしたちはスコットランド人よ」

「アレグザンダーはイングランド王室といざこざを起こしたくないに決まっている。とりわけ、きみのおじさんのような人物のことでもめようとするはずがない。取るに足りない人間だからな」

リオナはぞっとしてチェスリー卿を見つめた。この人はいざとなったら、本当にファーガスおじを訴えるつもりでいる。そして事態はいま彼が言ったとおりに展開するにちがいない。でもわたしはまだ降参する気はないわ。「あなたに限らず、わたしのおじにそのような罪を着せる人がいたら、わたしはサー・ニコラスにその陰謀のことを話すわ」

「これはこれは」チェスリー卿はさも偉ぶった笑い

声をあげた。「きみは本当に世間知らずだな。わたしには宮廷に友人がおおぜいいて、わたしの言ったことならなんでも立証してくれる。事実であろうとなかろうとだ。それに書状や秘密文書で充分な証拠を喜んで作ってくれる友人も多数いる」

「偽物を作るというの？」

「話がわかってきたようだね」チェスリー卿は心のこもらない笑みを浮かべた。「しかし恨みに思う必要はない。きみはサー・ニコラスと好きなように楽しめばいいんだ。妻にさえならなければいい。なんならニコラスがジョスリンドと結婚したあとも、関係を続けたってかまわない。ああいう男はひとりの女だけでは満足できないものだからね」

「レディ・ジョスリンドはどう思うかしら」リオナはチェスリー卿に対して嫌悪を覚え、自分の娘の幸せすらほとんど気にとめない彼の無情な野心にぞっとした。

「ジョスリンドは妻がいちばん権力と影響力を持っていることをよく知っているよ。情婦ではなく、妻が。そのほかのことについては……ニコラスのような男は妻と情婦の両方を満足させられるはずだ」

「エレナはどうなるの？　もしもニコラスがエレナを選んだら？　あなたは彼女を脅すの？　あるいはパーシヴァルを」

チェスリー卿は笑い声をあげた。「ニコラスがあんな未熟な娘を選んだとしても、パーシヴァルなら簡単に婚約をやめろと説き伏せることができる。パーシヴァルなど馬丁の髪にわいたしらみと同じで、わたしにはなんの心配の種でもない」

　チェスリー卿はリオナを倉庫の外壁まで追いつめた。

「というわけで、きみはニコラスと自由に関係を持っていいが、結婚してはだめだ。おじさんが命を失うぞ」

リオナの体じゅうを熱い血が激しく脈を打って駆けめぐった。戦士の血、スコットランド人の誇り高き血だ。とはいえ、ファーガスおじを守ることを考えれば、なにもできなかった。チェスリー卿はリオナの弱みを握ったのだ。「わかったわ」

「よろしい」チェスリー卿がリオナの全身に視線を走らせた。「サー・ニコラスに飽きたら――」

リオナは力いっぱいチェスリー卿を押し戻した。

「死んだほうがましだわ！」

ノルマン人貴族は低く笑った。「はたして死ぬのはだれだろう。だれに力があり、だれにないかを忘れないことだな。きみであれ、だれであれ、わたしは邪魔が入ったら、やると言ったことを必ずやる」

「別嬪《べっぴん》さんや！　ここにいたのか」

オレンジ色とピンクと紫に空を染めて丘陵の向こうに沈んでいく夕日を窓から眺めていたリオナが振り向くと、ファーガスおじがにこにこ笑いながら部屋の戸口に立っていた。

おじの顔から笑みが消えた。「どこか具合でも悪いのではないだろうね？」

「いいえ、そんなことはないわ」リオナは急いで答えた。「ジョスリンドが厨房《ちゅうぼう》の監督をしているあいだは大広間に行かないほうがいいと思って」

「なるほど、それは賢明だ」おじが部屋に入ってきた。「わたしも大広間には行かないことにしたほうがよさそうだ。だからといって、ジョスリンドのほうがおまえより腕がいいというのでは全然ないが」

「ご機嫌がよさそうね、おじさん」リオナはできるだけいつもの自分らしく聞こえるように心がけた。

ファーガスおじがまたもやにこにこして、両腕を広げた。「おめでとうと言っておくれ。ついにフレデラがわたしを許してくれた！」

そう言うと、おじはリオナに駆け寄り、心をこめてリオナを抱きしめた。リオナも愛情をこめておじを固く抱きしめ返した。実の娘のように接してもらっていること、ニコラスのような男性にふさわしい娘だと考えてくれていること、ダンキースに連れてきてくれたこと。ファーガスおじにしてもらったすべてのことへの感謝をこめて。

「するとフレデラとはなにもかもうまくいっているのね？」抱擁を解きながら、リオナは尋ねた。

「うまくいくどころか」おじが答えた。「結婚を承諾してくれたんだ」

リオナは両手を握りしめた。涙が込み上げた。うれし涙よ。自分にそう言い聞かせ、この喜ばしい知らせを損なわないよう、自分自身の悲しみという身勝手な問題を追い払おうとした。「まあ、それはすばらしいわ。おじさんは幸せになって当然の人よ」

「もちろんエレナの身が安全になるまで待たなければならないが。フレデラはエレナをあんな粗野なパーシヴァルの言いなりになったまま放《ほう》っておくつもりはないのでね」

「厨房をうまく監督すれば、サー・ニコラスがエレナを花嫁に選ぶ可能性は大いにあるわ。厨房の監督もきっとうまくやると思うの」

「サー・ニコラスが？」ファーガスおじはまるで教皇を非難したかのようにリオナを見た。

「ええ、そうよ。ほかにだれがいるかしら」

「サー・ニコラスのはずがない。彼はおまえと結婚するんだからね。いや、わたしにはまたすっかりべつの計画があるんだ」ファーガスおじはベッドに腰を下ろし、リオナを隣に座らせた。「フレデラもわたしも、パーシヴァルの頭にあるのはとにかくエレナを金のある貴族と結婚させて、それを自慢することだと考えている。だから、サー・ニコラスが結婚相手を発表して、パーシヴァルがエレナは選ばれなかったと知ったら、わたしからパーシヴァルにエレナをしばらくグレンクリースに来させてもらえないかときいてみようと思うんだ。ああいう男は服の仕立て屋やら自分と同じような友だちのところへ早く戻りたくてうずうずしているはずだからね」

リオナははしゃいでいるおじを慎重に見つめた。パーシヴァルはロンドンに、いや、ヨークですら、戻れる機会があればうれしがるだろう。でもその一方で……。「エレナを行かせてもいいとは言わないと思うわ。エレナを結婚させたがっているとすれば、自分といっしょにロンドンに連れていって花婿候補たちに会わせようとするのではないかしら。そうでないとすれば、脅したとおりにエレナを修道院に送ってしまうわ」

ファーガスおじの目は相変わらず満足そうに輝いている。「だからパーシヴァルにはアレグザンダー王の親戚《しんせき》に当たる裕福で独身の領主がちょうどグレンクリースを訪ねてくると言ってやるつもりだよ」

リオナは眉をひそめた。「裕福で独身の領主って、だれのこと？」

ファーガスおじはいたずら好きの精霊のようにますますにこにこと笑った。「わたしの親戚のダンカン・マクドゥーガルの名を耳にしたことは？」

「もちろんあるわ」だれでもその名前を聞いたことがある。ダンキースのニコラスやアデア・マクタランと並んで有名な戦士で、しかもハンサムだという噂《うわさ》だ。「でもこれまで彼はグレンクリースに来たことがないわ。それが今度は来るの？」

ファーガスおじが得意満面で言った。「そりゃ来ないかもしれないさ。でもパーシヴァルにはわかりようがないだろう。マクドゥーガルも招待するが、エレナがフレデラやわたしとグレンクリースに無事でいるかぎり、マクドゥーガルが来なくたっていっこうにかまうもんか。エレナがグレンクリースに来れば、パーシヴァルが取り戻すには軍隊を引き連れてこなければ無理だ。そう約束するよ」

おじが本気でそう考え、命をかけてもエレナを守るつもりでいるのはわかっている。それにエレナはニコラスの花嫁になるのだから、おじの計画は不必要になるとも思ったが、リオナはおじを抱きしめ、頬にキスをした。「愛しているわ、おじさん」リオナは声をつまらせた。

「ほらほら、別嬪さんや」ファーガスおじがそっと言い、リオナの髪を撫《な》でた。「なにも泣くことはないんだよ。エレナは安全な場所に行くのだし、わたしはフレデラと結婚する。それにおまえはすばらしい夫のもとに嫁ぐんだ。ともに過ごす時間が長くなればなるほど、わたしはサー・ニコラスが好きになっているよ」

「わたしもそうよ」リオナはささやくように言った。

ニコラスはメアリアンが明日ロクバーへと発《た》つまでにふたりきりで話ができないだろうかと思い、メアリアンの部屋をのぞいてみた。

メアリアンは結った髪をほどいたまま遅い午後の日だまりのなかに座り、眠っているケラックの揺りかごを足で揺らしていた。原毛をのせた糸巻き棒を左脇《わき》にはさみ、右側にぶら下がる紡錘から撚《よ》りをかけた紡ぎ糸がぴんと伸びている。赤ん坊を見ながら糸紡ぎをしつつ、メアリアンは子守り歌を歌っていた。

その姿はとても落ち着いている。そしてとても心安らかで、とても満ち足り、とても幸せそうだ。かつてまさにこの部屋で、お兄さまがわたしのために立てた計画をどうか考え直してほしいとニコラスに訴えたメアリアンとはまったくちがう。

あのとき訴えを聞き入れなかったことを考えれば、自分は残りの人生をメアリアンのように幸せに結婚して過ごせるなどと思ってはいけないのかもしれない。

　メアリアンがこちらに目をやり、うれしそうに微笑《ほほえ》んだ。ニコラスは無理やり結婚させようとした自分を妹が許してくれたことを心のなかで改めて神に感謝した。

「今日のお兄さまは一日じゅうシェイマスにつきまとわれるだろうと思っていたのに」部屋のなかに入っていったニコラスにメアリアンが言った。

「わたしより厩《うまや》にいる子猫のほうがおもしろいらしい」ニコラスは揺りかごに近寄った。シェイマスがどこでなにをしているかは、ダンキースに戻ってすぐ確かめたのだ。「アデアは？」

「明日の朝出発できるよう準備がすべて整っているかどうかを確認しているわ」

「収穫祭まで滞在すればいいのに」

　メアリアンがかぶりを振った。「ありがとう、お兄さま。でもアデアは収穫祭を家で祝いたがっているの。お父さまの命日にお墓参りをしたいのよ」

　ニコラスは無言でうなずき、揺りかごで眠っている赤ん坊のケラックを見下ろした。やわらかな頬にまつげが小さな扇のような形を描き、かわいい唇は弓のようにすぼまっている。まるで眠れる天使さながらで、ニコラスはいつかこのように眠っている自分自身の子供を眺められたらと思わずにはいられなかった。

　もしもリオナに子供ができたら、その子供はリオナに似ていてほしい。リオナにそっくりな目と髪、リオナの火、リオナの心意気を備えていてほしい。そしてリオナの勇ましさとリオナの魅力を。

　もしもふたりのあいだに子供ができたら、必ずそれは自分の子供だと認め、そうすることを誇りに思う。それだけはたしかだ。

　メアリアンが窓のそばにある椅子を勧めた。「わたしの息子から見ると、わたしはお兄さまよりずっとおもしろくないの。だから、お兄さまの気持ちはよくわかるわ」

「おまえはシェイマスの母親だし、あの子は母親をとても愛しているよ」ニコラスは椅子に座った。

「でもあの子にとってお兄さまはいくつもの試合で勝った勇敢で立派なおじよ」メアリアンは糸紡ぎの道具を脇に置き、いまは亡き母にそっくりな青い目をいたずらっぽく輝かせた。「シェイマスの勇敢で立派なおじさまは、妹になにか頼みに来たんでしょう？」

ニコラスは顔が赤らむのを覚えた。自分の花嫁になろうと競っているレディたちについて、いざ妹の意見をきく段になると、妹より優に十歳は年上であるにもかかわらず、自分がとてつもなく愚かで、とてもとても青くさく思える。「残っているレディたちについておまえの意見を聞かせてもらえないか」

「するとレディたちがもっといたというのは本当なのね？」

「もともとは十人いた」

メアリアンが目を見張った。「十人。それはすごいわね。といっても、お兄さまはすばらしい褒美にちがいはないけれど――」

ニコラスはふいに立ち上がり、窓辺まで足を運んだ。

「どうしたの、お兄さま？　わたしが〝褒美〟と言ったから怒ったの？」

「そうだな、それには少々いらいらする」ニコラスはそう認め、中庭を厨房へと歩いていくポリーを見つめた。かごに入れた野菜を運んでいるポリーは、急いで仕事を早く終わらせようというふうにはまったく見えない。

「ヘイミッシュ・マグローガンと婚約させられたときのわたしの気持ちが少しはわかったでしょう？」

ニコラスは妹のほうを向き、改めて詫《わ》びた。「すまない。おまえの言い分に耳を傾けて、おまえの望みに配慮すべきだった」

彼は椅子に戻り、なんとしてもじっと座っていよう、内心の葛藤《かっとう》や心配を絶対に顔には表さないでいようと決めた。「わたしの花嫁になろうとしているレディたちについてどう思うか、話してもらえるなら、いまは喜んで耳を傾けるよ」

メアリアンは揺りかごをさらに二、三度揺らしてから答えた。「レディ・ジョスリンドはとてもきれいだし、お父さまはヘンリー王の宮廷で勢力があると聞いているわ」

ニコラスはうなずいた。「非常に勢力がある。わたしの弟のヘンリーもそう言っている。それにレディ・ジョスリンドはわたしを得ようといちばん熱心だ。チェスリー卿が義父になると思うとあまりうれしくないが、宮廷に影響力を持っている人物だし、持参金も相当な額になるはずだ」

「ヘンリーならチェスリー卿が宮廷でどれだけ力を持っているか、知っているでしょうね」メアリアンは問いかけるような視線をニコラスに送った。「ヘンリーはまだダンキースにいると思っていたのに。着いてすぐに呼び出しを受けるなんて、緊急の用件だったにちがいないわ」

ニコラスは答えなかった。弟との関係はこれまでつねに問題があった。それはメアリアンがだれよりもよく知っていることだ。

メアリアンがため息をついた。「そろそろヘンリーにもっと敬意をもって接していいころだわ、お兄さま。ヘンリーはもうおとなだし、イングランドでは評価されているのよ」

「向こうがわたしに対してしかるべき敬意をもって接してきたら、わたしのほうでも考えるよ」

「わたし、仲裁役を買って出るようなことはもう絶対にしないわ」メアリアンがそう答え、もう一度揺りかごを揺らした。口元を引き結び、顔をしかめている。「お兄さまはわたしの言うことに耳を貸そうとしないんですもの」

「ヘンリーのことではそうだが、わたしの花嫁のことでは本当におまえの意見を聞かせてほしい」

　メアリアンが首をかしげてニコラスを見つめた。

「真剣にそう思っているようね」

「そうだ。おまえも知っているように、わたしには女性との——レディとの経験がほとんどない。訓練をするか戦場や試合で戦うか、そればかりで過ごしてきたから」

「それで女性の意見を聞きたいのね。わかったわ」

　リオナではない女性の意見を聞きたいんだ。ニコラスは心のなかで答えた。

　メアリアンが両手を膝の上で握り合わせた。「レディ・ラヴィニアは静かで若くて感じのいい女性に見えるわ」

「そう、そのとおりだ」

「でも、ほかに目が行っているのではないかしら」

　ニコラスはうなずいた。「オードリックにね」

「その口調から察すると、嫉妬《しっと》しているわけでもないのね？」

「少しも。ふたりの幸せを祈っている」

「あのふたりの恋のことをお兄さまも知っているのなら、なぜレディ・ラヴィニアはまだここにいるの？」

「オードリックとの恋をこのダンキースで成就させてほしいからだ」

「お兄さまがそこまで寛容だったとはね」メアリアンは重々しい口調で言ったが、その目はおもしろがっている。

「寛容？」ニコラスは胸の前で両腕を組んだ。「わたしなら合理的と言うな。わたしにレディ・ラヴィニアが不要ならば、オードリックが自分の運を試してなぜ悪い？　それに、いずれはふたりともわたしのことをよく思ってくれるはずだ」

「でもアングルヴォワ公爵はそうは思わないかもしれないわ」

「公爵は、わたしがオードリックのおじは教会の重鎮だし、一族は貿易で成功して巨額の富を築いたと話したら、とても愛想がよくなった」

「すると、ふたりの恋に協力するのは政略的な狙いからだけなの？」

　ニコラスは肩をすくめた。「そのほうがよければ、政略的な恋と呼んでもかまわない」

「お兄さまは政略的な恋を求めているの？」メアリアンは兄を見つめた。そのまなざしにニコラスは落ち着きなく座り直した。

「わたしが求めているのは、結婚でなにかをもたらしてくれる妻だ。わたしのような地位にいる男には、富と親族の影響力がいちばん重要なんだよ。スコットランドのノルマン人領主であるわたしには自分の領地を安全に保つために軍隊を雇う金と、領地を今後も自分の手から守るための勢力が必要なんだ」

「幸せになりたくはないの？」

「それよりもまずダンキースが今後も自分のものであることを確信したいし、金の心配をしなくてすむようになりたい」

　メアリアンが気づかわしげにニコラスの顔を見つめた。「お兄さま、財政的な問題を抱えているの？」

「いや」ニコラスはかっとなって否定したが、相手がメアリアンなので言い添えた。「少なくとも、いまはまだない。それにうまく結婚すれば、その心配はまったくなくなる」

「問題があるなら、いつでもアデアとわたしに援助を求めてきて。わたしたちがそうしたように」

　ニコラスは眉をひそめた。「妹に金の無心はしたくない」

「だからそのために結婚をするの？」

「金は考慮すべき理由のひとつにすぎない」

「それならよかったわ」メアリアンは短剣で切りつけるようないやみをこめて言った。「まったくお兄さまはどこまでも傭兵《ようへい》なのね。教えて。お兄さまの妻はいったい結婚からなにを得るの？」

「安全と大きな所帯の支配力と子供。それにわたし。いや、おまえは自分の兄はここにいるレディたちのだれにもふさわしくないと考えているのかな？」

相手がメアリアンであるだけにまた口論になるものとニコラスは思っていたが、意外にもメアリアンは首を振って悲しげにため息をついた。「夫婦が愛し合っていたら、どれほど結婚生活がすばらしいものになるか、わたしとアデアを見てお兄さまにもわかったはずだと思っていたのに」

「妻をいずれは愛するようになりたいとは思っているよ。同様に、妻から愛されるようになりたいとも思っている」

「お兄さまが好きになったレディはここにいないの？」

ニコラスは一瞬迷った。「いない」

ケラックがぐずりはじめ、メアリアンは揺りかごを揺らした。「いまお兄さまが言ったとおり、お互いに愛し合えるような夫婦になってほしいと思うわ。でもこれだけは言わせて。どんな財政問題を抱えているとしても、いいえ、財政に限らずどんな問題を抱えているとしても、お兄さまなら欲得ずくの結婚などしなくても、その問題を乗り越えられるはずよ。すでにあれだけの苦難を乗り越えてきたんですもの。結婚はお兄さまがこれからの人生を過ごすためのものよ」

「たしかにわたしは多くの苦難を克服してきた。それはわたしが金で働く傭兵だったからできたことだ。もしも持参金を持たず、貴族階級に有力な知人のできるすべも与えてくれない貧しい女性と結婚すれば、わたしは安全を得られず、したがって幸せにもなれない」

「わかったわ」

　ニコラスは妹に理解してもらえたとは思わなかった。しかし理解してもらえると期待するほうがまちがっているのだ。メアリアンの人生はニコラスのそれとはまったくちがう。それも彼が苦労したからだ。

「レディ・エレナについておまえはどう思う？」妹の意見をまだきくつもりでニコラスは尋ねた。なんといっても、自分はメアリアンが善良な修道女たちのいる女子修道院で十二年間過ごすための費用を払ってきたのだ。メアリアン自身、修道院では女性について多くを学んだといつか言っていた。

　ありがたくも、メアリアンはニコラスに質問することも、彼を批判することもなく答えた。「やさしくて若いレディね。切り盛りしなければならない所帯の大きさを考えると、少し若すぎるかもしれないわ。それにレディ・エレナのいとこ……」メアリアンは肩をすくめた。「わたしはあの人が好きになれないわ。とても虚栄心の強い身勝手な男ではないかしら」

「わたしも彼は好きになれない。しかし、わたしが結婚する相手は彼ではない」

「でも親戚になるわ」

「そうだ。パーシヴァルは宮廷に友人が多い。エレナを手放したあとは宮廷で過ごすのではないかと期待しているのだが」

「エレナはダンキースの女主人になるにはとても若そうだわ」

「十七歳だ」

「とても過保護に育てられた十七歳ではないかしら」

「おまえもアデアと結婚したときは若かった」

「ロクバーはダンキースではないのよ。それにお兄さまはアデアではないわ」

「つまりどういうことだ？」

メアリアンは立ち上がってニコラスのところまで来ると、彼の肩に手を置き、情愛と気づかいをこめて見つめた。「つまりお兄さまの城塞《じょうさい》はアデアのうちとはとても異なっていて、お兄さまはアデアとはとても異なる種類の男性だということよ。お兄さまを怖がらない女性を花嫁として選ぶべきだわ」

わたしに面と向かって対することができる女性、大胆にも毅然《きぜん》とあごを上げ、目に炎を燃やす女性。

「エレナはべつにわたしを怖がってはいない」ニコラスは言い返した。

メアリアンが唇に指を当て、あごをしゃくって揺りかごを示した。「しいっ。ケラックが起きるわ」

「エレナはべつにわたしを怖がってはいないと思う」ニコラスは前より小さな声で言った。

「いいわ。怖がっていないということにしましょう。でもエレナは楽しい思いもしていないわ。わたしがここに来てから、エレナが微笑んでいるところを見たことはほとんどないのよ。お兄さまに話しかけているときすら。エレナの目はなにを語っているのかしら？」

ニコラスはふたたび窓辺まで足を運んだ。「なにも語ってはいない」わたしに語りかけるのは彼女の目ではない。

「楽しければ、目を見てそうわかるはずよ」

リオナとふたりきりでいるときには、リオナの目に情愛と渇望が満ちていくのがわかるが。エレナのはにかんで警戒する表情にそのようなものはなにも見たことがない。そもそもエレナはたいがいの場合こちらをまともに見るのを避けているようだ。

「わたしを夫として求めていないのであれば、エレナはわたしにそう言うべきだね。その気がない花嫁を娶《めと》るつもりはないから」ニコラスはメアリアンを見た。「おまえのおかげで、相手が望んでいないのに無理やり結婚をさせようとする愚かさがわかったよ。エレナがわたしとの結婚を望んでいないなら、花嫁には選ばないことにしよう」

ケラックがため息をついて身じろぎし、メアリアンは揺りかごを見下ろしてから目を上げた。「エレナがお兄さまの選んだ相手の一番目？」

「エレナかジョスリンドだ」

「レディ・リオナはどうなの？」

ニコラスは椅子まで行き、メアリアンがそこに置いた糸巻き棒を手に取った。その棒に巻きつけてある原毛に触れ、そのやわらかさに漠然と気づいた。そしてファーガス・マゴードンが褒めちぎっていた羊の原毛と比べたら、どちらがやわらかいのだろうと考えた。

彼はまた、メアリアンとリオナが自分について話したのを知っているとメアリアンに言うべきだろうかとも考えたが、それは言わずにおくことにした。そもそもリオナとふたりきりで過ごしたことを明かしたくはない。「レディ・リオナは結婚相手として本気で考えることはできない。家が貧しいし、勢力もなさすぎる」

「それはそうかもしれないけれど、レディ・リオナは若くて立派な女性よ。とても有能だし、本当に感じがいいわ。召使いたちはレディ・リオナを慕っているし、城門の衛兵ですら敬意とうやうやしさをこめて接しているのにわたしも気づいたわ。失礼を承知で言わせてもらえるなら、ふだんの衛兵たちのスコットランド人に対する態度を考えれば、これは本当に偉業よ」

「わたしは貧しい女性と結婚するわけにはいかない」

「家のなかを戦場にしてしまう高慢で偉ぶった女性

や、お兄さまをまともに見ることすらできない内気な娘のほうがいいというの？」

「裕福な家の娘としか結婚できないんだ」ニコラスは苛立《いらだ》ち、室内を行ったり来たりしはじめた。「それにわたしはうんざりしているんだ、メアリアン。戦うことに。けちけちと暮らし、節約できる金をすべて節約することに。気をもむことに。税を支払い、守備隊を雇える金が手に入って、わたしの影響力を気にかけてくれる友人たちが宮廷にできたら、そのときこそわたしは満足して休息を取ることができる。そのときに妻を愛するようになっていれば、それをありがたく思うだろう。しかしそうなっていなければ、妻を花嫁として選んだことで得られたゆとりを享受し、妻を大事にする」

「わたしはお兄さまに幸せになってもらいたいだけなの」メアリアンがそっと言った。悲しみに満ちたその目に、ニコラスの胸は痛んだ。

「幸せになるよ、メアリアン」彼は誓った。「見ていてごらん」

「だれにそう納得させようとしているの？　わたしに？　それともお兄さま自身に？」

「それは愚問だな」ニコラスはそう答え、扉に向かった。「わたしがしてきたように働き、苦しみ、飢えたことがないかぎり、まず理解はできないだろう」

ニコラスは自室に入り、扉を閉めた。テーブルに両手をつくとうなだれて、ため息をつき、目を閉じた。

くたびれ果てた気分――もうこれ以上重荷を背負いたくない気分だった。

# *18*

その夜リオナはニコラスの部屋の扉を閉めるか閉めないかのうちに彼に抱きすくめられた。石の床から半ば足を浮かせながら、リオナは情熱をこめてニコラスにしがみつき、彼の激しいキスに応《こた》えた。

そっと床に下ろされたとき、胸と胸が軽く触れ合い、テーブルのオイルランプが放つ小さな明かりでニコラスの顔が見えた。「会いたかった」彼がささやき、甘美な期待にリオナの胸は鼓動を速めた。

リオナがいまもパーシヴァルをあざむくために着けているスカーフをニコラスが取り、そばの櫃《ひつ》の上に置く。リオナは以前見かけたものがその櫃の上にあるのに気づいたが、彼の指先が唇からあごをたどり、さらに首から胸の谷間へとゆっくり下りていくにつれ、それを忘れてしまった。リオナは今夜も緋《ひ》色のドレスをまとっていた。このドレスは彼のお気に入りで、できるだけこれを着るようにしている。

「わたしも会いたかったわ」彼に触れられるといつもそうなるように、体が熱い。「櫃《チエスト》の上にあるのはなに？」

ニコラスが自分のチュニックの胸《チエスト》を見下ろした。

「どこに？」

リオナは小さな笑い声をあげ、束《つか》の間《ま》心が軽くなるのを覚えた。「そこではなく、あそこよ」そう言って木の櫃の毛織物を指さす。

「ああ、あれか」

ニコラスが櫃からそれを取り上げたが、その表情があまりに真剣なので、リオナは驚き、当惑した。

「きみのおじ上からもらったんだが、もちろん受け取るわけにはいかない。きみからおじ上に返してもらえないかな」

「それはなんなの？」リオナはそう尋ねながらも、心の奥では自分にもわかっているように思えた。

「格子柄の布《フィラ》とシャツだ。きみと結婚した場合のわたしへの結婚プレゼントだ」

リオナは一瞬目を閉じた。ファーガスおじは善意でそうしたのだとわかってはいても、胸に短剣を突き刺されたような気がした。「そんなことをしたなんて、おじからは聞いていないわ」

「渡されたときは断る暇さえなかった」

リオナは毛織物を受け取り、それをベッドに置いた。「あなたがわたしを花嫁に選ばないということが、おじはいまも理解できずにいるの」

ニコラスがその力強い戦士の手でリオナの肩をつかみ、リオナを見つめた。ふたりのあいだに将来はないとわかっているだけに、渇望に満ちた彼のまなざしにリオナは圧倒された。「リオナ、選べるものなら、わたしはきみを選んだだろう。わたしに富と勢力があったなら、ほかのレディたちには明日にでもここを引き取ってもらい、きみを礼拝堂に連れていってわたしのものにしただろう」

「でもそれはできないわ」胸が痛みながらも、リオナはしっかりした声で答えた。「エレナを選んだら、チェスリー卿《きょう》に用心して。彼は功名心が強くて不誠実よ。自分の得たいものをなにがあっても得ようとするわ」

ニコラスと結婚すれば、ファーガスおじを殺す。チェスリー卿からそう脅されていることをそのまま話すわけにはいかないが、できるかぎりの手は尽くしたい。

「パーシヴァルの影響力があれば、チェスリー卿がなにをしようと、それに対抗できるはずだ」ニコラスが答えた。

「そこまで断言はできないわ。結婚したあと、宮廷にせよ戦場にせよ、チェスリー卿を敵にまわす覚悟はしておくべきだわ」

　ニコラスがうなずき、リオナは彼が自分のことばを理解したのを知った。

「厳しい話はここまでにしましょう」リオナは明るさを装って言った。「ふたりで過ごす夜もあと数回なのに、それを懸念や邪《よこしま》なノルマン人の話で台なしにしたくはないわ。それよりあなたのことを話したいの」

　ニコラスも深刻な話題の重苦しさを振り払いたかったらしく、笑みを浮かべた。「わたしのこと？　わたしはむしろきみのことを話したいな。それにきみをベッドに運んだあと、わたしのしようとしていることを」

　リオナはあとずさりをしてニコラスから離れた。ふたりにはもうわずかな時間しか残されていない。できるあいだに思い出となるものを増やしたい。

「まだよ。まずダンキースの領主さまにお願いしたいことがあるの」

　ニコラスが眉を曇らせるのを見て、リオナは彼を心配させたことを悔やんだ。「ダンキースを去る前にフィラ姿のあなたを見たいの。それだけよ。いまわたしのためにそれを着けていただけない？」

　ニコラスの笑みにはリオナの簡単な頼みにほっとした思いが表れていた。「わたしにスコットランド人の扮装《ふんそう》をさせたいんだね？」

　いまの軽い気分を壊したくなくて、リオナも微笑を返した。「フィラはとても着心地がいいのよ。ファーガスおじがそう言っていたわ」

「しかし、やや風通しがよすぎると思わないか？」

「わたしにはわからないわ。フィラを着たことがないんですもの。フィラ姿になっていただける、ニコラス？　ほんのしばらくでいいから」

「きみの頼みとあらば。ただし、わたしには正しい着方がわからない。一度アデアが教えてくれようとしたが、白状すると、いい加減に聞いていたから」

「わたしが手伝うわ」リオナはニコラスの全身をざっと眺めた。「まずシャツが先かしら」

「そのとおり。シャツが先だ」

　彼がベルトをはずし、それを無造作にテーブルに置いた。それからチュニックを脱いでベルトのそばに置き、身に着けているのはズボンとブーツだけという姿になった。

　リオナの思いは、それぞれが満ち足り、疲れ果てるまで愛を交わすことへとそれていった。でもそのあとは自分の部屋へ戻るためにここを出ていかなければならない。

　ニコラスがかすかにラベンダーの香りのする白いシャツを頭からかぶった。そして袖《そで》に腕を通せないのに気づいた。「大きさが合わない」生地にさえぎられてくぐもった声でそう言いながら、シャツを着ようと悪戦苦闘している。

「あなたの肩がシャツより大きすぎるのよ」リオナは急いで彼に手を貸した。

　手を貸しながら、この機に乗じて彼を愛撫《あいぶ》したい衝動を抑えきれなかった。

「シャツを着る邪魔をする気か？」相変わらずシャツと格闘しながらニコラスが言った。

「べつに」リオナは愛撫を再開した。

　ようやくニコラスがシャツを脱いで櫃の上にそれを投げ捨てると、リオナは首を曲げて彼を眺めた。

「シャツは省略しましょう」

「気まぐれな女だな。そんなふうにわたしを見つめるのをやめないと、いますぐきみを抱き上げてベッドに連れていくぞ」

「では見つめるのをやめるわ」リオナは澄まして答えた。「わたしがフィラを巻きつけるまで、あとは脱がなくてもいいわ」

彼はズボンのひもをほどきはじめた。「フィラを巻くのなら、スコットランド人がするとおりにすべきじゃないかな。つまりその下にはなにも着けない――アデアからはそう聞いている。そうすべきだと思わないか？」

リオナは頬が熱くなった。彼の一糸まとわぬ姿が脳裏に浮かぶ。「あなたがそう望むなら」

ニコラスはかぶりを振り、ブーツを片方脱いだ。「きみがそう望むなら」

「あなたを止めるつもりはないわ」

「そんなふうに見つめられると、きみにキスをしたくなる」ニコラスはもう片方のブーツを脱ぎ、部屋の隅へ蹴飛《けと》ばした。「もっとも、このところは見つめられるたびにキスをしたくなってばかりいるが」

リオナは床にフィラを置いて広げはじめた。「なにをしている？」ニコラスが尋ねた。

「これを広げるの」

「なんだって？　床に？」

「ベッドでは長すぎるわ」

「ああ、ベッドか」

その低いかすれた声だけでもリオナの体は潤い、彼を迎え入れる準備が整ってしまう。でもいまここで喜んで愛を交わす気はあるものの、ニコラスがフィラをまとった姿を見ておきたい。グレンクリースに持ち帰る思い出のひとつとして。

ニコラスがズボンを脱いだころには、リオナもフィラを広げ終えていた。広げた布は窓からほぼ扉のところにまで達していた。

「時間は長くかかりそう？」ニコラスが微笑《ほほえ》みだけを身に着けたままで尋ねた。どれだけリオナと愛を交わしたいか、その熱意のほどを恥ずかしげもなく誇示している。

リオナは眉を片方上げた。「少しは抑えられないの？」

「何も身に着けず、しかもきみといるわけだから、それは無理だな」

「孔雀《くじやく》には尾羽根があって、あなたにはそれがあるというわけね。どちらも男性であることをとても誇示していると思うわ」

「思う？」

「わたしはあなた以外に興奮した男の人のはだかを見たことがないんですもの」リオナはそう打ち明け、しゃがんで、広げたフィラの中央あたりを折りたたんでひだを作った。

それが終わると、ひだのできた中央部分の下にニコラスのベルトを差し入れた。

「ベルトの位置に合わせてここに寝てもらったら、生地を巻きつけていくわ」リオナはフィラの中央を指さした。

ニコラスはすぐに言われたとおりにはしなかった。

「その床はひどく冷たそうだ」彼は眉を片方上げた。「それとも、これはわたしの熱意を冷まそうという頭のいい策略なのかな？」

彼が絶頂に達するまで、どれくらい長くリオナを愛することができるかを考えると、そんなことはありそうに思えない。「それには冷たい床でもきっと足りないわ」

「そうかもしれないな」ニコラスはフィラの上に横たわった。彼が仰向けになると、リオナはその足元に立った。「いま、もしもだれかこの部屋に入ってきたら、あなたの姿はとてもおもしろい見ものでしょうね」

「わたしはばかげた格好のまま、完全にきみに身を預けたんだぞ。きみはそこに立ってわたしを物笑いの種にするつもりなのか、フィラの着け方を教えてくれるつもりなのか、どちらだ？」

「こうやってひと晩じゅうあなたを鑑賞していたいけれど、あなたに風邪をひかせたくないわ。どうか腕を上げて」

ニコラスが腕を上げ、リオナは毛織り布の右側を彼の上体にかぶせた。そしてそうしながら、軽く、しかも実にゆっくりと、彼の男性たる部分に手の甲で触れた。

「恥知らずだな」

「あなたの小さな兵士が警戒態勢をとってわたしの行く手をさえぎったとしても、それはわたしのせいではないわ」

「小さな兵士？」

「大きな兵士だったわね」リオナは言い直し、左側の布を右側の布に重ねると、またしてもこっそり彼を愛撫した。「さあ、これでベルトを締めたら、立ち上がっていいわ」

「わたしの大きなベルトを締め」言われたとおりにしながら、ニコラスがつぶやいた。「大きな足で立つ」

「あなたの足はことさら大きくはないのではないかしら。それ以外については、立派だというあなたの意見にうなずくしかないけれど」

「それを言うなら、とても立派だ。いつか吟遊詩人たちがわたしを歌でたたえてくれるだろう」そう言って彼は立ち上がった。

フィラは二枚のスカートを重ねてはいてベルトで固定したような見かけをしている。ニコラスはそれを見下ろして眉根を寄せた。

「本当にこの着け方でいいのかな」

「あとはベルトの上から垂れている端の部分を始末すればいいだけよ」

「どうやって？」

「わたしがやってみせるわ」リオナは垂れている布の端をつかんで背中にまわし、余った部分を左の肩から垂らした。「できたわ」

リオナは少し後ろに下がり、出来映えを見た。それに彼の姿を。フィラを着けたニコラスは想像していた以上に立派でハンサムだった。

「合格点はもらえたかな？」立ったまま見つめるリオナにニコラスが尋ねた。「スコットランド人に見えるだろうか？」

リオナはことばでは答えなかった。ニコラスの胸に飛び込み、熱く唇を求めつつ、彼の体に自分をすり寄せて大胆でみだらに誘いかけた。

「わたしと愛を交わして、ニコラス。いますぐ！」リオナは急《せ》き立てた。長い距離を駆けてきて彼の腕のなかに飛び込んだかのように息がはずんでいる。

「喜んで」ニコラスがうなるように答えた。

彼は情熱をこめてリオナにキスをした。唇のあいだに舌を差し入れ、両手でリオナの体を撫《な》でる。そして純粋に動物的な飢えを感じさせる低いうなり声をひとつあげると、リオナを抱き上げ、ベッドに運んだ。切実さに熱く満ちた目でリオナを見つめながら、彼は急いでベルトをはずそうとした。

「はずさないで！」リオナは思わず体を半ば起こした。「そのままで愛して」

リオナは手を伸ばし、ベルトをつかんでニコラスを自分の上へと引き寄せた。その手は夢中で彼を求め、彼の背中を、胸を、胸の小さな突起を撫でている。小さなうめき声をすすり泣くようにもらしながら、リオナは両膝を立てた。スカートが腰までめくれて、なにも着けていない下半身があらわになった。ニコラスが両手をついてのしかかると、リオナは彼のお尻に手を当て、自分のほうへと引き寄せた。フィラがふたりのあいだでくしゃくしゃになったが、それにもかまわず、ニコラスは温かく潤ったリオナのなかへと力強く身を沈めた。

リオナはほぼその瞬間に極みへと達した。両手の関節が白くなるほどニコラスの腕をきつくつかみ、体を弓なりにそらすと、荒い息づかいで歯を食いしばった。繰り返し襲ってくる歓《よろこ》びの波の合間に、ニコラスの名を叫んでいた。そのあいだ動きつづけていた彼もまた歓喜の叫びとともに頂上に達した。

満ち足りたニコラスがぐったりとリオナに体を重ねた。「驚いたな……」荒い息とともにつぶやく。

リオナも切れ切れに息をしていた。「フィラはあなたに似合うだろうとは思っていたけれど、まさかこうなるとは……」

ニコラスが体を浮かし、リオナの上気した顔を見つめた。「フィラのせいだけかな？」

愛を交わしたあとのとてつもない至福感に満たされ、リオナは酔っ払いかなにかのように微笑みを浮かべた。「フィラのせいだけじゃないわ。あなたの体。あなたの脚。あなたの膝」そう言ってニコラスの頬を撫でる。「あなたの膝は本当にすてきね、ニコラス。いつもフィラを着ればいいのにと言いたいところだけれど、そうすれば、きっと小間使いたちの気が散ってしかたがないわね」

「それできみは？」ニコラスがリオナの鼻に軽くキスをした。「きみは気が散らない？」

リオナの幸福感はやや陰った。「そのときまだここにいたとしたら、ええ、気が散ってしまうわ」

「すまない、リオナ」ニコラスの目には悲しみと自責の念が表れていた。

「そんなふうに思わなくていいのよ」リオナは正直に言い、ニコラスの顔にかかったひと房の髪を払った。「それにわたしはあなたと過ごしたひとときを後悔しないわ。これからもずっと」

ニコラスがやさしくリオナの頬を撫でた。「きみは本当にすばらしくて心の広い女性だ、リオナ・マゴードン。わたしが愛のために結婚できたら、どんなにいいだろう」

これまでリオナはきみを愛していると彼から言わ

れたくてたまらなかったが、いま彼がそう言うのを聞くと心が痛むばかりだった。ダンキースを去り、彼と別れるときには、きっと心が砕けてしまうだろう。「ふたりで分かち合えたものだけで充分よ」リオナは嘘《うそ》をついた。

　ニコラスがさらにリオナを引き寄せた。「朝までいっしょにいてくれないか、リオナ」

「それが無理なのはわかっているでしょう？」

「それなら、もう少しだけ」ニコラスが訴えかける。「もう少しだけわたしといてほしい」

　彼の頼みを断るようなことはできない。「わかったわ。でもそのフィラを取ってしまったほうがいいわね。さもないとまた愛を交わしたくなってしまうから」

「きみはもう一度わたしを誘惑しようとしているのかな？」

「誘惑しているのはあなたのほうではないのかしら」

　ニコラスはしばらくフィラをはずさなかった。ずっとあとになるまで。

　早朝の光がひと筋まぶたに当たり、ニコラスは目を覚ました。開けた目を細めながら、彼は初めて愛を交わして以来、いや、それ以前から毎朝そうしてきたように、リオナのことを思った。

　昨夜のリオナはまるでやがて訪れる別れを彼に忘れさせることができるとでもいうように、ふたりの関係を楽しいものにしようと懸命に努めていた。その努力は幸福感とともに痛みを、喜びとともに悲しみをもたらした。涙を流すよりも、もっと心が痛む行為だった。

　ニコラスのほうもその骨折りに応え、陽気で楽しい口調で話そうと努力した。リオナには、それくらいのことをして当然だ。だからフィラを着てほしいという頼みも断ることなどできなかった。たとえおどけた格好に見えるとわかっていても。

リオナにとっておどけた格好に見えなかったのは明らかだ。

ニコラスはリオナの情熱的な愛撫を思い出し、頬をゆるめた。なんという恋人、なんという女だ！　リオナがいなくなったら、自分はどれだけ寂しい思いをするだろう。

リオナがここを去る日が来るのを恐れ、自分はもう少しいっしょにいてほしいと頼んだ。いや、懇願した。人になにかを懇願するくらいなら死んだほうがましだと思っているくせに、リオナにいっしょにいてほしいと訴えたことは後悔していない。

ふたりは子供のように話を交わし、笑い、ささやき合った。リオナはグレンクリースの話を語って聞かせ、彼はこれまでの人生で経験した愉快なことについて話した。そのうちふたたび情熱に火がつき、互いを愛撫した。やさしく穏やかなキス、温かく静かなキスを交わし、そのあとふたたび体を重ねた。時間などまったく重要ではないというように。

そしてまたしても、ニコラスはリオナに妻になってほしいと頼みたい衝動に駆られた。わたしと暮らし、家庭を切り盛りし、子供を産んでほしい。これまで夢にも思わなかった幸せと喜びをわたしに与え、わたしにきみを幸せにさせてほしい。そう言いたかった。

それなのに今度もまた、若いころの最悪の日々がよみがえった。自分より大きくて強い男たちの言いなりにならざるをえなかったころの記憶が。殴られ、腹をすかせ、寒さと雨に苦しめられたころの記憶が。

その記憶が自分を黙らせた。

わたしはダンキースを失うわけにはいかない。ダンキースの意味するすべてのものを。

しかし、もしもメアリアンの言ったことが正しく、リオナを失うことをいま以上に悔やむときが来たら、わたしはどうするのだろう？

　ダンキースは石を積み上げた城塞《じょうさい》にすぎない。リオナは光であり、喜びであり、幸せであり、恵みだ。愛情深く、広い心を持ち、聡明《そうめい》で、意志が強い。リオナが去ってしまえば、ダンキースはうつろになる。

　わたし自身がうつろになるのだ。固く冷たい石で築いた立派な城にいながら、これまで以上に寂しさを感じるにちがいない。城と王の気まぐれな恩寵《おんちょう》のために、それよりもすばらしい褒美を捨てたと知ったとき、わたしはどうなるのだろう？

　ニコラスは寝返りを打った。そしてそのとたん、自分がひとりではないのに気づいた。

　長い金髪が目に入った。

# 19

「くそ！」

　野卑な罵《ののし》りを吐きながら、ニコラスはあわててベッドから出た。

　ほどいた髪を乱したジョスリンドが小さな悲鳴をあげ、なにも着ていない胸をシーツで隠しつつ体を起こした。

「ベッドから出ていくんだ」ニコラスは自分も一糸まとわぬ姿であることをすっかり忘れて命令した。

「でも——」

「いますぐだ！」彼のどなり声が室内に反響した。

「わたしがほしくないの？　わたしが結婚前にこの身を捧《ささ》げようとしているのに？」

「いらない！」

生まれてこのかた経験したことのないほど激しい怒りに駆られながら、ニコラスは脱ぎ捨ててあったズボンをつかみ、急いでそれをはいた。格子柄の布《フィラ》が目にとまった。昨夜着ていた衣装が――いとしいリオナが着け方を教えてくれた毛織りの布がきちんとたたんで櫃《ひつ》の上に置いてある。リオナがこの部屋を出ていく前に置いたにちがいない。ジョスリンドがこの部屋に入り、ベッドに忍び込む前に。

ニコラスがブーツをはいていると、ジョスリンドが両手で顔を覆い、泣き声をあげはじめた。いや、泣いているふりをしているだけなのかもしれない。

「やめることだな」ニコラスは鋭く言った。「偽の涙はわたしには通用しない。服を着てこの部屋から出ていくんだ。ここにいるのが見つかりでもしたら――」

「ここにいるのが見つかったら、あなたはわたしと結婚しなければならなくなるわ。あなたが高潔な人なら」

ニコラスはシャツに手を伸ばし、それを着た。

「ところがきみにとっては残念ながら、わたしはそこまで高潔ではない」

ジョスリンドがシーツを体に巻き、慎重にベッドから下りた。「あなたはなにさまのつもり？」作法に反したのはニコラスのほうだとでもいうように、ジョスリンドが言った。「どこかの愚かな王を説き伏せて領地をもらった成り上がりの傭兵《ようへい》にすぎないじゃないの。結婚前にわたしが寝てあげるのをありがたく思うべきだわ」

だれかが扉を叩《たた》き、サクソン人の声がした。「サー・ニコラス、なにかあったのですか？」

いまいましい女め！　大声をあげたわたしもばかだった。「いや」ニコラスは扉に向かって答えた。

「なんでもない。いやな夢をみただけだ」

「わたしと結婚してくれる？」ジョスリンドが声を落とさずに尋ねた。

ニコラスはくるりと振り向き、ジョスリンドをにらみつけた。「こんな真似《まね》をする前から、わたしにはきみを選ぶ気などなにもなかった。寝ていただけるということだが、わたしとベッドをともにするのがそれほど身をおとしめることだとは残念だ。そうまですることはなかったのに」

ジョスリンドが怒りの表情をニコラスに向け、戸口に駆け寄ると扉を開けた。「番兵！」ニコラスが止める間もなくジョスリンドが呼びかけた。「戻ってきて！」

ニコラスは扉を閉めようと取っ手を押さえた。

「自分から醜聞や恥辱を招くようなことをするんじゃない。きみの企《たくら》みは失敗だ。きみの賭《かけ》は成功しなかった。評判が台なしにならないうちに、それを認めて出ていくことだ」

激しい怒りと屈辱にジョスリンドは唇をゆがめてニコラスを見つめた。「あなたと結婚するから、わたしの評判は台なしになどならないわ。まんまとわたしを誘惑できて喜んでいるふりをしてもいいし、結婚せざるを得なくなった色男のふりをしてもいいけれど、いずれにしても、あなたはわたしと結婚するのよ。わたしの父がそう要求するわ。父が裕福で勢力のある人物だということをここで改めて言わなければならないかしら？」

サクソン人の番兵たちが階段を駆け上がり、息を切らしながら戻ってきた。番兵たちはニコラスの寝室の戸口にシーツだけをまとったジョスリンドがいるのを見て唖然《あぜん》とし、足を止めた。

「ジョスリンド」ニコラスは歯噛《はが》みしたい思いで促した。

ジョスリンドはそれに取り合わず、横柄な口調で番兵たちに命令した。「わたしの父を呼んできて。

いますぐ！」

番兵たちは確認を求めてニコラスのほうを見た。ほかにすべはなにもない。ジョスリンドの思う壺《つぼ》だ。「行け」

番兵たちが去ると、ニコラスは部屋のなかに戻り、椅子に座ってチェスリー卿《きょう》を待つことにした。「服を着るんだ、ジョスリンド」

ジョスリンドはばたんと扉を閉め、つかつかとニコラスのところまでやってきた。そして片手を上げ、彼の頬を思いきり叩いた。「わたしはあなたに利用されて捨てられる娼婦《しょうふ》じゃないわ」

叩かれてもニコラスはほとんど表情を変えなかった。これはイヴ・サンスーシのおかげだ。もっとひどい平手打ちや拳骨《げんこつ》に何度も耐えてきたのだから。

「きみはわたしのベッドに忍び込んできて、いまその料金を払えと要求している。それが娼婦でなくてなんだ？」

ジョスリンドがもう一度ニコラスを叩こうと手を上げた。だが、彼は手首をつかみ、それをやめさせるだけの力をこめた。

そのときだった。ニコラスはジョスリンドの腕にあざができているのを見た。

怒りはべつの種類のものに変わった。傷や怪我《けが》について熟知しているニコラスには、このあざが偶然できたものでないとわかる。これは人が情け容赦なくつかんだせいでできたものだ。

「だれがこんなことを？」ニコラスはジョスリンドの手首を放し、椅子から立ち上がった。

「わたしと結婚しなければ」ジョスリンドが目をぎらぎら光らせながら口元に引き結ぶ。「あなたがやったと言うわ」

ニコラスは驚くと同時に、それまでこちらのせいにするのかとあきれ果てた。「わたしはこれまで女性を傷つけたことは一度もない。だれにきいてもそれはすぐわかることだ」

ジョスリンドが品のいいあごをそびやかした。

「あなたがわたしを寝室に引っ張り込んだあと、わたしが愛を交わすのを拒んだら、それを無理強いしたと言うわ。このあざは、あなたがわたしの腕をつかんだ証拠よ」

やれやれ、この女なら本当にそうするだろう。

「わたしはその気のない女性と愛を交わすようなことは絶対にしない。あざを作ったのはきみの父上だね？」

ジョスリンドは顔を赤らめたものの、唇を固く閉ざし、答えようとはしなかった。

「なぜチェスリー卿がそんなことを？　それともなんの根拠もなくきみを傷つけるのか？」

頬を涙がひと粒転がり落ちたが、それでもジョスリンドは答えない。

ニコラスはリオナがダンキースに集まったレディたちが彼のせいで耐えなければならない重圧について話していたことを考え、自分が花嫁を見つける計画を思いついた日を呪《のろ》った。とはいえ、ひとつのことだけは呪う気にはなれなかった。計画を思いついたおかげでリオナに出会えたのだ。

「レディ・ジョスリンド」ニコラスはいくらか怒りの静まった理性的な口調で言った。「チェスリー卿が情愛に富んだ父親だったら、きみがわたしに手ごめにされたと告げれば、彼はわたしが裁かれて処刑されることを要求するだろう。いや、みずからわたしに決闘を申し込むかもしれない。娘を愛する父親なら、きみを手ごめにするような男と結婚しろとは言わないはずだ」彼はパーシヴァルの策略のことを考えた。「それとも父上からわたしの寝室に忍び込むようにと言われたのか？」

たとえジョスリンドに答える気があったとしても、まだなにも答えないうちに、チェスリー卿が部屋に駆け込んできた。シーツを体に巻き、髪を乱した娘をひと目見ると、彼は部屋を突っ切って娘のところへ行き、手の甲で力いっぱい叩いた。「あばずれめ！」

ニコラスはチェスリー卿の腕をつかみ、ぐいと引っ張った。チェスリー卿がよろめいた。「今度彼女を叩いたら、わたしが相手をする」うなるように言ったあと、ニコラスは手を離した。

チェスリー卿は体勢を立て直し、尊大に見下すような視線をニコラスの全身に走らせると、結びひもの解けたシャツや乱れた髪を見て取った。「それとは関係なしに、あんたを相手にしなければならないようだな」チェスリー卿が言い、ジョスリンドが赤くなった頬に手を当てて、さめざめと泣きはじめた。

「どんな甘いことばでわたしの娘を誘惑したのか知らんが、こうなったからには娘と結婚してもらわなければならない。わたしの家名を汚してもらっては困る。相手があんたのような成り上がり者ならなおさらだ」

「少なくともこれで、あなたがわたしのことを本当はどう思っているかがわかったわけだ」ニコラスは嫌悪感もあらわに言った。

パーシヴァルが戸口に現れた。「なんの騒ぎだ？　なにがあった？」彼はニコラスからジョスリンドに視線を移し、次いでニコラスをにらみつけた。「なんという女に飢えた好色漢なんだ？　エレナだけでは足りないというのか？」

「エレナ？」ジョスリンドが金切り声で言い、ニコラスのほうを向いた。「エレナともベッドをともにしたの？　ハーレムかなにかみたいにわたしたちを利用するなんて、どういうつもり？」

「わたしはきみともエレナとも肉体関係を結んではいない」ニコラスの怒りはいま、多くの戦場で助けとなってくれた鉄壁の自制心のおかげで抑えられていた。

パーシヴァルの顔は赤を通り越し、紫色に近くなっている。「ぺてん師め！　よくもエレナとは関係がないなどと言えたものだ。何日も前から夜をともに過ごしているくせに」

チェスリー卿とジョスリンドが険悪な表情でニコラスをにらむなか、ニコラスはパーシヴァルの激した視線を平然と受けとめた。「いまのようにわたしを非難できる証拠はあるのか？　きみのいとこの評判を汚す証拠は」

パーシヴァルが目をぱちくりさせたあと、真っ赤になった。「エレナが夜ここに入っていくのを見たんだ」

「それが本当なら、なぜいとこを止めなかった？なにをするつもりだと、なぜいとこにきかなかった？」

パーシヴァルの額に汗の粒が浮かんだ。

「きかなかったのは、おそらくレディ・エレナは夜もそれ以外の時間もわたしの部屋に来てはいないからじゃないのか？」

「エレナがぼくの言ったとおりだと証明するさ！」パーシヴァルが激しい口調で断言する。

「そうかな？」

不安と疑念と当惑――そのすべてがパーシヴァルの顔に表れた。「もちろん証明してくれるさ」口ごもりながらパーシヴァルは言い、細い肩をいからせた。「本当だときみも知っているはずだ。きみも名誉を守る男なら、エレナと結婚するだろう」

「それは無理だわ」ジョスリンドが言った。「彼のベッドにいたところを見られたのはこのわたしなのよ。彼はわたしと結婚しなければならないわ。わが一族の名誉を――」

「おまえはふしだらなふるまいをする前に一族の名誉のことを考えるべきだったんだ」チェスリー卿が

娘にどなった。「この騎士と結婚するんだぞ」

ジョスリンドがニコラスを指さした。「彼がわたしを誘惑したのよ！　わたしと結婚すると言ったわ。わたしを選んだと。収穫祭まで待つことなどないと彼が言ったのよ」

「それは嘘《うそ》だ」ニコラスは反駁《はんばく》した。「チェスリー卿、わたしはレディ・ジョスリンドを誘惑しようとしたことなど一度もない。それにたとえ結婚相手をすでに決めたとしても、あなたの娘さんを選ぶことは絶対にない」

パーシヴァルが急に怒りをやわらげた。「エレナと結婚するつもりだからだね？」どこかすがりつくように尋ねる。

「なんというやつだ！」チェスリー卿が言った。彼はニコラスのところまで足を進め、鼻と鼻が触れ合いそうになるまで顔を近づけた。「わたしの娘の純潔を奪った奪わないにかかわらず、あんたはわたしの娘と結婚するんだ。さもなければ、あんたが築いたこの立派な城塞《じょうさい》とそこに付随するなにもかもをまちがいなく失わせるぞ。富も勢力も兵隊もだ。あんたをもとの一介の兵士にまで落ちぶれさせてやる。わたしにそれだけの力があることを知らないとは言わせんぞ」

「ジョスリンドと結婚などするものか」パーシヴァルが強い口調で言った。「彼はエレナを妻にするんだ。エレナは身ごもっているかもしれない」

室内が静まり返り、まるでパーシヴァルが緑色に変わったかのように、全員が彼を見つめた。

ニコラスはパーシヴァルのことばを信じていいものかどうか、わからなかった。しかしもしもそれが本当なら、父親はだれなのだろう。

ニコラスは目の前に立っている虚栄心の強い男を見た。この男がエレナを脅していることを思うと、父親がだれかは知りたくないという気がする。「エレナがわたしと関係を持ったことはない」ニコラスは冷ややかに言った。「子供が父親に似るとすれば、きみ似ということはないのか？」

「いとこに手を出したことなどあるものか！」

「本当に？」

「本当さ！　あんたと寝ているのはエレナだと思っていたんだが、そうでないとすると……」パーシヴアルが目を丸くし、口をぽかんと開けた。「あれはあのスコットランド人、あのリオナだ！」

「どなたかわたしの姪《めい》の話をなさいましたかな？」ファーガス・マゴードンが戸口から室内をうかがいながら尋ねた。

立腹顔のチェスリー卿、同様に怒っているパーシヴァル、まともな服を着ていないジョスリンドとニコラスを見て取ると、ファーガスは眉をひそめた。次いでその表情は打撃と当惑と落胆に変わった。

ニコラスは突然、自分がチェスリー卿やパーシヴアルから非難されたとおりの下劣な男になったような気がした。しかしその理由はちがう。これまでどれだけ自分が孤独で不幸だったとしても、またリオナがどれだけ自分を幸せにしてくれたとしても、自分はいま戸口にいる陽気なスコットランド人とその姪に対して大きな罪を犯したのだ。自分はリオナをまるでほんの幾夜かベッドで快楽を与え合って終わりという娼婦のように扱ってしまった。リオナの価値はそんなものではないのに。彼女はそれよりはるかに貴い扱いを受けるのがふさわしい女性なのに。

悔恨に胸が悪くなるのを覚えながら、ニコラスは計画を立てた自分を呪った。愚かで貪欲《どんよく》で功名心に駆られていた。うぬぼれて傲慢《ごうまん》だった。自分が起こした問題のすべて、そしてきたるべき問題をいまいましく思った。

「みんなこの部屋を出て、レディに着替えをしてもらったほうがいいだろう」ニコラスは剣帯をつかみ、扉に向かった。「大広間に集まって、この件に決着をつけることにしよう。わたしが花嫁をだれにするかは今日、いや、いま決める」

扉を性急に叩く音を聞き、リオナは急いで扉を開けに行った。するとそこにはファーガスおじが立っていた。いや、立っていたというのはあまり正確ではない。おじは熱い石炭の上にでもいるようにぴょんぴょんと飛びはねていた。

「どうしたの？　なにかあったの？」フレデラとまた問題でもあったのかしら。そう心配しながらリオナは尋ねた。

「サー・ニコラスの寝室でひと騒ぎあったのに、なにも聞こえなかったのかね？」

「ぐっすりと眠っていたのよ」愛の行為のあとで疲れ果てていたから。

そのあとリオナはぎくりとした。

「彼が怪我をしたの？」悲痛な声でそう言い、ファーガスおじを押しのけて部屋を出ようとした。

おじが道をふさいだ。「いや、怪我などしていない。サー・ニコラスは今朝、花嫁を決めるつもりだ」

リオナは動きを止めて、あっけに取られた表情でおじを見つめた。「今朝？」

リオナがあとずさりすると、ファーガスおじが部屋に入ってきた。おじは扉を閉めたあと、リオナに向き直ったが、その表情はこれまで見たことがないほど真剣だった。

「わたしの別嬪《べっぴん》さんや」ファーガスおじは悲しげに言った。「なにかあったんだ。なにか……高潔な男ならしないはずのことが。どうやら、リオナ、サー・ニコラスは自分の求める女性とベッドをともにするのを収穫祭まで待てなかったようなんだ」

おじはリオナのことを念頭に置いているのではな

いらしい。そうでなければ、このような言い方はしないはずだ。パーシヴァルが我慢しきれなくなり、収穫祭を待たずにエレナと結婚するようニコラスに要求し、みんなにその理由を話したにちがいない。

ファーガスおじがあごを撫《な》でた。「いやはや、あの寝室に本人がシーツを巻いた姿でいるところをこの目で見たのでなければ、わたしも信じられなかったよ」

「サー・ニコラスはエレナをベッドに入れたの？」リオナは当惑し、小声で言った。エレナが見かけどおりのうぶな娘ではないというようなことがありうるだろうか。それにニコラスは？　彼がそんなことをする人だろうか。わたしと愛を交わしたあとで……そんなことを……？

「エレナだって？」ファーガスおじが信じられないという顔で言った。「もちろんエレナじゃないよ。あんなやさしい娘がそんなことをするはずがないじゃないか。あのジョスリンドだよ」

ジョスリンドが？

それなら事情は一変する。ニコラスは潔白だわ。わたしにははっきりとそうわかる。これはパーシヴァルの策略と同じで、ニコラスに結婚を強要するための罠《わな》だわ。

気力がリオナの全身にみなぎった。それに決意と愛も。「おじさん、ニコラスはジョスリンドを誘惑などしていないわ。きっと彼に気づかれずに、それに承諾も得ずに、彼の寝室に忍び込んだのよ。彼を自分と結婚させる策略だわ。たぶんニコラスが眠っているところへジョスリンドがそっとベッドに忍び込んで、ふたりが関係を持ったように見せようとしたのではないかしら」

ファーガスおじはほっとしたようすでもなく、信じられないという表情でもなく、しごく厳粛なまなざしでリオナを探った。「どうしてそう言えるんだね、リオナ？　ニコラスが結婚するしないにかかわらず、その気もあって美しい女性とベッドをともにするようなことはしないと、どうしておまえにはそこまで言いきれる？」

　愛すべきおじ、信頼するおじの重々しい顔つきに、リオナは自分を恥じた。わたしはおじさんをあざむいた。そう思うと心が痛む。父親のように自分を愛してくれているおじが真実を知れば、きっと失望させてしまうと意識せずにはいられなかった。

　とはいえ、ニコラスのためにも、エレナのためにも、いまこそ正直に告白すべきだ。

　リオナはベッドに腰を下ろし、隣をぽんぽんと叩いた。けげんそうに、そして心配そうに、おじが隣に座った。リオナはおじの手を握り、問いかけるようなおじの目をのぞき込んだ。

　ニコラスといっしょにいるときには、簡単に後悔を忘れられた。愛がふたりだけの秘密であるときには、いつまでも秘密にしていられると楽に信じることができた。でもそんなことはありえない。

「おじさん、わたしはジョスリンドがニコラスの恋人でないことを知っているの。恋人はわたしなのよ」

「おまえが？」ファーガスおじはあっけに取られた声をあげた。「おまえがニコラスの恋人だって？」

　リオナはうなずいた。「ええ」

「すると……彼はおまえと結婚するんだね？　これから大広間で彼はそう宣言するんだね？」

　リオナは胸が引き裂かれる思いだった。でも、このことは打ち明けなければならない。「いいえ。彼はエレナと結婚するわ」

　リオナはおじから不快感と恥辱と嫌悪をこめて見つめられるものと思っていた。たとえおじに一生よくは思われなくとも、どうかそのような感情が消え、やさしく接してもらえますようにと祈った。

ところがファーガスおじの目に浮かんだのは、リオナがこれまで見たことのないような憤怒の表情だった。「エレナ？　彼はおまえと愛を交わしておきながら、ほかの娘と結婚しようというのか？」

少しでもおじに耳を傾け、理解してもらいたくて、リオナは彼の手をさらに固く握った。「ニコラスはエレナと結婚しなければならないの。エレナの持参金とパーシヴァルの影響力が必要なのよ。でなければ、ダンキースを失ってしまうかもしれないわ。それにエレナはパーシヴァルから離れるためにニコラスを必要としているの。わたしがそれを知ったのは、彼とベッドをともにする前だったのよ。彼が考えを変えるとは思えなかったし、いまも思っていないわ」

「わたしは思っている！」ファーガスおじが声を張り上げ、はじかれたように立ち上がった。「あいつめ！　おまえと婚約さえしていないんだぞ。婚約しているなら、まだ理解できる。一年と一日のあいだおまえとベッドをともにし、心を決めればいいのだから。しかし、これはなんだ？　ノルマン人というのはスコットランドの女を好き勝手に利用できると考えているのか？」

「おじさん、彼はわたしを利用したんじゃないわ」リオナはそう訴え、おじを止めようとした。「わたしから身を捧《ささ》げたのよ」

「向こうが奪ったんだ！」ファーガスおじはわめいた。「あいつはおまえの体を奪い、おまえの純潔を奪い、わたしのフィラを奪ったんだ！　そんな男をわれわれスコットランド人はどんな目に遭わせるか、わたしがあいつに教えてやる！」

ファーガスおじは部屋を飛び出していった。

リオナはスカートをからげておじのあとを追った。そして流血騒ぎとならないうちに、どうかおじを止めてくださいと神に祈った。

「いまいましいノルマン人どもめ、わたしを通せ！」ファーガスおじはゲール語で叫びながら大広間に集まった人々を押しのけていった。向かう相手は、胸の前で腕を組んで壇上にすっくと立つニコラスだ。彼はどこを取ってもこの城塞の主《あるじ》としての威厳をたたえていた。リオナは急いでおじを追いかけた。リオナの目に映る壇上の男性は、夜をともに過ごしたやさしく悩ましい恋人ではなく、厳格で断固としたダンキースの領主としてのニコラスだった。このあとなにが起きようと、恋人としてのニコラスは永久に消えてしまった。ふたりがともに過ごしたひとときは終わってしまったのだ。

「剣を抜け、ノルマンの犬め！」ファーガスおじが叫び、数人の兵士がおじを取り囲んだ。「なんだ、嘘つきのうえ、意気地なしでもあるのか？」

ニコラスがゲール語でファーガスおじに言った。

「わたしがいつ嘘をついた？」

「リオナと結婚すると言ったじゃないか！」

「そんなことは言っていない」

「いや、言った！　フィラを受け取った」

「わたしには贈り物を断る機会さえ与えられなかった。そうしてほしいとお望みなら、フィラはそちらにお返しする」

「もちろんそうしてもらいたい。あんたみたいな忌まわしいノルマンの無作法者にこのスコットランドの地を踏む資格などあるもんか！」

　リオナは息ができずにあえぎながら、集まった人たちのいちばん前まで来たところだった。リオナのそばには青白い顔をしておびえるエレナがいる。パーシヴァルはリオナを見ると、あとずさりした。ジョスリンドは着飾ってはいるが、まるで休息以外の行為をして夜を過ごしたことをなんとしてもみんなにわからせようとでもいうのか、髪はろくに梳《と》かさず、ベールで覆ってもいない。チェスリー卿は両手を腰に当て、かんかんに腹を立てている。そのそばには、プリシラがいて、執事のロバートの腕をしっかりつかんでいる。さすがにいまはくすくす笑うのを忘れている。その横ではプリシラの兄のオードリックがラヴィニアになにかささやき、今度はラヴィニアがアングルヴォワ公爵になにかささやくと、公爵は感心していいのか軽蔑《けいべつ》していいのかわからないというようにニコラスを見つめた。レディ・メアリアンとその夫とロバンの三人は、本来なら出発していなければならないのに、壇のそばで冷静にこの場のようすを眺めている。リオナは扉の付近を通り過ぎたとき、フレデラとポリーがほかの召使いたちといっしょにいるのを見かけていた。

急に大広間に用事ができたとでもいうように、ここにはほかにも兵士や召使いが集まってきていた。

リオナはファーガスおじを見ているのではなかった。ニコラスを見つめ、彼がわたしと目を合わせ、きたるべき発表に対して覚悟ができていることを察してくれますようにと念じていた。

ニコラスがリオナを見た。そしてリオナは彼が心を決めたことを知った。彼はこれからなにをするつもりか、なにをすべきかちゃんとわかっている。ファーガスおじが怒りにまかせて抗議しようと、ジョスリンドがどうふるまおうと、そしてニコラス自身がリオナに対してどんな思いを抱いていようと、これから彼はエレナを花嫁として選んだと発表するのだ。

「お集まりのみなさん」ニコラスは兵士に制止されているファーガスおじには取り合わずに言った。

「事情により、予定していた収穫祭ではなく、本日わたしがだれを花嫁に選んだかを発表せざるを得なくなりました」

リオナは汗ばんだ両手を握り合わせ、迫りくる打撃に備えて深く息を吸い込んだ。

「わたしが結婚を望む相手は……」

ああ、神さま、どうかわたしに力をお与えください！

ニコラスの視線がキューピッドの放つ矢のようにリオナに向けられた。「レディ・リオナです」

たいへんな騒ぎが巻き起こった。

「そりゃ、もちろんわたしの別嬪さんと結婚すべきだ！」ファーガスおじが叫んだ。

チェスリー卿とパーシヴァルがわれがちに声を張り上げて異議を唱える。召使いと兵士はこぞって手を叩き、歓声をあげた。

エレナがひざまずいた。「ああ、よかった。ああ、よかったわ！」エレナは涙を流しながら微笑《ほほえ》んでいる。

同じように感激しているフレデラがエレナに駆け寄り、一方メアリアンはその場で飛びはねたあと夫に両腕を投げかけた。またロバンは床を踏み鳴らし、マゴードンの氏族長に向かって祝いのことばを大声で述べ立てた。

リオナは周囲のことなどなにも見ず、なにも聞いていなかった。ニコラスのことしか頭になかった。当のニコラスが壇を下り、まっすぐにリオナのほうへやってくる。その目はリオナへの愛に輝き、ハンサムな顔にはすばらしい笑みが浮かんでいる。

いくら胸が高鳴り、いくら心がわくわくしても、こんなことはありえない。わたしと結婚すれば、彼はなにもかもを失ってしまう。これまで苦労して得たすべてのものを。苦しみ、闘って得たものを。それにファーガスおじさんも命を失うかもしれない。

リオナのところまでやってきたニコラスはリオナの顔を――リオナの魂を探った。その声はかすれて低く、温かくてやさしかった。「リオナ、わたしと結婚してもらえないだろうか」

はいと答えるのがリオナは怖かった。そう答えれば、夢が悪夢に変わるのではないかと思った。「わたしと結婚すれば、あなたはダンキースを失うかもしれないのよ」

ニコラスがリオナの手を取った。「ダンキースを失ってもかまわない。なにを失っても。きみさえ得られるなら」

「でも、あなたはわたしを恨むようになるかもしれないわ」

「そんなことには決してならない」ニコラスは決意を浮かべたまなざしと、揺るぎない声できっぱりと伝えた。「リオナ、わたしがきみを恨むはずなどない」彼は床に片膝をついた。「きみがわたしと結婚してくれるなら、わたしはダンキース以上のものを得るんだ。これまで一度も味わったことのない喜びを味わい、探し求めている安らぎをきみの腕のなかで得る。どうかわたしをその大いなる栄誉に浴させてもらえないだろうか、リオナ」

どうして断ることなどできるだろう。リオナには断れなかった。喜びの涙があふれ、嗚咽《おえつ》で喉がつまって、なにも答えられなかった。

ニコラスにことばはいらなかった。彼は立ち上がり、リオナを抱き寄せてキスをした。心ゆくまで、情熱をこめた激しいキスを。まるでここにはふたりしかいないというように、まわりにだれがいようと、なにがあろうと、頓着《とんちゃく》しなかった。

リオナはニコラスを固く抱きしめてキスに応《こた》えた。これからなにが起きようと、どんな問題に直面しようと、ふたりが離れることはないと心の底からわかっていた。なぜならニコラスは彼の城よりもなによりもわたしを愛してくれるから。

ついにリオナはこれまで抑えていた幸福感を解き放ち、彼を愛し彼に愛されるという純粋な喜びにひたった。

「わたしの娘と結婚しないなら、生まれてきたことを後悔させてやる！」チェスリー卿が言った。「必ず身ぐるみはいでやる」

「わたしをこんな目に遭わせるなんて」ジョスリンドがニコラスの腕をつかみ、リオナから引き離した。「わたしに対してこんなことができるはずはないわ」

　ニコラスが害虫でも見るように、チェスリー卿とジョスリンドに目をやった。やさしい恋人としての姿は消え、彼はふたたび厳しく決然とした戦士、試合の勝者、王に仕える闘士となっていた。「あなたにそれだけの力があることは重々承知している。しかしこれだけは知ってもらいたい。あなたの娘さんと結婚してあなたを親戚《しんせき》とするくらいなら、リオナとともにあばら家で暮らすほうがずっとましだ」

　リオナがこれほどうれしく、これほど謙虚な気持ちになったことはなかった。

　そして誇らしくもあった。スコットランド人であることよりももっと誇らしく感じられた。

　ファーガスおじとアデア、ロバンが前に出た。三人とも表情は同じで、それはチェスリー卿に脅しを考え直させたはずだった。同様にオードリックとアングルヴォワ公爵も進み出て、ファーガスおじやアデア・マクタランと並ぶと、チェスリー卿と向かい合った。

「チェスリー卿、わたしにはひとつわからないことがある」ニコラスが先を続けた。「わたしが高貴で名門のあなたの家柄にはまったく不釣り合いであるなら、なぜあなたはそこまで自分の娘をわたしと結婚させようとするのだろう。おそらくわたしには計り知れない理由があるのだろうが、いずれそれは突きとめる」

　チェスリー卿が顔をしかめた。「もっとましな男だと思っていたよ」

「リオナが妻になってくれれば、もっとましな男になれる」

いまやニコラスの愛に支えられ、リオナは言った。

「チェスリー卿はもしもあなたがわたしを選べば、ファーガスおじさんを反逆罪で投獄させると脅したのよ」

「そんなことをしたのか」ニコラスは手を伸ばしてチェスリー卿のチュニックをつかみ、自分のほうへ引き寄せた。「少しでもリオナやそのおじに危害を加えようとしたら、おまえの命はない。リオナの家族に危害を加えようとしたら、殺してやる」

ニコラスが手を離し、チェスリー卿はよろめきながら後ろに下がった。「あんたになど脅されるものか！　わたしとちがってあんたはなにものでもないくせに！」

「わたしはダンキースの領主だ。おまえが脅そうと、なにをしようと、リオナはわたしの妻になる。わたしたちの邪魔をする者はただではすまない」

「そいつのことなど放《ほう》っておいてかまわんよ、ニコラス」ファーガスおじが言った。おじはもはや憤慨したようすはまるでなく、手放しでうれしそうだ。「脅しても、スコットランドでは通じないんだ。アレグザンダーがわたしの義理の甥《おい》から土地を取り上げることは絶対にない。王はわたしに大きな借りがあって、まだそれを返してもらっていないんだよ」

そんな借りのことなどリオナには初耳だった。このようなことでおじが嘘をつくとは思えないが、もしかすると、姪を愛し、姪はニコラスと結婚すべきだと信じるあまり——。

「王がまだ若者だったころ、わたしが命を救ったことがあるんだよ」ファーガスおじが先を続けた。「狩りをしていて、猪《いのしし》がアレグザンダーめがけて突進してきた。それをわたしが退治したんだ」

リオナはあっけに取られた。「あの話の若者はアレグザンダーだったの?」

「わたしがファーガス・マゴードンという名前を耳にしたのはその逸話だ!」アデア・マクタランが勝ち誇ったように言った。

「そういうわけで」ファーガスおじがにやりと笑った。「アレグザンダーからは助けが必要なときが来たら、遠慮なく声をかけてくれと言われているんだよ」

「でも……でもそれはもう何年も昔のことでしょう?」そのような約束があったとしても、長い歳月とともに消え失《う》せてしまっているのではないかとリオナは考えた。

「そう、昔のことだ。しかし折につけ、わたしは手紙を送っているんだよ」ファーガスおじは腕を組み、体を前後に揺らした。自分の話が起こした波紋に満足しているのは明らかだ。「わたしは金をためるのは不得手だが、王や廷臣のこととなると、まったくの望みなしというわけでもないんだよ。友人もいる。もっとも、あの話のいちばんの見せ場は短剣を投げるところなんだがね」

フレデラがどこからともなく現れ、ファーガスおじに両腕を投げかけると固く抱きしめた。

「おやおや、息ができないよ」おじが笑いながら言った。

笑ってはいないチェスリー卿に向かってニコラスがふたたび言った。「脅しもこれまでだな」

「エレナはどうなる?」パーシヴァルが腕をつかんでエレナを前に引っ張り出した。「持参金はジョスリンドよりこちらのほうが多い。だれの世話にもならずに繁栄が見込める。エレナならきみを罠にかけたりしないし――」

「エレナはそうだ。しかしおまえはちがう」ニコラスは嫌悪をこめてパーシヴァルをにらみつけた。

「エレナにわたしのベッドに忍び込むよう命じ、彼女をわたしと結婚させようとした策略のことはすべて知っている」

ニコラスはパーシヴァルの手首をつかんだ。容赦のない表情でその手に力をこめる。パーシヴァルが悲鳴をあげ、エレナを放した。エレナはファーガスおじに駆け寄り、ファーガスおじがかばうようにエレナを片腕で抱き寄せた。おじのもう片方の腕はフレデラにまわされている。

「よかったら、好きなだけここにいていいんだよ、レディ・エレナ」ニコラスが言った。「花嫁に選ばなくとも、わたしはきみを守るつもりだ。きみはわたしと結婚したいとは少しも思っていないんだろう？」

「ええ、あなたと結婚したいと思ったことは一度もありません」

そのことばは力強く、迷いもなく、はっきりと発された。リオナがこれまでのエレナとは別人ではないかと思ったほどだった。

「いま聞いたとおりだ、パーシヴァル」ニコラスが淡々と言った。「レディ・エレナはわたしとの結婚を望んでいないし、たとえ花嫁をだれにするかまだ決めていなかったとしても、わたしはその気のないレディを花嫁にするつもりはない」

「エレナの後見人はぼくだ。おまえじゃない！」パーシヴァルがわめいた。「エレナはぼくの言うとおりにしなければならないし、ぼくの連れていくところに行かなければならない。おまえにはエレナをどうこうする権利はないはずだ」

「それなら法廷に行けばいいわ！」エレナが両手をこぶしに握りしめ、怒りに全身を震わせて叫んだ。「あなたがロンドンでわたしを言いなりにする方法を探しているあいだ、わたしはここにいるわ。あなたのいないところに！」

「おいで、ジョスリンド。出発だ」チェスリー卿が言った。「この男は野蛮人といっしょにいればいい」

　ジョスリンドが動く前に、ニコラスが進み出た。

「腕にあざを作ったのがチェスリーなら、きみもここに残ってかまわない」

　チェスリー卿が暴力を振るうことは、リオナにも容易に信じられた。それにニコラスがあれだけ迷惑をかけたジョスリンドに惜しみなく避難場所を提供することにも少しも驚かなかった。

　ジョスリンドがだまされているのではないかと警戒するように目を細めた。「そう申し出てくださるの？　いろいろあったのに……？」

「そうだ」

　まだ懐疑的なのか、ジョスリンドはリオナに尋ねた。「あなたは？　わたしがここに残るのはいやでしょう？」

　リオナはニコラスに近づいて、彼の手を取った。そしてその手を握りしめたまま、彼の愛に守られながら答えた。「過去になにがあったにせよ、あなたがここに残りたいのなら、わたしに異存はないわ」

「ジョスリンド、わたしといっしょに来るんだ。来なければ、古靴みたいに勘当するぞ」チェスリー卿が言った。

　ジョスリンドが父親についていきかけた。

「ジョスリンド、どうかよく考えて」リオナは言った。

　ジョスリンドがあごをそびやかし、その目に強烈な自尊心を輝かせた。「それでどうなるの？　家族と持参金を失うの？　あなたたちの慈悲に感謝し、あなたたちふたりが結婚するのを眺めているの？　あなたたちの施しに頼るくらいなら、父から破廉恥な行動の罰を受けたほうがましだわ」

「それならあなたの幸福を――幸せが見つかることを祈っているわ」

　これまで以上に堂々と威厳をもって、ジョスリンドはうなずき、父親についていった。

　ところが、チェスリー卿とその娘が扉まで行かないうちに、リオナの見たことのない男性が大広間に入ってきた。男性のズボンとブーツには飛び散った泥がこびりつき、髪は風を受けたように乱れている。馬を飛ばして、短い時間に長い道のりを駆けてきたらしい。「ニコラス！」男性が声をあげた。「それにチェスリー卿も。これは運がいい」

「いったい何者だ？」チェスリー卿が尋ねた。

　リオナの手を握ったまま、ニコラスが急いで前に進み出た。「わたしの弟のヘンリーだ」

　チェスリー卿がふんと鼻で笑った。「だれにしても、娘とわたしを通してもらいたい」

「発《た》たれるのですか？」ヘンリーが丁重にきいた。

「そうだ。ただちに」

「すばらしい。吉報をさしあげよう。護衛をひとりあなたのために連れてきました。というのもロンドンのきわめて権威のある人々数人が、あなたの仲間とその活動についてあなたから話をうかがいたいと望んでいるのでね。すでにロンドン塔に場所を用意したとのことだ」

　チェスリー卿が青ざめたかと思うと、剣に手をかけた。

　それは間に合わなかった。ニコラスがリオナを放し、剣を抜いて切っ先をチェスリー卿の首に突きつけたからだ。チェスリー卿はまだ鞘《さや》から剣を抜いてすらいなかった。

「それは賢明とは思えないな」ニコラスが言い、リオナはこらえていた息をゆっくり吐いた。

「ここには地下牢《ろう》があったっけ、兄上」ヘンリーが尋ねた。

「ある」

「それはよかった！　人も馬も往路の疲れで、このままロンドンに引き返すのは無理だ」ヘンリーはニコラスの兵士ふたりに言った。「チェスリー卿を地下牢に入れてくれ」

兵士ふたりがすぐさまそれに従い、チェスリー卿をとらえると無理やり大広間から連れ出していった。

「ジョスリンド！」チェスリー卿が死に物狂いで叫んだ。「ジョスリンド！」

「心配しないで、お父さま」ジョスリンドが冷ややかに答え、父と兵士のあとに従った。「お父さまを見捨てはしないわ。できるだけの手を尽くして、お父さまが潔白だと証明するわ。そうでなければ、わたしにはなにも残してもらえないんですもの」

チェスリー卿父娘《おやこ》が出ていってしまうと、あたかも大広間に残った全員が同時にほっと息をついたようだった。

「いまのはだれ？」ヘンリーがニコラスに尋ねる。

「チェスリー卿の娘だ。さっきの容疑は娘にも向けられているのか？」

「いや。よかったと言うべきだろうね。あれほどの美女をロンドン塔に幽閉するのは実に残念だろうから」

リオナもほっとしていた。ジョスリンドは好きではないが、投獄されたり貧困に苦しんだりしてほしいとは思わない。

ヘンリーが突然歩き出して指さした。「パーシヴァル！」

厨房《ちゅうぼう》の入り口近くでパーシヴァルが、射られた矢で壁にとめられたかのようにぴたりと立ち止まり、ヘンリーを見つめた。

ヘンリーが彼に近づいた。「なるほど、こんなところにいたのか」ヘンリーはにっこり笑った。「仕立て屋が怒っているらしいぞ。何百マークかのたいした額ではないが、つけがたまっているそうじゃないか。それに装身具屋も嘆いている。きみはロンドンじゅうの商人の大半と金貸しの半分に借金があるようだな」

「嘘だ！」

「もちろんぼくの言ったことはまちがいかもしれない」ヘンリーが答えた。「しかし、ぼくは自分の兄ときみの親族とが結婚するのには反対するぞ。兄が持参金を確実に受け取らないかぎり」

「本当なの？」エレナがパーシヴァルにきいた。「わたしの財産はどうなったの？」

パーシヴァルが追いつめられた鼠《ねずみ》のように、遠くにある大広間の入り口と、近くにあるが召使いたちにふさがれている厨房の扉の両方に目をやった。そして厨房の扉のほうへ突進し、ポリーをはじめ、召使いたちを荒々しく押しのけた。たちまち数人の兵士が彼を追った。

「ぼくも追いかけようか？」ヘンリーがニコラスに尋ねた。

ニコラスがかぶりを振った。「遠くまでは逃げられない。兵士たちはよく訓練されている。必要とあらば、何キロでも走りつづける。パーシヴァルには無理だろう」

リオナはうろたえるエレナの肩をそっと抱き寄せた。エレナにはもはや称号以外になにも残っていないかもしれないのだ。「借金の話は少し誇張されてはいないのかしら」リオナはヘンリーに尋ねた。

ヘンリーが頭を横に振った。「そうだと言えればいいのだが、残念ながらすべて事実だ」

「気にすることはないよ、エレナ！」ファーガスおじが声を張り上げた。「フレデラとわたしのいる家がいつでもある」

「わたしたちのところでも、いつでも歓迎するわ」メアリアンが言った。

「それにニコラスとわたしのところも」リオナが言った。

エレナがおずおずと微笑み、ようやくすべてが解決したように見えると、召使いたちはうれしそうにはしゃいだようすで、なにやら小声でしゃべっている。残ったノルマン人貴族たちはあわててニコラスとリオナに声をかけた。それにメアリアンとアデアとロバンも。

　そしてしばらくたったあと、ヘンリーがニコラスを脇《わき》に引っ張った。「ぼくはなんの邪魔をしたんだ？」

# 20

「これはまた、なんという格好だ？」

　一カ月後の婚礼の日、ニコラスは弟と向かい合い、自分の衣装を見下ろした。「これが格子柄の布《フィラ》であることくらい、もうおまえにもわかっているだろう。ファーガス・マゴードンから結婚の贈り物としてもらったんだ」

「いつから兄上はスコットランド人の格好をするようになった？」

「そうすればリオナとファーガスおじが喜ぶと考えたときからだ。それにわたしの領地の小作人たちもたいがい喜ぶ。スコットランド人だからね。アデアがブローチをくれた」

「えらく得意そうに見えるな」

「えらく幸せなんだよ」

「アデアはどこにいるのかな」

「子供の世話をするのを手伝いにメアリアンのところへ行った」

「今度会うときは、兄上にも子供がひとりかふたりいるだろうね」

「それはおまえがいつここを訪ねてくるかによるが、そうだな、子供はほしい」ニコラスは肩から垂れる布を押さえるふりをしながら答えた。

本当は、父親になると思うとどれだけわくわくするか、それをヘンリーに知られたくなかった。知られれば、からかわれるに決まっている。それでもなお、リオナとのあいだに子供を持ったところを想像することほどニコラスをうれしくさせるもの、幸せで満ち足りた気分にさせるものはない。もっとも子供を作るための行為はその例外だ。

いましばらくは、そのようなことは考えないでおこう。ニコラスはそう決めた。いま着ている衣装は肉体に表れる変化をあまりうまくは隠してくれない。

ヘンリーがニコラスのベッドの端に座った。「そのスカートははき心地が悪そうだな」

「いや、非常に快適だ。それにこれはスカートじゃない。一枚の長い布なんだ。わたしの言うことが信じられないなら、アデアにどれだけ楽で便利かきいてみるといい。たとえば、すり切れない」

ヘンリーが目を鋭く細めた。「その下にはなにを？　以前アデアから聞いた話では——」

「わたしはスコットランド人ではないから」ニコラスは弟のことばをさえぎった。「下着をちゃんと着けている」彼はヘンリーが浮かべているにやにや笑いを消したくてたまらなかった。「しかしスコットランド式の着方には利点がある。非常に好ましくて情熱的な女性に恋をした場合はなおさらだ」

ヘンリーのにやにや笑いが消え、その目が丸くなった。「まいったな。まさか……」ヘンリーは顔をしかめた。「経験ずみ？」

「いかに弟とはいえ、わたしにはそこまで詳しくは話せないな」

ヘンリーがひやかすように顔をしかめてみせた。

ニコラスは話題を変えることにした。「二週間後に発《た》つと決めたのか？」

ヘンリーがうなずいた。

ニコラスはかぶりを振った。「おまえを落ち着かせるのはあきらめたよ、ヘンリー。心の底からあきらめた」

「なんだかメアリアンのような言い方だな。でも、だれもが王から土地を授かるような強い戦士だとは限らないからね」

ニコラスは弟の声に挫折《ざせつ》とかすかな苦渋を聞き取った。しかし、昔のような兄弟間のけんかや競争で婚礼の日を台なしにしたくはない。そこで彼は弟の肩を叩《たた》いた。「わたしは落ち着いたわけだから、わたしの幸せな結婚生活を見に来るといい」

驚いたことに、ヘンリーはごく真顔になった。

「本当に結婚していいんだね？　心からあのスコットランド女性と結婚したいと望んでいるんだね？」

ニコラスは弟と同じように真顔でうなずいた。

「わたしは本当にリオナとの結婚を望んでいるんだ、ヘンリー。リオナを愛している」

「最初はメアリアンで、つぎは兄上か……。恋愛というやつにはなにかありそうな気がしてきたな」

「あるんだよ。強く勧める」ニコラスはそう答え、弟を扉へと促した。

早く結婚すれば、それだけ早くこの部屋に戻ってこられる。愛するすばらしい花嫁とともに。

ポリーは花嫁の部屋に立ち、まもなくダンキース城の女主人となるリオナを賞賛と畏怖《いふ》の目で見つめていた。

　この部屋でリオナが着替えるのもこれが最後になる。これからは一生ニコラスと部屋をともにするのだ。部屋ばかりでなくベッドも。そう思うと、リオナは一点も曇りのない喜びと安らぎに満たされた。

「ああ、お嬢さま、本当におきれいです」ポリーが胸の前で両手を握り合わせて言った。

「衣装のおかげよ。それとも幸せだからかしら」リオナはエレナから贈られた緋《ひ》色のドレスを見下ろした。上等のドレスは持っていないし、初めてこのドレスを着たときにあったできごとを考えると、今日はこれをまとわずにはいられなかった。とはいえ、エレナに手伝ってもらって身ごろに新しい生地を足したので、前のようにきつくはないし、襟ぐりもそれほど大きく開いてはいない。それにエレナはとても手際がよく、刺《し》繍《しゅう》をした布があとから足したものではなく、もともとついていたものに見えるよう仕上げてくれた。

　ニコラスはリオナがこの衣装をまとうことを知らない。リオナは秘密にするようエレナとポリーとフレデラにも頼み、衣装をこの部屋から外に出さずに手直しをした。ニコラスがどんな顔をするか、とても楽しみだ。もちろん彼の花嫁になるのはそれよりはるかに楽しみだが、そのときを想像するたびに微《ほほ》笑《え》んでしまう。

「おきれいなのは、お嬢さまご本人ですよ」ポリーが言った。「サー・ニコラスもご立派でしょうね」ポリーはリオナをさらにじっと見つめた。「髪は編みますか？　それとも上げて結います？」

　リオナは首を振った。ニコラスはこの髪がとても気に入っている。垂らしたままでいるつもりだ。

「ほかになにかわたしがお手伝いすることはありますか？」ポリーはいたずらっぽく目を輝かせた。

「既婚婦人として先輩からの助言はいりません?」

「結婚してまだ一週間ではとうてい〝先輩〟と言えないんじゃないかしら。もっとも、それもだんなさましだいなんでしょうけれど」

「そのとおりですよ」ポリーが陽気な笑い声をあげた。「それなら、わたしはいつまでも花嫁でいたいですね」

「わたしもそうだわ」リオナは親しみをこめて微笑んだ。「ありがとう、ポリー。あとわたしがしなければならないのはファーガスおじさんを待つことだけよ。もう行ってもらっていいわ。礼拝堂で会いましょう」

「ええ、それにトーマスも。まさかサー・ニコラスが大広間での祝宴に、しかも上席にわたしたちを招待してくださるとは思いもしませんでした。どうふるまえばいいのかもわからなくなってしまいそうですよ! サラとライラからはつけ上がっていると思われるでしょうけれど、わたしはちゃんと身のほどをわきまえています。ただ、トーマスの妻であることを誇りに思っているだけなんです」

「あなたの気持ちはよくわかるわ」

ほがらかなポリーはもはや召使いではなく、今日という特別な日を除けば忙しい農夫の妻だ。彼女は急いで部屋を出ていった。リオナは礼拝堂へ、そしてニコラスのもとへと連れていってくれるファーガスおじをひとりで待った。

扉を叩く音がして、リオナはおじが現れたものと思い、扉を振り返った。

現れたのはケネスだった。いちばん上等のフィラとシャツを身に着けてブーツをはき、自分がここにいるのは場ちがいだというようにはにかみ、きまりが悪そうだ。

リオナは歓声をあげ、駆け寄ってケネスを抱きしめた。「まあ、ケネス、来てくれたのね! 本当にうれしいわ！」

ケネスもリオナを抱きしめた。「来るに決まっているじゃないか。ねえさんの晴れ姿を見逃すわけにはいかない。それにしても、ノルマン人と結婚すると聞いたときはびっくり仰天したよ」彼は少し体を離し、微笑むリオナの顔を見つめた。「すると本当なんだね？ノルマン人が鈍いぼくなんかにはちんぷんかんぷんの理由で流した噂《うわさ》などではないんだね？」

「本当よ」リオナはますます晴れやかに微笑んだ。「こんなに幸せなことってないわ。ニコラスはすばらしい人なの。あなたにもわかるわ」

「すると父さんが言っていたことは当たっていたんだね？　やれやれ、これから繰り返し聞かされるな」

「そういうことになるわね」リオナはここダンキースで起きたできごとについて語って聞かせるファーガスおじの姿を思い浮かべ、笑い声をあげた。

「それに父さんも結婚するなんて！　ここの井戸水にはなにか入っているのかな」

「そうではないと思うけれど、なにか飲むときは気をつけたほうがいいかもしれないわね」

「そうだね。なにが起きるかわからないもんな」ケネスは少年っぽく無造作に答え、のんびりと部屋のなかへ入ってきた。

ケネスはさりげないふりをしているが、彼をよく知っているリオナはごまかされなかった。

「アグネスはどうしているの？」

「元気だし、とても幸せそうだよ。隣の谷の男と婚約したんだ」

「まあ、そうだったの。ここで若いレディたちには出会った？　ラヴィニアやプリシラやエレナに」

「会ったよ。みんな大広間でうろうろしていて、ぼくがだれかわかると、大騒ぎをしていた」

「そうでしょうね。それにあなたは晴れ着で盛装したすてきな若者なんですもの。ラヴィニアとプリシラはすでにお相手が決まっているのが残念ね」

ケネスは石工が正しく工事をおこなったかどうかを調べるように、窓の下枠を撫《な》でた。「うん。みんなきれいな娘さんばかりだ。いまねえさんの着ているそのドレスはすてきだね」

ケネスは話題を変えたがっているが、リオナはそれにつられなかった。「これはエレナのものだったの。エレナはやさしくて物惜しみをしないのよ。結婚式が終わったら、ファーガスおじさんといっしょにグレンクリースに行くことになっているの。おじさんから聞いていない？」

ケネスがぱっとリオナを見た。「本当？」

「ええ、そうよ」

ケネスは窓の下枠をもう一度撫でた。「グレンクリースにはいつまでいるのかな」

リオナは笑いそうになるのをこらえた。「さあ。でも当分ということになるかもしれないわ」とても重大な問題だというように、リオナは眉根を寄せた。「エレナはわたしのとても親しい友だちなの。だからノルマン人ではあっても、やさしく礼儀正しく接してね」

ケネスが肩をすくめた。「もちろん礼儀正しくするよ」

「よかった。それにまわりはみんなスコットランド人なのだから、エレナが寂しく思わないよう気をつけてあげてね」

「ぼくにはノルマン人のお守りをするよりほかに、することがいろいろあるんだよ」

「少しくらいの時間なら割けるでしょう？　それが無理なら、エレナはダンキースに滞在したほうが――」

「そうまでしなくていいよ。グレンクリースには父さんとフレデラもいるし。それに同じ年ごろの娘がいっぱいいるから」

リオナは真顔でいるのがますますむずかしくなった。「面倒をみるのがたいへんになったら、ダンキースに帰せばいいわ。ニコラスもわたしもエレナがいてくれればうれしいんですもの」

「覚えておくよ」

「ふたりともここにいたのか！」ファーガスおじが戸口で声を張り上げた。ケネス同様、ファーガスおじも上質の白い麻のシャツとフィラで装っている。「どこに行ったのかと思っていたよ、ケネス」

ファーガスおじは感心したようにリオナを眺めた。「リオナ、わたしの別嬪《べっぴん》さんや、亡くなった母さんに負けず劣らずきれいだよ」おじの笑みがやや悲しげな表情を帯びた。「おまえがいないと寂しくなる。ダンキースに来なかったほうがよかったかもしれないと思いはじめていたところだ」

リオナは急いでおじに近づき、腕をとらえた。

「わたしもおじさんと離れたら寂しくなるでしょうね。でもあいにく、すでに起きてしまったことはもう変えられないわ。わたしはダンキース城主と恋におちてしまったの」

ファーガスおじがやさしくリオナを見つめた。

「本当に心から？」

「本当に心から。彼のほうもそうよ。おじさんが予言したとおりに」

ファーガスおじが咳《せき》払いをしてからぶっきらぼうに言った。「となると、早いところおまえを結婚させたほうがよさそうだ」

おじはリオナの手をぽんと叩き、息子を振り向いた。

「さあ、行こう、ケネス。バグパイプ奏者が待っている。ノルマン人たちに正しい婚礼の挙げ方を見せてやるとしよう」

数時間後――もっともニコラスにとってはかなりの時間がたったように思えたが――彼は花嫁を抱き上げ、寝室の戸口にいた。

「階段くらいわたしにも歩けたのに」リオナが笑いながら言った。

「きみを疲れさせたくないんだよ」ニコラスはやさしい声でそっと答え、リオナを抱いたまま寝室に入った。

燭台《しょくだい》は部屋の隅から中央に場所を移され、蜜蝋《みつろう》の蝋燭《ろうそく》六本が室内と、彼の美しい、別嬪の花嫁を照らしている。

別嬪さん。ファーガスおじはリオナをそう呼ぶが、まったくリオナにふさわしい。別嬪で幸せで愛らしいわたしのリオナ。「とても長い夜になりそうだ」

「そう言ってわたしを怖がらせたりおびえさせたりしようとしても、その手には乗らないわ」リオナはニコラスの首に鼻をすり寄せた。

「きみを怖がらせるのはわたしには無理だ。しかしそろそろきみを床に下ろさなければ。わたしの腕は昔ほど頑丈ではないのでね」

「昔って、一日で二十人の騎士を負かしたときのこと?」リオナはニコラスの腕のなかからすべり下りるとき、彼に軽く触れた。彼の体は即座に反応した。

ニコラスはリオナのウエストに両腕をまわした。

「腕がひよわであろうとなかろうと、今日わたしはきみにどれだけ愛しているかを言ったかな」

「あなたの腕は少しもひよわじゃないわ」リオナは彼の腕を取った。「わたしにはたしかにたくましく感じられるわ。あなたのほかの部分と同じようにね。でもどれくらいわたしを愛しているか、もう一度言ってもらってもかまわないのよ」

ニコラスはリオナの鼻のてっぺんにキスをした。

「心の底からきみを愛している。自分にあるとも知らなかった心の底から」

「わたしも同じようにあなたを愛しているわ」リオナはニコラスの顔を両手でそっとはさんで自分に近づけると、キスをした。

キスを交わすといつもそうなるように、情熱に火がつき、燃え上がった。朝まで時間はたっぷりある。ニコラスはゆっくりとけだるげにキスを深めた。ニコラスがリオナの長く豊かですばらしい髪に指を走らせるあいだ、リオナの手は彼の腰をすべるように進み、服の上から大胆にも彼を愛撫《あいぶ》した。

「ふしだらな女だな」ニコラスはつぶやくと、リオナの唇から頬へとキスでたどり、さらに貝殻のような耳へと進んだ。

「わたしをふしだらと思っていて、それが気に入らないなら、こうするのはやめたほうがいいかしら」リオナが愛撫を続けながらささやく。

ニコラスは目を閉じた。「やめてはだめだ」

リオナは体を寄せ、もう少し手に力をこめると彼の首に唇を寄せた。「よかった。たまたまわたしもやめたくないんですもの」

ニコラスの手は気ままな旅を始めていた。リオナの背中をさまよい、次いで腰へと下がっていく。

「おじ上からきみは頑固だと聞いているよ」

「あなたは残念でしょうけれど、それは本当よ」

「きみは残念だろうが、わたしは一カ月も前から今夜を夢見てきた。距離をおいているのだから、そうするしかなかった」

「すべてを考え合わせると、離れているのがいちばんだと思ったの」リオナはニコラスの肩でフィラをとめていたブローチをはずしはじめた。「わたしにとっても容易なことではなかったわ。あなたの部屋にもう一度忍び込みたくてたまらなくなったのも、一度や二度ではないのよ」

リオナはブローチをはずした。フィラが彼の肩から落ちた。リオナは彼から離れ、ブローチをテーブルに置いた。

「わたしはあの柳の木の下にきみを呼び出したい衝動に何度も駆られた」ニコラスはそっと言い、リオナに近づくと、後ろからウエストに手をまわして抱き寄せた。あの忘れがたい愛の行為の記憶がよみがえる。

「結びひもをほどいてくださる？」息を乱しながらリオナが尋ね、うなじの結び目が見えるように髪を持ち上げた。

「喜んで」ニコラスはリオナのうなじに唇を押し当てた。うなじがこれほど男心をそそるものだとだれが考えただろう。

リオナが歓《よろこ》びのため息をつき、ニコラスは首筋へのキスを続けながらひもの結び目をほどいた。それからひもをゆるめはじめた。

リオナが肩越しにニコラスを見た。「ずいぶん時間がかかるのね」

「やってみたら、これが実に……おもしろいんだ」

リオナが振り向き、すばやい動きで彼のシャツのひもをほどいていく。「わたしはそこまで気が長くないのよ」

「いまここで何もかも脱がせるつもりなのか？」

リオナがニコラスの顔をのぞき込み、彼はリオナの目に答えを読み取った。とても刺激的な答えだった。

それはまるでくすぐりの刑かなにかを受けているようだったが、彼はリオナにすべてまかせた。最初はまずシャツだった。愛撫にも似た動きで、リオナはシャツの下に手をくぐらせて脱がせた。それから彼の肩から落ちているフィラの端をつまんで自分の腕にかけると、ベルトをはずしにかかった。ベルトが一瞬にしてはずれると、リオナはフィラをすべて腕にかけ、彼がフィラの下に着けていたものを見つめた。

「これはなに?」リオナは眉をひそめた。

「サクソン人は下着《ブレー》と呼んでいる。わたしはスコットランド人ではないし、今日は風があるのでね。風がもっと強かったら、どうなったことやら」

リオナが横を向き、フィラをたたみはじめた。

ニコラスはブーツを脱ぎ、ブレーを取り去った。ほんのしばらく待ったが、リオナがなにも言わないうえ、こちらを見ようともしないので、彼は言った。

「これですべて脱いだよ」

リオナは答えない。

ニコラスはリオナの後ろにそっと忍び寄り、ウエストに手をまわした。リオナがフィラを胸に当てた。

「怒っているんじゃないだろうね?」

ほっとしたことに、また癪《しゃく》なことに、リオナが吹き出した。笑いが止まらなくて立っていられないのか、よろめきながらベッドまで行き、そこに身を投げた。

「ごめんなさい」涙をぬぐいながら、リオナが言った。「あなたの格好が……さっきの……さっきのあれ……ああいうものは初めて見たわ。赤ん坊はべつとして……」

「わたしは赤ん坊ではない」

「あなたを怒らせるつもりはなかったの」リオナは一糸まとわぬニコラスの体に視線を走らせた。「いまのほうがずっといいわ」その目は渇望に色の濃さを増し、彼に負けない情熱できらきら輝いている。リオナがベッドの上で後ろに下がった。「ずっといいわ」

ニコラスはリオナに近づいた。「では怒らないでおこう。しかしきみはまだ服を着たままだ」

「あら、そうだったわ」

「初夜に服を着ているわけにはいかない」ニコラスはベッドに上がり、獲物を狙《ねら》う猫のようにリオナのほうへにじり寄った。

　リオナの息が浅くなり、ニコラスをさらにぞくぞくさせた。「それならわたしもドレスを脱がなければならないようね」

「わたしはそのドレスが好きだ」彼はそっと言い、リオナの脚のあいだにひざまずいた。

「知っているわ。だから、これをまとったのよ」

「下にシュミーズを着ないのがいちばん好きだ」ニコラスはリオナの脚を撫で上げ、スカートをたくし上げた。「ここにはなにがあるのかな」お尻に手が届くと、まじめなふりをして尋ねた。

　リオナが膝を曲げてお尻を持ち上げると、彼はスカートをその向こうへ押しやった。そのあとリオナが座り直し、両腕を上げた。「手伝ってくださる？」

「喜んで」ニコラスはまずドレスを、次いでシュミーズをたくし上げて頭から脱がせた。

　いまやリオナも一糸まとわぬ姿だった。髪が肩と胸を覆っている。

　リオナはわたしのものだ。わたしは一生をかけてリオナを慈しみ、尊び、守っていく。これまで夢見て望んだなによりもすばらしい褒美だ。「愛している、リオナ」

　リオナの微笑はニコラスの世界の闇《やみ》を照らす光だった。彼にとってリオナは善と寛容とやさしさと愛情が一体となった存在なのだ。リオナがいてくれるかぎり、ニコラスはもう二度と孤独になることはない。

「愛しているわ、ニコラス」リオナがささやき、両腕を広げた。「わたしの夫」

　ニコラスはその腕のなかに進み、リオナにキスをする喜びに、そしてリオナに触れる喜びに身をゆだねた。リオナの温かくやわらかな肌に指をすべらせ、唇でそっと触れる。舌で撫で、たわむれる。やがて彼を迎え入れる準備が整うと、リオナは身もだえ、わたしを奪ってと彼に訴えかけた。

ああ、どれほどそれに応じたいことか！　それでもニコラスは自制に努め、ゆっくりと気長にこのひとときを楽しもうとした。ふたりにはたっぷりと時間がある。今夜はリオナが起きて部屋を出ていく必要もない。今夜ばかりでなく、これからずっとだ。見つかるのではないかとびくびくする必要もなければ、汚名や醜聞を恐れなくてもいい。

とはいえ、そう心を決めてはいても、リオナの温かな潤いの感触はたまらなかった。リオナのいないベッドでこの一カ月を過ごしたあとでは、気長に構えてなどいられないと彼は気づいた。

リオナからもっと速く、もっと激しくと促されたとき、ニコラスは自分を抑える口実をなにもかも忘れた。激しい情熱、身を焼くような欲求、抑えのきかない性急さに駆り立てられ、彼はリオナを愛した。リオナは身をそらして彼に脚をからめ、さらにぴったりとしがみついてくる。それから上体を起こすと、彼の胸を舌でたどり、小さな頂を口に含んだ。

ニコラスは急速な上昇感に襲われ、解放を予感した。そしてつぎの瞬間、甘美で強烈な快感の極みに達した。リオナも脈打ちながらはじけ散る到達の時を迎えた。仰向けに倒れ、ベッドの覆いを握りしめながら、頭を大きく左右に振る。

ニコラスはうめきながら、リオナにキスをすると、汗に濡《ぬ》れた体の上に身を預けた。あえぎ、じっとしているうちに、彼はリオナが自分の髪を撫でているのを感じた。

「これまでとちがっていた？」

ニコラスは目をうっすらと開いてリオナを見つめた。「ちがっていた？」

「いまはわたしたち、夫婦でしょう？　夫婦になったことで愛の行為は前とちがって感じられるものなのかしら？」

ニコラスはほんのしばらく考えてから微笑んだ。

「きみと愛を交わすたびに前回よりいいと感じる」

彼はリオナのみごとな髪をひと房もてあそんだ。

「きみはどう？　前とはちがった？」

「もちろんよ」

「どんなふうに？」

「罪の意識もなければ、恥と思う気持ちもないんですもの」

「なるほど」以前のリオナにとってはとても困難なことだったにちがいない。自分にとってはどれだけ簡単だったかを思い、ニコラスは恥じ入った。

「あなたを動揺させてしまったわね」

「わたしはなんと自分勝手なやつだったのか、それに気づいただけだ。あの最初の夜に、きみをグレンクリースに戻すべきだった」

「あなたがそうしなくてよかったわ。そうでなければ、わたしはいまここで、こうしていなかったはずですもの」

ニコラスは体を離した。そのときになって初めてふたりがベッドの覆いの上で愛を交わしたことに気づいた。「まずきみをちゃんとシーツの上に寝かせるくらいのことはできたはずなのに」

「ほかのことに気を取られて、気づきもしなかったわ」リオナが微笑み、シーツのあいだに身をすべり込ませた。

ニコラスも同じようにシーツのあいだに身を横たえ、リオナを引き寄せた。リオナが彼の胸に頭を預けた。「わたしはとても幸せだよ、リオナ。それでもひどい結末を迎えることだってありえたんだ。きみにとっても、わたしにとっても。きみは名誉を汚したことになり、わたしはほかの女性と結婚することになったかもしれない」

「そうならなかったことを神に感謝しなければ」リオナが体を起こし、真顔でニコラスを見つめた。

「ひとつ隠していたことがあるの、ニコラス。結婚して何日かたってから話すつもりでいたけれど、やはり今夜打ち明けるべきだと思うわ」

わたしが見過ごしていたこと、無視していたことがほかにもあっただろうか。ニコラスは当惑しつつ、また不安に駆られつつ、リオナが話し出すのを待った。

リオナがにっこりと笑った。「子供ができたの」

ニコラスは自分が聞きまちがえたのではないか、ヘンリーとのやり取りのせいで錯覚を起こしてしまったのではないかと思った。「いまなんと言った？」

リオナがニコラスの唇にキスをして微笑んだ。「子供ができたのよ、ニコラス。あなたは父親になるの」

これまで味わったことのないうれしさと興奮に襲われ、ニコラスはリオナを固く抱きしめた。「リオナ、リオナ」そして小さく叫んだ。「子供か！」

「わたしたちの子供よ」リオナが彼の顔をのぞき込んだ。「わたしたちの最初の子供。あとにもつづくといいわね」

ニコラスはリオナが初めて見る笑みを浮かべた。あらゆる懸念と不安、あらゆる義務と責任、厳しい指揮官としての態度がすっかり消えている。いまのニコラスは愛にあふれた幸福な男だった。

「神がわれわれに今後なにをもたらそうとも、行く手になにが待っていようとも、わたしはただこれまでに受け取ったものに対して感謝を捧《ささ》げるばかりだ」ニコラスがやさしくささやき、リオナの頬を撫でた。そして妹から教えてもらったゲール語で呼びかけながら、もう一度リオナにキスをした。「メヤジャール」

わがいとしき人。

# 訳者あとがき

前作『霧の彼方に』から一年、ようやく〈遙かなる愛の伝説〉シリーズの第二作『領主の花嫁』をお届けできることになりました。続編ではありますが、それぞれが独立した物語。前作を読んでいなくても十二分に楽しめる作品に仕上がっています。

物語の舞台は一二四〇年のイギリスはスコットランド。前作から五年の歳月がたっています。主人公は『霧の彼方に』でも強烈な印象を残したダンキースの領主ニコラス。貴族でありながら貧しい身の上となり、弟と妹を養うため傭兵となって立身出世したノルマン人の城主です。非常に現実的でストイック、自分に厳しく、人にも厳しいため、前作では妹メアリアンと反目、一時は口もきかないありさまでした。もっとも、それも愛情あればこそ、だったのですが……。

そういうわけで、メアリアンが夫のアデア・マクタランと無事幸せになった今、そろそろ自分も家庭を築かなくてはならないとニコラスが決意することから、この物語は始まります。しかし、その現実的な性格ゆえ、ニコラスは花嫁を条件で選ぼうと考え、とんでもないことを計画します。彼と結婚したいと望む良家の娘をダンキースの城に集めて、そのなかから花嫁を選び出そうというのです。主君のスコットランド王による税の取り立てが厳しくなり、財政が逼迫してきた事情があり、花嫁の条件として財産を何よりも優先させるつもりでいます。さらなる出世のために、宮廷とつながりを持ち、城を切り盛りする家政の才能に恵まれている娘なら、なおよし。見た目や相性にはさほどこだわりません。

けれども集まった女性たちのなかで、彼がもっとも心引かれたのは、花嫁にはしたくない候補ナンバーワンの、貧しいスコットランド氏族長の姪リオナでした。一方、リオナもとくに結婚したくてダンキースにやってきたわけではありません。姪をすばらしい相手に嫁がせようと願うやさしいおじのために仕方なく従っただけです。出会った瞬間から惹かれ合いながらも、決して結ばれるはずもない二人——いったいどうなっていくのでしょうか。

舞台のダンキースはスコットランドにありますが、そこに暮らす人々はさまざまです。そもそも城主ニコラスも、ヨーロッパ大陸から渡ってきたノルマン人で、スコットランド王に忠誠を誓って土地を下賜された新興の領主。地元民にしてみれば〝外国人〟にほかなりません。召使いたちや兵士たちはノルマン人以前からイギリスにいた非支配者層のサクソン人が多く、花嫁候補たちはイングランド貴族なのでノルマン人、そしてヒロインのリオナはスコットランド人。ノルマン人はノルマンフランス語を用い、英語を話すサクソン人とは言葉が通じません。そしてスコットランド人はゲール語です。そういった込み入った民族事情も物語にうまく生かされ、趣を添えています。

主人公が戦士のニコラスだけに、前作のような冒険あり陰謀ありの物語かというと、意外な展開で驚かされるかもしれません。派手な立ち回りはなくとも、マーガレット・ムーアならではの個性的な登場人物たちによって、際立った中世騎士物語となっています。もちろん前作の主人公であるメアリアンとアデアも（そしてロバンも！）登場。彼らのその後も見逃せません。

さて、この〈遥かなる愛の伝説〉シリーズですが、北米では本作のあと、すでに二作（そのうちの一作 The Unwilling Bride は来年みなさまにお届けできると思います）が刊行されています。マーガレットの公式ホームページによると、もう一作加えて、計五作となる模様です。キルト姿の男性を描きたくて、このシリーズを始めたというマーガレット。本作でも、もちろんすてきな場面が用意されています。

　シリアスでもコメディでも自由自在。そんなバラエティに富んだ作風も、マーガレット・ムーアをハーレクインの人気作家の一人に押し上げた理由と言えるでしょう。ハーレクイン・ヒストリカルで十月にお届けする作品は、彼女にしては珍しく十九世紀のイギリス摂政時代《リージェンシー》を舞台にした作品だそうです。そちらのほうもどうぞご期待ください。

江田さだえ

とっておきの、ときめきを。
ハーレクイン


領主の花嫁
2006年8月20日発行

| | |
|---|---|
| 著者 | マーガレット・ムーア |
| 訳者 | 江田さだえ（えだ　さだえ） |
| 発行人 | ベリンダ・ホブス |
| 発行所 | 株式会社ハーレクイン<br>東京都千代田区内神田1-14-6<br>電話 03-3292-8091（営業）<br>03-3292-8457（読者サービス係） |
| 印刷・製本 | 凸版印刷株式会社<br>東京都板橋区志村1-11-1 |
| 編集協力 | 有限会社イルマ出版企画 |
| 装丁 | 林　修一郎 |

定価はカバーに表示してあります。
造本には十分注意しておりますが、乱丁（ページ順序の間違い）・落丁（本文の一部抜け落ち）がありました場合は、お取り替えいたします。ご面倒ですが、購入された書店名を明記の上、小社読者サービス係宛ご送付ください。送料小社負担にてお取り替えいたします。ただし、古書店で購入されたものについてはお取り替えできません。



ISBN4-596-80040-5 C0297

# 9月5日の新刊 発売日9月1日 （地域によっては2日以降になる場合があります）

## やさしい恋に癒される ハーレクイン・イマージュ

| | | |
|---|---|---|
| 初恋を抱きしめて | アリー・ブレイク／茉 有理 訳 | I-1843 |
| 駆け引きは薔薇色 | ジャッキー・ブラウン／大澤 晶 訳 | I-1844 |
| 夕闇にくちづけ（リヌッチ家より愛をこめて） | ♥ルーシー・ゴードン／澤木香奈 訳 | I-1845 |
| 仮面の花嫁 | ♥サラ・モーガン／和香ちか子 訳 | I-1846 |
| 長すぎた試練（華やかな遺産Ⅰ） | マーガレット・ウェイ／吉田洋子 訳 | I-1847 |
| 失われた結婚 | トリッシュ・ワイリー／小長光弘美 訳 | I-1848 |

## 永遠のラブストーリー ハーレクイン・クラシックス

| | | |
|---|---|---|
| 飽くなき情熱 | リン・グレアム／山ノ内文枝 訳 | C-669 |
| 妹と恋人の間 | シャロン・ケンドリック／大島幸子 訳 | C-670 |
| 近くて遠い人 | ジェシカ・スティール／永幡みちこ 訳 | C-671 |
| 裏切りの予感 | シャーロット・ラム／村山汎子 訳 | C-672 |

## 別の時代、別の世界へ ハーレクイン・ヒストリカル

| | | |
|---|---|---|
| 幸せな誤解（リージェンシー・ブライドⅢ） | シルヴィア・アンドルー／杉浦よしこ 訳 | HS-263 |
| 婚約のゆくえ | ♥アン・アシュリー／吉田和代 訳 | HS-264 |
| 勇者は死なず | デボラ・ヘイル／ささらえ真海 訳 | HS-265 |

## ホットでワイルド シルエット・ディザイア

| | | |
|---|---|---|
| 悲しき愛人 | リンダ・コンラッド／山口絵夢 訳 | D-1145 |
| 狼とシンデレラ（富豪一族：知られざる相続人Ⅳ） | バーバラ・マコーリィ／柳 まゆこ 訳 | D-1146 |
| 眠れぬ夜の誘惑 | エイミー・J・フェッツァー／速水えり 訳 | D-1147 |
| 裏切られたプリンセス | ♥ローラ・ライト／杉本ユミ 訳 | D-1148 |

## 大人の女性を描いた シルエット・スペシャル・エディション

| | | |
|---|---|---|
| 愛することを教えて（ある運命の物語Ⅵ） | スーザン・マレリー／田中淳子 訳 | N-1121 |
| 琥珀色の涙（孤独な紳士たちⅢ） | リア・ヴェール／波多野 翔 訳 | N-1122 |
| 失われた一夜（テキサスの誘惑Ⅰ） | ♥キャシー・G・サッカー／山田信子 訳 | N-1123 |
| 初めての誘惑（マンハッタンで恋をⅣ） | ロイス・フェイ・ダイアー／松木まどか 訳 | N-1124 |



♥マークは、今月のおすすめ